# Scherz Krimis
## Die mit den Streifen

W0090082

# Der Ferienkrimi

## Eiskalt serviert für einen heißen Sommer – die spannendsten Kriminalfälle

Agatha Christie · Stanley Ellin · Anke Gebert
Ross Macdonald · Dorothy Sayers · Georges Simenon u.a.

Scherz

Herausgegeben von
Ralf Kramp

Sonderausgabe 2001
Copyright © 2001 an dieser Auswahl
beim Scherz Verlag, Bern, München, Wien.
Alle Rechte der Verbreitung, auch durch Funk, Fernsehen
und auszugsweisen Nachdruck, sind vorbehalten.
Umschlaggestaltung: Atelier Seidel, Altötting (MEV)
Gesamtherstellung: Ebner Ulm

# Inhalt

# Sweet Rita

Jürgen Ebertowski

Die stickige Zelle im obersten Stockwerk des Untersuchungs-gefängnisses von Floriana, in der ich hocke, ist eine Zumu-tung, die an Folter grenzt. Ich habe das sowohl dem Anwalt gesagt, der mir die Botschaft geschickt hat, als auch diesem wortkargen Inspektor Grech, der die Ermittlungen gegen mich leitet. Der Anwalt hat nur mit den Schultern gezuckt und gemeint, man könne da wohl kaum Abhilfe schaffen, ganz Malta würde momentan unter der außergewöhnlichen Hitze leiden. »Ich werde aber veranlassen, dass Sie einen Ventilator bekommen.«

Grech hatte den Kopf geschüttelt. »Bis auf einen Rasierap-parat sind den Untersuchungshäftlingen keinerlei elektrische Geräte gestattet.«

Er hat den Anwalt aus der Zelle geführt und ist dann eine Stunde später wieder gekommen. »Mr Willmore, der Haft-richter teilte mir soeben mit, dass nachher eine weitere Anhö-rung anberaumt worden ist.«

»Weshalb das?«

»Sorry, ich bin nicht befugt, Ihnen schon Auskunft zu ge-ben. Sie erhalten die Anklageschrift rechtzeitig vor dem Ter-min mit Sir Bonnici. Ihr Verteidiger wird natürlich auch infor-miert. Nur soviel: Die Navy hat das Wrack der Cessna zwischen Malta und Gozo geortet. Ein Bergungsschiff ist un-terwegs.«

»Hören Sie, Inspektor. Ich weiß nicht, was man mir noch al-les vorwirft, aber ich bestreite entschieden, Baronin de Neva beseitigt zu haben. Außerdem war ich zur Zeit des Unglücks mit meiner Begleiterin auf Gozo. Sie wird es bezeugen, wenn sie aus Deutschland zurückkommt.«

»Wann wäre das?« Grech zückte einen abgegriffenen Taschenkalender.

»Morgen, fünfzehn Uhr, mit der Lufthansa aus Frankfurt.«

»Der Name der Dame?«

»Schoeller, Rita Schoeller.«

»Die Adresse in Malta bitte!«

Zähneknirschend gab ich Auskunft.

Die schwere Eisentür schloss sich quietschend hinter ihm. Meine Hände zitterten, als ich nach der Zigarettenschachtel griff.

Ich heiße Marc Howard Willmore und ich bin unschuldig – zumindest habe ich nicht das Geringste mit dem Absturz von Gracia de Nevas Cessna zu tun, wie es Grech bei jedem Verhör in immer neuen Variationen angedeutet hat.

Heute ist der vierte Tag der Malta International Air Rallye. Wenn ich auf den Schemel steige, kann ich vom Zellenfenster aus winzige silberne Punkte am Himmel erkennen. Manchmal vermeine ich sogar die Motorengeräusche zu hören.

Verhaftet hatte man mich gestern bei der Ausreise wegen versuchter Bestechung eines Zollbeamten und wegen ungenehmigter Ausfuhr nationaler Kulturschätze in Tateinheit mit Urkundenfälschung.

»Ein bedauerliches Missverständnis, Sir!«, hatte ich protestiert. »Ich habe den Officer von der Zollabfertigung lediglich gebeten, die Exportpapiere der Gemälde zu akzeptieren, obwohl noch der eine oder andere Stempel vom Handelsministerium gefehlt haben mag ... Wollen Sie es mir verübeln, dass in der Aufregung – mein Name war ja bereits mehrmals über den Lautsprecher ausgerufen worden –, dass mir in der

Aufregung ein paar Geldscheine aus der Brieftasche gerutscht und auf die Dokumente gefallen sind? – Ich versichere Ihnen, Sir, reiner Zufall! Schließlich sind ja auch das Flugticket und der Reisepass aus meiner Brieftasche geglitten. Und was die Exporterlaubnis angeht, da müssen Sie schon Herrn van Schelf befragen. Die hat er besorgt.«

Der Haftrichter war uneinsichtig geblieben. »Inspektor Grech hat gewissenhaft nachgeforscht, Mister Willmore. Eine Person namens Willem van Schelf ist dem Immigration Office nicht bekannt.«

Ich hätte heulen können vor Wut, als man mich abführte, denn ich bin auf einen ganz billigen Trick hereingefallen, auf den allerbilligsten!


Ich hatte van Schelf in Kaç, einem Touristenort an der türkischen Mittelmeerküste, kennen gelernt. Mir war gerade ein äußerst lukratives Geschäft geglückt. Ein dänischer Industrieller war durch meine Vermittlung in den Besitz einer wertvollen Kelimsammlung gelangt. Beim Beschaffen der erforderlichen Ausfuhrdokumente hatte ich mich ebenfalls nützlich gemacht.

Van Schelf sprach mich eines Abends im *Sunrise* an, einer gemütlichen Bar am Hafen, die wir beide regelmäßig besuchten. Wir grüßten uns seit längerem, hatten auch schon mal ein paar Worte miteinander gewechselt. In einem kleinen Ort wie Kaç bleibt es nicht aus, dass man sich ständig begegnet.

Er war ein Koloss von einem Mann – etwa in meinem Alter, also in den so genannten besten Jahren – und thronte wie ein fetter japanischer Glücksgott auf einem Kissenlager im hinteren Teil der Bar, wo man *à la turque* saß. Vor ihm stand ein Sektkühler, aus dem ein goldener Flaschenhals ragte. Auf einem Beistelltisch glänzte ein Kupfertablett mit diversen Mezeler. Van Schelf verzehrte gerade genüsslich eine Sigara böregi, eine mit Schafskäse oder Lammhack gefüllte Teigrolle.

Es war noch früh am Abend, und wir waren die einzigen Gäste. Für eine Sekunde überlegte ich, ob der Dicke auch einer von Ritas früheren »Sponsoren« gewesen sein mochte. Geld genug schien er zu haben. Er wohnte in einer modernen Strandvilla mit einem Swimmingpool. Aber dann fiel mir ein, wie sich Ünal einmal über ihn mokiert hatte. Ünals Teppichladen war die Klatschbörse von Kaç.

»Weißt du, wen er eingestellt hat? – Das Rehauge und den Flötisten!« Das Rehauge und der Flötist aus dem *Oscar W.* waren vermutlich die begehrtesten Buhlknaben von ganz Lykien. Ünal waren vor Lachen die Tränen gekommen. »Und weißt du als was? Als Gärtner und Koch! – Stell dir bloß folgende Szene vor: Rehauge schwingt die Pfanne und der Flötist greift zum Spaten.« Ein erneuter Lachanfall hatte ihn geschüttelt. »Die können doch nur mit einem Gerät richtig hantieren.«

Ich hatte den Dicken gemustert. Eine Schönheit war er nicht gerade, aber er strahlte unbestritten eine gewisse Würde aus. Außerdem hatte er eine angenehme Stimme. Vielleicht war er ja auch bisexuell. Nun ja, ich würde Rita irgendwann fragen. Über ihre verflossenen Gönner plauderte sie freizügig, was für mich eine Quelle steter Inspiration bedeutete – nie im Leben hätte ich sonst Ünal dazu bewegen können, bei dem delikaten Kelim-Deal behilflich zu sein.

Van Schelf nahm mit spitzen Fingern eine Papierserviette, schüttelte sie und betupfte sich die Lippen. »Merhaba Effendi! Heute ohne Ihre charmante deutsche Begleiterin?«

Ich zog mir ein Sitzkissen heran. »Sie hält noch rasch einen Schönheitsschlaf. Ünal gibt später eine Party. Bei seiner letzten sind wir alle erst nach dem Frühstück gegangen.«

Van Schelf seufzte. »Tja, die Jugend von heute. Wie soll ich es ausdrücken? Kein Stehvermögen mehr!« Er zwinkerte mir zu. »Meine Domestiken zum Beispiel. – Ich zu meiner Zeit, aber lassen wir das. Übrigens, falls Sie zugreifen möchten«, er deutete auf die Meze-Platte, »bitte, bedienen Sie sich einfach!«

»Danke, sehr freundlich! Aber, wie gesagt, wir sind nachher noch eingeladen.«

»Dann lassen Sie uns wenigstens ein Gläschen trinken, während sich die jungen Leute regenerieren. Ich glaube, das ist auch Ihre bevorzugte Marke.«

Er hatte Recht. Wenn ich Champagner orderte, dann Veuve Cliquot.

Als ich Rita das erste Mal ins *Sunrise* ausgeführt hatte, hatte sie mir nach der zweiten Flasche ins Ohr geflüstert: »Die Witwe, Howdy, enthemmt mich immer so herrlich.« – Was sie damit gemeint hatte, erfuhr ich ausführlich in derselben Nacht.

Van Schelf schnappte mit den Fingern. Augenblicklich wurde ein Schampusglas gebracht. Er schickte den Kellner weg und schenkte mir eigenhändig ein.

»Cheers!«, sagte ich.

»Cheers!«, sagte er. »Und auf Ihr gelungenes Geschäft mit dem Herrn aus Århus. Gratuliere! Teppiche aus der Serafettin-Moschee von Konya zu beschaffen, war bestimmt nicht einfach. Alle Achtung, Sie verfügen offenbar über ein außerordentliches – äh – organisatorisches Talent!«

Ich muss plötzlich sehr bleich geworden sein. »Wie? – Woher?«, stotterte ich.

Van Schelf beugte sich vor und legte seine Pranken auf meine Schultern. »Seien Sie unbesorgt, Willmore. Von mir erfährt niemand auch nur ein Sterbenswörtchen.«

Und dann hatte er mir von Gracia de Neva erzählt und von Mdina, der ehemaligen Hauptstadt Maltas, wo noch immer Angehörige des einheimischen Adels Palazzi besitzen, die bis unter das Dach angefüllt sind mit Kunstschätzen, nach denen sich jeder Museumsdirektor die Finger lecken würde. Er beschrieb mir Baronin de Nevas Casa Felice, ihre riesige Gemäldesammlung, schilderte die zahllosen Salons, zum Teil dreilagig mit Teppichen ausgelegt, schwärmte von gobelinbespannten Hallen, von Truhen mit Tafelsilber und antiken Möbelstücken, und sprach von dem drohenden Schadensersatzprozess gegen die Baronin, weil der unter nie völlig geklärten Umständen ums Leben gekommene Gatte in einen gewaltigen Betrugsskandal verwickelt gewesen war.

Er hatte auch davon gesprochen, dass die über alle Kontinente verstreuten Geschädigten demnächst auf Regulierung ihrer Ansprüche drängen würden – und die Baronin deshalb beabsichtigte, die wertvollsten Sachen außer Landes zu schaffen.

»Ich denke, das wäre doch etwas auf Ihrer Linie, Willmore!«

Ich hatte mich wieder in der Gewalt. Van Schelf war zwar gerade dabei, mich mit Engelszungen zu erpressen, aber es klang nicht so, als ob er Geld von mir wollte. Meine speziellen Fähigkeiten waren gefragt.

»Sprechen Sie weiter!«

»Die meisten dieser Gemälde, Teppiche und Was-weiß-ich-noch sind bislang nie an der Öffentlichkeit gezeigt worden. Es gibt drei kleinere Caravaggios, alleine die würden auf dem Weltmarkt Millionen bringen – von den Kelins mal ganz zu schweigen, die ein Vorfahre der de Nevas auf einer Kaperfahrt dem Bey von Tunis abgeknöpft hat . . .«

Ich wurde plötzlich sehr hellhörig. »Was erwarten Sie von mir?«

»Hätten Sie Lust, mich zu begleiten? Die Zeit drängt. Uns bleiben maximal zwei Monate für die Aktion. Ich fliege übermorgen nach Malta.«

»Was?« Ich rieb Daumen und Zeigefinger aneinander.

»Es geht der Baronin hauptsächlich darum, die Gemälde zu retten. Mit den Teppichen können Sie machen, was Sie wollen.« Van Schelf schenkte mir ein mildes Lächeln. »Natürlich kann ich Sie nicht zwingen . . .«

Ich willigte selbstverständlich ein. Mit der türkischen Justiz war nicht zu spaßen.

Zwei Tage später landeten wir in Luqa. Rita kam nach. Wir suchten uns auf Gozo ein komfortables Razett, nicht weit von der Ramla Bay entfernt. Der Mietvertrag wurde auf ihren Namen abgeschlossen: Rita Schoeller, Künstlerin. Hätte der Herr vom Tourist Office gewusst, worin Ritas Kunstfertigkeiten bestehen, hätte er ihr bestimmt noch ungenierter in den Ausschnitt gestarrt.

Das ehemalige Farmhaus besaß einen trockenen und geräumigen Gewölbekeller. Wenn Rita Tennisunterricht nahm oder Wasserski lief, schaffte ich die Kelims dorthin. Man soll seine Mitmenschen nicht mit unnötigem Wissen belasten. Ich belastete übrigens auch van Schelf und die Baronin nicht mit der Adresse unseres Feriendomizils.

Ein weitläufiger Verwandter der Baronin arbeitete im Handelsministerium. Wir bekamen jede gewünschte Ausfuhrgenehmigung. Der Mann hatte horrende Spielschulden. Joseph Bugeja, ein Beamter von der Zollabfertigung in Luqa, machte eine überraschende Erbschaft und fuhr neuerdings einen funkelnagelneuen Alfa Romeo. Van Schelf hatte das arrangiert.

Beim Transport der Bilder haben wir uns abgewechselt. Mal ist Schelf nach Paris, mal bin ich nach London geflogen. Immer dienstags, weil Joe dann Dienst hatte. Der Dicke hat sich zwar jedes Mal von mir zum Flugplatz bringen lassen, aber bis in die Abflughalle hinein habe ich ihn nie begleitet. Ich hatte es auch meistens ziemlich eilig, Rita wieder zu treffen, wenn van Schelf die Insel für ein paar Tage verließ. Solange er auf Malta war, hatten wir abgemacht, dass sie ihn nicht zu Gesicht bekommen durfte.

»Erfahren gewisse Kreise in der Türkei davon, dass ich hier – äh – tätig bin, dann könnte unsere kleine Bereicherungsaktion ziemlich problematisch für uns beide enden, mein lieber Howard!«

Vorgestern war ich dann wieder dran. Am Samstag hatte Gracia de Neva Rita und mich zu einem Rundflug um die Inseln mitgenommen. Die Baronin war eine gut aussehende Endvierzigerin und das Gegenteil von einer schwarz gekleideten, trauernden Witwe. Als begeisterte Sportfliegerin wollte sie ein letztes Mal vor der Air Rallye trainieren. »Ich bin zwar erst am Montag aufgestellt, aber den Sonntag brauche ich vermutlich, um den Restalkohol loszuwerden. Wir feiern heute noch das zehnjährige Bestehen unseres Aeroclubs.«

Während des Flugs fotografierte Rita pausenlos mit der neuen Kamera, die ich für sie im Dutyfreeshop von Antalya gekauft hatte. Wir überflogen Gozo. Über der Ramla Bay bat ich die Baronin etwas tiefer zu gehen. Ritas roter einteiliger Badeanzug lag noch immer auf der Luftmatratze hinter dem Geräteschuppen, wo wir gleich nach dem Frühstück . . .

Im letzten Abendlicht setzte die Cessna sanft in Luqa auf und rollte in den für Sportflugzeuge reservierten Bereich.

»Kommen Sie doch noch auf einen Drink ins Clubhaus.« Die Stimmung dort war bereits sehr ausgelassen. Es blieb natürlich nicht bei einem Drink. Rita hielt sich zurück und trank nur Weinschorle. »Einer von uns muss ja schließlich fahren.« Gegen Mitternacht wollte sie ein paar Erinnerungsfotos machen. »Oh, Mist! Ich glaube, ich habe die Kamera im Flugzeug vergessen.«

»Sssie fffinden doch den Vvvogel, Howard?« Die Baronin musste sich konzentrieren, um einigermaßen verständlich zu artikulieren; kein Wunder, wir hatten unzählige Gin Tonic vernichtet.

»Null Problem!« Ich machte mich schwankend auf den Weg. Es war in der Dunkelheit verdammt schwierig, die richtige Maschine zu erwischen. Fast alle Clubmitglieder besaßen Cessnas. Erst in der sechsten wurde ich fündig.

Den Sonntag und den halben Montag haben Rita und ich dann noch drüben auf Gozo verbracht. Am Abend ist sie für ein paar Tage nach Deutschland geflogen; irgendeine Freundin heiratete.

Um die Dinge nicht unnütz zu komplizieren, hatte ich ihr vor meiner Abreise nach Malta erzählt, dass ich hin und wieder als Scout einer Londoner Immobilienfirma arbeiten würde. Ich erinnere mich genau. Wir hatten uns in Kaç gegrillten Hummer aufs Zimmer bringen lassen.

»Verdient man da gut?«

»Immens, mein Schatz!« Daraufhin hatte sie befriedigt genickt, den Hummer zur Seite geschoben und sich lächelnd die Bluse aufgeknöpft. »Das höre ich gern.«

Wie ich unseren luxuriösen Lebensstil finanzierte, war von Stund an nie wieder ein Gesprächsthema.

Als ich sie dann Montagabend in Luqa vor der Passkontrolle umarmte, habe ich ihr noch ein Kuvert in die Handtasche gesteckt. Wenn man auf die Fünfzig zugeht und nicht unvermögend ist, sollte man spendabel sein. Ein paar große Scheine, gleichmäßig über den Monat verteilt, ist meiner Erfahrung nach die beste Methode, dass sich eine Frau wie Rita nicht urplötzlich in Luft auflöst. Übergepäck hatte sie wegen der Hochzeitsgeschenke reichlich. Ich habe es selbstverständlich ohne mit der Wimper zu zucken bezahlt. Wie gesagt, kleine Geschenke erhalten die Freundschaft.

»Wenn du wieder aus Deutschland zurück bist, sind meine

Geschäfte hier bald abgewickelt und wir machen eine Kreuzfahrt. Tunis, Alexandria, Haifa – wohin du willst!«

Vom Flughafen aus bin ich direkt zu van Schelfs Lieblingsbar in Valleta gefahren. Wir haben bis spät in die Nacht gebechert und Zukunftspläne geschmiedet.

Dienstagmorgen hat er mich mit meinem Wagen zum Flugplatz gebracht, seiner wollte nicht anspringen. Ich sah reichlich verkatert aus und fühlte mich auch dementsprechend. Van Schelf war munter wie stets. All unsere Gelage gingen an diesem Elefantenbaby vorüber, ohne tags darauf sichtbare Spuren zu hinterlassen. Drei Zentner Lebendgewicht können manchmal durchaus von Vorteil sein.

Er war blendender Laune. »Zwei Touren noch, Howard, dann haben wir den ganzen Plunder weg. – Joe hat übrigens heute frei, aber sein Kollege ist eingeweiht.« Er machte die Geste des Geldzählens. »War übrigens nicht ganz billig, dieser Mensch. Egal! Ein Typ jedenfalls mit einem Stalin-Schnauzbart. Trägt eine verspiegelte Sonnenbrille und sitzt am Schalter ganz links.«

Offenbar war er aber doch nicht ganz so fit, wie ich glaubte. Wir gerieten in Marsa in einen Stau, und als wir ihn umfahren wollten, verfranste er sich hoffnungslos in den Einbahnstraßen. Zwanzig Minuten vor meinem Abflug hielten wir mit quietschenden Reifen vor der Abflughalle.

»Die Zollpapiere, schnell!« Er drückte sie mir in die Hand. Ich klemmte die Gemälde unter den Arm und rannte sofort los.

Nur wenn ich daran denke, muss ich mich zusammennehmen, dass ich keinen Tobsuchtsanfall bekomme, denn ich hatte wirklich nicht den geringsten Argwohn, dass diese Sau mich zu linken beabsichtigte. Es war meine vierte Londonreise und nie war etwas schief gegangen. Wahrscheinlich hat er mir sogar noch fröhlich nachgewunken, dieses Schwein.

Ich sitze auf der Pritsche und stochere in einem Nudelbrei herum, der offenbar Timpana darstellen soll, im Rohr gebackener Makkaroniauflauf. Das Zeug schmeckt, als hätte man es auf einem Wellblechdach mit Dieselöl gegart!

Die Tür öffnet sich. Grech tritt ein, dreht sich zum Schließer um. »Bleiben Sie in der Nähe, es dauert nicht lange.«

Ich greife nach dem Teller. »Den Fraß kann er gleich mitnehmen. Ist völlig ungenießbar.«

Grech ignoriert meinen ausgestreckten Arm. »Der Kalfaktor wird das später besorgen.« Er setzt sich auf den Schemel unter dem Zellenfenster und reicht mir einen Plastikschnellhefter. »Ein paar Fragen hätte ich noch, Mr Willmore, nachdem Sie einen Blick in die Anklageschrift geworfen haben.«

Fassungslos lese ich.

»Nun?«

»Eine üble Verleumdung!«, schreie ich auf. »Ich bin Opfer eines niederträchtigen Komplotts!«

»Und wie erklären Sie sich die diversen Schaltpläne von Magnetunterbrechern in Ihrer Nachttischschublade?«

»Ganz einfach. Van Schelf, oder wie immer er heißen mag, muss sie dort deponiert haben, um mich zu belasten.«

»Die kerosinbefleckten Arbeitshandschuhe im Geräteschuppen auch?«

»Natürlich, wer sonst. Ein Kinderspiel. Ab Montagnachmittag war ja niemand mehr im Razett.«

»Immerhin bezeugen zwei Mitglieder des Aeroclubs, dass Sie die Party für etwa zwanzig Minuten verlassen haben. Also Zeit genug, die Treibstoffzufuhr der Cessna zu manipulieren.«

»Blödsinn! Ich bin technisch absolut unbegabt. Meine Freundin hatte ihre Kamera im Flugzeug vergessen. – Morgen, Inspektor, können Sie sich damit den Hintern wischen.«

Ich werfe ihm den Schnellhefter vor die Füße. »Morgen um drei landet nämlich eine Maschine aus Frankfurt mit einer Dame, die diesen absurden, diesen hirnrissigen Anschuldigungen ein Ende bereiten wird.«

Grech lächelt mich mitleidig an und erhebt sich. »Zu Ihrer Information, Mr Willmore. Eine Person namens Rita Schoeller ist nie in Malta ein- oder ausgereist.« Er geht zur Zellentür, klopft.

Langsam beginne ich zu begreifen. »Die Kelims«, höre ich mich stammeln. »Was ist mit den Kelims im Keller?«

»Kelims, Mr Willmore? Im Keller? – Ich weiß nicht, wovon Sie reden. Wir haben das gesamte Anwesen gründlichst untersucht. Der Keller war leer.«

# Ungebetene Gäste

Edmund Crispin

## 1

»Wir sind's nur«, sagten sie.

Ich muss mich vorstellen.

Dies alles wird nicht gelesen, geschweige denn gedruckt werden. Niemals.

Dennoch bleibt die Gewohnheit – die Gewohnheit, Worte in der wirksamsten Anordnung, die man sich vorstellen kann, zu gruppieren. Und es bleibt die Selbstachtung. Die Selbstachtung und die Gewohnheit veranlassen mich zu dem Versuch, dies so zu berichten, als würde es eines Tages doch gelesen werden – was Gott verhüten möge.

Ich bin siebenundvierzig, unverheiratet, lebe allein, Kriminalschriftsteller minderer Bedeutung, der im Durchschnitt jährlich um einiges weniger als tausend Pfund verdient.

Ich lebe in Devon.

Ich lebe in einem Häuschen, das insofern abgelegen ist, als es im Umkreis von einer Viertelmeile kein weiteres Haus gibt.

Es fehlt mir jedoch nicht an Gesellschaft.

Außerdem habe ich ein Telefon.

Ich bin Hypochonder bis in die tiefsten Herzkranzgefäße. Außerdem fürchte ich Unfälle mit Knochenbrüchen. Das Telefon ist also eine Notwendigkeit. Da ich mir nur eines leisten kann, will sein Standort wohl überlegt sein. Nun ist es nach langem Bedenken im Flur, gleich am Fuß der steilen Treppe, installiert. Es steht auf einem niedrigen Bord, knapp sechzig Zentimeter über dem Boden, sodass ich es auch erreichen kann, wenn ich hinkriechen muss.

Sollte mich meine Herzattacke im oberen Stock ereilen, so habe ich Pech gehabt.

Für mich ist das Telefon nur für den Notfall da. Andere Leute sehen das jedoch anders.

Zum Beispiel der Leiter meiner Bank.

»Torhaven 1-5-3«, melde ich mich.

»Hallo? Bradley, spricht dort Mr Bradley?«

»Bradley am Apparat.«

»Hier ist Wimpole, Wimpole. Mr Bradley, ich muss Sie dringend sprechen.«

»Am Apparat.«

»Also, folgendes, Mr Bradley. Wann können wir mit weiteren Einzahlungen rechnen, Mr Bradley? Abhebungen, ja, daran mangelt es nicht, aber die Einzahlungen . . .«

»Ich tue, was ich kann, Mr Wimpole.«

»Ja, sicher, aber was ist mit den Einzahlungen? Was wird im kommenden Monat hereinkommen, Mr Bradley?«

»Einiges, hoffe ich.«

»Ja, Sie hoffen, Mr Bradley, Sie hoffen und hoffen. Aber was soll ich der Zentrale sagen, Mr Bradley? Wie soll ich den Leuten dort die Sache darstellen? Sie haben den Überziehungskredit bei uns, diese fünfhundert Pfund . . .«

»Schon seit Jahren, Mr Wimpole.«

»Ja, Mr Bradley, und genau da liegt der Hase im Pfeffer. Sie müssen den Betrag reduzieren, Mr Bradley, reduzieren, sage ich«, brüllt dieser Irre mich an.

Wenn ich den Betrag reduzieren könnte, dann könnte ich auch fliegen.

Ich bin angemessen fleißig. Ich bemühe mich, zweitausend

Worte pro Tag zu schreiben, wovon ich durchaus leben könnte, wenn es mir je gelänge, sie zu schaffen. Aber wenn man allein lebt, befindet man sich ganz im Gegensatz zu dem, was allgemein angenommen wird, keineswegs in einem Zustand ungestörter Ruhe und Beschaulichkeit.

Ganz im Gegenteil.

Ich hab's mit Nachtarbeit versucht, ein tiefes Gähnen zu jedem Schlag auf die Maschine. Ich hab' versucht, mit den Hühnern aufzustehen.

Da kommt nun H. L. Mencken ins Spiel, der der Ansicht ist, dass schlechtes Schreiben auf schlechte Verdauung zurückzuführen ist.

Meine eigene Verdauung ist zu jeder Zeit schlecht, besonders schlecht zu der Stunde, in der der Milchmann kommt, und ich habe immer festgestellt, dass ich am frühen Morgen nicht viel zusammenbringe. Das ist eine Schwäche, ich gebe es gern zu. Aber es muss wohl so sein. Ich muss mich darum bei der Arbeit an die Bürozeiten halten, von neun bis fünf.

Ich habe das allen Leuten erklärt, habe darum gebeten, mich nur *abends* anzurufen oder zu besuchen, es sei denn, es handelt sich um einen Notfall. Nicht zu den Bürozeiten, sage ich ihnen. Sie würden doch einen Rechtsanwalt auch nicht wegen nichts und wieder nichts während seiner Arbeitszeit anrufen, nicht wahr? Na also, warum rufen Sie dann mich an?

Ich tippe gerade einen Satz, der folgendermaßen anfängt: ›Seine zerschmetterte Hand, die ihn jetzt weniger schmerzte, gab ihm dennoch ein Gefühl für . . .‹

Ich weiß, was nach dem ›für‹ kommt: ›. . . die erschreckende Gebrechlichkeit des menschlichen Körpers‹.

Oder vielmehr, ich wusste es, und es kam nicht. Es wäre vielleicht gekommen – schwach wie es war –, hätte nicht in diesem Moment die Türglocke geläutet. Ich hoffte, es wäre etwas Besseres gekommen.

Es läutete also. Mrs Prance, die eigentlich an diesem Morgen hätte kommen sollen, war noch nicht da, deshalb öffnete ich selbst, polterte von meinem Arbeitszimmer im ersten Stock die Treppe hinunter zur Haustür. Es war der Gasmann. Da der Zähler außen am Haus war, verstand ich nicht, warum ich seine Begutachtung erst absegnen musste.

»Ein Gefühl für die grauenvollen Qualen«, sagte ich zum Gasmann, »denen der menschliche Körper unterworfen ist.«

»Prächtiges Wetter für diese Jahreszeit.«

»Ich lasse Sie jetzt allein, wenn es Ihnen nichts ausmacht. Ich hab' ein bisschen zu tun.«

»Wie Sie wollen«, erwiderte er verschnupft.

Dann kam Mrs Prance.

Mrs Prance kommt dreimal die Woche morgens. Sie ist langsam und schwerhörig, aber solange ich nicht im Fußballtoto gewinne, kann ich mir was Besseres nicht leisten.

Sie geht an die Tür, wenn es läutet, aber ans Telefon geht sie nie, weil sie Angst davor hat, obwohl ich mir die äußerste Mühe gegeben habe, sie an den Apparat zu gewöhnen.

Sie ist immer sehr erpicht darauf, dass ich genau weiß, was sie in meinem schäbigen kleinen Haus treibt, und es entsprechend anerkenne.

»Mr Bradley?«

»Ja, Mrs Prance?«

»Wegen dem *Superglanz*.«

»Was ist damit, Mrs Prance?«

»Bitte?«

»Ich sagte, was ist damit?«

»Wir sollten wirklich was anderes nehmen.«

»Ja, gut, dann nehmen wir doch etwas anderes. Unbedingt.«

»Bitte?«

»Ich sagte: ›Ja.‹

»Es bringt das Holz gar nicht richtig zum Glänzen.«

»Das können Sie am besten beurteilen, Mrs Prance.«

»Bitte?«

»Seien Sie mir nicht böse, Mrs Prance, aber ich muss
jetzt arbeiten. Wir unterhalten uns ein anderes Mal darüber.«

»Aufgeblasener Kerl«, fluchte Mrs Prance.

›. . . gab ihm ein Gefühl von – ein Gefühl von – ein Gefühl
von –‹ Das Telefon läutet.

Mrs Prance schreit herauf, dass das Telefon läutet.

Ich stolpere runter und hebe ab.

»Schätzchen!«

»O hallo, Chris.«

»Wie geht's dir, Schätzchen?«

»Ein Gefühl für die maßlose Grausamkeit, die sich durch
die ganze Geschichte zog.«

»Was sagst du da, Schätzchen?«

»Entschuldige. Ich hab gerade versucht, ein Glas Wasser
auf dem Kopf zu balancieren.«

Perlendes Gelächter.

»Du bist ein Schatz. Hör mal, ich hatte gerade eine glän-
zende Idee. Ein Fest. Hier in meiner Wohnung. Heute in einer
Woche. Du kommst doch, Edward, nicht wahr?«

»Ja, natürlich komme ich, Chris. Aber darf ich dich kurz an
etwas erinnern?«

»Was denn, Schätzchen?«

»Du hast mir versprochen, mich während der Arbeitszeit
nicht anzurufen.«

Erst kurzes Schweigen, dann: »Ach, das eine Mal zählt

doch nicht. Es wird bestimmt ein herrliches Fest, Schätzchen. Das eine Mal macht dir doch nichts aus!«

»Chris, machst du gerade Kaffeepause?«

»Ja, richtig, du kannst dir nicht vorstellen, wie dringend ich sie gebraucht habe.«

»Aber ich mache *keine* Kaffeepause.«

Darauf längeres Schweigen, dann: »Du liebst mich nicht mehr.«

»Ich versuche lediglich, eine Geschichte fertig zu kriegen. Ich habe einen Termin.«

»Wenn du zu meinem Fest nicht kommen willst, brauchst du es nur zu sagen.«

»Natürlich will ich zu deinem Fest kommen, gar keine Frage, Chris, aber ab und zu muss ich auch mal was verdienen. Im Ernst, Chris, bis zu deinem Fest ist es noch eine Woche hin, hättest du mit deinem Anruf nicht bis heute Abend warten können?«

Schluchzen. »Ich finde dich gemein. Ich finde dich absolut scheußlich.«

»Chris!«

»Und ich will dich nie wieder sehen.«


›Ein Gefühl von Verrat‹, tippte ich eifrig. ›Immer noch brannte der Schmerz in seinem Arm, aber er war jetzt –‹

Es läutete.

›– er war jetzt geringer – eher –‹

»Die Wäscherei, Mr Bradley!«, schrie Mrs Prance die Treppe herauf.

»Ich komme, Mrs Prance.«

Ich trat auf den kleinen Vorplatz hinaus. Mrs Prances großflächiges Mondgesicht sah von unten zu mir herauf.

»Sie kommen nächste Woche schon am Donnerstag«, schrie sie mir zu, »wegen Karfreitag.«

»Ja, Mrs Prance, aber warum müssen Sie *mir* das sagen? Ich

meine, Sie sind doch am Donnerstag wie üblich da, nicht wahr, um das Bett frisch zu beziehen?«

»Bitte?«

»Danke, dass Sie mir Bescheid gesagt haben, Mrs Prance.«

Es war ein bemerkenswerter Dienstagmorgen: sieben Anrufe, keiner davon im Mindesten wichtig, elf Leute an der Tür und Mrs Prance eifrigst darauf bedacht, dass auch kein Fünkchen ihrer Bemühungen meiner Anerkennung entging, die ich natürlich lautstark zu äußern hatte. Um halb zehn hatte ich mich an meine Schreibmaschine gesetzt. Um zwölf hatte ich Folgendes zustande gebracht:

›Seine zerschmetterte Hand, die ihn jetzt weniger schmerzte, weckte in ihm dennoch ein Gefühl von Verrat, der erschreckenden Gebrechlichkeit des menschlichen Körpers, aber der Schmerz war jetzt geringer als vorher, war ihm eher gleichgültig geworden, nach allem, denn wenn auch der Schmerz abgeschüttelt werden konnte, so war doch der Verrat . . .‹

Ich habe nie behauptet, dass ich meine die Sätze aus dem Ärmel schütteln kann, aber das war wirklich ein ganz schlimmer Morgen.

2

Der Nachmittag ließ sich besser an. Mit einem herzhaften Wurstbrot im Magen brachte ich es ohne Störung auf sieben Absätze.

›Während er sich mühsam herauskämpfte, überfiel ihn Hass‹, tippte ich, enthusiastisch den achten Abschnitt in Angriff nehmend. ›Nie zuvor hatte ein solches Gefühl –‹

Es läutete.

›— hatte ein solches Gefühl sein ruhiges Dasein in Aufruhr gebracht. Es war, als —‹

Es läutete wieder, ziemlich lange und nachdrücklich.

›— als hätte ein wildes Tier sich seiner bemächtigt, ein ungebärdiges, unersättliches Tier.‹

Jetzt läutete es mehrere Sekunden lang ohne Unterbrechung.

›War dies ein Überlebensmechanismus, oder würde es seinen Geist verwirren? Er wusste es nicht. Eines jedoch war klar‹ . . ., nämlich dass ich die verdammte Tür würde aufmachen müssen.

Ich tat es.

Draußen auf der Straße parkte ein Auto, und auf der Schwelle stand ein spätjugendliches Paar, dem man auf den ersten Blick ansah, dass es gerade aus dem *Duke* kam.

Das *Duke of Devonshire* ist meine Stammkneipe. Als ich in diesen ruhigen Teil Devons zog, hatte ich zunächst nichts gegen das *Duke* einzuwenden; es war ein bescheidenes Dorfwirtshaus, in dem es bescheidene dörfliche Getränke gab und hin und wieder eine Schweinepastete oder Rouladen. Aber dann wechselte es den Besitzer, und der machte ein Schlemmerlokal daraus. Lachs, Wildpasteten in Blätterteig, Wachteleier und ähnliche Extravaganzen wurden unter Trompetengeschmetter eingeführt; in Karossen aller Art rollten die zahlungskräftigen Verrückten heran, lechzend nach Bauernschmaus auf exotische Art und elegant servierter Hummercremesuppe, dürstend nach den essigsauren vierundsechziger Rotweinen oder dem immer schlecht eingeschenkten abscheulichen selbst gebrauten Bier; und niemand hatte mehr Frieden.

Insbesondere hatte ich keinen Frieden mehr. »Gehen wir doch noch auf einen Sprung zu Ted«, sagten die Leute, wenn sie bei Lokalschluss aus der Bar verscheucht wurden. »Er wohnt ganz in der Nähe.«

»Charles«, sagte der Mann vor der Haustür und bot mir die Hand.

Die Frau an seiner Seite kicherte. Ihr Haar war toupiert, und ihre Lippen schimmerten so bleich, dass sie sich erschreckend wie Narben vom fleckigen Teint abhoben. »Das ist Ted, Mausi«, sagte sie.

»Ted! Natürlich, Ted! Kenne ihn doch seit Jahren. Wie geht's, Charley, alter Junge?«

»*Ted*, mein Engel.«

Ich kannte sie beide flüchtig von einer oder zwei Partys. Sie waren vermutlich verheiratet, aber noch nicht lange, wenn sie sich noch mit solchen Blödheiten wie ›mein Engel‹ titulierten.

»Wir stören doch nicht«, sagte sie.

Von dieser sachlichen Feststellung gereizt, hätte ich am liebsten gesagt: ›Doch, und wie Sie stören.‹ Aber das musste ich hinunterschlucken; die gutbürgerliche Erziehung verbietet solche Antworten, es sei denn, sie sind scherzhaft gemeint.

»Kommen Sie herein«, murmelte ich.

Sie kamen herein.


Ich führte sie ins Wohnzimmer, das mangels größerer Geldbeträge ein Schatten dessen geblieben ist, was mir einst vorschwebte. Es stehen zwei Sessel darin, ein Sofa, ein Couchtisch, ein Eckschrank für die Getränke; alles wirkt trotz *Superglanz* stumpf und schäbig auf dem einfachen Teppich.

Ich bugsiere sie auf das Sofa.

»Kaffee?«, meinte ich.

Aber das entsprach nicht den Wünschen.

»Sie haben nichts Alkoholisches im Haus, alter Junge?«, fragte der Mann.

»*Stanislas*«, empörte sich die Frau.

»Doch, natürlich. Whisky? Gin? Sherry?«

»Ach, Stanislas, Schätzchen, du bist schrecklich«, stellte dieses weibliche Wesen fest. »Einfach so zu fragen.«

Ich konnte mich an ihre Namen nicht erinnern, aber Stanislas konnte nicht der richtige Name sein. »Stanislas?«, fragte ich.

»Das ist nur zwischen uns.« Sie nahm eine seiner Hände und knetete sie. »Es stört Sie doch nicht? Es ist so eine Art privater Scherz – nur zwischen uns.«

»Ach so. Also, was möchten Sie gern trinken?«

Er entschied sich für Whisky, sie nahm Gin und Wermut.

»Entschuldigen Sie mich einen Moment, ich muss rasch noch mal nach oben«, sagte ich, nachdem ich sie bedient hatte.

›Eines war klar: Giorgios Karte stimmte nicht, und die Folge war, –‹

»Huhu!«

Ich ging auf den Vorplatz hinaus.

»Ja?«

»Wir fühlen uns einsam.«

»Ich komme gleich runter.«

»Sie sitzen schon wieder an Ihrer schrecklichen Maschine.«

»Nein, ich hab nur was nachgeprüft.«

»Wir haben aber die Maschine gehört. Jetzt kommen Sie doch runter Charles – Edward, meine ich. Wir müssen Ihnen etwas unheimlich Wichtiges erzählen.«

»Ich komme sofort«, rief ich hinunter, in Gedanken ganz bei Giorgios Karte.

Ich füllte ihre Gläser frisch auf.

»Sie sind Diana«, sagte ich zu ihr.

»Daphne«, quiekte sie.

»Ach ja, natürlich. Daphne. Ist der Drink in Ordnung?«

Da sie gerade einen kräftigen Zug genommen hatte, konnte sie mir nicht antworten. Stanislas raffte sich auf, um die Gesprächslücke zu füllen.

»Na, was macht die Schriftstellerei?«

»Es läuft ganz gut.«

»Wimmelt wohl von Marsmenschen, wie? Ich lese ja leider solches Zeug nicht, interessiere mich mehr für Biografien und Geschichte. Hat Daphne es Ihnen schon erzählt?«

»Nein. Was denn?«

»Na, das von Uns, alter Junge, das von Uns.«

Das war der erste Hinweis darauf, dass sie nicht verheiratet waren. Kosenamen können die Zeit der ersten Liebe um Jahre überleben und zu automatisierten Reflexen erstarren, bieten also keinen Aufschluss über die tatsächliche Beziehung. Aber wenn in dem Wörtchen ›Uns‹ der Großbuchstabe so hörbar wird, kündigt das etwas Neues an.

»Aha!«, machte ich.

Mit einiger Anstrengung beugte sich Stanislas vor. »Daphnes Mann ist ein Schwein«, erklärte er klar und deutlich.

»Giorgios Karte«, murmelte ich. »Fehlerhaft.«

»Ein brutales Schwein. Darum tut sie sich jetzt mit mir zusammen.«

Befriedigt sank er in die Polster zurück. »Liebling«, sagte er.

›– die Folge davon war, dass wir uns zwei Meilen südwestlich von der erwarteten Position befanden.‹ »Und was ist die erwartete Position?«, fragte ich.

»Wir gehen zusammen weg«, antwortete Daphne.

»Noch am heutigen Tag, Liebling.«

»Mein Engel.«

»Ja, noch heute«, bekräftigte Stanislas und schlürfte demonstrativ die letzten Tropfen Whisky aus seinem Glas. »Noch heute. Wir haben es genau geplant«, teilte er mir vertraulich mit.

›Der Plan war gescheitert, hatte sich als Fiasko entpuppt. Giorgio hatte versagt.‹

»Hatte sich als Fiasko entpuppt«, sagte ich, in der Hoffnung, es würde mir gelingen, mich dieser Formulierung zu erinnern, wenn diese beiden Irren wieder aus dem Haus waren.

»Fiasko, das ist das richtige Wort für Daphnes Ehe«, erklärte Stanislas. Plötzlich bekam er das heulende Elend. »Was Daphne gelitten hat, wird kein Mensch je erfahren«, schluchzte er. »Dieses Schwein hat sie sogar – geschlagen.« Daphne senkte in schweigender Bestätigung züchtig die Lider. »Und deshalb gehen wir jetzt zusammen weg«, fuhr Stanislas fort, der sich wieder ein wenig gefasst hatte. »Wir fangen ein neues Leben an. Im Ausland. Eine neue menschliche Beziehung.«

›Doch war dieses Scheitern endgültig? Gab es nicht noch eine Chance?‹

»Entschuldigen Sie mich für einen Moment«, sagte ich, »ich muss noch einmal nach oben.«

Aber dieser Versuch misslang. Daphne packte mich so heftig beim Handgelenk, als ich schon im Aufstehen war, dass ich beinahe seitlich umgestürzt wäre.

»Sie sind doch auf unserer Seite, nicht wahr?«, hauchte sie.

»Aber ja, natürlich.«

»Mein Mann würde uns verfolgen, wenn er eine Ahnung hätte.«

»Dann ist es ja gut, dass er nichts weiß.«

»Aber er wird es erraten. Er wird sich denken, dass es Stanislas ist.«

»Ja, wahrscheinlich.«

»Es stört Sie doch nicht, dass wir zu Ihnen gekommen sind, Charles? Wir müssen warten, bis es dunkel wird.«

»Also, eigentlich hätte ich noch was zu arbeiten.«

»Entschuldigen Sie«, sagte sie und strich ihren Rock glatt. »Es war rücksichtslos von uns, hier so hereinzuplatzen. Wir müssen gehen.« Sie zupfte an ihrem Rocksaum, machte aber keine Anstalten aufzustehen, und ich füllte brav ihr Glas auf.

»Nein, gehen Sie nicht.« Das war britische Mittelklasse in Hochform. »Erzählen Sie mir doch noch etwas darüber.«

»Stanislas!«

»Hm.«

»Wach auf, mein Engel. Erzähl Charles, wie es war.«

Stanislas schaffte es immerhin, sich halbwegs aufrecht hinzusetzen. »Was soll ich ihm denn erzählen?«

»Das von uns, mein Engel.«

›Aber das Teuflische war, wenn Giorgios Karte nicht stimmte, waren unsere Chancen gleich null.‹

»Gleich null«, brummte ich. »Null.«

»Von wegen null, alter Junge«, zischte Stanislas mich an. »Nichts dergleichen. Ich muss sagen, ich hab was gegen dieses ›Null‹. Wir sind vielleicht nichts Besonderes wie Sie, der Herr Schriftsteller, aber Nullen sind wir nun wirklich nicht, Daphne und ich. Wir sind Menschen, mit allem, was dazugehört. Wir bluten, wenn man uns verletzt. Ich bin kein toller Hecht, das gebe ich gern zu, aber Daphne – Daphne –«

»Eine wunderbare Frau«, nickte ich.

»Ja, das sagen Sie jetzt, aber was hätten Sie vor fünf Minuten gesagt? Wie? Hm?« Er starrte in sein leeres Glas.

»Das Gleiche natürlich.«

»Sie kommen sich wohl sehr toll vor, wie? Sie bilden sich ein, Sie hätten – Sie hätten den Stein der Weisen gefunden. Na, dann lassen Sie sich mal eines sagen, hochverehrter Mister Bradley: Sie bilden sich vielleicht ein, dass Sie mit Ihrer Krimischreiberei was Besseres sind, aber ich kann Ihnen sagen, es gibt Wichtigeres im Leben als Kriminalromane. Sie werden das wahrscheinlich nicht verstehen, aber ich spreche von der Liebe. Daphne und ich, wir lieben uns. Sie können ruhig spotten, und Sie tun's ja auch. Ich kann Ihnen nur sagen, Sie sind völlig auf dem Holzweg. Daphne und ich, wir gehen zusammen weg, und zum Teufel mit den – den Spöttern.«

»Trinken Sie doch noch ein Glas.«
»Hm, ja, danke, hätt nichts dagegen.«

Sie blieben vier geschlagene Stunden.

So um die Halbzeit herum taten sie mal so, als tränken sie Tee. Etwas später äußerten sie sich bestürzt darüber, so lange geblieben zu sein – ohne jedoch an Aufbruch zu denken. Während Giorgio und seine Karte unwiderruflich meinem Gedächtnis entglitten, machten sie mir nochmals klar, dass sie für ihre Flucht den Schutz der Dunkelheit brauchten; das war es, was sie hier hielt, nicht meine charmante Gesellschaft. Da ich nun jeglicher Möglichkeit beraubt war, mein Tagespensum doch noch zu schaffen, hörte ich mir wohl oder übel ihre Seelenergüsse an – er schuldig geschieden, obwohl die Unschuld in Person, sie an einen brutalen Klotz gebunden, der unglücklicherweise weit reichenden lokalen und nationalen Einfluss besaß und sie bis ans Ende der Welt verfolgen würde, wenn nicht geeignete Maßnahmen getroffen wurden, seine Bemühungen zu vereiteln.

Ich erfuhr eine ganze Menge über diese Maßnahmen, registrierte alles, ohne in diesem Moment zu wissen, wie nützlich diese Informationen noch sein würden.

»Charles, Edward.«
»Ja?«
»Wir sind wirklich rücksichtslos.«
»Aber nein.«
»Wir haben Sie nicht weiterarbeiten lassen.«
»Jetzt ist es sowieso zu spät.«
»Es ist nie zu spät«, weinerlich: »Gehen Sie ruhig rauf, und schreiben Sie. Wir bleiben hier sitzen und tun keiner Seele was zu Leide.«
»Ich hab so ziemlich alles vergessen, was ich schreiben wollte, außerdem habe ich die letzte Postabholung verpasst.«

32

»Ach, Charles, Charles, Sie beschämen uns. Wir haben uns schandbar benommen.«

»Das ist doch lächerlich.«

»Aber natürlich haben wir uns schandbar benommen. Wir haben Ihren Whisky und Ihren Gin getrunken, wir haben auf Ihrem Sofa gesessen, wir haben Sie von der Arbeit abgehalten. Ist doch wahr, nicht, mein Engel? Wir haben ihn doch von der Arbeit abgehalten?«

»Wenn du es sagst, mein Engel.«

»Ganz entschieden sage ich das. Und es ist eine Schande.«

»Dann haben wir eben Schande auf uns geladen, mein Schatz. Schlimm«, sagte er theatralisch. »Aber sind wir wirklich so schlimm? Ich meine, er ist sein eigener Herr, er kann über seine Zeit verfügen, wie er will, er kann arbeiten, wann es ihm Spaß macht. Anders als du und ich. Er ist fein raus.«

»O Gott«, murmelte ich.

»Na ja, ist doch wahr«, erklärte Stanislas mit schwerer Zunge. »So ein richtig schönes, ruhiges Leben.«

»Ruhig ja, das ist es.«

»Sie brauchen doch nichts zu tun, was Sie nicht wollen. Ach, wann werd ich den Tag mal erleben?«

»Er macht ein ganz böses Gesicht.«

»Was? Der alte Charles mit einem bösen Gesicht? Du täuschst dich, mein Engel. Glaub das ja nicht. Sie sind doch nicht böse, Charles, oder?«

»Wir sind wirklich ziemlich lange geblieben, Liebling. Liebling, bist du wach? Ich sage, wir sind wirklich ziemlich lange geblieben.«

»Hm.«

»Aber es ist auch eine besondere Situation. Edward, es ist eine besondere Situation. Das sehen Sie doch ein, nicht wahr? Was Besonderes. Wegen Stanislas und mir.«

Ich sagte: »Ich weiß nur, dass ich –«

»Es ist ja nur dies eine Mal«, fiel sie mir ins Wort. »Dies eine Mal werden Sie uns doch verzeihen? Schließlich sind Sie ja wirklich Ihr eigener Herr. Und außerdem – es sind ja nur wir.«

Ich starrte sie an.

Mein Blick fiel auf ihn: Er schnarchte leise. Ich sah sie an: Sie döste. Ich stellte mir vor, was für ein Leben auf sie wartete, wenn sie zusammen fortgingen.

Aber dieses ›Es sind ja nur wir‹ hatte etwas in Bewegung gesetzt.

Ich dachte daran, wer mich an diesem einen Tag, der durchaus kein besonderer war, alles gestört hatte: Mrs Prance, der Gasmann, Chris (zweimal: sie hatte noch ein zweites Mal während meiner Arbeitszeit angerufen, um sich dafür zu entschuldigen, dass sie das erste Mal während meiner Arbeitszeit angerufen hatte), der Mann von der Wäscherei, der Lebensmittelhändler (dass es diese Woche keine Chivers-Erbsen gab), mein Steuerberater, eine Frau, die für die Kirche sammelte, ein Franzose, der wissen wollte, ob er auf dem richtigen Weg zum *Duke* sei.

Ich dachte daran, dass ein Mann von der Versicherungsanstalt da gewesen war, um sich zu erkundigen, ob ich Mrs Prance versichert hätte, und wenn nicht, warum. Ich dachte an einen langen, ergebnislosen Anruf von irgendjemandes Sekretärin, der beim BBC arbeitete. Nach langem Hin und Her stellte sich nur heraus, dass der Betreffende trotz seines dringenden Verlangens, mit mir Kontakt aufzunehmen, in dem BBC-Club verschwunden war, ohne irgendeine Nachricht zu hinterlassen. Ich dachte daran, dass eine Gruppe von Studenten an der Universität von Essex einen Vortrag von mir hören wollte und gütigerweise bereit war, mir die Bahnreise zweiter Klasse zu bezahlen – für den Vortrag gäbe es kein Honorar.

Ich dachte daran, dass die Arbeit eines ganzen Morgens aus einem einzigen verhunzten, unfertigen Absatz bestand und dass ich am Nachmittag vor dieser weiteren Störung kaum mehr als zweihundert Wörter zustande gebracht hatte.

Ich dachte daran, dass ich die letzte Postabholung verpasst hatte.

Ich dachte daran, dass ich aus ähnlichen Gründen auch an den anderen Tagen die Postabholung verpasst hatte und dass Verleger von Schriftstellern, die immer wieder ihre Termine versäumen, nicht viel halten.

Ich dachte daran, dass ich knapp bei Kasse war und dass es absolut nichts zur Verbesserung der Situation beitrug, wenn ich vier Stunden hier herumsaß und praktisch fremde Leute bewirtete.

An dies alles dachte ich.

Und ich sah rot.

›Rote Nebel schwebten vor seinen Augen.‹

Ich nahm den Schürhaken aus dem Kamin und trat hinter das Sofa, auf dem sie saßen.

Ob sie sich wohl gefragt haben – überlege ich manchmal –, was ich da tat, warum ich mit einer dicken Eisenstange in der Hand hinter dem Sofa herumschlich?

Sie waren wahrscheinlich viel zu weit hinüber, um sich Gedanken zu machen.

Wie dem auch sei, es blieb ihnen nicht viel Zeit, sich Gedanken zu machen.


3


Achtzehn Monate sind vergangen.

Am Ende der ersten Woche kam ein Constable von der Kriminalpolizei zu mir. Er hieß Ellis. Er war von einer schwindsüchtigen Magerkeit und schien sich trotz seiner Jugend in einer Dauerdepression zu befinden. Er war in Zivil.

Er teilte mir mit, dass sie Daphne Fiddler und Clarence Oates hießen.

»Wir sind dieser Angelegenheit nachgegangen, Sir, und es scheint, dass Sie diese Dame und diesen Herrn nicht näher kannten.«

»Ich war ihnen nur ein- oder zweimal begegnet.«

»Aber an jenem Dienstagnachmittag waren sie hier.«

»Ja, aber nur weil sie drüben im Gasthaus nicht bleiben konnten. Wenn das Gasthaus schließt, kommen die Leute oft hierher zu mir.«

Auf dem Sofa sitzend, ohne seine Flecken zu beachten, sagte Ellis: »Sie wollten was zu trinken, wie?«

»Ja, den Anschein hatte es.«

»Ich hoffe, ich störe Sie nicht bei der Arbeit, Sir.«

»Doch, Officer, Sie stören mich tatsächlich bei der Arbeit. Wie die beiden neulich auch.«

»Ich wäre Ihnen dankbar, Sir, wenn Sie mich nicht ›Officer‹ nennen würden. Als Anrede ist das Wort ungeeignet.«

»Verzeihen Sie.«

»Leider muss ich Sie noch ein wenig länger bei der Arbeit stören, Sir. Also, wenn ich fragen darf, hat dieses – dieses Paar Ihnen irgendetwas über seine Pläne erzählt?«

»Hat es denn anderen etwas darüber erzählt?«

»Ja, Mr Bradley, etwa der Hälfte der Einwohnerschaft von Süddevon.«

»Nun, ich kann Ihnen berichten, was sie mir erzählten. Sie sagten, sie wollten per Schiff von Torquay nach Jersey, dann mit dem Flugzeug von Jersey nach Guernsey und dann weiter mit einem Hovercraft von Guernsey nach Frankreich. Sie wollten mit Tagesausweisen nach Frankreich hinüber, wollten aber ihre Pässe mitnehmen und Bargeld in ihre Kleider einnähen. Von Frankreich wollten sie weiter, in irgendein anderes Land, in dem es möglich ist, ohne Aufenthaltsgenehmigung Arbeit zu finden.«

»Tja, in manchen Ländern gibt's riesige Gesetzeslücken«, stellte Ellis philosophisch fest.

»Ich glaube nicht, dass so was klappt«, meinte ich.

»Sie Kellnerin, er Taxifahrer«, murmelte Ellis pessimistisch. »Wann haben Sie sie zuletzt gesehen?«

»Als sie wegfuhren.«

»Ja, aber um welche Zeit.«

»Ach so, nach Einbruch der Dunkelheit. Gegen sieben ungefähr. Ist ihnen denn was passiert?«

»Ihr Wagen wurde bei den Wasserfällen gefunden. Leer.«

»Oh.«

»Kein Gepäck.«

»Oh.«

»Sie haben also vermutlich den Bus nach Torquay genommen.«

»Lässt sich das nicht feststellen?«

Ellis rutschte ungeduldig auf den Polstern hin und her. »Der Fahrer ist ein Idiot. Der sieht und hört überhaupt nichts.«

»Ich war selbst draußen bei den Wasserfällen.«

»Wie bitte?«

»Ich sage, ich war selbst draußen bei den Wasserfällen. Ich folgte ihnen zu Fuß – wobei ich natürlich nicht *wusste*, dass ich ihnen folgte.«

»Haben Sie ihren Wagen dort gesehen?«, fragte Ellis.

»Ich hab mehrere Wagen gesehen, aber die sehen ja alle gleich aus. Und alle hatten ihre Scheinwerfer abgeschaltet. Man spaziert nicht an den Wasserfällen herum und schaut in geparkte Autos, die die Scheinwerfer ausgeschaltet haben.«

»Und dann, Sir?«

»Dann bin ich wieder zurückgegangen. Ich mache den Spaziergang abends nach dem Essen ziemlich häufig.«

(Ich hatte tapfer der Versuchung widerstanden, mich über die Felder zu schleichen, und war wie gewöhnlich auf der Straße zurückgegangen. Ein Glück für mich, dass ich den Wagen unbemerkt in der Nähe der Bushaltestelle hatte abstellen können, und ein Glück für mich, dass ich an das Gepäck gedacht hatte, ehe ich losgefahren war.)

»Glück für mich«, sagte ich.

»Wie bitte?«

»Glück für mich, dass ich den Spaziergang noch machen kann.«

Ellis stand vom Sofa auf. Glück für mich, dass er nicht die Ausrüstung dabei hatte, um die Flecken auf dem Sofa zu untersuchen.

»Es ist eine reine Routineermittlung, Mr Bradley«, erklärte er schwach, als hätte seine Lebensenergie einen Tiefpunkt erreicht. »Mrs Fiddlers Mann und Mr Oates' Frau hielten es für ihre Pflicht nachzufragen – beim Vermisstendezernat. Aber unter uns gesagt«, fügte er hinzu, und seine Stimme belebte sich vorübergehend, »denen ist das schnurzegal. Es liegt ja auf der Hand, was passiert ist, und den beiden ist das schnurzegal. Am besten, man redet nicht viel darüber, Mr Bradley, und lässt Gras über die Sache wachsen.«

Damit ging er.

Eigentlich müsste ich mich schuldig fühlen; tatsächlich fühle ich mich befreit.

Katharsis.

Bin ich von Mitleid befreit? Ich hoffe es nicht. Ich habe Mitleid mit Daphne und Stanislas, auch wenn ich mich immer noch über ihre unerhört dumme und dreiste Art ärgere.

Befreit von Furcht?

Hm, auf eine merkwürdige Weise, ja.


Meine Lage hat sich verschlechtert. Im Zuge meiner krampfhaften Anstrengungen, den Überziehungsbetrag auf meinem

Konto auf zweihundertfünfzig Pfund zu reduzieren, kann ich mir Mrs Prance nur noch zweimal die Woche leisten und muss jetzt, was um einiges schwerwiegender ist, die Konserven abzählen und die Brötchen, die ich mir toasten will.

Aber ich fühle mich besser.

Die Störungen sind nicht weniger geworden. Wimpole, Chris, der Steuerberater – alle helfen sie auf die gewohnte Art zusammen, mir meine Arbeitszeit zu vertreiben.

Aber ich sehe sie jetzt mit Milde. Alle, auch Mrs Prance.

Ich arbeite jetzt viel im Garten.

Ich habe ziemlich viele Blumen, aber das ist mehr Glück als gärtnerisches Können. Gemüse ist mein Hauptanliegen.

Und in diesem Herbst hat sich der Kohl besonders gut gemacht. Die leicht konischen Köpfe stehen kerzengerade, unter den dunkelgrünen, dicht gefalteten Außenblättern feste, knackige Herzen.

Für Kohl gibt es nichts Besseres als gut zersetzte organische Düngung.

Werde ich es je über mich bringen, meine Kohlköpfe zu schneiden und zu essen?

Im Augenblick möchte ich meinen Kohl nicht essen. Aber ich denke, am Ende werde ich es doch tun.

Es sind ja schließlich nur sie.

# Blood on the Breakfast-Room Floor

Regula Venske

Ja, diesmal war er es, dieser war der Richtige. Der, auf den sie seit langem schon gewartet hatte, eigentlich ihr ganzes bewusstes Leben lang. Endlich war er gekommen. Es bestand kein Zweifel mehr, wie er da so vor ihr saß und sich über sein Frühstück beugte. Schlechte Haltung! Untertanenhaltung, dachte sie verächtlich. Sie dagegen stand sehr aufrecht, seitlich hinter ihm stand sie und konnte direkt auf seine Glatze herabblicken, die so blank poliert aussah, als solle sie sich darin spiegeln. Leicht hätte sie über den schütteren grauen Haarkranz, der seinen Hinterkopf zur Hälfte einrahmte, streichen können, aber das tat sie natürlich nicht. So etwas tut man nicht bei Fremden, wenn man nicht erstaunte Blicke auf sich ziehen will. Sie kannte aber auch sonst niemanden, mit dem sie auf so vertrautem Fuße stand, dass sie über seinen Kopf hätte streichen dürfen. Ed war tot. Sie streckte also die rechte Hand aus, die ein wenig zitterte – aber das war nur das Alter –, und ergriff seinen Teller. Den kross gebratenen Fettstreifen des Frühsstückspecks hatte er nicht mitgegessen, sondern in einem ordentlich zusammengerollten Kringel an den Tellerrand geschoben. Ein verwöhnter Charakter. Nun, umso besser für sie.

»Ich bringe gleich den Toast«, murmelte sie und wandte sich schnell von ihm ab.

»Please, make me a strong coffee«, sagte er in seinem schlechten Englisch, während er den Morgenrotz in seiner Nase hochzog. »But a real black broth, okay?« Dann schluckte er den Rotz geräuschvoll runter. Sie hatte jetzt die Verbindungstür zur Küche erreicht.

»In this tea, you can clean your dishes later!« rief er hinter ihr her. Sie hörte sein wieherndes Lachen und zog die Küchentür mit dem Ellenbogen hinter sich zu. Dabei bemerkte sie, dass der Speckkringel am rechten Ärmelrand ihres Morgenmantels hängengeblieben war. Er schimmerte fast durchsichtig weiß in den rosafarbenen Rüschen. Sobald sie den Teller vorsichtig auf den Küchentisch geschoben hatte, zurrte sie den Streifen ab und schleuderte ihn unter die Spüle. Dort würde die Katze den Leckerbissen schon finden. Sie ergriff den Teekessel – es war schließlich doch ein *Teekessel*, nicht wahr – und setzte Wasser auf. Inzwischen waren auch die Weißbrotscheiben getoastet. Sie stellte den Toaster ja immer schon an, bevor sie den Teller mit dem Gebratenen abräumte. Die inzwischen nur noch lauwarmen Toastscheiben steckte sie in den versilberten Ständer und stellte ihn auf das Tablett neben das Butterschälchen und das Glas mit der selbstgemachten Orangenmarmelade. Nun galt es, alle Bewegungen genau unter Kontrolle zu halten.

Langsam trug sie das Tablett ins Frühstückszimmer hinüber. Er war natürlich nicht auf seinem Platz sitzen geblieben, sondern hatte sich im Zimmer umgucken müssen. Wie selbstverständlich sie sich immer wie zu Hause fühlten, alles beherrschen zu können glaubten. Als gehöre ihnen die ganze Welt! Die Jungen waren da übrigens nicht besser. Jetzt war er vor dem Kaminsims stehen geblieben und studierte Eds Fotografie. Eds blasses, im Laufe der Jahre noch zusätzlich immer weiter verblasstes Gesicht. Seine spöttischen Augen, der lächelnde Mund, die edel geschnittene Nase. Er hatte nie Gelegenheit gehabt, Fett anzusetzen. Er war gestorben, kaum dreiundzwanzigjährig, gestorben, ja, aber nie begraben. Das war vielleicht das Schlimmste daran.

»Your son is he?«

Sie setzte das Tablett auf dem Tisch ab und schwieg. Sie hatte keine Kinder gehabt. Wie hätte sie da einen Sohn haben können?

»Or, not your husband?«

Sie schwieg weiter. Mit Eds Mörder wollte sie nicht über Ed sprechen.

»Your husband, alright. Good soldier, was he?«

»He was my finance.« Zu dumm, jetzt war es doch heraus. Sie biss sich auf die Lippen, aber die kleine trotzige Bewegung war ihm nicht entgangen.

»Died in the war, what?« Er räusperte sich, schnaufte wieder. Dann aber lachte er, lachte ganz einfach sein dreckiges versöhnliches Lachen.

»He won the bloody war, alright. But I survived. Hehehe!«

Wer weiß, wie Ed sich entwickelt hätte, wenn er so alt wie dieser hier geworden wäre? Drei, vier Jahre älter wäre er wohl sogar schon. Sie mochte jetzt nicht daran denken, nicht mehr, heute Morgen nicht. Jetzt galt es, sich auf anderes zu konzentrieren. Aus der Küche schrillte das Pfeifen des Teekessels herüber.

»Ich setze eben Ihren Kaffee auf, einen Moment, bitte«, sagte sie. Dabei zwang sie sich, laut und deutlich zu sprechen. Dann huschte sie in die Küche, schaltete den Herd aus und nahm den Kessel von der Platte. Nebenan, in der kleinen Speisekammer, neben den Gläsern mit dem Eingemachten, lag das Beil. Früher, bevor das Haus an die Elektroleitung angeschlossen wurde, hatte sie das Holz damit gehackt, sie hatte ja keinen Mann, der ihr die schwere Arbeit hätte abnehmen können. Die Leute dachten immer, sie sei einsam, aber das stimmte gar nicht, einsam war sie nicht. Sie hatte schließlich Ed, den sie lieben konne, auch wenn er tot war.

Aber allein war sie gewesen, schrecklich allein, alles hatte sie selber machen müssen. Und nun würde sie eben noch einmal ganz allein ausholen müssen, zu ihrer letzten großen Tat, und dann mochte kommen, was da wollte. Ihre Augen glitten an den Regalen entlang. Grapefruit mit Pflaumen, ihr Lieblingskompott. Nur besondere Gäste bekamen es zum Frühstück vorgesetzt, das meiste davon behielt sie sich selbst vor. Ah, dahinter ruhte das Beil, ausgerechnet in diesem Augenblick von einem Morgensonnenstrahl beglänzt; das war sicherlich ein gutes Omen, nicht wahr. Ja, die Klinge blinkte ihr gewissermaßen erwartungsvoll entgegen.

Ihre Hand zitterte jetzt nicht mehr. Beherzt ergriff sie das Instrument und verbarg es sogleich unter ihrem Morgenmantel. Durch das dünne Nachthemd konnte sie das kühle Eisen auf ihrer Brust spüren. Vorsichtig, leise, aber auch wiederum nicht zu leise – er sollte ja nicht misstrauisch werden, nur denken, dass jetzt endlich sein wohl verdienter Morgenkaffee käme, das durfte er –, behutsam, Schritt für Schritt, schlurfte sie in den Frühstücksraum zurück. Jetzt war er da, der Moment, auf den sie seit einundfünfzig Jahren gewartet hatte. Der Mann, auf den sie seit einundfünfzig Jahren gewartet hatte. Ein Deutscher. Eds Feind. Sein Mörder. Ein Mann im richtigen Alter, und allein. Keine allein erziehende Mutter, keine Kriegerwitwe, die mit ihren beiden Halbwüchsigen durch England reiste und lachend ihre Kriegerwitwenrente verjubelte und die Kinder zu Frieden und Toleranz erzog. Auch kein braver, bemühter Familienvater, der sich gleich stotternd entschuldigte, wenn die Kinder auf ihrem Kräuterbeet herumgetrampelt waren. Und erst recht keiner von diesen friedensbewegten Studenten, diesen ernsthaften jungen Tierliebhabern und Atomkraftgegnern, die auf ihren Fahrrädern schwitzend durch Devon und Cornwall strampelten – immer paarweise, warum nur immer paarweise? Und immer wollten sie ihre nach Bier und selbst gedrehten Zigaretten und nach vorzeitigen Samenergüssen stinkenden Jeans ausgerechnet in ihrer Badewanne auswaschen. Nein, ein herrlich allein reisender Deutscher ihrer Generation, ein echter *kraut*, und dazu einer, der aus Hamburg kam. Vielleicht war es wirklich der, der Ed in jener Nacht abgeschossen hatte, denkbar war es durchaus, ja, es war sehr gut möglich. Vielleicht aber war er es auch nicht, vielleicht war dieser sogar in Polen oder Russland gewesen; zuzutrauen wäre es ihm, dass er nicht nur die Bombardierung Hamburgs, sondern alles Mögliche überlebt haben mochte. Einerlei. Einerlei. Eds Mörder hatte auch nicht nach seinem Namen, seinen Interessen oder gar Lebenszielen gefragt. Nur vom violettschwarzen Nachthimmel heruntergeholt hatte er ihn und mit Eds Leben auch das ihre zerstört.

Sie war jetzt fast bei ihm angekommen. Er schabte gerade den Rest der Orangenmarmelade mit dem Messer aus dem Glas auf sein Brot und blickte kaum flüchtig zur Seite. Mit dem Handrücken der Hand, in der er noch das Messer hielt, schob er ihr die Tasse leicht entgegen.

»Ah, wonderful! There it is coming, my coffee...«, schnaubte er.

Aufrecht blieb sie hinter ihm stehen und zog die rechte Hand unter dem Morgenmantel hervor. Sie war ja ein wenig aus der Übung gekommen, seit sie nicht mehr mit Holz kochen und heizen musste, aber sie stellte sich einfach vor, seine Glatze wäre ein Holzscheit, und sie dachte noch einmal kurz an Ed, und dann holte sie aus, und da spaltete sich sein Kopf ganz leicht, wie von selbst. Eine hohe Blutfontäne spritzte ihr entgegen und ergoss sich auch auf den Tisch und das Brot und vermischte sich mit der Orangenmarmelade. Noch einmal holte sie aus, dabei blieb die Klinge in seinem Schädel stecken, und mit einem erstaunten Schnaufen sackte er vornüber auf den Frühstückstisch.

Sie blickte ungerührt, ja, nur mit einem leichten Anflug von Verachtung auf die Szene, die sie angerichtet hatte. *What a mess!* Er hatte jetzt gar keine Haltung mehr! Sie konstatierte es leicht befriedigt, während sie den Morgenmantel von sich gleiten ließ und ihn in der Bewegung geistesgegenwärtig schon auf links wendete und auch den blutverschmierten Schaft mit darein hüllte und im Ärmel stecken ließ. Das war wirklich klug und praktisch gedacht, und ebenso, dass sie den Morgenmantel sodann wie einen Scheuerlappen über den Fußboden schob, wobei sie ihn nur mit dem Fuß leicht hin und her lenkte. Damit wurde die Blutpfütze wenigstens schon einmal notdürftig aufgewischt, das sollte fürs Erste reichen.

In der Küche stopfte sie das ehemals rosafarbene, jetzt blutrot getränkte Nylonbündel in eine große gelbe Mülltüte, wusch sich dann ausgiebig die Hände über der Spüle und band die Tüte mit einem Bindfaden zu. Kaffee, ausgerechnet Kaffee war sein letztes Wort gewesen. Wie banal! Sie musste kichern, ganz unbändig kichern, dann merkte sie, dass ihre Beine jetzt doch leicht zitterten und dass ihre Knie bald nachgeben würden. Ja, warum eigentlich nicht? Sie würde ihm zu Ehren eine Tasse Kaffee trinken, als seinen Leichentrunk sozusagen, und zwar jetzt gleich, hier auf der Stelle, bevor sie noch irgendetwas anderes in Angriff nehmen würde. In der Speisekammer musste noch irgendwo eine Büchse Nescafé stehen, vom vorletzten Sommer übrig geblieben, als die beiden italienischen Mädchen danach verlangt hatten. Und das Wasser im Teekessel war sogar noch heiß genug, um das leicht muffig duftende dunkle Pulver darin aufzulösen.

Lange Zeit saß sie auf der Küchenbank und schaute aus dem Fenster in die Morgensonne hinaus, nippte hin und wieder an ihrem Kaffee und hielt den braun und gelb gesprenkelten Tonbecher dabei fest in der Hand. Die Katze war von ihrem Morgenspaziergang zurückgekehrt und durchs offene Küchenfenster gesprungen. Jetzt kratzte sie ungeduldig an der Tür zum Frühstücksraum, wie gut, dass sie daran gedacht hatte, sie zuzusperren. Auch alles, was jetzt kommen würde, war wohl überlegt. Gleich würde sie sich ihre alte

Gärtnerhose und die Gummistiefel anziehen, und dann würde sie die Schubkarre aus dem Geräteschuppen holen und den toten *kraut* darauf laden. Dabei durfte sie nicht vergessen, in seiner Hosentasche nach dem Autoschlüssel zu fühlen. Zum Glück war es nicht weit bis zum nächsten Sumpfloch, hinter ihrem Garten fing schon die feuchte Wiese an. Das Moor würde unter ihrer Last genussvoll schlürfen und schmatzen, bei jedem Schritt würde es etwas gieriger blubbern und saugen, und nach etwa dreihundert Schritten hätte sie es geschafft. Breitbeinig würde sie dastehen, o ja, gewandt würde sie dastehen, noch auf dem Weg, sie wusste ja, bei welchen Grasbüscheln der Untergrund für sie noch sicher war. Auf unzähligen Abendspaziergängen hatte sie Gelegenheit gehabt, die geeigneten Stellen – in Gedanken zusammen mit Ed – zu erkunden. Wo die kleine Moorpimpernelle rosafarben blühte, war schon Wasser in der Nähe, und auch die gelben Rispen das Sumpfasphodills und das Wollgras warnten vor Gefahr. Aber wo das Sphagnum leuchtend grün regierte, da lauerte der Tod. Dorthin würde sie den Fremden aus der Schubkarre kippen und ohne Reue zusehen, wie schnell der Sumpf ihn verschluckte.

»Da hast du deine schwarze Brühe«, würde sie dann sagen.

Hier würde ihn so schnell niemand finden, hier würde er gut aufgehoben sein. Bis das Moor endgültig austrocknete, was ja leider zu befürchten war, mochte es doch noch ein paar Jährchen dauern, zu ihren Lebzeiten würde das jedenfalls noch nicht geschehen.

Ob sie danach aber zuerst den Frühstückstisch abräumen und den Fußboden wischen oder doch lieber als Erstes seinen Wagen verschwinden lassen sollte? Beim zweiten Becher Kaffee dachte sie darüber nach. Nein, der Wagen war wichtiger, das Frühstückszimmer konnte einfach verschlossen bleiben. Der Kaufmann aus Widecombe lieferte erst wieder übermorgen, und Besuch war nicht zu erwarten. Endlich war es einmal ein Vorteil, derart abgeschieden und allein und auf sich gestellt zu leben. Die Spuren eines vermissten Deutschen – ob ihn wirklich jemand vermissen würde? – sollten nicht bei ihrem Hause enden.

Schwungvoll Auto fahren – auch das hatte sie vor Jahren notgedrungen erlernen müssen – konnte sie immer noch, wenngleich sie natürlich inzwischen auch darin ein wenig aus der Übung gekommen war. In dem strengen Winter vor acht Jahren, als sie auf eisglatter Fahrbahn in eine Hecke hineingerutscht war – das war ja eigentlich nicht ihre Schuld zu nennen, nur gut aber, dass an der Stelle keine Steinmauer gestanden hatte –, damals hatte sie den alten Morris abgeschafft. Die Reparatur wäre einfach zu teuer gewesen. Seitdem wurde sie mit Lebensmitteln aus dem Dorf versorgt. Vor diesem Teil ihres Plans hatte sie daher im Vorhinein immer die meiste Angst gehabt, zumal sie nie einen anderen Wagen als ihren eigenen gesteuert hatte, schon gar nicht ein Fahrzeug vom Kontinent. Aber jetzt zeigte sich, dass ihre Befürchtungen überflüssig gewesen waren. Dieser Opel lief ausgezeichnet. Überhaupt war alles wunderbar glatt gegangen. Beschwingt – vielleicht wirkte doch das Koffein ein wenig? – gab sie Gas und fuhr in den strahlend schönen Spätsommertag hinein.

Von Zeit zu Zeit warf sie einen Blick auf das Foto, das am Armaturenbrett neben dem Lenkrad befestigt war. Es zeigte den Mann, ihren Mann zeigte es, im Kreise seiner Lieben. Die Frau an seiner Seite hatte ein gutmütiges rundes Gesicht und wellig naturgraue Haare – wenn man nur richtig hinschaute, hatte sie sogar ein bisschen Ähnlichkeit mit ihr selbst. Drei freundlich lächelnde Töchter waren um sie herum gruppiert, von denen zwei standen und eine saß; sie hielt ein pausbäckiges Baby auf ihrem Schoß. Wie gut, daß die Familie nicht mitgereist war.

Sie preschte scharf am linken Fahrbahnrand entlang, wobei

sie das Überholen anderer, soweit es möglich war, vermied. So fuhr sie in einigermaßen flottem Tempo auf der M5 in Richtung Norden, und als sie an Birmingham vorbei war, schlug sie die Route nach Edinburgh ein. Immer schon, ihr Leben lang, hatte sie nach Edinburgh gewollt. Es machte nichts, wenn sie den ganzen Tag würde fahren müssen. Irgendwann, spätestens morgen früh, würde sie in Edinburgh ankommen. Dort würde sie den Wagen auf einem Parkplatz abstellen und sich unter die grauhaarigen Frauen in der Fußgängerzone mischen. Und bevor sie zum Bahnhof ginge, würde sie sich ein paar Putzlappen und einen neuen Morgenmantel kaufen.

# Jede Frau hat ihr Geheimnis

Colin Dexter

Es war weniger Menschenfreundlichkeit als der Zwang des Faktischen, was Chief Inspector Morse von der Thames Valley Police an einem regennassen Abend Anfang Februar 1990, kurz nach 17.00 Uhr, dazu bewog, sich zur Seite zu lehnen und die Beifahrertür des Jaguar aufzumachen. An der Bushaltestelle stand einer seiner Nachbarn aus dem Apartmenthaus in North Oxford, der bereits sehr nass war – und ihn mit scharfem Blick fixierte.

»Sehr liebenswürdig«, sagte Philip Wise und brachte seine krumme Gestalt auf dem Beifahrersitz unter.

Morse knurrte etwas Unverbindliches, während der Wagen in der Schlange der roten Rücklichter ein paar Meter weiter die Banbury Road hinaufrollte und die Scheibenwischer kurzlebige Löcher in den Regenvorhang auf der Windschutzscheibe rissen. Bis zu ihrem Ziel waren es nur noch gut tausend Meter, aber um diese Zeit waren dafür zwanzig Minuten in der zunehmend mit Lähmungserscheinungen geschlagenen Blechlawine normal. Morse, der selbst kein gewandter Unterhalter war, ja, bei dem es sogar gelegentlich vorkam, dass er am Steuer eines Wagens in totale Sprachlosigkeit verfiel, war froh, dass Wise das Gespräch allein bestritt. »Mir ist etwas ganz Erstaunliches passiert«, sagte der Mann in dem triefenden Regenmantel.

Rückblickend begriff Morse, dass er, zumindest zuerst, allenfalls höflich-passiv zugehört hatte, aber immerhin – zugehört hatte er.

Philip Wise war im Oktober 1938 ans Exeter College in Oxford gekommen, und als ein Jahr später der Krieg ausbrach, hatte er dank seiner Fremdsprachenkenntnisse (besonders im Deutschen) einen ruhigen Job in einer Abwehreinheit ergattert, die am Rande von Bicester stationiert war. Zwei Jahre hatte er dort in einer scheußlichen, zugigen Nissenhütte zugebracht, und als sich die Gelegenheit bot, wieder eine Bude in Oxford zu bekommen, hatte er mit beiden Händen zugegriffen. So kam es, dass er 1941 in die Crozier Road gezogen war, eine triste Durchgangsstraße westlich von St. Giles, und dort hatte er Miss Dodo Whitaker (»Nur mit einen ›t‹, Inspector!«) kennen gelernt, die eine winzige Dachstube unmittelbar über seinem Zimmer in dem schmuddeligen viergeschossigen Haus Nummer 14 bewohnte.

Weshalb sie ausgerechnet mit dem Namen »Dodo« geschlagen war, hatte er nie erfahren und auch nie danach gefragt, sie war aber entschieden ein agileres Exemplar als ihre Namensvetterin, die ausgestorbene Dronte *Didus ineptus* aus Mauritius. Ihre körperlichen Reize lohnten zwar kaum einen zweiten Blick, besonders in dem kriegsbedingt schlichten Overall, in dem sie fast ständig herumlief, dafür besaß sie den nicht zu unterschätzenden Vorzug, dass sie eine interessante junge Frau war. Manchmal, wenn sie in dem schlecht beleuchteten Schankraum des *Bird and Baby* eine halbes Glas leichtes Bier getrunken hatte, verlor sich ihre gewohnte Nervosität, und dann verbreitete sie sich mit ihrer ziemlich tiefen, rauen Stimme kenntnisreich, redegewandt und witzig über Klassenstrukturen, den Kriegsverlauf und über Musik. Ja, besonders über Musik. Sie waren zusammen in einen Schallplattenklub eingetreten, und gelegentlich saßen sie abends bei Kerzenschein in Dodos Zimmer und hörten Platten – von Vivaldi bis Wagner. Einmal hätte Wise ihr beinah gestanden, dass er begann, mehr als platonischen Gefallen an ihrer Gesellschaft zu finden.

Beinah.

Dodo hatte einen Bruder namens Ambrose, der manchmal einen Urlaubsschein fürs Wochenende bekam und dann gewöhnlich (ganz inoffiziell) in ihrem Zimmer auf dem Fußboden übernachtete. Philip Wise und Ambrose Whitaker freundeten sich sehr schnell an, und oft saßen sie (zu Dodos gelindem Ärger) reichlich lange beisammen und tranken Whisky, einen Stoff, der im *Bird an Baby* zwar überteuert, aber reichlich vorhanden war, während er im fernen Bodmin, wo Amrose als Unteroffizier seine Tage damit verbrachte, Rekruten mit den Geheimnissen antiquierter Artilleriegeschütze vertraut zu machen, Seltenheitwert besaß. Er war ein liebenswürdiger, wenn auch etwas leichtfertiger Typ, dessen Neigung zum Alkohol offenbar seine Liebe zur Musik in den Schatten stellte (laut Dodo war Ambrose unter anderem ein Klaviervirtuose). Wie im Flug vergingen diese Wochenenden und viel zu früh war es dann wieder soweit, dass Philip mit seinem Freund über das Gloucester Green ging, um ihn am späten Sonntagnachmittag zur Bahn zu bringen.

Bruder und Schwester – eine wahrhaft sympathisches Paar!

Und reich; zumindest ihre Eltern waren es.

Besonders Dodo machte kein Geheimnis daraus, dass ihre Eltern in überaus angenehmen Verhältnissen lebten, wovon Wise sich einmal (und nur dieses eine Mal!) persönlich hatte überzeugen können, nachdem Dodo ihm, als er 1942 auf eine Woche nach Bristol musste, angeboten hatte, er könne bei ihnen wohnen. Sie hatte ihm sogar einen Schlüssel zu dem elterlichen Haus geliehen für den Fall, dass sie bei seiner Ankunft nicht da waren. Dass Dodos Eltern in Bristol wohnten, wusste Wise schon, er hatte den Stempel auf den Briefmarken (vermutlich von der Mama) bemerkt, die einmal in der Woche auf dem verstaubten Mahagonisisch in der kleinen Diele von Nummer 14 lagen und auf denen vor ihrem Namen stets der Buchstabe (A) stand. Alice? Angela? Anne? Audrey? Wise hatte es nie erfahren und hatte auch nie danach gefragt. Aber gewusst hatte er es schon vorher, er war dabei gewesen, als sie mit geübtem Schwung ihrer schlanken, sehnigen Finger die Mitgliedskarte für den Schallplattenklub unterschrieben hatte. Die Eltern entpuppten sich als ein ebenso sittenstrenges wie sauertöpfisches Duo, das dem Gast gegenüber während seines kurzen Besuchs unverändert frostig-distanziert blieb, Dodo anscheinend alles andere als herzlich zugetan war und Ambrose so auffällig totschwieg, dass es schon peinlich war. Merkwürdigerweise hatte Wise keine einzige liebevolle Erinnerung an ihren begabten Sprössling in der kalten Pracht der Whitaker-Villa entdeckt, und nicht ein einziges Familienfoto zierte den täglich abgestaubten Kaminsims.

Drei Wochen nach seiner Rückkehr von diesem verunglückten Besuch kehrte Dodo Oxford den Rücken, ihr Kriegseinsatz (offenbar irgendetwas streng Geheimes) erforderte den Umzug nach Cheltenham. Es waren nur etwa 60 Kilometer, sie würde in Verbindung bleiben, sagte sie.

Aber daraus war nichts geworden.

»Achtundvierzig Jahre ist das jetzt her, Inspector. Achtundvierzig! Ich war damals dreiundzwanzig, sie muss etwa in meinem Alter gewesen sein. Ein, zwei Jahre älter vielleicht . . . Ich weiß es nicht. Ich habe sie nie gefragt, wie alt sie ist. Ganz schön schlapper Typ, wie?«

In der Dunkelheit nickte Morse eine stumme Bestätigung, und endlich, endlich war der Jaguar auf dem Parkplatz »Nur für Mieter!« angelangt.

Wise brachte das Kunststück fertig, weiterzureden, während sie durch den Regen zur Eingangshalle sprinteten. »Wenn ich Ihnen einen Tee anbieten darf . . . oder irgendwas anderes . . . Im Grunde habe ich Ihnen ja noch gar nichts erzählt.«

Als sie sich im Wohnzimmer gegenübersaßen, reichte ihm Wise ein weißes Heftchen von sechs Seiten. Auf dem Deckblatt stand: Gedenkgottesdienst für *AMBROSE WHITAKER, M. A. (Cantab.) F. R. A. M. 1917–1989*, und Morse überflog den Inhalt: Musikstück. Choral. Bibeltext. Musikstück. Ansprache. Gebet. Choral. Musikstück. Segen. Musikstück. Noch ein Musikstück. Wenn er bei der Ausrichtung seiner eigenen Trauerfeier mitzureden hätte, bemerkte Morse nur, würde er, wie Whitaker, das »In Paradisum« aus dem Requiem von Faure wählen. Dann gab er das Heft zurück.

»Die Sache ist nun die«, fuhr Wise fort, »dass ich im Dezember die Todesanzeige in der *Times* sah und überzeugt davon war, dass es sich um den Mann handelte, den ich im Krieg gekannt hatte. Ganz abgesehen von dem ziemlich ungewöhnlichen Vornamen und der sehr ungewöhnlichen Schreibweise des Nachnamens, stimmte auch das andere: Geboren in Bristol, Könner am Klavier – einfach alles! Und unwillkürlich dachte ich an damals und überlegte, ob sie wohl noch lebte. Dodo, meine ich. Als ich dann vor vierzehn Tagen von dem Gedenkgottesdienst in Holborn las, beschloss ich hinzugehen, um einem alten Freund die letzte Ehre zu erweisen – und vielleicht . . .«

»– eine älteres Mädchen mit wohlgepolsterter Oberweite zu finden.«

»Ja.«

»Haben Sie Ihre Dodo gefunden?« fragte Morse leise.

Wise schüttelte den Kopf. »Es war jede Menge Prominenz aus der Musikszene da, ich hatte ja keine Ahnung, was sich Ambrose für einen Namen gemacht hatte. Weil ich ziemlich früh dran war, stellte ich mich noch eine ganze Weile vor die Kirchentür und sah zu wie die Leute hineingingen, unter anderem auch – nicht zu verkennen! – die Frau von Ambrose, sie fuhr in einem Rolls mit Chauffeur vor. Zulassungsnummer AW 1! Aber die Frau, die ich suchte, sah ich nicht, und in der Kirche saß sie auch nicht, da hätte ich sie sofort entdeckt. Sie war ziemlich klein und untersetzt, genau wie ihre Mutter. Und noch etwas. Sie hatte eine hässliche kleine rote Narbe, nein, eigentlich eine *große* rote Narbe, auf der linken Kinnseite. Von einem Fahrradunfall aus der Kindheit, wenn ich mich recht erinnere. Die Narbe war ihr peinlich, und sie puderte sich immer sehr stark, um sie ein bisschen abzudecken. Trotzdem fiel es leider sehr auf. Ja, also um es kurz zu machen oder zumindest kürzer, nach dem Gottesdienst ging ich zu Ambroses Witwe und sagte, ich hätte ihren Mann im Krieg gekannt, es täte mir sehr leid und so weiter. Sie war durchaus liebenswürdig, wenn auch ein bisschen gezwungen, außerdem warteten noch mehr Leute, die mit ihr sprechen wollten. Ich mochte sie deshalb nicht weiter aufhalten und sagte nur noch, ich hätte auch die Schwester ihres Mannes gekannt.« Wise hielt ein, zwei Sekunden inne, dann fuhr er fort:

»Und was soll ich Ihnen sagen, Inspector: Die Witwe von Ambrose deutete auf eine grauhaarige Frau in schwarzem Kleid, die mit dem Rücken zu uns stand und ungefähr die gleiche Größe und die gleiche Figur wie Dodo hatte. ›Dieser Narr hier sagt, dass er dich von früher kennt, Agnes . . .‹«

»Agnes!«

»Mehr habe ich nicht gehört, ich wusste einfach nicht, was ich machen oder sagen sollte, denn in diesem Moment drehte sich die Frau in Schwarz zu mir um, und es war nicht *Dodo Whitaker*.«

Es war Morse, der das Schweigen brach. »Ambrose hatte nur die eine Schwester?«

Wise nickte wehmütig lächelnd. »Ja – Agnes. Er hatte nie eine Schwester, die Dodo hieß.«

Wieder schwiegen beide.

»Was meinen Sie dazu?« fragte Wise schließlich.

Für Morse war es seit jeher eine unleugbare Tatsache, dass der Zufall im menschlichen Zusamenleben eine weit größere Rolle spielt als ihm allgemein zugebilligt wird. Dies war wieder ein Beispiel dafür, es konnte gar nicht anders sein. Was Wise erzählt hatte, war hoch interessant, aber doch wohl kein wirkliches Problem – oder? Er leerte ostentativ sein Glas, sah erfreut, dass es wieder aufgefüllt wurde, und verkündete dann sein Urteil. »Es gab zwei Männer, die Ambrose Whitaker hießen, beide waren musikalisch, beide waren aus Bristol, und Ihr Bekannter von damals war nicht der, der jetzt gestorben ist.«

»Glauben Sie?« Wise lächelte ein wenig, und Morse kam die etwas unbehagliche Erkenntnis, dass man von ihm denn doch eine etwas tiefer schürfende Analyse erwartet hatte. »Sie glauben nicht«, sagte er matt, »dass Agnes eine Schönheitsoperation oder so was hinter sich hatte?«

»Nein, nein. So viele Zufälligkeiten kann es einfach nicht geben. Alles stimmte, bis in die letzten Einzelheiten. So hatte mir Dodo zum Beispiel erzählt, dass sie und Ambrose sich in einer etwas morbiden Stimmung mal damit befasst hatten, daß er im Krieg fallen könnte, und dass er sich damals ein paar Stücke für seine Beerdigung ausgesucht hatte. Das ›In Paradisum‹ . . .«

»Vorzügliche Wahl«, warf Morse ein. »Ich habe es in dem Programm für die Trauerfeier gesehen.«

»– und das Adagio aus dem Klarinettenkonzert von Mozart –«

»Ah, ja, das KV 662.«

»Ja, so . . .«

Morse wusste, dass er sich bisher nicht gerade mit Ruhm bedeckt hatte, und gab Wise insgeheim recht, dass die Zufälligkeiten überhandnahmen. Aber er kam nicht dazu, die verblüffende Möglichkeit weiterzuentwickeln, die ihm plötzlich in den Sinn gekommen war, denn Wise brannte offenbar darauf, seine ebenso verblüffenden Schlussfolgerungen vor ihm auszubreiten.

»Was würden Sie sagen, Inspector, wenn ich Ihnen erklärte, dass Dodo gar nicht die Schwester von Ambrose Whitaker war, sondern seine Frau?«

Morse wirkte ehrlich überrascht, aber er ließ Wise weiterreden, ohne ihn zu unterbrechen.

»Das würde vieles erklären, nicht? Zum Beispiel fand ich es immer ein bisschen merkwürdig, dass Ambrose, wenn er Urlaub bekam, die lange Reise von Cornwall bis hierher nach Oxford machte – nur um seine Schwester zu besuchen. Eigentlich sollte man denken, dass er hin und wieder auch mal zu seinen Eltern gefahren wäre, nicht? Zu ihnen hatte er es viel näher als zu Dodo, und schließlich zahlte es sich für ihn später mal aus, wenn er sich gut mit ihnen stellte. Aber dass er jede Gelegenheit wahrnahm, um in Oxford seine Frau zu besuchen, leuchtet schließlich ein. Dazu passt auch, dass er in ihrem Zimmer geschlafen hat. Die Familie war wohlhabend, er hätte sich, wenn er gewollt hätte, eine Suite im *Randolph* leisten können. Nein, er schlief – angeblich! – bei Dodo auf dem *Fußboden*. Damit wäre auch klar, warum sie sich von mir nie hat anfassen lassen, nicht einmal Händchen halten durfte ich. Dabei hatte sie mich wirklich gern, das weiß ich.«

Wise hielt einen Augenblick inne und nickte vor sich hin. »Aus irgendeinem Grund waren offenbar die Whitakers mit der Heirat ihres Sohnes nicht einverstanden und wollten mit seiner Kriegsbraut so wenig wie möglich zu tun haben. Deshalb auch der frostige Empfang, den sie mir bereitet hatten, Inspector! Womöglich war sogar die Rede davon, ihn zu enterben. Das weiß ich natürlich nicht. Ich weiß überhaupt nichts. Ich vermute aber, dass sie ein Kind erwartete und deshalb ständig in diesem Overall herumlief, und als es soweit war, musste sie eben weg von Oxforfd. Und dann? Da kann ich auch nur raten. Vielleicht ist sie gestorben ... bei einem

Luftangriff umgekommen . . . hat sich scheiden lassen . . ., alles ist möglich. Ambrose hat wieder geheiratet, und die Frau, die ich bei dem Gedenkgottesdienst sah, war seine *zweite Frau*.«

»Hm . . .« Morse zog ein skeptisches Gesicht. »Wenn diese Dodo aber tatsächlich seine Frau war und seine Eltern sie nicht ausstehen konnten, muss die Frage erlaubt sein, warum sie ihr Woche für Woche geschrieben haben. Und warum nahm sich dann Dodo das Recht heraus, Sie nach Bristol einzuladen? Sie hatte einen Schlüssel zum Haus, ja, sie konnte sogar Ihnen einen zur Verfügung stellen.« Morse schüttelte bedächtig den Kopf. »Das sieht doch ganz danach aus, als ob sie ihres Wohlwollens ziemlich sich war.«

»Sie glauben also, die beiden waren tatsächlich ihre Eltern«, meinte Wise entmutigt.

»Davon bin ich überzeugt.«

Wise schüttelte hilflos den Kopf. »Was, zum Teufel, ist dann des Rätsels Lösung?«

»Das dürfte ziemlich klar sein«, sagte Morse – aber er sagte es nicht laut. Und bald darauf, nachdem die Hoffnung auf ein neuerliches Nachschenken wohl endgültig geschwunden war, verabschiedete er sich mit dem Versprechen, »mal ein bisschen über das Problem nachzudenken«.

Am Montagmorgen stand Morse neben seinem Kollegen vom Verkehrsdezernat im Polizeipräsidium von Kidlington und sah zu, wie die Zulassungsnummer AW 1 in den Computer eingegeben wurde. Gleich darauf erschien auf dem Schirm die Information, dass der Wagen nach wie vor auf den Namen A. Whitaker, 6 West View Crescent, Bournemouth, zugelassen war. Morse notierte sich die Adresse und ging nachdenklich zurück in sein Büro im Erdgeschoss. Von der Auskunft ließ er sich die Nummer in Bournemouth geben und hatte wenig später Mrs Whitaker selbst am Apparat, die ihrerseits Morse versprach, genau das zu tun, worum er sie gebeten hatte.

Dann rief Morse im Kriegsministerium an.

Zehn Tage später kam Philip Wise von einer Urlaubswoche in Spanien nach Hause zurück, wo er eine längere Mitteilung von Morse vorfand.

P.W.

Ich habe noch einige Fakten ermittelt, aber manches von dem hier Angeführten ist möglicherweise reine Fikion. Bekanntlich wurden im letzten Krieg jede Menge Unterlagen vernichtet – *die* Chance für Leute, ihre Spuren zu verwischen, indem sie sich einfach einen anderen Ausweis zulegten oder dergleichen, besonders in dem Chaos nach einem blutigen Gemetzel, wenn sich in der Masse Mensch keiner mehr zurechtfand – und in den Leichen erst recht nicht.

Nach Dünkirchen, zum Beispiel.

Bordschütze Whitaker war von dreißig Mann der einzige, der wie durch ein Wunder überlebte, als ein deutscher Stuka am 30. Mai 1940 die *Edna* (einen Leichter aus Felixstowe) versenkte. Er wurde, nur mit einer nassen Unterhose und einer Armbanduhr bekleidet, von dem Kanonenboot *Artemis* aus dem Kanal gefischt und landete mit Zehntausenden von Soldaten aus fast allen Regimentern Großbritanniens (hier setzt meine lebhafte Phantasie an) in Dover. Zu gegebener Zeit schickte man ihn mit dem Zug in ein provisorisches Auffanglager, zufällig war es das Lager hier in Oxford, auf Headington Hill.

Die Tatsache, dass er einen schweren Schock hatte und nervlich völlig am Ende war, ist vermutlich eine hinreichende Erklärung dafür, dass er nach nur einer Nacht im Zelt das Lager verließ und sich per Anhalter nach Bristol durchschlug.

Aber er ging nicht allein. Er nahm einen Freund mit, einen Regimentskameraden, und sie machten sich beide absichtlich davon, ehe man sie mit neuen Personalunterlagen hatte versehen und ihnen den nächsten Marschbefehl hatte aushändigen können. Als nähere Angehörige hatte dieser zweite Mann nur noch eine Mutter und eine Schwester, die beide bei einem der ersten Luftangriffe auf Plymouth ums Leben kamen. Und gegen Zahlung einer (zweifellos beträchtlichen) Summe, zur Verfügung gestellt von den fürsorglichen Eltern Whitaker, erklärte sich dieser Mann bereit, die beim Kriegsministerium aktenkundige Auskunft über sein Schicksal nach Dünkirchen – »vermisst, wahrscheinlich gefallen« – so stehenzulassen, für den Rest des Krieges den Namen Ambrose Whitaker anzunehmen und dessen Rolle zu spielen. Kurzum, ich vermute, dass der Mann, der von Bodmin kam, um Dodo zu besuchen, gar nicht Ambrose Whitaker war.

Ihre eigene Vermutung passte sehr gut zu etlichen Fakten, aber diese Fakten passen auch in ein ganz anderes Muster. Da gab es zunächst diesen wöchentlichen Brief aus Bristol von Eltern, die scheinbar so wenig von ihrer Tochter hielten und bei ihren Besuch sämtliche Familienfotos versteckt hatten. Erstaunlich! Dann die Tochter selbst, diese Dodo. Die Kleine war keine Schönheit, und selbst ein normaler junger Mann (halten Sie mich nicht für unfair!) wurde für ihre Reize erst nach ein paar Glas Bier in einem schummrigen Pub oder bei Kerzenlicht im Schlafzimmer empfänglich. Dennoch verbarg sie das, was sie womöglich an Attraktionen zu bieten hatte, unter einem sackartigen Overall. In höchstem Maße erstaunlich! Was haben Sie mir sonst noch von Dodo erzählt?

Sie war nervös. Sie hatte eine ziemlich tiefe Stimme. Sie puderte sich zu stark. Sie wusste sehr viel über den Krieg. . . (Inzwischen haben Sie bestimmt die Wahrheit erraten.) Ihr Vorname begann mit einem A, Sie haben sie beim Schallplattenklub so unterschreiben sehen – mit den sehnigen Fingern eines aktiven Musikers. Aber das war nun eben nicht mehr erstaunlich. Ihr Name fing tatsächlich mit A an, und Ambrose Whitaker war, wie wir wissen, ein hervorragender Pianist. Es ging ihr nicht nur darum, unter der dicken Puderschicht die Narbe an ihrem Kinn zu verdecken, sondern die Bartstoppeln, die jeden Tag nachwuchsen! Denn Dodo Whitaker war ein Mann. Und zwar kein x-beliebiger Mann, sondern *Ambrose Whitaker.*

Zwei Fragen sind noch offen. Erstens: Warum musste Ambrose Whitaker sich als Frau ausgeben? Zweitens: Welche Beziehung bestand zwischen Amrose und dem Artillerie-Unteroffizier aus Bodmin? Was den ersten Punkt angeht, konnte Ambrose natürlich, wenn er sich den weiteren Schrecken des Krieges entziehen wollte, nicht in Bristol bleiben, dort war er zu bekannt. Selbst an einem Ort, an dem man ihn nicht kannte, hätte er als Mann nicht gefahrlos leben können. In Kriegszeiten musste jeder junge Mann mit misstrauischen Fragen rechnen, der den Eindruck eines Drückebergers machte. Er sicherte sich also zweifach ab bei dieser Täuschung – die für ihn lebensnotwenig war –, indem er nicht nur nach Oxford zog, sondern sich dort auch wie eine Frau kleidete und wie eine Frau lebte. Was die zweite Frage betrifft, brauchen wir vielleicht nicht allzu genau zu untersuchen, warum der sensible und sehr weiche Ambrose nur zu gern jede Gelegenheit nutzte, seine Nächte mit dem (pardon!) ziemlich primitiven Whiskysäufer zu verbringen, den Sie im Krieg kennengelernt hatten. Derlei Spekulationen sind immer ein wenig degoutant, und mehr möchte ich dazu eigentlich nicht sagen.

Ich habe die Witwe von Ambrose angerufen, sie um ein Foto ihres Mannes aus dem Krieg gebeten und Ihre Adresse angegeben mit der Begründung, Sie seien Archivar und arbeiteten fürs Imperial War Museum. Ich nehme an, dass Sie in Kürze von ihr hören werden, und dann wissen Sie so viel oder so wenig über diesen seltsamen Fall, wie wohl je ein Mensch darüber erfahren wird.

E. M.

Zwei Tage später nahm Wise, noch im Schlafanzug, einen festen weißen Umschlag in Empfang, der neben einem kurzen Begleitbrief das Foto eines jungen Mannes in Uniform enthielt – ein Foto, in dem kein Versuch gemacht worden war, die linke Seite des Porträtierten der unbestechlichen Linse der Kamera zu entziehen oder den Verlauf der bösen Narbe zu retuschieren, die sich quer über das Kinn zog. Und als Philip Wise das Foto genauer betrachtete, sah er in die vertrauten, treulosen Augen von Dodo Whitaker.

# Eine eiskalte Spur

Jan Flieger

Sehr behutsam lenkte Larsson seinen Wagen in das Fährschiff, das ihn zu den Inseln bringen sollte, die man Lofoten nannte, den Inseln mit den spitzen, gezackten Bergen und den roten Pfahlhäusern am Meer.

Die Autos standen im Bauch des Schiffes dicht an dicht, und so schlug seine Fahrertür hart an die Seitenwand eines dunkelgrünen Audis, als er ausstieg.

Fluchend schloss Larsson sein Auto ab, zwängte sich durch die schmalen Gänge der parkenden Wagen, um zur stählernen Treppe zu gelangen, die hinaufführte zum Oberdeck.

Fröstelnd, mit hochgezogenen Schultern, stand er dann beharrlich an der Reling des schlingernden Schiffes. Die Ärmel seiner Jacke hatte er über seine Hände gezogen, hielt sich so an dem kalten Eisen fest, kalt wie die Spur eines Mörders, der er folgen sollte. Sein Blick glitt bitter über das Meer, dessen Wellen gegen die Bordwände schlugen, wilder und wilder.

Der Chef erwartete in Oslo, dass er den Mörder fand. Was sechs Männern nicht geglückt war, sollte er nun im Alleingang tun, nur mit der Akte des Falles im Gepäck und ein paar Handschellen.

Später verließ er die Reling, als der Wind mehr und mehr zunahm, stieg hinab in das Unterdeck, um sich in sein Auto zu setzen, denn er wollte allein sein, die Nähe von Menschen meiden. Irgendwann war er dann eingeschlafen. Wach wurde er, als Autotüren klappten. Das Ziel der Fahrt musste

wohl nahe sein, und so stieg er noch einmal hinauf zum Oberdeck.

Als er wieder an der Reling stand, sah er es in der Ferne liegen, ein gigantisches Bollwerk aus Tiefblau und Weiß, aus
Fels und Eis, das Lofotgebirge. Wie eine gewaltige Mauer lag
es in der Ferne, mit Hunderten von Felsgipfeln, einer bizarrer
als der andere. Der steife Nordwestwind drängte Wolken heran, die grau waren und so flach dahintrieben, dass man über
ihnen schon wieder den Himmel sah.

Und dann erblickte er die bunten Häuser, die roten mit den
grünen Dächern, die gelben mit den braunen, die weißen mit
den schwarzen. Und manche standen auf Pfählen im Wasser.
Aber die Schönheit dieser Idylle wurde Larsson vergällt, da
ihm ein Auftrag im Nacken saß, es einen Mord aufzuklären
galt, der lange zurücklag, zwei Jahre schon.

Unwillkürlich dachte er wieder an das Foto: eine Tote lag
auf Felsen am Ufer eines kleinen Baches aus Schmelzwasser,
ein Mädchen, erst vierzehn, aber älter wirkend. Die Bluse war
eingerissen über den kleinen runden Brüsten, der Rock hoch-
gerutscht bis zum Slip. Sie war ertränkt und wieder aus dem
Wasser gezogen worden. Seltsamerweise aber hatte der Täter
das Mädchen nicht vergewaltigt. Wer aber hatte ihn gestört?
Und warum war keine Faserspur von seiner Kleidung gefunden worden, wenn er versucht hatte das Mädchen zu verge-
waltigen?

Aber der gewaltige Regen und der Sturm in der Nacht nach
der Tat hatten die Spuren wohl gelöscht. Alle.

Larssons Ziel war nicht der Hafen, in den das Fährschiff
nun einlief, sondern ein Dorf, zu dem eine Straße hinführte,
am Rande der Felsen und nahe dem Meer.

Er erreichte das Fischerdorf rascher, als er gedacht hatte. Es
lag wie verschlafen am Fuße einer gewaltigen, schwarzen
Felswand und bestand auf den ersten Blick aus einer An-
sammlung roter Holzhäuser, die man Rorbuer nannte und

von denen viele auf Pfählen im dunklen Wasser oder auf den Felsen am Ufer standen.

Einst, das wusste er, hatten sich die Fischer aus ganz Norwegen an diesem kargen Zipfel der Welt getroffen, um im zeitigen Frühjahr zum Kabeljaufang auszufahren. Doch nun standen die Unterkünfte der Fischer in den Pfahlhäusern leer, jetzt willkommene Quartiere der Touristen für Individualferien in echtem Milieu, wie die Werbung verhieß.

Und so mietete sich auch Larsson eine dieser Hütten, deren Inneres aus einem Vorratsraum bestand, in dem einmal die Verpflegungskisten der Fischer gelegen hatten, und einem Wohnraum mit vier oder sechs Bettkojen. Hier war geschlafen worden, gearbeitet, geraucht, getrunken, gekocht und gegessen. Und er war wohl noch da, der Geruch von Fischen, Fellen und Moder, der Geruch der Vergangenheit und des harten Lofotwinters.

Die Wellen peitschten das Holz der Pfähle die ganze Nacht mit hartem Schlag. Es klang wie auf einer Kegelbahn, nur dumpfer.

Am Tag darauf suchte Larsson die Eltern des toten Mädchens auf. Mit stockender Stimme, und dann schluchzend, klagte die Mutter. Warum habe sie ihr Kind nur losgeschickt zum Kaufmann mit diesem elenden Geldschein. Verflucht solle der Mörder sein, dreimal verflucht. In den tiefsten Winkel der Hölle solle er verbannt werden.

Dieser Geldschein, dachte Larsson, der die Akte genau kannte, jede Seite, war damals beim Kaufmann entdeckt worden, also hatte der Mörder mit ihm bezahlt. Und er musste aus dem Dorf hier stammen, denn kein Fremder war dem Kaufmann aufgefallen an jenem Tag, da er den Geldschein erhielt, am Tag nach dem Mord. Doch von wem, hatte er sich nicht erinnern können. Die Fingerspuren auf dem Geldschein waren verwischt und nur die des Kaufmanns eindeutig zu identifizieren gewesen. Der aber wollte zur Tatzeit im Laden gewesen sein. Aber einen Zeugen gab es dafür nicht. Doch der Kaufmann galt als rechtschaffener Mann.

Es hatte noch einen Verdächtigen gegeben, einen Fischer. Auch ihm hatten sie die Tat nicht nachweisen können, denn er brachte ein Alibi, wenn auch nur von seiner Frau, und die Spuren seiner Finger fehlten auf dem Geldschein. Ihr Mann sei zur Tatzeit zu Hause gewesen, behauptete die Frau des Fischers, auf die Bibel könne sie das schwören. Und auch ihr Sohn hatte die gleiche Aussage gemacht, obwohl er mehrfach befragt worden war, immer wieder.

Der Landpolizist brachte Larsson wunschgemäß diesen Sohn, einen nun Vierzehnjährigen, schmächtig, mit roten Haaren und einem Gesicht voller Sommersprossen, den sie im Dorf »Marienkäfer« nannten.

Der Vater des Jungen, so klagte der Landpolizist, gehöre zu den Trinkern des Dorfes. Einst sei er ein guter Fischer gewesen, ein sehr guter sogar, aber er habe es wohl nie verkraftet, dass man die Zwergwale nicht mehr jagen dürfe oder nur noch für wissenschaftliche Zwecke nach einer festen Quote, die den Fischern kaum helfe.

Ja, er habe damals das Mädchen getroffen, sagte der Junge, in der Nähe des Tatortes und vorher aber auch einen Fremden, den er noch nie gesehen habe und auch nicht beschreiben könne. Ein Tourist müsse das wohl gewesen sein.

»Hm«, machte Larsson und kaute auf seiner Unterlippe.

»Ein Tourist muss es gewesen sein«, wiederholte er nachdenklich die Worte des Jungen.

Dann schwiegen sie sich an.

Minutenlang.

»Sie fangen Mörder?«, brach der Junge das Schweigen. »Wie viel haben Sie schon gefangen?«

Larsson winkte ab.

»Nicht der Rede wert.«

Aber er dachte: Irgendetwas ist da in den Augen des Jungen, ein verborgenes Wissen, das es zu entschlüsseln gilt. Dieses Wissen könnte die Spur wieder heiß machen.

Und Larsson saß in seiner Hütte bis tief in die Nacht, las in der Akte, wieder und wieder, grübelnd und nicht froh. Er fand keinen Fehler in den damaligen Ermittlungen, an alles war gedacht worden. Aber der Täter lebte weiter in diesem Dorf, wohl durch sein eigenes Schweigen geschützt und das Schweigen dieses Jungen. Ein erdrohtes oder ein erkauftes Schweigen? Und er dachte an den Vater des Jungen, aber auch an den Kaufmann.

Larsson besuchte am nächsten Morgen den Vater des Jungen. Breit schwankte der Mann in der Tür, aber Larsson schob ihn mit zwei Fingern vor sich her, in die Wohnung hinein.

Der Mann war unrasiert, und seine dicken schwarzen Brauen gaben seinem Gesicht einen Ausdruck von Wildheit. Ein Alibi für die Tatzeit habe er von seiner Frau, winkte er gelassen ab, und das habe er bereits mehrmals zu Protokoll gegeben, aber das sei ihm auch egal. Ihm sei alles egal. Scheißegal. Er fluchte auf die Regierung, die daran schuld sei, dass man ihn lange Jahre um seinen guten Verdienst beim Walfang gebracht habe, aus Angst vor den Spinnern bei Greenpeace und den Amerikanern, und er fluchte auf den Sohn, der zu nichts tauge, nicht mal zum Zigarettenholen. Auch dafür gebe er ihm kein Geld mehr in die Hände, bereits schon über zwei Jahre nicht, sonst rauche der Bursche selber. Die Mutter des Jungen huschte wie ein Schatten an die Seite des Mannes. Sie nickte zu den Worten, die ihr Mann sprach, wieder und wieder.

Mehr wird er mir nicht sagen, dachte Larsson und machte sich auf den Weg zum Kaufmann. Er betrat das Geschäft, als der Kaufmann allein in seinem Kramladen war, aber er fragte ihn nicht aus, er beobachtete ihn nur, wie der grauhaarige Mann ihm die verlangten Waren brachte, wieselflink, die Butter, die Wurst. Dieser schmächtige kleine Mann mit der Brille, dachte Larsson, weiß sicher, wer ich bin. Und es war ihm, als schwebte die Angst durch den Raum.

Und als Larsson in Oslo anrief, aus der Kneipe, in der er mittags einen Wittling gegessen hatte, eine großen, prächtigen Kerl und frisch aus dem Meer, hörte er nur: »Bleib dort, Larsson! Bleib an dem Jungen dran! Gewinn sein Vertrauen. Zähl nicht die Tage. Löse den Fall! Komm um Himmels willen nicht eher zurück! Wir haben damals alles versucht, also bleibt wohl nur noch der Junge. Er ist die Nuss, die du knacken musst, er allein. Freunde dich mit dem Jungen an! Versetz den Täter dadurch in einen Spannungszustand, bis er sich selbst zu erkennen gibt oder der Junge ihn verrät.«

Larsson erwartete den Jungen, als dieser aus der Schule kam.

»Hallo«, sagte er zu ihm. »Zeigst du mir die Gegend hier? Alles, was es zu sehen gibt? Du kriegst auch ein gutes Taschengeld.«

Der Junge kaute auf seiner Unterlippe. Seine Augen waren einen Augenblick lang schmal geworden.

»Machst du Urlaub hier?«, fragte er.

»Auch«, erwiderte Larsson.

Und so verbrachte Larsson die Nachmittage und die Abende mit dem Jungen und auch die Wochenenden. »Meinem Vater«, sagte der Junge, »ist es egal, wo ich bin, wann ich zurückkehre. Dem ist alles egal.« Und der Junge zeigte ihm die schönsten Stellen in der Gegend und führte ihn auch zu den Vogelfelsen. Am Fuß der schmalen Felstürme standen sie beide, im ohrenbetäubenden Lärm, unter den Nistplätzen von Möwen mit gelben Schnäbeln und schwarzen Beinen. Scharen von ihnen kamen und flogen wieder auf von den Nischen in der steilen Felswand, wie weiße, lebende Wolken. Tordalke wirkten wie eingestreute Rußflecke in diesem flatternden Meer aus Weiß. Und der Junge zeigte Larsson die rote Lichtnelke und die zartgelbe Engelwurz, die auf dem Felsen wuchsen, als ob der ätzende Vogelkot ihnen nichts anhaben könnte.

Sie fuhren auf das Nordmeer hinaus oder in die Tiefe der Fjorde, angelten Weißfisch, Seelachs, mal einen blauen Wittling, mal einen wild im Boot zuckenden Fjorddorsch, der nicht sterben wollte und dem Messer mit heftigem Flossenschlag auswich.

Der Junge schien jeden Meter der Gegend zu kennen und spürte Tiere auf, die er Larsson voller Stolz zeigte, einen Fuchs, einen Hermelin, ein Mauswiesel. Und er führte Larsson in die Höhle Kollhellaren, die hundert Meter tief hineindrang in den Fels, und wies auf die roten Figuren an den Wänden, aus alter, sehr alter Zeit.

»Dich als Vater«, sagte der Junge, als sie in der Höhlenkathedrale standen, »das wäre ein Glück.«

Larsson schluckte zweimal hart.

Sein Gesicht blieb unbewegt.

Dann wieder schien es ihm, als ob der Junge in seinen Augen forschte, um die Gedanken zu erraten.

»Wenn man ein schlimmes Geheimnis hütet«, sagte Larsson leise, »und sich aus diesem Wissen nicht befreit, wird es schwer wie ein Fels am Hals. Ein Leben lang. Man zerbricht daran.«

Der Junge schwieg.

Und er wich Larssons Blick aus.

Grau und tief hingen die Wolken über den gezackten Felsen, als Larsson durch das Dorf schlenderte. Und der Zweifel plagte ihn, ein bohrender Zweifel. Konnte es nicht doch ein Tourist gewesen sein, der den Geldschein einem Einwohner gegeben hatte? Wenn der Junge die falsche Spur war? Nachdenklich glitt sein Blick über die leere Straße vor den roten Häusern mit den weiß gestrichenen Fensterbalken. Hinter den Gardinen der kleinen Fenster, das wusste er, würden ihm die Blicke folgen. Das Dorf beobachtete jeden seiner Schritte, jede seiner Gesten.

Er erreichte das kleine Felsplateau, von dem aus der Junge oft die Angelschnur warf.

»Komm«, sagte der Junge. »Ich habe auf dich gewartet.«

Und er zeigte ihm in der Stunde darauf Stellen hoch im Fels, wo man Papageientaucher in schmalen Felsgängen fangen konnte, nur mit der bloßen Hand.

»Du bist der Einzige außer mir«, meinte der Junge geheimnisvoll, »der diese Stellen jetzt noch kennt. Es sind die allerbesten.«

Aber Larsson wollte keinen Vogel essen und schon gar nicht die mit den roten Schnäbeln, diese putzigen Kerle, die er so mochte und die so tollpatschig flogen und tauchten.

Tief unten lag das Dorf der roten Pfahlhütten, als sie auf den Felsen saßen, Schulter an Schulter. Eine seltsame Nähe erfüllt uns beide, dachte Larsson, ihn und mich.

»Diesen Fremden«, wollte er wissen und zündete sich eine Zigarette an, »hast du den ... wirklich gesehen?«

Der Junge nickte stumm und sah dem Rauch der Zigarette nach.

»Hm«, machte Larsson, und ganz in Gedanken hielt er dem Jungen die Packung hin, zum ersten Mal. Und wie beiläufig fragte er rasch: »Der Kaufman ist nicht dieser Fremde gewesen?«

Der Junge hatte die Zigarette angezündet und nahm einen tiefen, sehr tiefen Zug. Dann verengten sich seine Augen, und er schüttelte den Kopf.

Der Junge raucht wie ein Alter, dachte Larsson überrascht. Es sieht so aus, als täte er es oft. Aber von wem hatte er denn das Geld? Von seinem Vater gewiss nicht. Er hatte es vielleicht von der Mutter. Oder war es das Schweigegeld des Täters?

Und er saß abends in der Hütte und grübelte.

Und der Wind rüttelte an der Hütte.

Und das Wasser donnerte an die Pfähle.

Und da spukten plötzlich Gedanken in Larssons Gehirn herum, absonderliche Gedanken, unfassbare und ungeheuerliche. Warum waren damals keinem diese Gedanken gekommen? Nur der Chef im fernen Oslo musste sie wohl erwogen haben, wenn er die Worte bedachte, die er am Telefon in der Kneipe gehört hatte.

Larsson presste die Stirn an das Glas des Fensters. Wenn diese absonderlichen Gedanken die Lösung waren... O Gott!

Am Tag darauf, gleich als der Junge aus der Schule kam, ruderten sie hinaus auf das Meer. Abends kamen sie im schaukelnden Boot zurück, das Netz voller Fische. Der Junge hatte an diesem Nachmittag kaum ein Wort gesprochen.

Als der Wind mit einem Mal nachließ und eine eigenartige Stille über dem Wasser lag, brachen die Worte unvermittelt aus dem Mund des Jungen heraus, so, als wollte er sie mit der größten Schnelligkeit loswerden, die ihm möglich war.

»Ich wollte ihr Geld für Zigaretten. Warum hat sie bloß losgekreischt? Ich habe ihren Kopf doch nur ins Wasser gedrückt, damit sie aufhört.«

Der Junge schluchzte auf.

Im schaukelnden Boot taumelte er Larsson entgegen. Der fing ihn auf und presste das Gesicht des Jungen an seine Brust. Feucht wurde Larssons Hemd von Tränen.

Dann strich er dem Jungen über das Haar.

Wieder und wieder.

# Eine Tür fällt ins Schloss

Agatha Christie

»Colonel Clapperton!«, sagte General Forbes mit einer Mischung aus Schnauben und Naserümpfen.

Miss Ellie Henderson beugte sich vor, eine Strähne ihres weichen grauen Haars wehte ihr über das Gesicht. Ihre Augen, dunkel und gierig, leuchteten vor Vergnügen.

»So ein militärisch aussehender Mann!«, sagte sie boshaft, strich sich die Haarsträhne zurück und erwartete die Reaktion auf ihre Worte.

»Militärisch!«, explodierte General Forbes. Er zerrte·an seinem strammen Schnurrbart, und sein Gesicht wurde hochrot.

»Er war im Garderegiment, nicht wahr?«, murmelte Miss Henderson und trieb es damit auf die Spitze.

»Garderegiment! Völliger Unsinn! Der Bursche war beim Varieté! Tatsache! Wurde eingezogen, kam nach Frankreich und zählte Obstkonserven. Durch eine verirrte Bombe der Hunnen kriegte er eine Fleischwunde am Arm ab. Irgendwie landete er dann in Lady Carringtons Hospital.«

»Und dort haben sie sich kennen gelernt?«

»Tatsache! Der Mann spielte den verwundeten Helden. Lady Carrington hat keinen Verstand, aber haufenweise Geld. Der alte Carrington machte in Munition. Sie war erst sechs Monate verwitwet. Der Bursche schnappte sie sich im Nu. Sie besorgte ihm einen Posten im Kriegsministerium. *Colonel* Clapperton! Pah!«, rief er verächtlich. »Vor dem Krieg war er also beim Varieté.« Miss Henderson amüsierte sich und versuchte, den distinguierten grauhaarigen Oberst Clapperton mit einem rotnasigen Komödianten in Einklang zu bringen, der heitere Stimmungslieder sang.

»Tatsache!«, bestätigte General Forbes. »Ich hörte es vom alten Bassington-French. Und der wusste es vom alten Badger Cotterill, der es von Snooks Parker hatte –«

Miss Henderson nickte strahlend. »Dann muss es ja stimmen!«

Ein flüchtiges Lächeln huschte über das Gesicht eines kleinen Mannes, der in der Nähe saß. Miss Henderson fiel das Lächeln auf. Sie war auf der Hut. Es bedeutete Würdigung der Ironie, die in ihrer letzten Bemerkung gelegen hatte und die dem General niemals aufgefallen wäre.

Der General bemerkte das Lächeln nicht. Er sah auf seine Uhr, erhob sich und sagte: »Sportstunde. Man muss sich fit halten auf einem Schiff.« Er ging durch die offene Tür aufs Deck hinaus.

Miss Henderson musterte den Mann, der gelächelt hatte. Es war ein wohlerzogener Blick, der andeutete, dass sie bereit sei, ein Gespräch mit dem Mitreisenden anzufangen.

»Er ist energisch – ja?«, sagte der kleine Mann.

»Er läuft genau achtundvierzigmal um das Schiff«, sagte Miss Henderson. »So ein alter Schwätzer! Und da behauptet man immer, wir seien das skandalgierige Geschlecht.«

»Eine Unhöflichkeit!«

»Franzosen sind immer höflich«, sagte Miss Henderson – es lag die Andeutung einer Frage in ihrer Stimme.

Der kleine Mann reagierte prompt. »Belgier, Mademoiselle.«

»Oh! Belgier.«

»Hercule Poirot. Zu Ihren Diensten.«

Der Name weckte eine Erinnerung. Sicher hatte sie ihn schon einmal gehört . . . »Genießen Sie die Reise, Monsieur Poirot?«

»Ehrlich gesagt, nein. Es war eine Dummheit, dass ich mich

dazu überreden ließ. Ich hasse *la mer*. Es ist nie ruhig – nicht eine einzige Minute.«

»Nun, Sie müssen zugeben, dass es jetzt ruhig ist.«

Monsieur Poirot gab dies widerstrebend zu. »*A ce moment*, ja. Daher werde ich wieder lebendig. Ich interessiere mich wieder für die Geschehnisse in meiner Umgebung – Ihr sehr geschicktes Umgehen mit General Forbes zum Beispiel.«

»Sie meinen –« Miss Henderson hielt inne.

Hercule Poirot verbeugte sich. »Die Art, wie Sie ihm die skandalöse Geschichte aus der Nase zogen. Bewundernswürdig!«

Miss Henderson lachte ungeniert. »Die Anspielung auf das Garderegiment? Ich wusste, dass es den alten Knaben zum Feuerspucken bringen würde.« Sie beugte sich vor und sagte vertraulich: »Ich gebe zu, ich liebe Skandale – je schlimmer, umso besser!«

Poirot sah sie nachdenklich an – ihre schlanke, gut erhaltene Figur, ihre gierigen dunklen Augen, ihr graues Haar, eine Frau von fünfundvierzig, die zu ihrem Alter stand.

Miss Henderson sagte plötzlich: »Jetzt weiß ich es! Sind Sie nicht der große Detektiv?«

Poirot verbeugte sich. »Zu liebenswürdig, Mademoiselle.« Aber er widersprach nicht.

»Wie aufregend«, sagte Miss Henderson. »Sind Sie ›auf heißer Spur‹, wie es in den Kriminalromanen heißt? Haben wir einen Kriminellen an Bord? Oder bin ich indiskret?«

»Überhaupt nicht, überhaupt nicht. Ich bedaure, Sie in Ihren Erwartungen enttäuschen zu müssen. Aber ich bin nur hier – wie alle andern –, um mich zu amüsieren.«

Er sagte es in derart glühendem Ton, dass Miss Henderson lachte.

»Oh! Morgen werden Sie Gelegenheit haben, in Alexandria an Land zu gehen. Waren Sie schon mal in Ägypten?«

»Noch nie, Mademoiselle.«

Miss Henderson erhob sich etwas plötzlich.

»Ich glaube, ich sollte dem General bei seinem Gesundheitslauf Gesellschaft leisten«, verkündete sie.

Poirot sprang höflich auf.

Sie bedachte ihn mit einem kleinen Nicken und ging an Deck.

In Poirots Blick lag ein leichtes Erstaunen, dann erschien ein kleines Lächeln auf seinem Gesicht. Kurz darauf steckte er den Kopf durch die Tür und sah auf das andere Deck hinunter. Miss Henderson lehnte an der Reling und sprach mit einem großen, militärisch aussehenden Mann.

Poirots Lächeln wurde breiter. Er zog sich übertrieben vorsichtig in den Rauchsalon zurück – wie eine Schildkröte in ihren Panzer. Jetzt hatte er den Rauchsalon noch für sich, es würde wohl nicht lange so bleiben.

Tatsächlich. Mrs Clapperton trat ein, ihr sorgfältig gewelltes platinblondes Haar unter einem Netz verborgen, die massage- und diätgepflegte Figur in einem schicken Sportkostüm. Sie hatte das Benehmen einer Frau, die immer die besten Preise für alles, was sie haben wollte, bezahlen konnte.

Sie sagte: »John –? Oh! Guten Morgen, Monsieur Poirot – haben Sie John gesehen?«

»Er ist auf dem Steuerborddeck, Madame. Soll ich –?«

Sie hielt ihn mit einer Geste zurück. »Ich setze mich für eine Weile.« Sie ließ sich königlich in einem Sessel nieder. Aus der Ferne hatte sie wie etwa achtundzwanzig ausgesehen. Aus der Nähe sah sie trotz ausgezeichnet zurechtgemachtem Gesicht und fein gezupften Augenbrauen nicht wie ihre tatsächlichen neunundvierzig Jahre aus, sondern wie fünfundfünfzig. Ihre Augen waren metallisch hellblau und hatten winzige Pupillen.

»Es tut mir Leid, dass ich Sie gestern Abend nicht beim Dinner gesehen habe«, sagte sie. »Es war natürlich wieder viel zu reichhaltig –«

»*Précisément*«, sagte Poirot gefühlvoll.

»Gott sei Dank werde ich nicht seekrank«, meinte Mrs Clapperton. »Ich sage Gott sei Dank, denn für mein schwaches Herz wäre eine Seekrankheit wahrscheinlich der Tod.«

»Sie haben ein schwaches Herz, Madame?«

»Ja, ich muss äußerst vorsichtig sein. Ich darf mich auf keinen Fall übermüden! Alle Spezialisten sind sich da einig!« Mrs Clapperton hatte jetzt zu ihrem Lieblingsthema, ihrer Gesundheit, gefunden. »John, der Arme, überarbeitet sich, weil er mich davor bewahren will, zu viel zu tun. Ich lebe sehr intensiv, falls Sie wissen, was ich meine, Monsieur Poirot?«

»Ja, ja.«

»Er sagt immer zu mir: ›Versuch dich ein wenig zu mäßigen, Adeline.‹ Aber ich kann es nicht. Das Leben muss voll gelebt werden, finde ich. Eigentlich habe ich mich schon als junges Mädchen im Krieg verausgabt. Mein Hospital – haben Sie von meinem Hospital gehört? Natürlich hatte ich Schwestern und Pfleger und alles andere – aber die ganze Last lag auf mir.« Sie seufzte.

»Ihre Vitalität ist bewundernswürdig, meine Liebe«, sagte Poirot mechanisch wie eine auswendig gelernte Antwort.

Mrs Clapperton lachte mädchenhaft.

»Jeder sagt, wie jung ich bin! Es ist absurd. Ich behaupte nie, dass ich jünger als dreiundvierzig bin. Aber viele Leute können es kaum glauben. ›Sie sind so lebhaft, Adeline‹, sagt man immer zu mir. Aber sehen Sie, Monsieur Poirot, was wäre ich, wenn ich nicht so intensiv lebte?«

»Tot«, antwortete Poirot.

Mrs Clapperton runzelte die Stirn. Die Antwort entsprach nicht ihrem Geschmack. Der Mann versuchte komisch zu sein. Sie erhob sich und sagte kühl: »Ich muss John finden.«

Als sie durch die Tür schritt, entglitt ihr die Handtasche. Sie öffnete sich, und der Inhalt fiel heraus. Poirot eilte galant

zu Hilfe. Es dauerte einige Minuten, bis Lippenstifte, Puder-
dose, Zigarettenetui, Anzünder und andere Kleinigkeiten zu-
sammengesucht waren. Mrs Clapperton dankte höflich,
rauschte dann auf das Deck hinunter und rief: »John –«

Colonel Clapperton war immer noch in sein Gespräch mit
Miss Henderson vertieft. Er schwang herum und eilte seiner
Frau entgegen. Er beugte sich beschützend über sie: Stand ihr
Liegestuhl richtig? Sollte er nicht lieber . . .? Sein Benehmen
war sehr aufmerksam – voll sanfter Fürsorglichkeit. Eindeutig eine bewunderte Frau, die von ihrem Mann verwöhnt
wurde.

Miss Ellie Henderson sah in den weiten Himmel hinaus, als
widerte sie die Szene ziemlich an.

Unter der Tür des Rauchsalons stehend, sah Poirot ihnen
zu.

Da sagte eine heisere Stimme hinter ihm:

»Diese Frau würde ich mit dem Beil erschlagen, wenn ich
ihr Mann wäre.« Der alte Gentleman, der von den jüngeren
Leuten an Bord respektlos »Großvater aller Teepflanzer« genannt wurde, war eben hereingekommen. »Boy!«, rief er.
»Bitte, einen Whisky.«

Poirot bückte sich und hob ein Stück Papier auf, das aus
Mrs Clappertons Handtasche stammen musste und übersehen worden war. Teil eines Rezepts, stellte er fest, für Digitalin. Er stopfte es in die Tasche, um es Mrs Clapperton später
zurückzugeben.

»Ja«, fuhr der alte Mann fort, »eine teuflische Frau. Ich
kann mich an eine ähnliche Ausgabe in Poona erinnern. Das
war anno 87.«

»Ist einer mit dem Beil auf sie losgegangen?«, fragte Poirot.

Der Teepflanzer schüttelte traurig den Kopf.

»Sie brachte ihren Mann ins Grab. Clapperton sollte sich
wehren. Er gibt seiner Frau zu sehr nach.«

»Sie ist aber der Zahlmeister«, sagte Poirot bedeutungsvoll.

»Haha!« Der alte Mann kicherte. »Das haben Sie treffend gesagt. Sie ist der Zahlmeister. Haha!«

Zwei junge Mädchen platzten in den Rauchsalon herein. Die eine hatte ein rundes Gesicht mit Sommersprossen und dunkles Haar, das vom Winde zerzaust war, die andere Sommersprossen und kastanienbraune Locken.

»Hilfe – Hilfe!«, rief Kitty Mooney. »Pam und ich wollen Colonel Clapperton retten.«

»Vor seiner Frau«, sagte Pamela Cregan atemlos.

»Wir finden, er ist reizend . . .«

»Und sie ist einfach grässlich – sie erlaubt ihm überhaupt nichts!«

»Und wenn er nicht mit ihr zusammen ist, schnappt ihn sich meistens die Henderson . . .«

». . . die ja ganz nett ist, aber schrecklich alt . . .«

Die Mädchen rannten hinaus und riefen wieder kichernd: »Hilfe – Hilfe . . .«

Dass Clappertons Rettung nicht nur eine augenblickliche Eingebung, sondern ein fester Plan war, wurde noch am selben Abend klar, als die achtzehnjährige Pamela Cregan zu Hercule Poirot kam und flüsterte: »Beobachten Sie uns, Monsieur Poirot. Er wird direkt unter ihrer Nase eingekreist und zu einem Mondscheinspaziergang auf das Bootsdeck verschleppt.«

Gerade sagte Colonel Clapperton: »Natürlich ist der Preis für einen Rolls-Royce hoch. Aber man hat ihn praktisch ein Leben lang. Nun ist mein Wagen –«

»*Mein* Wagen doch wohl, John.« Mrs Clappertons Stimme klang schrill und penetrant.

Er verriet keinerlei Verärgerung über ihre Unhöflichkeit. Entweder war er dies schon gewohnt oder aber . . .

Oder aber?, dachte Poirot und versank in Grübeleien. »Natürlich, meine Liebe, *dein* Wagen.« Clapperton verneigte sich vor seiner Frau und beendete ungerührt den angefangenen Satz.

»*Voilà ce qu'on appelle* einen Gentleman«, dachte Poirot. »Aber General Forbes behauptet, Clapperton sei keiner. Jetzt wundere ich mich.«

Jemand schlug eine Bridgepartie vor. Mrs Clapperton, General Forbes und ein Paar mit Adleraugen setzten sich zusammen. Miss Henderson entschuldigte sich und ging an Deck.

»Und Ihr Gatte?«, fragte General Forbes zögernd.

»John will nicht spielen«, antwortete Mrs Clapperton. »Das ist sehr langweilig von ihm.«

Die vier Bridgespieler beugten sich über ihre Karten.

Pam und Kitty näherten sich Colonel Clapperton und packten ihn an den Armen.

»Sie kommen mit uns auf das Bootsdeck. Es ist Vollmond.«

»Sei nicht albern, John«, sagte Mrs Clapperton. »Du wirst dich erkälten.«

»Nicht mit uns, bestimmt nicht«, meinte Kitty. »Wir sind sehr heißblütig!«

Er ging lachend mit ihnen mit.

Poirot bemerkte, dass Mrs Clapperton in der zweiten Runde passte, obwohl sie mit zwei Treffs eröffnet hatte. Er schlenderte auf das Panoramadeck. Miss Henderson stand an der Reling und sah sich erwartungsvoll um. Als Poirot erschien und sich neben sie stellte, bemerkte er ihre Enttäuschung.

Sie plauderten eine Weile. Dann fragte sie plötzlich, als er lange schwieg: »Woran denken Sie?«

Poirot antwortete: »Ich zweifle an meinen Englischkenntnissen. Mrs Clapperton sagte: ›John will nicht spielen.‹ Sollte es heißen: ›John kann nicht Bridge spielen‹?«

»Sie nimmt es vermutlich als persönliche Beleidigung, dass er nicht spielt«, antwortete Ellie trocken. »Der Mann ist verrückt, dass er sie überhaupt geheiratet hat.«

Poirot lächelte im Dunkeln. »Glauben Sie nicht, dass diese Ehe möglicherweise doch ein Erfolg ist?«, fragte er vorsichtig.

»Mit einer solchen Frau?«

Poirot zuckte die Schultern. »Viele hassenswerte Frauen haben ergebene Ehemänner. Ein Irrtum der Natur. Sie müssen zugeben, dass nichts, was sie sagt oder tut, ihn zu stören scheint.« Miss Henderson überlegte noch die Antwort, als Mrs Clappertons Stimme plötzlich durch das Fenster des Rauchsalons drang:

»Nein – ich glaube nicht, dass ich noch einen Rubber spiele. Es ist so stickig. Ich möchte hinausgehen und auf dem Bootsdeck frische Luft schnappen.«

»Gute Nacht«, sagte Miss Henderson. »Ich gehe schlafen.« Sie verschwand plötzlich.

Poirot schlenderte weiter zum Aufenthaltsraum, in dem nur Colonel Clapperton und die beiden jungen Mädchen saßen. Er zeigte ihnen Taschenspielertricks, und da Poirot seine außerordentliche Geschicklichkeit mit den Karten auffiel, erinnerte er sich an den Klatsch des Generals über seine Karriere beim Varieté.

»Ich sehe, Sie lieben die Karten, obwohl Sie kein Bridge spielen«, bemerkte er.

»Ich habe meine Gründe«, sagte Clapperton mit charmantem Lächeln. »Ich verrate sie Ihnen. Wir spielen eine Runde.«

Er teilte rasch aus. »Decken Sie Ihre Karten auf. Nun, was ist?« Er lachte über Kittys verwirrten Ausdruck und legte seine Karten offen hin. Die anderen folgten. Kitty hatte alle Treffs, Monsieur Poirot alle Herzen, Pam die Piks und Colonel Clapperton die Karos.

»Sehen Sie? Wer seinem Partner und seinen Gegnern Karten nach Wunsch geben kann, sollte einem freundschaftlichen Spiel besser fernbleiben! Wenn er zu viel Glück hat, könnte ihm Übles nachgesagt werden.«

»Oh!«, ereiferte sich Kitty. »Wie haben Sie das gemacht? Es sah alles ganz normal aus.«

»Die Geschwindigkeit täuscht das Auge«, sagte Poirot bedeutungsvoll – dabei fiel ihm der plötzlich veränderte Gesichtsausdruck des Colonels auf. Er schien zu erkennen, dass er für einen Augenblick nicht auf der Hut gewesen war.

Poirot lächelte. Der Zauberkünstler hatte sich unter der Maske des Gentleman zu erkennen gegeben.

Im Morgengrauen des folgenden Tages erreichte das Schiff Alexandria.

Als Poirot vom Frühstück kam, traf er auf die beiden jungen Mädchen, die zum Landgang bereit waren. Sie sprachen mit Colonel Clapperton.

»Wir müssen los!«, drängte Kitty. »Die Passkontrolle wird das Schiff gleich verlassen. Sie kommen mit uns, nicht wahr? Sie lassen uns doch nicht allein an Land gehen? Uns könnte Schreckliches zustoßen.«

»Ich finde tatsächlich, dass Sie nicht allein gehen sollten«, sagte Clapperton lächelnd. »Aber ich weiß nicht, ob meine Frau sich für den Ausflug gut genug fühlt.«

»Wie schade!«, sagte Pam. »Sie könnte sich inzwischen richtig ausruhen.«

Colonel Clapperton wirkte etwas unentschlossen. Offenbar hätte er sehr gern den Beschützer gespielt. Er bemerkte Poirot.

»Hallo, Monsieur Poirot – gehen Sie an Land?«

»Nein, ich glaube nicht.«

»Ich möchte mich nur schnell mit Adeline besprechen«, erklärte Colonel Clapperton entschlossen.

»Wir begleiten Sie«, sagte Pam. Sie gab Poirot ein Zeichen. »Vielleicht können wir sie überreden, auch mitzukommen«, sagte sie bedeutungsvoll.

Colonel Clapperton schien diesen Vorschlag zu begrüßen. Er sah entschieden erleichtert aus.

»Also gut, kommen Sie beide mit«, sagte er leichthin. Sie gingen zu dritt das B-Deck entlang.

Poirot, dessen Kabine direkt gegenüber der der Clappertons lag, folgte aus Neugier.

Colonel Clapperton rüttelte ein wenig nervös an der Kabinentür.

»Adeline, meine Liebe, bist du auf?«

Mrs Clappertons schläfrige Stimme sagte von drinnen: »O mein Gott – was ist los?«

»Ich bin's, John. Willst du an Land gehen?«

»Auf keinen Fall.« Die Stimme war schrill und entschieden. »Ich habe eine schlechte Nacht hinter mir. Ich werde den ganzen Tag im Bett bleiben.«

Pam hakte schnell ein. »Oh, Mrs Clapperton, es tut mir Leid. Wir hofften so, dass Sie mitkommen. Wollen Sie es sich nicht noch mal überlegen?«

»Ich bin ganz sicher.« Mrs Clappertons Stimme klang sogar noch schriller.

Der Colonel drehte erfolglos den Türknauf.

»Was ist los, John? Die Tür ist verriegelt. Ich will von den Stewards nicht gestört werden.«

»Tut mir Leid, meine Liebe, tut mir Leid! Ich wollte nur meinen Baedeker holen.«

»Du kannst ihn nicht haben«, antwortete Mrs Clapperton. »Ich stehe nicht auf. Geh, bitte, John, und lass mich in Ruhe!«

»Natürlich, natürlich, meine Liebe.« Der Colonel wich zurück. Pam und Kitty nahmen ihn in die Mitte.

»Also gehen wir sofort. Gott sei Dank haben Sie den Hut schon auf. Ach, du meine Güte – Ihr Pass ist doch nicht etwa in der Kabine?«

»Nein, natürlich steckt er in meiner Tasche –«, sagte der Colonel.

Kitty quetschte seinen Arm. »Wunderbar«, rief sie. »Also, kommen Sie schon!«

Poirot beugte sich über die Reling und beobachtete die drei beim Verlassen des Schiffs. Er hörte ein Atmen neben sich, wandte den Kopf und entdeckte Miss Henderson neben sich. Ihre Augen waren auf die drei verschwindenden Gestalten geheftet.

»Also gehen sie an Land«, sagte sie leise.

»Ja. Sie auch?«

Sie war mit Sonnenhut, besonders hübscher Tasche und festen Schuhen ausgerüstet und sah aus, als wollte sie ebenfalls an Land gehen. Trotzdem schüttelte sie nach einer winzigen Pause den Kopf.

»Nein, ich glaube, ich bleibe an Bord. Ich habe viele Briefe zu schreiben.« Sie wandte sich ab und ging.

Keuchend von seinen morgendlichen achtundvierzig Runden, nahm General Forbes ihren Platz ein. »Aha!«, rief er, als er die entschwindenden Umrisse des Colonels und der beiden jungen Mädchen entdeckte. »Das wird also gespielt! Wo ist die Gnädige?«

Poirot erklärte, dass Mrs Clapperton einen ruhigen Tag im Bett verbringen wolle.

»Das glauben Sie doch selbst nicht!«, sagte der alte Krieger mit wissendem Blick. »In kürzester Zeit wird sie erscheinen, und wenn sich herausstellt, dass der arme Teufel ohne Erlaubnis verschwand, gibt's Dresche.«

Aber die Prognosen des Generals erfüllten sich nicht. Mrs Clapperton erschien zum Lunch nicht, und als der Colonel und seine Begleiterinnen um vier auf das Schiff zurückkehrten, hatte sie sich noch immer nicht gezeigt. Poirot war in seiner Kabine und hörte das zaghafte Klopfen des Ehemannes an der Kabinentür. Er hörte, wie es wiederholt wurde, wie der Colonel versuchte, die Kabinentür zu öffnen, und schließlich den Steward rief. »Wissen Sie, ich bekomme keine Antwort. Haben Sie einen Schlüssel?«

Poirot erhob sich entschlossen und trat auf den Flur hinaus.

Die Neuigkeit breitete sich so schnell wie ein Waldbrand aus.

Mit ungläubigem Entsetzen hörten die Passagiere, dass Mrs Clapperton in ihrer Kabine tot im Bett aufgefunden worden war – einen Eingeborenendolch im Herzen. Eine Kette mit Bernsteinkugeln hatte auf dem Boden gelegen.

Gerücht folgte auf Gerücht! Alle Kettenverkäufer, die an jenem Tag an Bord gewesen waren, seien geholt und befragt worden. Eine große Summe Bargeld sei aus einer Schublade in der Kabine verschwunden! Das Geld sei gefunden worden! Schmuck im Wert eines Vermögens sei gestohlen worden! Es sei überhaupt kein Schmuck gestohlen worden! Ein Steward sei festgenommen worden und habe den Mord gestanden!

»Was ist eigentlich wahr?«, fragte Miss Henderson, die Poirot aufgelauert hatte. Ihr Gesicht war bleich und verstört.

»Meine Liebe, wie soll ich das wissen?«

»Natürlich wissen Sie es«, behauptete Miss Henderson. Es war spät am Abend. Die meisten Reisenden hatten sich in ihre Kabinen zurückgezogen. Miss Henderson führte Poirot zu den Liegestühlen auf der geschützten Seite des Schiffs. »Jetzt erzählen Sie!«, befahl sie.

Poirot sah sie nachdenklich an. »Es ist ein interessanter Fall.«

»Stimmt es, dass wertvoller Schmuck gestohlen wurde?«

Poirot schüttelte den Kopf. »Nein. Es ist kein Schmuck verschwunden. Eine kleine Summe Bargeld ist aus der Schublade genommen worden.«

»Ich werde mich auf einem Schiff nie mehr sicher fühlen«, sagte Miss Henderson fröstelnd. »Gibt es irgendeinen Hinweis auf einen dieser kaffeebraunen Urwaldmenschen?«

»Nein«, erwiderte Hercule Poirot. »Die ganze Sache ist ziemlich merkwürdig.«

»Was soll das heißen?«, fragte Miss Henderson scharf.

Poirot spreizte die Hände. »Eh bien – halten wir uns an die Tatsachen. Mrs Clapperton war bereits mindestens fünf Stunden tot, als sie gefunden wurde. Etwas Geld ist verschwunden. Eine Bernsteinkette lag auf dem Boden neben ihrem Bett. Die Tür war verschlossen, der Schlüssel weg. Das Fenster – ein Fenster, keine Luke – geht auf das Deck hinaus und stand offen.«

»Nun?«, fragte Miss Henderson ungeduldig.

»Glauben Sie nicht auch, dass ein Mord unter diesen Umständen sehr seltsam ist? Bedenken Sie, dass die Postkartenverkäufer, Geldwechsler und Bernsteinverkäufer, die an Bord kommen dürfen, der Polizei alle genau bekannt sind.«

»Die Stewards schließen unsere Kabinen für gewöhnlich ab«, bemerkte Miss Henderson.

»Ja, um die Bettelei zu verhindern. Aber dies – war Mord.«

»Worauf wollen Sie hinaus, Monsieur Poirot?« Ihre Stimme klang begierig.

»Ich denke an die verschlossene Tür.«

Miss Henderson überlegte. »Ich sehe nichts Besonderes dahinter. Der Mann ging zur Tür hinaus, schloss ab und nahm den Schlüssel mit, damit der Mord nicht zu früh entdeckt würde. Ziemlich intelligent von ihm, denn man fand sie erst um vier Uhr nachmittags.«

»Nein, nein, Mademoiselle. Sie übersehen den Punkt, den ich hervorheben will. Ich mache mir nicht Gedanken darüber, wie der Täter herauskam, sondern darüber, wie er hineinkam.«

»Durch das Fenster natürlich.«

»*C'est possible*. Aber es wäre ein sehr enger Einstieg – und es gab Leute, die die ganze Zeit an Deck auf und ab gingen, bedenken Sie.«

»Dann durch die Tür«, sagte Miss Henderson ungeduldig.

»Sie vergessen, Mademoiselle, dass Mrs Clapperton die Tür von innen abgeschlossen hatte, und zwar, bevor Colonel Clapperton das Schiff heute Morgen verließ. Er hatte versucht, sie zu öffnen – darum wissen wir, dass das stimmt.«

»Unsinn. Sie klemmte vielleicht – oder er drehte den Knauf nicht richtig.«

»Aber es gibt nicht nur seine Aussage. Wir hörten es tatsächlich Mrs Clapperton selbst sagen.«

»Wir?«

»Miss Money, Miss Cregan, Colonel Clapperton und ich.« Ellie Henderson wippte mit ihrem hübsch beschuhten Fuß. Sie sprach eine Weile nicht. Dann sagte sie in leicht irritiertem Ton:

»Und was folgern Sie daraus? Wenn Mrs Clapperton die Tür verschließen konnte, konnte sie sie wohl auch öffnen.«

»Ganz genau, richtig.« Poirot wandte ihr ein strahlendes Gesicht zu. »Und Sie sehen, wohin uns das führt. Mrs Clapperton schloss auf und ließ den Mörder ein. Nun, hätte sie dies wegen eines Bernsteinverkäufers getan?«

»Sie wusste vielleicht nicht, wer es war. Er kann geklopft haben – sie stand auf und öffnete. Und der Kerl drang ein und tötete sie.«

Poirot schüttelte den Kopf. »Au contraire. Sie lag friedlich im Bett, als sie erstochen wurde.«

Miss Henderson starrte ihn an. »Worauf wollen Sie hinaus?«, fragte sie abrupt.

Poirot lächelte. »Nun, es sieht doch so aus, als ob sie die Person gekannt hat, die sie einließ.«

»Sie meinen, dass der Mörder ein Passagier ist?« Ihre Stimme klang etwas rau.

Poirot nickte. »Das scheint der Fall zu sein.«

»Und dass die Bernsteinkette auf dem Boden eine Irreführung ist?«

»Ganz genau.«

»Der Gelddiebstahl auch?«

»Richtig.«

Nach einer Pause sagte Miss Henderson langsam: »Ich fand, dass Mrs Clapperton eine sehr unangenehme Frau war, und ich glaube, keiner an Bord mochte sie wirklich, aber es gibt niemand, der einen Grund gehabt hätte, sie zu töten.«

»Außer vielleicht ihren Mann«, sagte Poirot.

»Sie glauben doch nicht –« Sie hielt inne.

»Jeder hier auf diesem Schiff findet, Colonel Clapperton hätte allen Grund gehabt, sie mit dem Beil zu erschlagen. Das war, glaube ich, der Ausdruck, der verwendet wurde.«

Miss Henderson sah ihn an und wartete.

»Aber ich muss gestehen«, fuhr Poirot fort, »dass ich persönlich nicht das geringste Anzeichen von Empörung bei dem guten Colonel entdeckte. Außerdem, was wichtiger ist, hat er ein Alibi. Er war den ganzen Tag mit den beiden jungen Damen zusammen und kehrte erst um vier Uhr auf das Schiff zurück. Zu diesem Zeitpunkt war Mrs Clapperton schon viele Stunden tot.«

Es herrschte wieder eine Minute lang Schweigen. Dann sagte Miss Henderson leise: »Und Sie glauben immer noch – der Täter ist ein Passagier?«

Poirot nickte.

Miss Henderson lachte plötzlich – ein lautes, abwehrendes Lachen. »Ihre Theorie wird wohl schwer zu beweisen sein, Monsieur Poirot. Es gibt sehr viele Passagiere.«

Poirot verbeugte sich vor ihr. »Ich benütze eine Redewendung eines Ihrer Kriminalschriftsteller: ›Ich habe meine eigenen Methoden, Watson.‹«

Am nächsten Abend beim Abendessen fand jeder Passagier eine maschinengeschriebene Einladung neben seinem Teller, um halb neun im Aufenthaltsraum zu erscheinen. Als alle versammelt waren, stieg der Kapitän auf das Podium, auf dem das Orchester sonst spielte, und hielt seine Rede.

»Ladys und Gentlemen, Sie kennen die Tragödie, die sich gestern ereignete. Ich bin sicher, Sie möchten alle behilflich sein, den Urheber dieses abscheulichen Verbrechens der Gerechtigkeit zuzuführen.« Er machte eine Pause und räusperte sich. »Wir haben an Bord bei uns Monsieur Hercule Poirot, der Ihnen wohl allen bekannt ist als ein Mann, der große Erfahrung in – eh – solchen Angelegenheiten besitzt. Ich hoffe, Sie achten genau auf das, was er Ihnen zu sagen hat.«

In diesem Augenblick trat Colonel Clapperton ein, der nicht zum Essen erschienen war, und setzte sich neben General Forbes. Er wirkte wie ein Mann, der von Trauer gezeichnet ist, und nicht wie einer, der sich erleichtert fühlt. Entweder war er ein sehr guter Schauspieler, oder er hatte seine unangenehme Frau tatsächlich geliebt.

»Monsieur Hercule Poirot!«, rief der Kapitän und trat vom Podium. Poirot nahm seinen Platz ein. Er sah etwas komisch und pathetisch aus, als er jetzt seiner Zuhörerschaft strahlend zulächelte.

»Messieurs, Mesdames, es ist sehr freundlich von Ihnen, dass Sie so geduldig sein wollen, mir zuzuhören. Der Kapitän hat Ihnen gesagt, dass ich eine gewisse Erfahrung in diesen Dingen habe. Es stimmt, ich habe genaue Vorstellungen, wie wir diesen besonderen Fall lösen können.«

Auf ein Zeichen erschien ein Steward mit einem riesigen, formlosen Gegenstand, der in ein Tuch gehüllt war, und reichte ihn Poirot hinauf.

»Was ich jetzt tun werde, wird Sie vielleicht ein wenig erstaunen«, warnte Poirot. »Vielleicht bin ich exzentrisch oder gar verrückt. Trotzdem versichere ich Ihnen, dass dieser Unsinn Methode hat.«

Sein Blick streifte kurz Miss Henderson. Dann begann er den umfangreichen Gegenstand zu enthüllen.

»Ich habe hier, Messieurs, Mesdames, einen wichtigen Zeugen für den Mord an Mrs Clapperton.« Mit kräftiger Hand zog er das letzte Tuch weg und enthüllte eine beinahe lebensgroße Holzpuppe, die mit Samtanzug und Spitzenkragen bekleidet war.

»Nun, Arthur«, sagte Poirot mit veränderter Stimme. Hier redete nicht mehr ein Ausländer, sondern jemand, der Englisch mit leichtem Cockney-Einschlag sprach. »Kannst du mir etwas sagen – ich wiederhole –, kannst du mir etwas erzählen über Mrs Clappertons Tod?«

Der Nacken der Puppe vibrierte etwas, ihr hölzerner Unterkiefer fiel herunter und zitterte, und eine schrille hohe Frauenstimme sagte:

»Was ist los, John? Die Tür ist verschlossen. Ich will von den Stewards nicht gestört werden . . .«

Da ertönte ein Schrei, ein Stuhl fiel um, ein Mann stand schwankend da, die Hand am Hals, und versuchte zu sprechen . . . Dann fiel die Gestalt plötzlich in sich zusammen und kippte vornüber.

Es war Colonel Clapperton.

Poirot und der Schiffsarzt richteten sich neben der ausgestreckten Gestalt auf.

»Es ist wohl vorbei mit ihm. Das Herz«, sagte der Arzt kurz.

Poirot nickte. »Ein Schock, weil er seinen Trick durchschaut sah.«

Er wandte sich General Forbes zu. »General, Sie haben mir mit Ihrer Bemerkung über das Varieté einen wichtigen Hinweis gegeben. Ich habe lange daran herumgerätselt, bis ich darauf kam: Angenommen, dass Clapperton früher Bauchredner gewesen war. Dann wäre es sehr gut möglich gewesen, dass drei Leute Mrs Clapperton in der Kabine sprechen hörten, obwohl sie bereits tot war . . .«

Miss Henderson stand neben ihm. Ihre Augen waren düster und voll Schmerz. »Wussten Sie, dass er ein schwaches Herz hatte?«, fragte sie.

»Ich nahm es an. Mrs Clapperton sprach von ihrem eigenen angegriffenen Herzen, aber sie kam mir eher vor wie jemand, der gern als krank gilt. Dann fand ich den Teil eines Rezepts für eine sehr starke Dosis Digitalin. Digitalin ist ein Herzmittel, aber es konnte nicht für Mrs Clapperton bestimmt gewesen sein, weil Digitalin die Pupillen erweitert. Ich hatte dieses Phänomen an ihr nicht beobachtet. Als ich jedoch dem Colonel in die Augen sah, entdeckte ich dieses Symptom sofort.«

»Also dachten Sie – dass es so enden könnte?«, fragte Miss Henderson leise.

»Es ist am besten so, glauben Sie nicht auch, Mademoiselle?«, fragte er ruhig.

Er sah Tränen in ihren Augen. »Sie wussten es!«, sagte sie. »Sie wussten die ganze Zeit, dass ich ihn mochte ... und er mich nicht ... Es waren jene Mädchen – die Jugend –, die ihn seine Versklavung fühlen ließen. Er wollte frei sein, bevor es zu spät war ... Ja, ich bin sicher, dass es sich so abgespielt hat. Wann wussten Sie, dass er der Täter war?«

»Seine Beherrschung war zu perfekt«, sagte Poirot einfach. »Egal, wie scheußlich seine Frau sich benahm – es schien ihn nie zu berühren. Entweder hatte er sich so daran gewöhnt, dass es ihm egal war, oder – *eh bien* - ich vermutete die andere Möglichkeit ... und hatte Recht. Dann war da noch sein ausdrücklicher Hinweis auf seine Taschenspielerkünste – am Abend vor dem Verbrechen. Er tat, als ließe er sich gehen. Aber ein Mann wie Clapperton lässt sich nicht gehen! Er musste einen Grund haben: Solange die Leute dachten, er habe einmal als Taschenspieler gearbeitet, würde man nicht vermuten, dass er Bauchredner gewesen war.«

»Und die Stimme, die wir hörten – Mrs Clappertons Stimme?«

»Eine der Stewardessen hat eine ähnliche Stimme wie sie. Ich überredete sie, sich hinter der Bühne zu verstecken, und brachte ihr die Worte bei, die sie sagen sollte.«

»Es war ein Trick – ein gemeiner Trick«, rief Miss Henderson.

»Ich kann einen Mord nicht billigen«, entgegnete Hercule Poirot.

# Neun Meilen zu Fuß

Harry Kemelman

Ich hatte mich in einer Rede, die ich bei dem Dinner der Good Government Association gehalten hatte, blamiert, und Nick Welt hatte mir beim Frühstück im Blue Moon, wo wir beide dann und wann aßen, aufgelauert, weil er sich das Vergnügen nicht entgehen lassen wollte, mir das unter die Nase zu reiben. Ich hatte den Fehler gemacht, von meiner vorbereiteten Rede abzuweichen, und eine Aussage kritisiert, die mein Vorgänger im Amt des Staatsanwalts vor der Presse gemacht hatte. Ich hatte aus dieser Aussage einige Schlüsse gezogen und ihm damit die Möglichkeit eines berechtigten Dementis eröffnet, die er prompt ergriff und mich damit intellektuell unehrlich erscheinen ließ. Ich war in solchen politischen Intrigen ein Neuling, denn ich hatte erst vor wenigen Monaten die juristische Fakultät verlassen, um für die Reform-Partei als Staatsanwalt zu kandidieren. Das brachte ich zu meiner Entschuldigung auch vor, aber Nicholas Welt, der seine Pädagogenmanier nie ganz ablegen konnte – er war Professor für englische Sprache und Literatur in Snowdon –, antwortete mir in dem gleichen Tonfall, mit dem er einem Erstsemester eine Terminverlängerung für eine Seminararbeit ablehnen würde: »Das ist keine Entschuldigung.«

Obwohl er Ende Vierzig und damit nur zwei oder drei Jahre jünger als ich ist, behandelt er mich immer wie ein Schulmeister, der einen dummen Schüler ermahnt, und vielleicht, weil er mit seinem weißen Haar und seinem faltigen, gnomenhaften Gesicht so viel älter aussieht, fühle ich mich auch so.

»Das waren völlig logische Schlüsse«, protestierte ich kläglich.

»Mein lieber Junge«, schnurrte er, »zwischenmenschliche Kommunikation ist zwar ohne Schlüsse praktisch nicht möglich, aber trotzdem sind die meisten gewöhnlich falsch. In der Juristerei ist der Prozentsatz von Fehlschlüssen besonders hoch, weil man hier in der Regel nicht herausbekommen will, was der Sprecher ausdrücken, sondern vielmehr, was er verbergen will.«

Ich nahm meine Rechnung in die Hand und stand langsam vom Tisch auf.

»Wahrscheinlich denken Sie dabei an das Kreuzverhör von Zeugen vor Gericht. Nun, da gibt es immer den Anwalt der Gegenpartei, der Einspruch erhebt, wenn ein Schluss nicht logisch ist.«

»Wer hat denn etwas von Logik gesagt?«, gab er zurück. »Ein Schluss kann logisch sein und braucht deshalb trotzdem noch nicht zu stimmen.«

Er ging hinter mir den Gang bis zur Kasse her. Ich bezahlte meine Rechnung und wartete ungeduldig, während er in einer altmodischen Geldbörse herumsuchte, einzelne Münzen nacheinander aus ihr herausfischte und sie neben seiner Rechnung auf den Tisch legte, nur um zu entdecken, dass sie nicht ausreichten. Er steckte sie in seine Börse zurück und zog mit einem kaum merklichen Seufzer einen Geldschein aus einem anderen Fach heraus, um ihn dem Kassierer in die Hand zu drücken.

»Nennen Sie mir einen beliebigen Satz mit zehn oder zwölf Wörtern«, sagte er, »und ich knüpfe daran eine Kette von logischen Schlüssen, wie sie Ihnen im Traum nicht eingefallen wäre, als Sie den Satz zusammengestellt haben.« Andere Gäste kamen herein, und da vor dem Tisch des Kassierers nicht viel Platz war, entschloss ich mich, draußen zu warten, bis Nick seine Transaktionen mit dem Kassierer abgeschlossen hatte. Ich erinnere mich noch daran, dass mich der Gedanke leicht belustigte, er könnte meinen, ich stünde noch immer direkt hinter ihm, und dass er deshalb seinen Diskurs ungestört weiterführte.

Als er zu mir auf den Bürgersteig heraustrat, sagte ich: »Neun Meilen zu Fuß, das ist kein Witz, besonders wenn es regnet.«

»Nein, wirklich nicht, da haben Sie Recht«, stimmte er mir geistesabwesend zu. Dann aber blieb er abrupt stehen und sah mich scharf an. »Wovon reden Sie eigentlich, zum Teufel?«

»Das ist ein Satz, und er hat zwölf Wörter«, insistierte ich. Ich wiederholte den Satz und zählte dabei die Wörter mit meinen Fingern ab.

»Na und?«

»Sie sagten, Sie könnten an jeden beliebigen Satz mit zehn oder zwölf Wörtern . . .«

»Ach, richtig.« Er sah mich argwöhnisch an. »Woher haben Sie den Satz?«

»Der ist mir einfach eingefallen. Also los jetzt, ziehen Sie Ihre Schlüsse.«

»Meinen Sie das jetzt ernst?«, fragte er, und seine kleinen blauen Augen blitzten belustigt. »Soll ich wirklich anfangen?«

Das sah ihm ähnlich, eine Herausforderung auszusprechen und dann amüsiert zu tun, wenn sie angenommen wurde. Außerdem machte mich das wütend.

»Jetzt müssen Sie Farbe bekennen oder Ihren Mund halten«, sagte ich.

»Also gut«, sagte er milde. »Sie brauchen sich nicht aufzuregen, ich spiele mit. Hmm, warten Sie mal, wie hieß der Satz doch gleich wieder? ›Neun Meilen zu Fuß, das ist kein Witz, besonders wenn es regnet.‹ Viel bringt das nicht.«

»Es sind mehr als zehn Wörter«, erwiderte ich darauf.

»Nun gut.« Seine Stimme wurde knapp und präzise, während er sich gedanklich auf das Problem einstellte. »Erster Schluss: der Sprecher hat schlechte Laune.«

»Das will ich Ihnen zugeben«, sagte ich, »obwohl das eigentlich kaum ein Schluss ist, weil es unausgesprochen in dem Satz mitklingt.«

Er nickte ungeduldig. »Nächster Schluss: der Regen kam unerwartet, denn sonst hätte er gesagt: ›Neun Meilen im Regen, das ist kein Witz‹, statt als Nachgedanken noch ›besonders wenn es regnet‹ hinzuzufügen.

»Das will ich zulassen«, sagte ich, »obwohl es eigentlich auf der Hand liegt.«

»Erste Schlüsse sollten immer offensichtlich auf der Hand liegen«, sagte Nick scharf.

Ich ließ es dabei bewenden. Er war anscheinend ins Schwimmen gekommen, und das wollte ich ihm nicht hinreiben.

»Nächster Schluss: der Sprecher ist kein Sportler oder hält sich nicht viel in der frischen Luft auf.«

»Das werden Sie mir erklären müssen«, sagte ich.

»Das sagt mir wieder der ›besonders‹-Nebensatz«, sagte er. »Der Sprecher sagt nicht, neun Meilen zu Fuß im Regen seien kein Witz, sondern allein schon der Weg – allein die Entfernung, verstehen Sie? Nun sind neun Meilen keine ungeheuer lange Strecke. Schon bei einem Golfspiel mit achtzehn Löchern legt man mehr als die Hälfte davon zurück – und Golf ist ein Altmännersport«, fügte er giftig hinzu. *Ich* spiele Golf.

»Na ja, unter normalen Bedingungen mag das ja stimmen«, sagte ich. »Es gibt aber auch noch andere Möglichkeiten. Der Sprecher könnte ein Soldat im Urwald sein, wo ein Marsch von neun Meilen eine recht beachtliche Leistung ist, ob es nun regnet oder nicht.«

»Ganz richtig«, meinte Nick dazu sarkastisch. »Außerdem

könnte der Sprecher auch nur ein Bein haben, oder vielleicht könnte er auch ein Student sein, der eine Dissertation über Humor schreiben will und zunächst einmal alles auflistet, was nicht witzig ist. Hören Sie mal, ich muss von einigen Voraussetzungen ausgehen, bevor ich weitermache.«

»Wie meinen Sie das?«, fragte ich misstrauisch.

»Denken Sie daran, dass ich diesen Satz praktisch *in vacuo* übernehme. Normalerweise gehört zu einem Satz ein Situationsrahmen.«

»Ich verstehe. Welche Voraussetzungen meinen Sie also?«

»Ich möchte zunächst von der Voraussetzung ausgehen können, dass die Aussage ernst gemeint war, dass der Sprecher sich auf einen Marsch bezieht, der tatsächlich stattgefunden hat, und dass sein Zweck nicht eine Wette oder etwas Ähnliches war.«

»Das erscheinen mir vernünftige Bedingungen zu sein«, sagte ich.

»Außerdem möchte ich von der Voraussetzung ausgehen, dass der Schauplatz des Marsches hier war.«

»Meinen Sie hier in Fairfield?«

»Nicht unbedingt. Ich meine in dieser Gegend.«

»Einverstanden.«

»Wenn Sie also diese Voraussetzungen akzeptieren, müssen Sie auch meinen letzten Schluss annehmen, dass der Sprecher kein Sportler ist oder sich nicht oft in der frischen Luft aufhält.«

»Na gut, machen Sie weiter.«

»Dann ist mein nächster Schluss, dass der Marsch entweder spät in der Nacht oder früh am Morgen stattgefunden hat. Sagen wir mal zwischen Mitternacht und fünf oder sechs Uhr früh.«

»Wie wollen Sie das begründen?«, fragte ich.

»Denken Sie an die Entfernung, neun Meilen. Wir befinden uns in einer recht dicht besiedelten Gegend. Nehmen Sie eine beliebige Straße, so werden Sie nach weniger als neun Meilen auf eine Siedlung stoßen. Hadley ist fünf Meilen weit entfernt, Hadley Falls siebeneinhalb und Goreton war elf Meilen weit entfernt, aber East Goreton nur acht, und East Goreton erreicht man zuerst. Neben der Straße nach Goreton führt eine lokale Eisenbahnlinie, und die anderen Orte sind mit dem Bus zu erreichen. Die Highways sind alle ziemlich stark befahren. Glauben Sie, jemand würde neun Meilen weit im Regen laufen, wenn es nicht spät in der Nacht wäre und keine Züge oder Busse mehr fahren und wenn die wenigen Autos, die noch unterwegs sind, nur ungern einen fremden Anhalter mitnehmen würden?«

»Vielleicht will er nicht gesehen werden«, schlug ich vor.

Nicky lächelte mitleidig. »Glauben Sie, es wäre weniger auffällig, wenn jemand einen Highway entlangläuft, als wenn er in einem öffentlichen Transportmittel fährt, in dem sowieso jeder in die Zeitung vertieft ist.«

»Gut, gut, lassen wir es dabei«, sagte ich brüsk.

»Wie wäre es denn dann mit folgender These: er ist in eine Stadt gelaufen und nicht weg von ihr.«

Ich nickte. »Das halte ich auch für wahrscheinlicher. Wenn er von einer Stadt aus starten wollte, würde er sich irgendein Transportmittel besorgen. Begründen Sie darauf Ihren Schluss?«

»Zum Teil«, sagte Nicky. »Es lässt sich noch ein Schluss aus der Entfernung ziehen. Denken Sie daran, dass es *neun* Meilen zu Fuß waren, und neun gehört zu den genauen Zahlen.«

»Ich fürchte, da komme ich nicht ganz mit.«

Wieder erschien der gequälte Schulmeister-Ausdruck auf Nickys Gesicht. »Nehmen wir mal an, Sie sagen: ›Ich bin zehn Meilen weit gelaufen‹ oder ›Ich bin hundert Meilen weit gefahren‹; ich würde in diesem Fall annehmen, Sie sind wirklich zwischen acht und zwölf Meilen gelaufen oder zwischen neunzig und hundertzehn Meilen gefahren. *Zehn* und *hundert* sind mit anderen Worten runde Zahlen. Es wäre genauso gut möglich, dass Sie *genau* die zehn Meilen oder *ungefähr* zehn Meilen weit gelaufen sind. Wenn Sie aber sagen, dass Sie neun Meilen weit gelaufen sind, kann ich mit einiger Berechtigung davon ausgehen, dass Sie mir eine genaue Zahl genannt haben. Es ist nun weit wahrscheinlicher, dass wir die genaue Entfernung der Stadt von einem bestimmten Punkt kennen als die Entfernung eines bestimmten Punkts von der Stadt. Fragen Sie zum Beispiel, wie weit Farmer Brown von der Stadt entfernt wohnt, so wird der Betreffende, wenn er Farmer Brown kennt, Ihnen antworten ›Drei oder vier Meilen‹. Wenn Sie aber Farmer Brown fragen, wie weit seine Farm von der Stadt entfernt ist, so wird er Ihnen sagen ›Drei und sechs Zehntel Meilen – das habe ich schon oft auf meinem Tachometer abgemessen‹.«

»Das war dünn, Nicky«, sagte ich.

»Aber in Verbindung mit Ihrer eigenen Hypothese, dass er sich um ein Transportmittel gekümmert hätte, wenn er in der Stadt gewesen wäre . . .«

»Ich will es durchgehen lassen. Sonst noch was?«

»Ich komme jetzt erst richtig in Fahrt«, prahlte er. »Mein nächster Schluss ist, dass er zu einem bestimmten Ziel unterwegs war und zu einer bestimmten Zei da sein musste. Es handelte sich nicht darum, dass er Hilfe geholt hat, weil er einen Motorschaden hatte, oder dass seine Frau ein Kind bekam oder dass jemand versuchte, in sein Haus einzubrechen.«

»Also, jetzt kommen Sie aber«, sagte ich. »Der Motorschaden ist doch nun wirklich die wahrscheinlichste Situation. Es wäre möglich, dass er die genaue Entfernung kennt, weil er bei seiner Abfahrt aus der Stadt auf seinen Tachometer gesehen hat.«

Nicky schüttelte den Kopf. »Dann wäre er wohl nicht neun Meilen weit durch den Regen gelaufen, sondern hätte sich auf seinen Rücksitz zum Schlafen gelegt und zumindest versucht, andere Autofahrer anzuhalten. Denken Sie daran, es sind neun Meilen. Wie lange brauchte er dafür zu Fuß?«

»Vier Stunden«, bot ich ihm an.

Er nickte. »Auf keinen Fall weniger, wenn man den Regen berücksichtigt. Wir sind beide übereingekommen, dass es entweder spät in der Nacht oder früh am Morgen gewesen sein muss. Das heißt, dass er nicht vor fünf Uhr früh angekommen sein kann. Um die Zeit bricht der Tag an, und es fahren immer mehr Autos auf der Straße. Es dauert dann auch nicht mehr lange, bis die ersten Busse fahren. Die frühesten Busse kommen um halb sechs in Fairfield an. Außerdem brauchte er nicht bis zur nächsten Stadt zu gehen, um Hilfe zu holen. Dafür hätte auch das nächste Telefon gereicht. Nein, er hatte eine feste Verabredung in der Stadt, und zwar vor halb sechs.«

»Warum konnte er dann nicht früher angekommen sein und dann gewartet haben?«, fragte ich. »Es wäre doch möglich, dass er den letzten Bus genommen hat, ungefähr um ein Uhr nachts angekommen ist und bis zu seiner Verabredung gewartet hat? Stattdessen geht er neun Meilen weit durch den Regen, und er ist kein Sportler, wie Sie sagten.«

Wir waren bei der Stadtverwaltung angekommen, wo auch mein Büro ist. Normalerweise beginnt eine Diskussion im Blue Moon und endet vor dem Eingang der Stadtverwaltung. Nicks Demonstration interessierte mich aber, und so schlug ich ihm vor, er solle doch noch ein paar Minuten mit hochkommen.

Als wir uns hingesetzt hatten, sagte ich: »Wie war das doch gleich? Warum konnte er nicht eher angekommen sein und gewartet haben?«

»Möglich wäre es schon«, gab Nicky zurück. »Er hat es aber nicht getan, und deshalb müssen wir annehmen, dass er entweder aufgehalten worden ist oder auf irgendein Signal warten musste, vielleicht auf einen Telefonanruf.«

»Ihrer Meinung nach hatte er also eine Verabredung zwischen Mitternacht und halb sechs Uhr morgens . . .«

»Das lässt sich noch weit genauer abgrenzen. Denken Sie daran, dass er für die Strecke vier Stunden braucht. Der letzte Bus fährt um halb eins. Wenn er den nicht nimmt und sich stattdessen zu Fuß auf den Weg macht, kommt er nicht vor halb fünf Uhr morgens an seinem Ziel an. Wenn er auf der anderen Seite den ersten Bus in der Frühe nimmt, kommt er ungefähr um halb sechs an. Das heißt, dass er zwischen halb fünf und halb sechs Uhr morgens verabredet war.«

»Sie meinen, er hätte den letzten Nachtbus genommen, wenn seine Verabredung vor halb fünf war, und wenn er später als um halb sechs verabredet gewesen wäre, hätte er morgens den ersten Bus genommen.«

»Genau. Und noch etwas: wenn er auf ein Signal oder auf einen Telefonanruf gewartet hat, kann er nicht viel später als ein Uhr nachts gekommen sein.«

»Ja, das sehe ich ein«, sagte ich. »Wenn er ungefähr um fünf Uhr früh verabredet war und für die Strecke vier Stunden braucht, müsste er sich ungefähr um ein Uhr auf den Weg machen.«

Er nickte schweigend und nachdenklich. Aus irgendeinem seltsamen Grund, den ich nicht hätte erklären können, wollte ich seine Gedanken nicht unterbrechen. An der Wand hing eine große Karte des Countys, und ich ging zu ihr hinüber und begann, sie zu studieren.

»Sie haben Recht, Nicky«, bemerkte ich über meine Schulter hinweg. »Es gibt keine Ansiedlung, die neun Meilen weit von Fairfield entfernt ist, die man erreichen könnte, ohne vorher eine andere Stadt erreicht zu haben. Fairfield liegt genau in der Mitte einer Gruppe von kleineren Städten.«

Er stellte sich neben mich vor die Karte. »Wissen Sie, es braucht ja nicht unbedingt Fairfield zu sein«, sagte er ruhig.

»Wahrscheinlich musste er eine der umliegenden Städte erreichen. Versuchen Sie es mit Hadley.«

»Warum Hadley? Was soll denn jemand um fünf Uhr früh in Hadley zu suchen haben?«

»Der *Washington Flyer* hält ungefähr um diese Zeit dort an, um Wasser aufzunehmen«, sagte er leise.

»Auch das ist richtig«, sagte ich. »Ich habe den Zug schon nachts gehört, wenn ich nicht schlafen konnte. Er fährt ein, und eine oder zwei Minuten später schlägt die Uhr der Methodistenkirche fünf.«

Ich ging zu meinem Schreibtisch zurück und holte einen Fahrplan heraus. »Der *Flyer* fährt um 00.47 in Washington ab und kommt um 8.00 in Boston an.«

Nick stand noch immer vor der Karte und maß mit einem Bleistift Entfernungen ab. »Das Old Sumter Inn liegt genau zehn Meilen von Hadley entfernt«, verkündete er.

»Old Sumter Inn«, wiederholte ich. »Das wirft aber doch die ganze Theorie um. Dort kann man sich ebenso leicht ein Transportmittel besorgen wie in einer Stadt.«

Er schüttelte den Kopf. »Die Autos stehen auf einem verschlossenen Parkplatz, und das Tor dazu muss von einem Wärter aufgeschlossen werden. Der Wärter würde sich daran erinnern, wenn sich jemand zu einer ungewöhnlichen Zeit ein Auto ausgeliehen hat. Das ist ein ziemlich konservatives Lokal. Es wäre möglich, dass er dort in seinem Zimmer gewartet hat, bis er von Washington einen Anruf bekam, in dem es um jemand in dem *Flyer* ging – vielleicht die Waggon- und Platznummer. Dann konnte er heimlich das Hotel verlassen und nach Hadley laufen.«

Ich starrte ihn wie hypnotisiert an.

»Es wäre nicht schwierig, sich in den Zug zu schleichen, während er Wasser aufnimmt, und wenn er dann die Waggon- und Platznummer kennt . . .«

»Nicky«, sagte ich hochtrabend, »ich werde als der Staats-

anwalt der Reformpartei, die im Wahlkampf für ein Sparpro-
gramm eingetreten ist, das Geld der Steuerzahler verschwenden und einen Fernruf nach Boston anmelden. Es ist lächerlich, es ist verrückt, aber ich werde es tun!«

Seine kleinen blauen Augen blitzten, und er befeuchtete
sich die Lippen mit der Zungenspitze.

Ich legte den Hörer wieder auf die Gabel.

»Nicky«, sagte ich, »das ist wahrscheinlich der seltsamste
Zufall in der Geschichte der Strafverfolgung: *In dem Zug, der
gestern Nacht um 00.47 von Washington abgefahren ist, ist ein er-
mordeter Mann in seinem Schlafwagenabteil gefunden worden!* Er
war seit ungefähr drei Stunden tot, und das passt ja genau zu
Hadley.«

»Ich hatte mir schon gedacht, dass es so etwas ist«, sagte
Nicky. »Aber mit dem Zufall täuschen Sie sich. Das ist unmöglich. Wo haben Sie diesen Satz aufgeschnappt?«

»Das war einfach nur so ein Satz, der mir eingefallen ist.«

»Das ist ausgeschlossen. Das ist kein Satz, wie er jemand
einfach so einfällt. Wenn Sie so lange wie ich Satzbau gelehrt
hätten, wüssten Sie, dass Sie, wenn Sie jemand um einen beliebigen Satz mit zehn Wörtern bitten, eine ganz gewöhnliche
Aussage zu hören bekommen, wie zum Beispiel ›Ich mag
Milch‹ und der Rest besteht aus einem erklärenden und ein-
schränkenden Nebensatz wie ›weil sie gesund ist und
schmeckt‹. Der Satz, den Sie mir genannt haben, hat sich auf
eine *konkrete Situation* bezogen.«

»Aber ich sage Ihnen doch, dass ich mich heute Morgen
noch mit niemand unterhalten habe, und im Blue Moon war
ich allein mit Ihnen.«

»Sie waren nicht bei mir, als ich meine Rechnung bezahlt
habe«, sagte er scharf. »Haben Sie irgendjemand getroffen,
während Sie auf dem Bürgersteig gewartet haben, bis ich
meine Rechnung bezahlt hatte?«

Ich schüttelte den Kopf. »Ich war nicht einmal eine Minute lang draußen, bis Sie wieder bei mir waren. Sehen Sie, zwei Männer haben mich angerempelt, während Sie Ihr Geld herauskramten, und da dachte ich, ich warte lieber . . .«

»Haben Sie die beiden schon einmal gesehen?«

»Wen?«

»Die beiden Männer, die hereingekommen sind«, sagte er, und seine typische Ungeduld schlich sich wieder in seine Stimme.

»Aber nein – ich habe sie nicht gekannt.«

»Haben sie sich unterhalten?«

»Wahrscheinlich. Ja, tatsächlich. Sie waren sogar ziemlich in ihre Unterhaltung vertieft – weil sie mich sonst bemerkt und nicht angerempelt hätten.«

»Eigentlich kommen nicht viele Fremde in den Blue Moon«, bemerkte er.

»Glauben Sie, das waren sie?«, fragte ich fasziniert. »Ich glaube, ich würde sie wiedererkennen, wenn ich sie noch einmal sehen würde.«

Nickys Augen verengten sich. »Es ist möglich. Es müssen zwei gewesen sein – einer, der das Opfer in Washington verfolgt und seine Abteilnumemr herausbekommt, und ein zweiter, der hier den Rest erledigt. Der Mann aus Washington würde wahrscheinlich anschließend herkommen. Wenn es sich außer dem Mord noch um Raub handelt, wollen sie wahrscheinlich die Beute teilen. Wenn es nur Mord war, würde er herkommen, um seinen Komplizen zu bezahlen.«

Ich griff nach dem Telefon.

»Wir sind noch nicht eine halbe Stunde weg«, sprach Nicky weiter. »Sie sind gerade hereingekommen, und die Bedienung im Blue Moon ist langsam. Derjenige, der die ganze Strecke nach Hadley gelaufen ist, hat sicher Hunger, und der andere war wahrscheinlich von Washington her die ganze Nacht unterwegs.«

»Rufen Sie mich sofort zurück, wenn Sie eine Verhaftung vorgenommen haben«, sagte ich und hängte auf.

Keiner von uns sagte ein Wort, während wir warteten. Wir gingen unruhig auf und ab und wichen uns aus, als schämten wir uns wegen etwas, das wir taten. Endlich klingelte das Telefon. Ich nahm den Hörer ab und lauschte. Dann sagte ich »O.k.« und drehte mich zu Nicky um. »Einer von ihnen hat versucht, durch die Küche zu entkommen, aber Winn hatte jemand an den Hinterausgang postiert, und sie haben ihn erwischt.«

»Das wäre dann wohl der Beweis«, sagte Nicky mit einem kühlen Lächeln.

Ich nickte zustimmend.

Er sah auf die Uhr. »Himmel«, rief er. »Ich wollte heute früh mit der Arbeit anfangen, und jetzt habe ich all die Zeit verschwendet und mich mit Ihnen unterhalten.«

Ich ließ ihn bis zur Tür kommen. »Ach, Nicky«, rief ich, »was war das doch gleich wieder, was Sie beweisen wollten?«

»Dass eine Kette von Schlüssen logisch sein kann, aber trotzdem nicht wahr zu sein braucht«, sagte er.

»Ach ja.«

»Worüber lachen Sie denn?«, fragte er gereizt. Und dann lachte er auch.

# Wein aus Schottland

Patricia Highsmith

Henry und Sarah Pilsbury lebten auf einer Südseeinsel. Sie waren die einzigen Kinder von zwei Missionarsehepaaren, die vor vierzig Jahren auf die Insel gekommen waren. Die Eltern hatten es als selbstverständlich betrachtet, dass Henry und Sarah heiraten würden, und das hatten sie getan, als sie etwa dreißig waren. Die Heirat änderte nur wenig an ihrem Leben. Die größte Veränderung kam, als die Medizinmänner der Insel den Eingeborenen versicherten, dass ein Orkan bevorstehe. Henrys und Sarahs Eltern war es trotz aller Predigten nicht gelungen, die Inselbewohner dem Christentum auch nur einen Schritt näher zu bringen, und sie fanden auch jetzt nur taube Ohren für ihre Behauptung, der Orkan sei nichts als Aberglaube. Sämtliche Eingeborenen stiegen in ihre Boote und fuhren davon, ins Ungewisse.

Der Orkan kam. Henry und Sarah und ihre Eltern hatten gerade noch Zeit, sich in den Boden unter dem stabilsten der selbst gebauten Holzhäuser – der Kirche – einzugraben, bevor der Sturm alles vernichtete: die Kirche, die von den Eingeborenen verlassenen Hütten und einen großen Teil der Vögel und anderen Tiere. Henry und Sarah und die Eltern kamen aus ihrem Erdloch hervor und begannen mit charakteristischer Beharrlichkeit, das Zerstörte neu aufzubauen. Doch nach einem Jahr waren die alten Leute an Tropenfieber gestorben. Henry und Sarah blieben verschont, sie erlitten nur eine vorübergehende Schwächung.

Nun, da Henry und Sarah allein waren, machten sie das Inselland ordentlicher und produktiver, als es je gewesen war. Wo früher ein ungeordneter Haufen von Schilfgrashütten gestanden hatte, gab es jetzt einen tadellosen Obstgarten mit schnurgeraden Baumreihen. Mitten durch den Obstgarten ging ein gerader Weg, der weiterführte durch adrette Turapflanzungen bis zu dem walmgedeckten Haus, das Henry aus selbst geschnittenen Brettern erbaut hatte. Die Bibel war ihr Grundpfeiler, der einzige Lesestoff, den sie je gekannt hatten, abgesehen von ein paar religiösen Schriften, die sich meist mit sexueller Abstinenz von primitiven Völkern befassten. Dinge, die sie nicht wussten – etwa wie Europa oder Amerika oder ein Flugzeug aussah –, kümmerten sie nicht. Henry redete nicht viel, sodass sich Sarah zuweilen einsam fühlte, und Sarah hatte etwas Widerborstiges an sich, das Henry manchmal ärgerte, etwa wenn sie behauptete, ihr Vater habe gesagt, dass Massachusetts an der Westküste Amerikas liege und dass sich die Sonne nicht bewege. Henry erinnerte sich sehr gut an die Landkarte, die im Orkan verloren gegangen war. Und für die Bewegung der Sonne hatte man ja das Wort der Bibel.

Nichtstun war ihnen verhasst; von Sonnenaufgang bis Sonnenuntergang fanden sie immer etwas zu schaffen. Unablässig waren Kleider auszubessern, Seile und Werkzeug und Dächer zu reparieren, die Böden waren zu kehren, im Garten war Unkraut zu jäten, Grünzeug musste eingebracht und die gefräßigen wilden Hühner, die sie im Hühnerstall hielten, mussten gefüttert werden; obgleich auf der Insel so viele wilde Hühner herumliefen, dass man nirgends weit gehen konnte, ohne auf Eier zu treten, die die Hühner ins Gras gelegt hatten. Je mehr Henry und Sarah zu tun hatten, desto glücklicher waren sie. Zuweilen, wenn sie ganz besonders emsig und fröhlich waren, schwebte durch die sonnenwarme Luft die Melodie einer alten Neu-England-Hymne, ein wenig entstellt von der Zeit und der Tatsache, dass Henry und Sarah – ebenso wie ihre Eltern – gar kein Ohr für Musik hatten.

Henry hatte sich angewöhnt, morgens an den Strand hinunter zu gehen, wo er einen der trägen weißfleischigen Bolas aufspießte, die dort im seichten Wasser schwammen. Den brachte er Sarah, und sie machte ihn zum Frühstück zurecht. Eines Morgens sah er weit draußen im Meer etwas, das aussah wie eine Anzahl treibender Kisten. Er rief Sarah zu, er werde mit dem Bola erst später kommen; dann nahm er das Boot und ruderte auf den seltsamen Gegenstand zu. Die Kisten trugen seitlich die Aufschrift SCOTS WHISKY PRODUCT OF SCOTLAND. Das zweite Wort kam Henry unbekannt vor, doch die Kisten selbst waren gut zu gebrauchen. Überdies bestand das Boot, auf dem sie trieben, aus aufgeblasenem Gummi; das war das wunderbare Material, von dem ihm sein Vater erzählt hatte und das Henry nur in der Form von ein paar modrigen Ringen in seines Vaters Schreibtisch kannte. Henry sammelte noch ein paar andere Dinge ein, die in der Nähe im Wasser trieben: ein Stück glattes abgeschrägtes Holz und einen Segeltuchring mit der Aufschrift SS ARCADIA.

»Irgendwo muss ein Schiff untergegangen sein«, sagte Henry zu Sarah.

Die Holzkisten enthielten Flaschen mit einer bräunlichen Flüssigkeit, zwölf Flaschen pro Kiste. Auf allen Etiketten stand *Cutty Sark Scots Whisky.*

»Whisky?« Sarahs wettergegerbtes Gesicht nahm einen Ausdruck erstaunter Besorgnis an. »Ist das nicht das Zeug, gegen das dein Vater immer gepredigt hat?«

»Ja, ich glaube, du hast Recht«, sagte Henry, der daran gar nicht gedacht hatte, bevor ihn Sarah darauf hinwies. »Aber er sagte, als Medizin sei es erlaubt. Er hatte eine Flasche Whisky, als ich ein Junge war, der wurde dann verbraucht. Na, jedenfalls ist er ganz nützlich, wir können ihn beim Abendmahl als Wein verwenden.«

Für Sonntagmorgen war eine Abendmahlsfeier vorgesehen, aber sie waren zu neugierig und mochten mit ihrem Fund nicht so lange warten. So öffneten sie am ersten Abend eine Flasche und probierten einen Schluck vor dem Nachtessen.

»Schmeckt scharf«, sagte Sarah und zog die Nase kraus.

»Hat aber ein schönes Aroma.« Henry nahm noch einen Schluck. Ein angenehmes Gefühl des Wohlbehagens erfüllte ihn, während er sein Essen verzehrte. Er lächelte Sarah zu, und sie lächelte zurück, was ebenfalls erfreulich war.

Bald nach dem Essen schliefen sie ein. Sarah erwachte zuerst, der Mond stand hoch, und sie musste Henry schütteln, damit er aufwachte und ins Bett kam.

Am Sonntag benutzten Henry und Sarah den Whisky beim Abendmahl und dazu ein Stück Turakuchen als Oblate. Sie freuten sich, dass ihr Wein von so gehaltvoller und köstlicher Qualität war. Luxus war selbstverständlich abzulehnen, aber wenn der Allmächtige nicht damit einverstanden wäre, dass sie nun den Whisky hatten, dann hätte er ihn nicht geschickt.

Die Regenzeit begann. Eines Nachmittags, als sie drinnen arbeiteten und wirklich nicht viel zu tun hatten, schlug Henry einen Becher Whisky vor.

»Ja, das geht wohl«, sagte Sarah mit freudig erregtem Lächeln. Auf diesen Vorschlag von Henry hatte sie gehofft.

Im Laufe des Nachmittags trank jeder zwei oder drei Becher Whisky. Schließlich ließ Henry seine Arbeit sinken – er war dabei, einen Stuhlsitz aus Schilfgras zu flechten – und starrte nachdenklich in die untergehende Sonne, die scharlachrot strahlend über dem Horizont hing.

»Heute ist der Sonnenuntergang aber hübsch«, sagte er.

»Ja, nicht wahr – wunderhübsch!« Sarah stand mit ihrem Becher neben Henry. Sie schwankte ganz leicht, als sie sich vorbeugte und durch das Fenster blickte. Auf ihrem Gesicht stand ein Ausdruck freudigen Erstaunens, als habe auch sie noch nie einen Sonnenuntergang gesehen.

Leuchtend blau schoss ein Pfeil vorüber – ein Pupu, der sich heimwärts schwang. Das Schöne und Wunderbare war aber nicht etwa nur draußen. Sie betrachteten ihr schlichtes Zimmer, die beiden Stühle mit den Sitzen aus Schilfgras, die einfache graubraune Decke, die Sarah auf dem Webstuhl herstellte, die Kommode, die Henry gemacht hatte, sogar die Schrägung des Stöckchens, das einen Fensterladen offen hielt: All diese banalen Dinge schienen einen neuen Glanz und etwas genau Richtiges an sich zu haben.

Später am gleichen Abend kam Henry auf die Idee, am Strand ein Feuer zu machen. Damit konnte man vielleicht auch eventuellen Überlebenden der Schiffskatastrophe die Lage der Insel anzeigen, dachte er. Sarah sah das Feuer und verband es in Gedanken mit Kochen; sie machte sich daran, ein Abendessen mit Schwein am Spieß und gebratenen Ananasscheiben vorzubereiten. Henry fragte sie, was sie da mache, sie hätten doch schon zu Abend gegessen. Sarah beharrte darauf, sie hätten noch nicht gegessen, und Henry blieb ebenso fest bei seiner Behauptung.

»Ach was, trink doch einen Schluck Whisky«, sagte Sarah und reichte ihm die Flasche, die sie unter dem Arm trug.

»Ist das alles, was von dieser Flasche übrig ist?«, fragte Henry. Es war ihre zweite Flasche, und Sarah hatte offensichtlich ein Drittel davon drinnen im Hause getrunken. Leicht verärgert, weil er um seinen Anteil gekommen war, füllte Henry seinen Becher voll und trank, während er zusah, wie Sarah das grobe Salz über den Schweinebraten streute.

»Wir haben noch nicht gegessen«, wiederholte Sarah und sah ihn herausfordernd an.

Henry brach in Lachen aus. Wozu sollte er mit ihr streiten, wenn sie dabei bleiben wollte, sie hätten noch nicht gegessen? Dann begann auch Sarah zu kichern, und gleich darauf saßen sie auf dem Sandstrand und aßen Schweinefleisch und Ananas, vergnügt wie zwei Kinder beim Picknick.

Die Sonne brannte ihnen stechend auf die Köpfe, als sie am nächsten Morgen aufwachten. Auch am Nachmittag waren die Kopfschmerzen noch nicht verschwunden, und Henry sagte: »Am Strand dürfen wir nicht wieder einschlafen.«

Noch einmal zählte Henry die Whiskyflaschen – er war im Rechnen nie gut gewesen, wenn er nicht die Finger zu Hilfe nahm. Jetzt stellte er fest, dass sie sechsunddreißig Kisten hatten und nicht vierundzwanzig, wie er angenommen hatte. Sechsunddreißig Kisten mit je zwölf Flaschen, das ergab eine unübersehbare Anzahl Flaschen. Sie kamen zu dem Schluss, dass sie so viel trinken konnten, wie sie wollten; für die zwei Schluck zum Abendmahl blieb immer noch reichlich genug. Also tranken sie etwa zwei Wochen lang zusammen eine Flasche an jedem Tag. Nie war das Leben so süß gewesen. Nie hatten sie sich besser verstanden.

Es fiel ihnen jedoch auf, dass sie manchmal frühmorgens Kopfschmerzen hatten, wenn sie gar nicht am Strand eingeschlafen waren. Sie erinnerten sich, dass ihre Eltern in den ersten Tagen der Fieberkrankheit über Müdigkeit geklagt hatten, und jetzt fühlten auch sie deutliche Müdigkeit. Es kam vor, gewöhnlich am Abend, dass einer von ihnen mitten in irgendeiner Tätigkeit einschlief und sich am Morgen dann an nichts erinnerte, was vorgegangen war. Ganz klar: Delirium. Häufig kam es nun zu einem Streit über unterschiedliche Berichte von den Abenden. Beruhigend war nur, dass offenbar keiner Fieber hatte. Aber als sie feststellten, dass ihre Hände zitterten, bekamen sie Angst und meinten, das Fieber, das ihre Eltern dahingerafft hatte, sei nun wieder gekommen, um auch sie zu holen.

»Ganz bestimmt sind wir infiziert«, sagte Henry. »Weißt du noch, wie Papas Hände zitterten?«

Wie zur Bestätigung wurden die Vormittage plötzlich noch schlimmer. Beide verloren alle Kraft und alle Haltung. Dann saß Henry da mit rasenden Kopfschmerzen, die immer stärker wurden, weil Sarah irgendetwas nicht zugeben wollte, was sie gestern Abend getan hatte, zum Beispiel, dass sie alle Kleider abgelegt hatte und Hymnen singend am Strand entlanggetanzt war. Oder Sarah zitterte wie die Blattwedel am Kopfputz der Medizinmänner und brachte beim Frühstücken alles durcheinander, ließ die Eier fallen und den Fisch anbrennen – wenn Henry überhaupt einen Fisch gefangen hatte.

»Schöne Sachen hast du dir angewöhnt in der letzten Zeit«, sagte Sarah höhnisch.

»Und du –?« Mit blutunterlaufenen Augen starrte Henry sie an. »Seit vier Wochen hast du kein essbares Frühstück auf den Tisch gebracht.«

»Dann mach es doch selber.« Sarah suchte nach stärkeren Worten. Ihre Stimme wurde schrill und war dem Umkippen nahe, als sie sagte: »Warum schärfst du nicht mal deinen Speer, damit du wieder einen Fisch fangen kannst? Warum bringst du das Dach nicht in Ordnung? Jeden Nachmittag leckt es wie ein Sieb. Warum machst du –«

»Warum machst du nicht den Hühnerstall sauber?«, unterbrach Henry sie.

»Warum –«

Mit einem Schlag auf den Mund brachte Henry sie zum Schweigen.

Sarah sprach an diesem Vormittag kein Wort mehr, aber sie rächte sich und zündete das Haus an. Henry lag schlafend im Hause und träumte von einem Fiebersturm, der ihn umbrachte. Mit einer Kiste Whisky schwankte er die qualmende Schilfrohrleiter hinunter. Sarah fiel plötzlich ein, dass der ganze Whisky noch drinnen war; sie rannte ins Haus und half ihm, die Kisten nach draußen zu bringen. Der Whisky, die Bibel und Sarahs Webstuhl war alles, was sie retten konnten, bevor das Dach krachend zusammenfiel.

»Gut, dass ich das Dach nicht noch repariert hatte«, war

Henrys einziger Kommentar, den er für hervorragend philosophisch hielt.

Das Palmenreisig war so nass geworden, dass es heute Abend nicht mehr zu gebrauchen war; ein Regenguss hatte am Nachmittag auch die letzten schwelenden Aschenreste des Hauses gelöscht. Also riss Henry ein paar Seiten aus der Bibel, und sie machten ein fröhliches Abendessen mit einem jungen Hühnchen, das Herny mit seinem hölzernen Speer aufgespießt und über dem Feuer gegrillt hatte. Der hölzerne Speer war damit auch hinüber, aber darüber lachte Henry nur und sagte, er werde einen besseren machen, vielleicht sogar eine neue Waffe erfinden.

»Wir müssen nun wohl ein neues Haus bauen«, sagte Sarah und leckte sich das Hühnerfett von den Fingern.

Henry lag auf den Ellbogen gestützt und stocherte mit einem Holzsplitter in den Zähnen. »Wenn wir die Hühner aus dem Stall rausschmeißen und den zurechtmachen, dann können wir da wohnen. Groß genug ist er.«

Sie zogen also in den Hühnerstall.

»War von vornherein eine dumme Idee, der Hühnerstall«, bemerkte Henry. Ein Gutes hatte sein Fieber: Er konnte jetzt in fast jeder Hinsicht viel klarer und praktischer denken.

Doch die Morgen wurden immer düsterer. Kleinliche Zankereien erstickten die frohe zärtliche Stimmung, in der sie stets eingeschlafen waren. Der neue Speer, den Henry angefertigt hatte, war nicht so gut wie der alte, der verbrannt war. Und es war ihm nicht gelungen, einen Tisch mit gleich langen Beinen herzustellen. Sarahs Hohn war erbarmungslos.

»Wie kann ich einen Fisch auf den Speer kriegen, wenn du mich bei jedem Versuch gleich anschreist!«, sagte Henry zornig, als er eines Morgens mit leerem Speer ins Haus kam.

»Bla-blah-blah!«, sagte Sarah. Genau das hatte auch ihre Mutter häufig gesagt.

Henrys Augen verengten sich vor Hass. In der letzten Zeit

hatte er oft etwas an Sarah bemerkt, das ihn an ihre Mutter erinnerte, eine quengelnde und streitsüchtige Frau und für ihren Mann ein Kreuz, solange er lebte. Henry griff sich eine neue Flasche Whisky aus einem Regal.

»Trinkst du jetzt schon Whisky vor dem Frühstück?«, fragte Sarah bissig.

»Ich will kein Frühstück.«

»Ich auch nicht.« Sarah band ihre Schürze los und verließ unbekümmert das Haus.

Vor dem Haus brannte das Frühstücksfeuer. Henry riss Sarahs halb fertige Decke aus dem Webstuhl und warf sie ins Feuer. Im unteren Teil hatte sie ohnehin viele Fehler gemacht. Er schwenkte den Rest Whisky in seinem Becher herum und trank. Jetzt fühlte er sich besser als noch vor ein paar Minuten. Er schlenderte zum Fenster. Ein Anblick war das – unten am Strand strich Sarah herum wie ein Huhn, an allen Gliedern schlotternd! Hoffentlich blieb sie den ganzen Tag weg. Doch als Henry jetzt nochmals nach der gelb etikettierten Flasche griff, kam er plötzlich auf den richtigen Gedanken: dem Becher Whisky war es zu verdanken, dass er sich so viel besser fühlte. Es konnte nichts anderes gewesen sein.

»Sarah!«, rief er laut. Den Streit hatte er völlig vergessen. Er füllte einen Becher mit Whisky und lief zu ihr hinunter. »Hier – trink das!«

Sarah trank. Schon nach wenigen Minuten hörte das Zittern auf. An diesem Morgen fing Henry einen Bola, und Sarah machte ein köstliches Frühstück, das beide mit dem alten Appetit verzehrten. Sarah war froh, weil sie sich besser fühlte, und vergab deshalb Henry die verbrannte Decke. Sie fing gleich am Nachmittag eine neue an, mit viel grelleren Farben. Und Henry erfand einen Schaukelstuhl. Beide waren hoch beglückt, und abends trank jeder eine Flasche Whisky zur Feier des schönen Tages.

Am nächsten Morgen war es ganz leicht, das Zittern mit einem Becher Whisky zu überwinden. Die sechsunddreißig – jetzt noch zweiundzwanzig – Kisten Whisky waren wahrhaftig ein Geschenk des Himmels gewesen; und das Fieber würde sicher vorübergehen, bevor der Vorrat erschöpft war. Henry und Sarah gewöhnten sich an, bei ihrer Arbeit immer einen Becher Whisky neben sich zu haben. Es war nur bedauerlich, dass Henry oft zu müde war, um die notwendigen Reparaturen zu machen und zum Fischen und Jagen zu gehen. Auch Sarah hatte seit Wochen nichts im Garten getan. Aber Henry meinte achselzuckend: »Alles bloß Gewohnheit, ob wir nun jeden Grashalm im Garten ausrupfen oder nicht.«

Sie kümmerten sich also nicht mehr um den Garten und die Obstbäume und fanden, sie lebten genauso gut, nur viel angenehmer.

Dann brach eines Tages im Hühnerstall Feuer aus. Henry war im Wald, wo er versuchte, mit einer Steinschleuder einen Pupu zu fangen; als er die Flammen sah, war sein erster Gedanke, Sarah sei wieder einem ihrer albernen Wutanfälle verfallen. Dann besann er sich: Sarah gingen jetzt nie mehr die Nerven durch. Und er hatte Recht. Der Hühnerstall hatte Feuer gefangen, als Sarah versuchte, ein geflügeltes Insekt mit dem brennenden Kienspan zu verjagen – eine Panne, die jedem hätte passieren können. Deshalb lachte Henry nur, gab Sarah einen Kuss auf die Wange und sagte, sie solle nicht mehr an den alten Hühnerstall denken. Zusammen holten sie die Whiskykisten und den Rest der Bibel heraus und zogen in den Holzschuppen, einen soliden Anbau mit schrägem Dach.

Wochen vergingen. Das Fieber blieb im anfänglichen, aber doch alarmierenden Stadium. Ab und zu versuchten sie, den Konsum an Whisky einzuschränken, damit der Vorrat länger reichte; aber jedes Mal fühlten sie sich dann so viel elender, dass sie die Sparsamkeit in den Wind schlugen und tranken, so viel sie brauchten. Doch als der Vorrat auf acht Kisten zusammengeschmolzen war, beschlossen sie, ihn zu rationieren; pro Tag und Kopf eine halbe Flasche, mehr nicht. Daran hielten sie sich, nur wurden Gesundheit und Laune dadurch nicht besser.

»Jetzt haben wir nur noch vier Kisten«, sagte Henry eines Morgens mit Grabesstimme.

»Hast du dich nach mehr Treibholz umgesehen?«, fragte Sarah mit deutlichem Vorwurf.

»Und du –?«

»Ich hab dir doch gesagt, ich habe Fieber in den Augen.«

»Das hab ich auch«, gab Henry mit plötzlichem Trotz zurück. Er ging wieder in den Schuppen, wo die Whiskykisten standen. Es wurde Zeit, dass jemand feststellte, wie lange der Vorrat noch reichte, wenn sie jeden Tag eine Flasche verbrauchten, und zum Zählen musste Henry die Flaschen nicht nur vor sich sehen, sondern anfassen. Er stolperte über etwas und fiel der Länge nach hin; eine Hand geriet in einen Napf mit etwas Nassem – Turabrei, den Sarah für die Hühner zurechtgemacht hatte. Angeekelt schüttelte er die Hand, stand auf und tastete nach der nächsten Kiste – hoffentlich waren es zwei. Er sah zwei, aber eine war nur da.

»Du liebe Zeit«, sagte er laut, »auch wenn ich heute Morgen alles doppelt sähe – es waren doch zwei Kisten da. Oder war das etwa gestern Morgen?« Gedankenlos leckte er den Zeigefinger der klebrigen Hand ab. Es schmeckte ganz angenehm. Er betrachtete die graue schaumige Masse in dem Napf und fragte sich, was Sarah wohl hineingetan hatte.

Doch nun die fehlende Kiste. Wahrscheinlich hatte Sarah sie vergraben. Mit bloßen Füßen – die Strohsandalen hatte er schon vor Wochen verschlissen und immer noch keine neuen gemacht – stapfte Henry über den Boden rings um den Schuppen und suchte nach Anzeichen dafür, dass irgendwo jemand geschaufelt und gegraben hatte. Dann lief er zu Sarah zurück.

»Wo hast du sie versteckt, Sarah?«, wollte er wissen.

»Wo hast *du* sie versteckt! Denk bloß nicht, dass du mich zum Narren halten kannst, Henry Pilsbury!« Sarah hielt seinen Speer in der rechten Hand.

Henry packte sie an den Schultern und schüttelte sie, dass ihr die Zähne klapperten. Er ließ sie nur los, weil sie seinen Bart festhielt und der Griff fürchterlich wehtat. Er lief zurück zum Holzschuppen. Der lange Speer sauste an seinem Ohr vorbei und schoss vor ihm in den Sand. Um seine Wut loszuwerden, begann er wie ein Wilder mit einer der zerbrochenen Holzschaufeln den Sand aufzugraben. Sarah wollte nicht zurückstehen und fing ebenfalls an zu schaufeln. Im Laufe des Tages wurde so ein breiter Streifen rings um den Schuppen aufgegraben, auch die letzte verkrautete Turareihe zertrampelt und keine versteckte Kiste gefunden. Schwer atmend setzte sich Henry hin und schöpfte noch etwas von der abgestandenen breiigen Masse in seinen Becher. Er war hungrig, denn er hatte heute noch nicht mal gefrühstückt, war aber zu stolz, um Sarah zu bitten, sie solle irgendwas kochen. Der Brei hatte den scharfen Geruch von Whisky. Ihm kam eine Idee.

»Sarah!«, rief er stirnrunzelnd. »Warum hast du hier Whisky reingetan, wenn du es verkommen lassen willst?«

»Ich weiß nicht, wovon du redest«, sagte sie hochfahrend, aber sie schwankte etwas, als sie ein paar Schritte weiterging.

Henry wusste nicht, ob er ihr glauben sollte. Vermutlich hatte sie es vergessen, auch wenn sie tatsächlich Whisky hineingetan hatte. »Whisky in den Turabrei!«, sagte er höhnisch. Der Brei war verdorben, aber die Flüssigkeit war gut. Plötzlich entsann er sich an eine weitere Schüssel mit dem Zeug, die an einem Baum bei dem verbrannten Hühnerstall stand. Er ging hinüber zu dem Baum und sah stolz, dass die Schüssel tatsächlich dort stand und er sich das nicht eingebildet hatte. Er probierte den Brei. Das gleiche Aroma, vielleicht noch stärker. Henry fluchte. Wahrscheinlich hatte sie flaschenweise Whisky auf den Brei gegossen – einfach aus Trotz, aus typisch weiblicher Bosheit.

»Sarah!«, rief Henry und lief mit der Schüssel auf sie zu. »Hier ist auch Whisky drin, das kannst du nicht leugnen!«

Aber Sarah leugnete es und sagte, Henry habe wohl den Verstand verloren und vermutlich den Whisky selber in die Schüsseln gegossen. »Das Zeug ist bloß sauer geworden, klar. Ich habe selber solchen Turabrei gesehen – so schaumig. Du bist so voll Whisky, dass du gar nichts anderes mehr schmecken kannst.«

Den ganzen Abend drehte sich der Streit im Kreise. Henry fing ein wildes Huhn, stopfte ihm etwas von dem Brei in den Schlund und wies triumphierend darauf hin, dass es jetzt taumelte. Sarah wollte nicht zugeben, dass es taumelte, und fragte: »Woher weißt du, dass du nicht ein Huhn mit Tropenfieber gefangen hast?«

Weibliche Logik! Zwecklos, ihr zu sagen, dass das Huhn betrunken war, weil es so viel kleiner war als er und deshalb viel weniger brauchte, um berauscht zu werden. Er, Henry, war nicht betrunken, er hatte Fieber. Wutschäumend sagte er schließlich, er werde ihr den Betrug nachweisen und eine Schüssel mit frischem Turabrei ein paar Tage vor seinen Augen stehen lassen.

Er machte einen Brei aus den Turawurzeln, die sie bei der Suche nach der fehlenden Whiskykiste ausgegraben hatten. Die Schüssel stellte er neben sein Strohlager im Holzschuppen. Die ersten Tage geschah nichts, das wusste Henry, denn er probierte das Zeug jeden Morgen und jeden Abend. Sarah war brav und brachte ihm Becher mit Whisky, aber er argwöhnte, sie tue das, weil sie etwas Whisky auf den Brei gießen wollte, sobald er nicht aufpasste. Das hatte er nicht zugelassen; wenn er ein paarmal am Tag aufstand, dann nahm er die Breischüssel mit, doch meistens schlief er, den Arm über die Schüssel gelegt. Einmal, als er mit der Schüssel draußen war, fand er Sarah schlafend am Strand, neben sich die fehlende Whiskykiste, die sie offensichtlich gerade ausgegraben hatte. Sie hatte sich nicht mal die Mühe gemacht, das Loch im Boden wieder zu füllen! Henry versteckte seine Schüssel hinter einer Kokospalme, dann nahm er die Kiste und vergrub sie in der Mitte der Insel. Ein paar Palmen standen in der Nähe, daran merkte er sich die Stelle.

Als Sarah erwachte, sah er ihr an, dass sie wusste, was geschehen war. Doch beide, sie und er, schwiegen hartnäckig.

Langsam, aber sicher nahm Henrys Brei den Geschmack von Whisky an. Henry begriff das nicht; er war ganz sicher, dass Sarah keinen Whisky hinzugefügt hatte. Er machte die Probe und trank, als einmal seine Hände vor Fieber zitterten, alle Flüssigkeit aus dem Brei. Das Zittern hörte auf, als ob er Whisky aus der Flasche getrunken hätte.

»Unser Tura macht Whisky!«, verkündete Henry. »Ein Wunder!«

»Hab ich dir ja gesagt«, erwiderte Sarah.

In diesem Augenblick hasste er sie. »Wenn ich nicht wäre – *ich* habe das entdeckt! *Ich* habe das Problem gelöst, wie wir zu weiterem Whisky kommen!«

Sarah zeigte weder Interesse noch Dankbarkeit. Aber sie probierte die letzten Tropfen aus dem Brei und begann dann ebenso emsig wie Henry, Turawurzeln zu sammeln und die kleinen Turapflanzen, die noch nicht ausgewachsen waren, wieder in den Boden zu setzen. Als es Abend wurde, hatten sie zehn Trinkbecher und vierzehn Schüsseln – mehr besaßen sie nicht – mit Tura und Wasser gefüllt und rund um den Schuppen aufgestellt. Abwechselnd hüteten sie sie am nächsten Tag vor den wilden Hühnern, obgleich die Gier der Hühner auch ein Nahrungsproblem löste: Henry ließ sie ganz nahe an eine Schüssel herankommen; wenn er dann schnell genug war, konnte er oft eines packen und ihm den Hals umdrehen.

Sarah fing jetzt an, aus Baumteilen Schüsseln zu machen, kam aber damit nur langsam voran. Henry versuchte, eine leere Whiskykiste abzudichten und daraus einen Container herzustellen, doch die Kiste leckte hartnäckig weiter. Und der Whisky nahm ab. Sarah verhöhnte ihn wegen der Kiste, die er ihr gestohlen hatte, und sagte, er habe sicher alles allein ausgetrunken.

»Nein, das habe ich nicht«, sagte Henry und holte die Kiste.

Trotzdem: nur wenig mehr als eine Kiste – wie lange konnte das reichen? Sie hatten vorgehabt, den Vorrat dadurch zu strecken, dass sie Turabrei tranken, aber das Zittern der Glieder trieb sie wieder und wieder zum Whisky. Sie setzten noch mehr Turapflanzen, aber Tura brauchte Zeit zum Wachsen. Immer wieder sagte Sarah, es sei verlorene Liebesmüh – genau wie ihre Mutter gesagt hätte –, aber Henry wollte so schnell nicht aufgeben.

»Auf ewig lebt die Hoffnung in des Menschen Brust, hätte mein Vater gesagt«, erklärte Henry. »Ein Paradies aus der Wildnis schaffen! Der Mensch unterscheidet sich vom Tier durch sein Denkvermögen. Wo ein Wille ist, da ist auch ein Weg!«

Nun war noch eine halbe Kiste Whisky da. Tag und Nacht betete Sarah, zwischen den rationierten Bechern Whisky und dem Turabrei. Auch Henry betete, doch er entsann sich dunkel an einen anderen Ausspruch seines Vaters: ›Hilf dir selbst, so hilft dir Gott.‹ Er wusste nicht mehr, ob sein Vater das bejaht oder verneint hatte, irgendjemand hatte es irgendwann festgestellt, und es erschien Henry durchaus vernünftig. Gleichzeitig aber hoffte er auf ein Wunder, ein ganz bescheidenes, nur auf eine Art großen Container, den das Meer an den Strand schwemmen könnte, irgendetwas, das groß genug war für eine ganze Menge Brei. Ein Jammer, dass das Schlauchboot in der Sonne verrottet war.

»Wir müssen etwas tun, und zwar in den allernächsten Tagen«, sagte Henry. Er bebte am ganzen Körper vor panischer Angst und Fieber. »Mit diesem Fieber, und dann kein Whisky mehr –«

»Ach, lass uns doch nicht daran denken«, sagte Sarah. »Mit all deiner gottgesandten Intelligenz ist dir bisher überhaupt nichts eingefallen, und dir wird auch nichts einfallen. Wir können nichts tun, als uns in das alte Boot zu setzen und nach einer anderen Insel zu suchen, wo es Whisky gibt.« Sie zog ihn hinunter an den Strand, wo das Boot mit dem zerschlissenen Segel unter den Palmen im Sand lag.

Es kam etwas plötzlich, aber Henry fiel auch nichts Besseres ein. »Sollten wir nicht ein paar Sachen mitnehmen?«, fragte er.

»Was für Sachen?«

Henry blickte sich um. Er konnte nur noch wenige Meter weit sehen, aber es war wohl tatsächlich nichts da zum Mitnehmen. Nur natürlich der Rest Whisky. Er ging auf den Schuppen zu, um die Kiste mit den letzten fünf Flaschen zu holen.

»Ach weißt du«, sagte Sarah und sah dabei so durchtrieben aus, dass Henry misstrauisch wurde, »lass uns doch lieber erst morgen losfahren. Morgen recht früh.«

»Einverstanden«, sagte Henry ebenso durchtrieben.

Sie blieben also die ganze Nacht auf und beobachteten einander. Jeder passte auf, dass der andere nicht etwa eine Flasche aus der Kiste nahm und sie leerte oder andere Flaschen aus dem Sand grub, die er oder sie womöglich versteckt hatte. Henry war der erste, den der Schlaf übermannte, aber sein Ziel wurde erreicht, denn Sarah holte zwei Flaschen aus der Erde, die sie versteckt hatte, sodass sie nun sieben besaßen. Henry öffnete den Mund, um ihr gründlich die Meinung zu sagen, aber sie schob ihm eine volle Flasche in den Mund.

»Hier – die schenk ich dir. Diese beiden zählen nicht. Trink nur.«

Also leerte jeder eine Flasche, bevor sie aufbrachen.

Sie fuhren zunächst in die Richtung, die die Eingeborenen genommen hatten. Starker Rückenwind machte ihnen Mut, doch sobald die Insel außer Sicht war, verloren sie die Orientierung. Die Insel kam wieder in Sicht, und sie änderten die Richtung, nur waren sie keineswegs sicher, dass sie jetzt nicht von der entgegengesetzten Inselseite ablegten. Zum Glück hatte Sarah mehrere Ananas und etwas getrockneten Fisch mitgenommen, doch das ernste Problem war der Whiskyvorrat. Er war jetzt abgesunken auf vier und eine Drittelflasche.

»Vielleicht müssen wir nach Amerika fahren, wenn wir Whisky kriegen wollen«, sagte Sarah bedrückt. »Oder nach Schottland.«

Einige Stunden später fiel es Henry auf, dass die Ruderpinne gegen irgendetwas stieß; er ging der Sache nach und fand drei Flaschen Whisky, die mit Weidengerten ans Heck gebunden waren. Und die waren die ganze Zeit da gewesen! Vorsichtig zog er sie hoch: Er wollte Sarah die eine Flasche an den Kopf schlagen, aber nicht so heftig, dass die Flasche zerbrach. Doch Sarah kam ihm zuvor und gab ihm unversehens von hinten einen Stoß, sodass er über Bord fiel.

Als an einem sonnigen Morgen die letzte Flasche geleert war, bereiteten sich Henry und Sarah mit fiebrigen Augen auf den Tod vor. Sie zuckten und zitterten, konnten weder stillsitzen noch sich bewegen, und jeder beteuerte dem anderen, er werde jetzt sterben, und zwar sofort. Doch keiner starb, und so gaben sie es auf, dem anderen zu glauben oder sich viel um ihn zu kümmern. Soweit es seine geschwächte Sehkraft zuließ, spähte Henry nach Land aus – Land irgendwo. Sogar hinter dem Boot suchte er nach Land. Sarah war ihm dabei keine Hilfe, sie lag nur auf dem Bootsboden und wehklagte. Ab und zu sagte sie:

»Du bist ein schlechter Seemann«, und in den fiebrigen Augen stand ein Abglanz ihrer alten Bosheit.

»Von mir aus kannst du in der Hölle braten«, erwiderte Henry. In seinem Delirium verfluchte er das Los von Männern, die sich dumme, tückische Weiber als Ehefrauen aufgeladen hatten. Einmal höhnte er: »Es ist nicht gut, dass der Mann allein sei. Haha!«

Um sein Pech noch zu steigern, war zufällig Sarah am Ruder, als sie Land sichteten. Henry schlief gerade, als Sarah mit lauter brüchiger Stimme rief: »Ich sehe Land!«

Henry stützte sich auf die Ellbogen. Er sah kein Land, aber er wollte Sarah nicht unterstellen, sie bilde sich das ein – womöglich hatte sie dann doch Recht. »Wie groß ist es?«, fragte er.

»Schau doch selber hin, du Schwachkopf!«, gab Sarah unfreundlich zurück. Sie wusste, dass er den Horizont nicht sehen konnte.

»Ist es eine Stadt? Sind Menschen da?«

Aber offenbar konnte auch Sarah nicht allzu viel sehen, denn sie sagte nichts mehr, bis Henry selber den bräunlichen Haufen Land erblickte, der vor ihnen lag. »Gott hat uns erhört«, sagte Henry.

»Ich hab's zuerst gesehen«, sagte Sarah.

»Gott hat es geschaffen«, erwiderte Henry stirnrunzelnd. Frauen vergaßen in einer Krise alle Grundsätze ihrer Erziehung.

»Sieht aus wie unsere Insel«, sagte Sarah mutlos.

»Kann es ja nicht. Wir sind doch –« Doch nun sah Henry den schwarzen Fleck, der einmal ihr Haus gewesen war, und den kleinen schwarzen Fleck, wo der Hühnerstall gestanden hatte. Es war ihre Insel.

»Wir müssen wenden«, sagte Sarah resigniert.

»Nein!« Henry hievte sich auf zur Ruderpinne, bevor Sarah wenden konnte. »Nein, Sarah! Gott muss das gewollt haben. Jetzt werde ich –«

Achselzuckend überließ ihm Sarah das Ruder und langte

nach ihrer Flasche. Die Flasche war leer, aber es war ein Trost, sie in der Hand zu halten.

Henry brauchte nicht zu steuern, denn der Wind brachte sie geradewegs an ihren Strand. Auch das war gewiss ein Zeichen von Gott. Gott würde ihnen nun zeigen, wie sie auf ihrer Insel überleben konnten. Frohsinn und Hoffnung stiegen in Henry auf, obgleich die Ehefrau zu seinen Füßen nur ein Jammerlappen war. Ewig lebt die Hoffnung! Er würde ein Paradies aus der Wildnis schaffen. Er würde ein Mittel finden, um Tura schneller wachsen zu lassen, und so ihrer beider Leben retten. Wo ein Wille ist, da ist auch ein Weg!

Sarah sah ihn an und lächelte geringschätzig, als wisse sie, was in seinem Kopf vor sich ging.

»Habe ich vielleicht keinen Schaukelstuhl erfunden?«, sagte Henry. »Ich werde ein besseres Mittel zum Whiskymachen erfinden.«

Sarah lachte albern. Doch schon als der Bug des Bootes über den Sand scharrte, hatte Henry den ersten Einfall.

»Wir leeren das Boot aus!«, sagte er zu Sarah. »Und dann füllen wir es bis obenhin mit Turabrei.«

# Mit Nehbergs in einem Boot

Anke Gebert

**13. 4. 2000**

Jetzt ist Urlaub! Wir haben es wieder einmal vollbracht. Ria
und ich sind einfach zum Flughafen gefahren und haben
zwei Flüge gekauft, zwei billige Flüge, die uns weit von hier
bringen. Wir fliegen nach Venezuela! Dorthin, wo wir vor
Jahren schon einmal waren. Wir fliegen ins Paradies! Vorhin,
kurz nach dem Start, haben wir zwei Piccolo getrunken – auf
unsere Freundschaft! Und auf zwei Wochen Fortsein von
meiner Fotoredaktion und von Rias Schreibtisch im Amt.

**14. 4. 2000**

Haben ein gutes Quartier gefunden und genießen es, im Paradies zu sein. Hörten von einem Mann, der Touren ins Orinokodelta organisiert. Er soll mitten in einem Inselgebiet eine
alte Forschungsstation zu einer Art Lodge für Touristen um-
gebaut haben. Wir gehören zu den Ersten, die eine solche Expedition unbedingt mitmachen möchten. Leider müssen wir
noch abwarten, weil es sich für den Veranstalter angeblich
erst lohnt, wenn mindestens vier Personen diese Tour bu-
chen. Also warten wir! Vorfreude ist die schönste Freude!

**17. 4. 2000**

Wir warten immer noch. Doch das ist kein Problem, denn Ria
und ich genießen jede Stunde. Gestern nahmen wir ein paar
Drinks zu viel. Wir ließen all unsere vorherigen Reisen Revue

passieren und schwelgten in Erinnerungen. Vom vielen Lachen werde ich sicherlich Muskelkater bekommen. Ria ist die beste Freundin!

18. 4. 2000

Hurra!!! Haben gerade erfahren, dass zwei junge Männer eingetroffen sind, die auch die Expedition ins Orinokodelta machen möchten. Zwei junge Männer aus Deutschland! Sie sollen sogar in unserem Alter sein! Ria und ich können so viel Glück kaum fassen. Heute Abend findet ein Kennenlernentreffen statt. Wir sind sehr gespannt! Liebes Tagebuch, vielleicht werden wir hier in Venezuela sogar die Männer unseres Lebens treffen . . . Ich werde dir berichten.

19. 4. 2000

Katastrophe!!! Die beiden Typen heißen Horst und Edgar. Hotte und Eddi. Sie tragen Vollbärte und sind – wie Rüdiger Nehberg – survivalmäßig ausgerüstet. Während Ria und ich in Shorts und Badelatschen herumlaufen, tragen die beiden Bundeswehrhosen und sind mit tausend Messern bewaffnet. Von Kopf bis Fuß das volle Programm von Globetrotter. Sie haben uns vom ersten Moment an nicht ernst genommen, betrachten uns als unerfahrene Weiber. Horst prophezeite uns, dass wir mit unserer Ausrüstung keinen einzigen Tag im Dschungel überstehen werden. Als ich Ria und mich rechtfertigen wollte, indem ich von unseren großen Abenteuern, die wir in den vergangenen Jahren erlebten, erzählen wollte, legte Ria ihre Hand auf meinen Unterarm. Also schwieg ich lieber. Die beiden Typen bezeichneten unsere Art zu reisen als unprofessionell. Und halten sich dagegen für echte Abenteurer. Wie echt sie sind, das bewiesen sie uns gleich beim Kennenlernentreffen, als sie ihr Abendessen in spanischer Sprache bestellten. Völlig souverän . . . Jeder Anfänger eines Spanischkurses in der Volkshochschule hätte es besser gekonnt. Unsere Tour ins Orinokodelta kann ja heiter werden. Die beiden schleppen riesige Fototaschen mit sich herum. Ich sprach Edgar darauf an. Er sagte, sein Freund und er seien nach Venezuela gekommen, um sich hier mit den einheimischen Vögeln zu beschäftigen und Fotos von ihnen zu machen. Bei fünfunddreißig Grad im Schatten und einhundert Prozent Luftfeuchtigkeit wollen die mit diesen Riesenapparaten durch den Dschungel laufen. Ich dagegen habe natürlich nur das Nötigste, meine kleinste Kamera, dabei. Aber dafür haben Edgar und Horst natürlich nur abschätzige Blicke übrig. Ich verschweige ihnen lieber, dass ich Profi bin, denn ansonsten müsste ich während der gesamten Expedition mit denen übers Fotografieren reden. Nach dem Kennenlernenabend haben Ria und ich eigentlich die Lust auf die Tour verloren. Aber wir lassen uns von diesen Nehbergschablonen doch nicht den Urlaub verderben!

20. 4. 2000

Der erste Tag unserer Expedition liegt hinter uns. Wir fuhren fünf Stunden mit dem Boot bis zum Delta. Der Fluss wurde immer schmaler und schmaler. Die Natur zu beobachten, ist ein großes Erlebnis. Wir sahen Affen, Faultiere, Krokodile. Wir sahen alle Wunder dieser Welt. Doch wir konnten das Paradies nicht genießen, weil diese beiden verfluchten Typen sich die gesamte Zeit in unserem Boot stritten – über jeden erdenklichen Mist. Zum Beispiel darüber, ob der Vogel, der eben gerade vorüber flog, ein Zorpenzerg oder ein Zirpenzerk sei. Mit ihren riesigen Vogelbestimmungsbüchern saßen Horst und Edgar da und hatten während der gesamten Zeit der Fahrt nichts Besseres zu tun, als ihre hässlichen Nasen in diese blöden Bücher zu stecken. Ich hasse sie. Alle beide.

21. 4. 2000

Die Lodge ist auf Stelzen gebaut und liegt in einem traumhaft schönen Sumpfgebiet mitten im Dschungel. Unser Reiseleiter verpflegt uns hervorragend – mit einheimischen Speisen. Unsere beiden Nehbergs rühren davon natürlich nichts an und essen stattdessen lieber ihre trockenen Powerriegel, die sie sich aus Deutschland mitgebracht haben. Ria und ich essen deswegen doppelt so viel und würdigen die Verpflegung ausdrücklich, damit unser Expeditionsführer nicht beleidigt wird. Heute werden wir einen Ausflug mit einem Einbaum unternehmen.

21. 4. 2000 – 23.00 Uhr

Ria und ich haben uns heute beinahe gestritten. Und das nur deswegen, weil diese Nehbergschablonen uns so aufregen. Sie verdarben uns die gesamte Fahrt im Einbaum. Einbäume sind Boote, die aus einem einzigen Baum gebaut sind. Sie sehen aus wie Kanus. Man muss während der Fahrt sehr gut auf das Gleichgewicht achten. Eine falsche Bewegung – und das Boot würde kippen. Und würde das Boot kippen, fiele man zu den Reptilien ins Wasser. Und hätte keine Chance, nicht von ihnen gefressen zu werden, weil es unmöglich ist, sich wieder in den wackligen Einbaum zu hieven. Ria und ich saßen in einem Boot, und es gelang uns auf Anhieb hervorragend, mit unseren Körpern den Einbaum auszubalancieren. Fast lautlos glitten wir über das Wasser. Hotte und Eddi dagegen schlotterten vor Angst in ihrem Boot. Der Führer konnte nicht verantworten, sie weiterhin allein fahren zu lassen. Er wies uns an zu tauschen. Ria musste zu Horst ins Boot umsteigen. Und Edgar zu mir. Ab jetzt bekamen Ria und ich von der eigentlich fantastischen Fahrt durch den Dschungel überhaupt nichts mehr mit, weil wir nämlich nur noch damit beschäftigt waren, diese beiden Männer zu beruhigen. Wir wollten ja nicht mit denen zusammen ins Wasser kippen. Es war die Hölle! Ria muss es mit Horst noch schlimmer getroffen haben als ich mit Edgar, denn sie war bei der Ankunft

sehr gereizt. Sie schrie, dass sie noch nie solch einen verkorks-
ten Urlaub erlebt hätte. Sie weigerte sich, mit dem Einbaum
zurück zur Lodge zu fahren, wenn sie wieder zusammen mit
Horst in einem Boot sitzen müsste. Solche Typen wie Hotte
und Eddi hätte sie tagtäglich zuhauf in ihrer Firma um sich,
schimpfte sie, mit solchen Versagern müsse sie nicht auch
noch ihren schwer verdienten Urlaub verbringen. In all den
Jahren unserer Freundschaft habe ich Ria noch nie hysterisch
erlebt. Angst befiel mich, denn wenn die Nerven blank liegen,
kann auch die beste Freundschaft den Bach hinuntergehen.
Oder den Fluss. Im Orinokodelta.

22. 4. 2000 – 10.00 Uhr

Liebes Tagebuch, Ria hat sich inzwischen wieder beruhigt.
Sie wettete mit mir darauf, dass Horst und Edgar sich sicher
nicht einmal dafür bedanken würden, dass wir sie in den Ein-
bäumen stundenlang heil durch die Gewässer gerudert und
ihnen somit das Leben gerettet hatten. Ich hielt dagegen.
Doch Ria sollte Recht behalten. Inzwischen strafen uns diese
beiden Möchtegern-Nehbergs schon wieder mit abschätzigen
Blicken, so als wären sie die Helden des Deltas.

Noch schlimmer ist allerdings, dass wir uns von denen den
ganzen Tag Vorträge über Venezuela anhören müssen – über
Land und Leute, all das, was sich Hotte und Eddi vor der
Reise eben so angelesen haben.

Ich könnte sie umbringen. Alle beide.

17.00 Uhr

Unser Expeditionsführer ist für ein paar Stunden unterwegs,
um Proviant zu besorgen. Ria und ich liegen auf dem Steg im
Liegestuhl, ruhen uns aus und trinken zu viel. Eigentlich
könnte es jetzt wunderschön sein, wären da nicht diese beiden Nehbergs, die am Ende des Stegs gerade versuchen, ihr
ein Meter und zwanzig langes Teleobjektiv auf ein Stativ auf-

zubauen, weil sich in weiter Ferne wieder ein Zorkenzerk oder Zirpenzork rührt. Beim Anblick dieser beiden Männer bekomme ich Fluchtgedanken, Allergien und ertappe mich dabei, dass ich mich nach Hause sehne. Ria hält sich die Ohren zu, um nicht länger den Streit darüber mit anhören zu müssen, welcher der beiden nun das Vögelchen ins Visier wird nehmen dürfen. Gerade als Edgar auf den Auslöser drücken will, hebt sich der Zorkenzerk in die Lüfte und kommt auf unseren Steg zugeflogen. Und setzt sich genau zwanzig Zentimeter vor die Linse dieser »Ornithologen« ... Es ist, als würde der Vogel wie zum Hohn noch einmal interessiert in die Kamera sehen. Dann fliegt der Zorkenzerk auf und davon. Für immer. Horst stößt Edgar an: »Du Idiot, warum hast du nicht abgedrückt!« Edgar schreit zurück, dass das gar nichts gebracht hätte – auf diese kurze Distanz. Und schubst seinen Freund, er solle ihn gefälligst nicht anrempeln. So geht das hin und her. Ria legt sich das Handtuch über den Kopf. Ich dagegen finde es sehr interessant, was da gerade ...

18.00 Uhr
Die beiden Nehbergs umklammerten sich, wälzten sich auf dem wackligen Steg hin und her. Obwohl es eindeutig ernst war, kam mir das Lachen. Plötzlich fiel deren gesamte Fotoausrüstung ins Wasser. Horst und Edgar prügelten sich. Mein Gott. Ich dachte, ich sollte dazwischengehen. Denn wenn die Nerven blank liegen, kann auch die beste Freundschaft den Bach runtergehen. Oder den Fluss. Im Orinokodelta. Mit einem kurzen Aufschrei fielen beide Männer ins Wasser. Fest umklammert. Danach war es sehr still. Ria nahm das Handtuch vom Gesicht. Mir ging die Frage durch den Kopf, wie schwer die Krokodile an den Messern, mit denen Nehbergs von oben bis unten bewaffnet sind, zu kauen haben würden. Noch einmal, nur ganz kurz, tauchten die Hände von Horst und Edgar aus dem Sumpf auf. Als wollten sie

nach etwas greifen. Als sollten Ria und ich sie daran heraus-
ziehen. Ich schwöre, ich wollte aus dem Liegestuhl aufstehen
und die beiden Männer retten (auch wenn sie es mir niemals
gedankt hätten). Doch im selben Moment legte Ria ihre Hand
auf meinen Unterarm und sagte: »Wir haben Urlaub.« Und
das, liebes Tagebuch ist wahr. Und seinen schwer verdienten
Urlaub sollte man sich von niemandem verderben lassen . . .

# Ein Geschenk des Himmels

Dick Francis

*Die Erzählung* Das Geschenk *erschien in der Ausgabe der*
Sports Illustrated *zum Kentucky-Derby 1973, allerdings unter
dem von der Zeitschrift geänderten Titel »Der Tag von Wein und
Rosen«, einem Titel, der sich sowohl auf den Kranz echter Blumen bezog, die man dem Derby-Sieger über den Widerrist warf,
als auch auf den fiktionalen Alkohol, der in der Erzählung reichlich floss.*
Das Geschenk, *das Fred Collyer zuteil wurde, war jedoch weit
mehr wert als Rosen.*

Als das Flugzeug, das morgens in La Guardia abgehoben
hatte, rund zwanzig Minuten vor Louisville war, holte Fred
Collyer einen Block mit vorgedruckten Formularen hervor
und begann, seine Unkosten aufzuschreiben.
*Taxi zum Flughafen, vierzig Dollar.*
Unerheblich, dass sein Nachbar, der auf Long Island arbei-
tete, ihn kostenlos mitgenommen und am Flughafen abge-
setzt hatte: Ein wenig Großzügigkeit in Sachen Spesenabrech-
nung bescherte ihm (steuerfrei) noch mal die Hälfte von dem,
was ihm der *Manhattan Star* für die Artikel zahlte, die er jeden
Montag in seiner Rennspalte brachte.
*Erfrischungen auf der Reise,* schrieb er. *Fünfundzwanzig Dol-
lar.*
*Bewirtung zum Zwecke der Informationsbeschaffung, dreißig
Dollar fünfzig.*
Als müsste er diesen Posten rechtfertigen, bestellte er bei

der Stewardess einen zweiten doppelten Bourbon und prostete schweigend einem Mann zu, der auf der anderen Seite des Ganges schlief – dem Besitzer einer drittklassigen Stute, die sich vor zwei Wochen die Schienbeine aufgeschlagen hatte.

Wieder ein Kentucky-Derby. Seine Gedanken flackerten wie die zerkratzte Kopie eines alten Kinofilms über die Tage, die vor ihm lagen. Immer dieselbe Plackerei, morgens raus zu den Ställen, dann endlose Sitzungen über Rennberichte der letzten Zeit und die Suche nach einem Fingerzeig, was die Zukunft betraf. Dieselbe wenig aufschlussreiche Trainingsarbeit auf der Bahn, dieselben verleumderischen Gerüchte, dasselbe Geschwätz, dieselben dummen Witze, dieselben dummen Trainer, die ihre gottverdammten blöden Mäuler aufrissen.

Der glühende Enthusiasmus, einst das Markenzeichen seiner Beiträge, die auch von anderen Zeitungen übernommen worden waren, gehörte längst der Vergangenheit an. Die gesteigerte Spannung an den großen Renntagen, das feine Gespür, mit dem er eine Story gewittert hatte, wo kein anderer etwas vermutet hätte, der scharfe Instinkt, der Wahrheit von Täuschung zu unterscheiden vermochte, all das hatte er einmal besessen. All das hatte er verloren. An ihrer Stelle dehnten sich in endloser Weite Langeweile und immer währende, zynische Müdigkeit aus. Statt Exklusivbeiträgen erhielt seine Zeitung die wiedergekäuten Ideen anderer Rennsportreporter, und in letzter Zeit war ihm einige Male nicht einmal mehr das gelungen.

Er war sechsundvierzig.

Er trank.


In seinem zweckmäßig eingerichteten New Yorker Büro schürzte der Sportreporter des *Manhattan Star* die Lippen. Vor ihm lag Fred Collyers Bericht über die Everglades in Hialeah, und er fragte sich, ob es klug gewesen war, ihn wie gewöhnlich zum Derby zu schicken.

Dieser Bursche, dachte er bedauernd, war fix und fertig. Wirklich schade. Wirklich schade, dass er nicht die Finger vom Alkohol lassen konnte. Niemand konnte trinken und schreiben, jedenfalls nicht gleichzeitig. Erst schreiben, dann trinken, okay. Vielleicht sogar trinken bis zum Abwinken, bis zum Umfallen. Aber *danach*.

Er dachte, dass es nicht mehr lange dauern würde, bis er Fred vor die Tür setzen müsste, und dass er sich wahrscheinlich schon seit jenem Tag vor einigen Monaten nach Ersatz hätte umschauen sollen, als Fred zum ersten Mal so besoffen ins Büro gekommen war, dass er nicht mehr die richtigen Tasten auf seinem Computer erwischte. Aber dieser Säufer hatte alles gehabt, dachte er. Eine Nase für eine Story, wie ein Journalist sie brauchte, und die Gabe, sein Zeug so lebhaft rüberzubringen, dass die Worte geradezu von den Seiten sprangen und sich einem ins Gehirn brannten.

Davon war heute nichts mehr übrig als ein guter Ruf und ein Echo: Die Technik marschierte stetig auf zittrigen Beinen weiter, aber die Persönlichkeit dahinter war im Suff versunken.

Kopfschüttelnd legte der Sportreporter den Hialeah-Artikel beiseite. Zweimal in den letzten sechs Wochen hatte Fred es nicht fertig gebracht, überhaupt eine Story zu schreiben. Beide Male hatten sie sich im Büro einen Artikel zusammengestoppelt und den Namen Collyer draufgesetzt, aber zwei verpasste Schlagzeilen waren eine mehr, als man verzeihen konnte. Drei, und die Sache war gelaufen. Die Chefs murrten lauter denn je über die überzogenen Spesenabrechnungen, und wenn sie rausfanden, dass sie als Gegenleistung dafür zweimal nur durchweichtes Schweigen bekommen hatten, würde ihn auch kein noch so heftiges Pochen auf das Motto »Um der alten Zeiten willen« retten.

Ich habe ihn gewarnt, dachte der Sportreporter mit Unbehagen. Ich habe ihm gesagt, dass er diesmal zusehen soll, eine wirklich gute Story abzuliefern. Einen brandheißen Knüller, wie man das früher von ihm kannte. Ich habe ihm gesagt, dieses Derby muss einer seiner größten Erfolge werden.

Fred Collyer meldete sich in dem Motel an, in dem die Zeitung ihm ein Zimmer reserviert hatte. Dort genehmigte er sich drei schnelle Vormittagsstärkungen aus der Flasche, die er in seiner Aktentasche mitgebracht hatte. Die Warnung des Sportreporters verbannte er in den hintersten Winkel seiner Gedanken, denn er war immer noch sicher, dass er, betrunken oder nüchtern, bessere Artikel schreiben konnte als jeder andere Kommentator in dem Geschäft, wenn er nur eine Story hatte, die der Mühe wert war. Es gab nur einfach keine guten Storys mehr.

Er nahm ein Taxi zu den Churchill Downs. (*Taxi, vierundzwanzig Dollar fünfzig*, schrieb er unterwegs und zahlte dem Fahrer achtzehn.)

Drei Tage vor dem Derby wirkte die Rennbahn sauber, frisch und erwartungsvoll. Leuchtend rote Tulpen richteten ihre Blütenblätter in säuberlichen Kolonnen dem blauen Himmel entgegen, und grüne Grasflecken leuchteten wie shampoonierte Teppiche. Ohne sie zu beachten, nahm Fred Collyer den Aufzug zum Dach und trottete die letzten windigen Stufen zu dem großen, verglasten Presseraum über den Tribünen hinauf. Dort saßen einige Männer an ihren Laptops und hackten die Nachrichten für den kommenden Tag in die Tasten. Draußen standen noch einige andere, die sich das erste Rennen selbst ansahen, aber die meisten waren in das eigentliche ernste Tagesgeschäft vertieft. Zu schwätzen.

Fred Collyer holte sich an der einfach ausgestatteten Bar eine Dose Bier, nahm sie mit an den mit seinem Namen bezeichneten Platz und tauschte mit den Gesichtern, die er auf den Bahnen zwischen Saratoga und Hollywood Park zu sehen bekam, ein paar Hallos. Da er ständig von einem Hotel zum anderen zog und endgültig entwurzelt war, seit Sylvie von seiner Abwesenheit und seiner Trinkerei die Nase so voll gehabt hatte, dass sie mit den Kindern zurück zu ihrer Mutter nach Nebraska gezogen war, betrachtete er die Pressezimmer der Rennbahnen als sein einziges wirkliches Zuhause. Dort fühlte er sich entspannt und wusste, dass man ihn respektierte. Er bemerkte gar nicht, dass die Bewunderung, die er bei anderen einst erweckt hatte, langsam tolerantem Mitleid Platz gemacht hatte.

Bequem ließ er sich auf seinen Stuhl fallen und las eine der kopierten Pressenotizen vom Tage.

»Trainer Harbourne Cressie berichtet, dass Pincer Movements linkes Vorderbein nach einem Sprint über 800 Meter heute Morgen nicht entzündet sei.«

»Nichts dran an dem Gerücht, dass Salad Bowl gestern Abend Temperatur hatte, bekräftigte Tierarzt John Brewer im Auftrag der Besitzerin Mrs L. (Loretta) Hicks.«

Na wunderbar, dachte er sarkastisch. Negative Nachrichten waren keine Nachrichten, Derbystarter eingeschlossen.

Er blieb den ganzen Nachmittag im Pressezimmer, trank Bier, diskutierte mit Journalisten, Fotografen, Publizisten und Radioleuten über alles und nichts, hielt flüchtig die Fernsehübertragungen der Rennen im Auge und trat gelegentlich hinaus auf den Balkon, um auf den Ameisenhaufen, die Menschenmenge unter ihm, hinabzublicken. Es war gar nicht nötig, sich da hinunterzukämpfen, wie er das früher getan hatte, dachte er. Unnötig der Versuch, Leute zu treffen und sie unter vier Augen zu interviewen. Alles und jeder, der irgendwie von Interesse war, kam irgendwann ins Pressezimmer rauf und teilte alles Wissenswerte in leicht verdaulichen Bröckchen mit.

Am Ende des Tages nahm er dankend das Angebot eines Kollegen an, in dessen Mietwagen mit in die Stadt zurückzufahren (*Taxi, vierundzwanzig Dollar fünfzig*), und am Abend besuchte er, nachdem er in seinem eigenen Zimmer für eine beachtliche Whisky-Grundlage gesorgt hatte, das alljährliche Dinner der Turfwriter's Association. Die Menschenmenge in dem großen Empfangsraum war durchaus erfreut, ihn zu sehen, und er bewegte sich zwischen den Grüppchen von Presseleuten, Trainern, Jockeys, Züchtern, Besitzern mit Ehefrauen und Freundinnen wie ein Fisch im heimischen Tümpel. Vor dem Abendessen kippte er automatisch vier Doppelte on the Rocks und hielt während des Essens und der langen Reden danach einen gleichmässigen Konsum aufrecht. Als er um halb zwölf versuchte, sich von der Tafel zurückzuziehen, hatte er keine Kontrolle mehr über seine Beine.

Das überraschte ihn. Er setzte sich wieder. Er hatte gar nicht bemerkt, dass er betrunken war. Seine Zunge funktionierte immer noch genauso wie die der meisten um ihn herum, und ihm selbst schienen seine Gedanken bestens geordnet zu sein. Aber seine Beine gaben unter ihm nach, als er ihnen sein Gewicht anvertraute, und mit einem dumpfen Aufprall setzte er sich wieder auf seinen Stuhl. Es war schon um einiges später, der große Raum hatte sich beinahe geleert, die meisten Gäste befanden sich schon auf dem Heimweg, als er endlich genug Kraft aufbrachte, um sich zu erheben.

»Ich scheine ganz schön geladen zu haben«, murmelte er und entschuldigte sich mit einem Lächeln vor sich selbst.

Auf die Rückenlehne der Stühle gestützt, die in Abständen an den Wänden aufgereiht standen, schwankte er der Tür entgegen. Von dort taumelte er in den Flur und weiter bis zur Eingangshalle, von wo aus er durch die hin und her schwingenden Glastüren hinaus in die Nacht stapfte, als steige er imaginäre Stufen hinunter.

Die Abendluft des kühlen Maitags machte alles noch viel

schlimmer. Die Erde schien sich buchstäblich unter seinen Füßen zu drehen. Mit schwerer Schlagseite vollführte er einen Halbkreis, und statt sich auf die geparkten Autos und die wartenden Taxis zu zu bewegen, stolperte er kopfüber auf die dunkle Steinmauer neben dem Eingang zu. Der Aufprall schmerzte und verwirrte ihn zusätzlich. Er stützte beide Hände flach auf die raue Oberfläche vor sich, legte dann das Gesicht darauf und konnte doch nicht herausfinden, wo er war.

Marius Tollman und Piper Boles hatten nicht gesehen, dass Fred Collyer vor ihnen weggegangen war. Sie schlenderten denselben Weg entlang und machten die gewohnten freundlichen Bemerkungen und Gesten von Leuten, die der Zufall am Ende eines Abends zusammengeführt hatte. Mit keiner Miene verrieten sie, dass sie einander schon seit Stunden quer durch den Raum bedeutungsvolle Blicke zugeworfen und fast an nichts anderes gedacht hatten als an das vor ihnen liegende Gespräch.

In einem Land, in dem das Buchmachergewerbe gesetzlich zugelassen war, wäre Marius Tollman vielleicht als angesehener, gesetzesfürchtiger Bürger herangewachsen. Wie die Dinge lagen, hatten seine natürliche Neigung und sein einziges Talent ihn zu einem Leben schneller Beinarbeit geführt, wie sie Muhammad Ali zur Ehre gereicht hätte. Indem er für zukünftige Rennautoritäten Wetten platzierte, solange die Autoritäten noch jung genug waren, um töricht zu sein, blieb er, sobald sie dann zu Status und Macht gekommen waren, von ihnen unbehelligt; und diese Sorte von Gewinnern konnte der gerissene alte Marius mit noch schärferem Blick ausmachen als ein viel versprechendes Pferd.

Die beiden Männer gingen durch die Glastüren und blieben direkt dahinter stehen, wo das Licht aus dem Eingang sie voll anstrahlte. Marius pflegte niemanden in irgendwelche Ecken zu ziehen, weil das zu verdächtig ausgesehen hätte.

»Dann ist es Ihnen also gelungen, die Jungs für unsere Sache zu gewinnen?«, fragte er. Er stand auf den Absätzen, während er die Hände in den Taschen hielt und sein Bauch ihm über den Gürtel quoll.

Piper Boles zündete sich mit langsamen Bewegungen eine Zigarette an, ließ seinen Blick dann beiläufig über den sternenübersäten Himmel wandern und sog genüsslich den Rauch in seine Lungen.

»Ja«, sagte er.

»Und für wen haben Sie sich entschieden?«

»Amberezzio.«

»Nein«, protestierte Marius. »Der ist nicht gut genug.«

Piper Boles zog abermals an seiner Zigarette. Er hatte Hunger. Mehr als Eins-elf durfte er morgen nicht auf die Waage bringen, und er hatte nur hundertfünfzig Gramm Steak im Magen. Er hatte etwas gegen dicke Menschen, vor allem gegen reiche dicke Menschen. Seinen eigenen kleinen Vorrat an Fett steckte er in Immobilien und Wachstumsobligationen, aber mit achtunddreißig Jahren drohte der körperliche Kampf ihn beinahe zu überwältigen. Er konnte nicht mehr viele Jahre des Hungerns verkraften, denn je älter sein Körper wurde, umso schwerer fiel es ihm. Das Gefühl, dass die Zeit drängte, hatte ihn jüngst über Möglichkeiten nachdenken lassen, schnelle Zehntausender zu machen, die ihm früher nur ein höhnisches Lächeln entlockt hätten.

Er sagte: »Es muss Amberezzio sein. Er ist sauber.«

Marius dachte darüber nach. Es gefiel ihm nicht, aber schließlich willigte er ein.

»Na gut. Dann also Amberezzio.«

Piper Boles nickte und machte Anstalten zu gehen. Als Jockey konnte er sich nicht allzu lange mit Marius Tollman sehen lassen, nicht, wenn er weiterhin in der zweiten Reihe für die angesehenen Somerset Farms reiten wollte, was ganz eindeutig der Fall war.

Marius bemerkte die plötzliche Regung des anderen und sagte glatt: »Haben Sie noch mal über das kleine Ablenkungsmanöver mit Crinkle Cut nachgedacht?«

Piper Boles zögerte.

»Das wird Sie was kosten«, sagte er.

»Klar«, stimmte Marius ihm achselzuckend zu. »Wie wär's mit noch mal zehntausend obendrauf?«

»Gebrauchte Geldscheine. Die Hälfte im Voraus.«

»Klar.«

Piper Boles schüttelte sein Gewissen ab und warf den letzten Rest seiner Rechtschaffenheit weg.

»Okay«, sagte er und schlenderte zu seinem Wagen, so als wären seine Nerven nicht zum Zerreißen gespannt und in höchste Alarmstufe versetzt.

Fred Collyer hatte jedes Wort mit angehört, und er wusste, ohne hinsehen zu müssen, dass eine der Stimmen Marius Tollman gehörte. Es war ein Ding der Unmöglichkeit, dass jemand, der sich lange im Rennsport bewegte, diesen asthmatischen Bostoner Akzent nicht sogleich erkannte. Ihm war klar, dass Marius eine Gaunerei eingefädelt hatte, und ihm war auch klar, dass dieser schöne kleine Betrug sich sehr erfreulich in seiner Spalte ausnehmen würde. Benebelt dachte er darüber nach, dass er herausfinden musste, mit wem Marius geredet hatte, und dass er sich, da er die Stimme hinter sich gehört hatte, besser umdrehen und der Sache auf den Grund gehen sollte.

Die Zeit verlief für ihn jedoch wirr und unzusammenhängend, und als er sich von der Wand abstieß und angestrengt versuchte, sich auf die richtige Richtung zu konzentrieren, waren beide Männer bereits fort.

»Mistkerle«, sagte er laut in die leere Nacht hinein, und ein anderer später Gast, der gerade das Hotel verließ, nahm ihn mitleidig am Ellbogen und führte ihn zu einem Taxi. Er schaffte es gerade noch bis in sein eigenes Zimmer, bevor er ohnmächtig wurde.

Seit dem Abflug von La Guardia an diesem Morgen hatte er sechs Bier getrunken, vier Brandys, einen doppelten Scotch (aus Versehen) und fast drei Liter Bourbon.

Am nächsten Morgen wachte er um elf Uhr auf und konnte es nicht glauben. Er starrte die Uhr auf dem Nachttisch an.

Elf.

Er hatte die Ställe und den ganzen morgendlichen Zirkus auf der Bahn verpasst. Ein Schauder lief ihm beim ersten Auf-dämmern dieser Tatsache über den Rücken, aber es sollte noch schlimmer kommen. Beim Versuch, sich aufzusetzen, drehte sich das Zimmer im Kreis, und in seinem Kopf häm-merte es wie auf einen Rammklotz. Als er die Decke zurück-schlug, stellte er fest, dass er voll bekleidet und mit Schuhen geschlafen hatte. Als er versuchte, sich an seine Heimkehr am vergangenen Abend zu erinnern, blieb dies ergebnislos.

Er trottete ins Badezimmer. Sein Gesicht blickte ihm wie ein Albtraum aus dem Spiegel entgegen, zerknittert und rot-äugig, über Nacht um zehn Jahre gealtert. Er war schon x-mal verkatert aufgewacht, aber dies hier fühlte sich ganz anders an als der gewohnte Morgen danach. Das Gefühl einer nicht wieder gutzumachenden Katastrophe lauerte irgendwo hin-ter dem akuten körperlichen Elend seines Kopfs und seines Magens. Und erst, als er Mantel, Hemd und Hose ausgezogen und sich von seinen Schuhen befreit hatte und ermattet wie-der auf dem zerwühlten Bett lag, erst da wurde er sich der Natur dieser Katastrophe bewusst.

Schlagartig ging ihm auf, dass ihm nicht nur jede Erinne-rung an den Rückweg zu seinem Motel fehlte, sondern prak-tisch die an den gesamten vergangenen Abend. Bruchstücke von Gesprächen aus den ersten Stunden blitzten in seinem Hirn auf, und er erinnerte sich, dass er am Tisch zwischen einem ungehaltenen alten Journalisten von der *Baltimore Sun* und einer ernsthaften Züchterin aus Lexington gesessen hatte, beides Leute, die er nicht mochte; aber ungefähr ab dem Brathuhn setzte eine flächendeckende Gedächtnislücke ein.

Er hatte schon von alkoholbedingten Blackouts gehört, aber vermutet, dass so etwas nur richtigen Alkoholikern passierte; und das traf auf ihn, Fred Collyer, nicht zu. Natürlich trank er ein wenig, das räumte er ein. Na gut, eine Menge. Aber wenn er wollte, konnte er jederzeit aufhören. Natürlich konnte er.

Er lag auf dem Bett und schwitzte und sah dem grausamen Gedanken ins Auge, dass ein Blackout zum nächsten führen konnte, bis die Blackouts rosa Pantern wichen, die über Mauern kletterten. Der Sportchef seiner Zeitung hatte ihm eingeschärft, dass er diesmal einen Reißer von ihm erwartete, und zum ersten Mal empfand er bei dem unbehaglichen Gedanken an die zwei Mal, da er seinen Artikel nicht geliefert hatte, eine Spur von Angst um seinen Job. Binnen fünf Minuten hatte er sich dahingehend beruhigt, dass sie niemals Fred Collyer feuern würden, aber trotzdem würde er um der Zeitung willen den Drink aufschieben, bis er seine Zeilen über das Derby geschrieben hatte. Dieser Entschluss bescherte ihm ein strahlendes Gefühl selbstloser Tugendhaftigkeit, das ihm zumindest über die Zitteranfälle und den hämmernden Kopfschmerz eines extrem elenden Tages hinweghalf.

Draußen auf den Churchill Downs waren drei andere Männer nicht minder besorgt. Piper Boles schlug sein Pferd vorwärts in die Startboxen und machte sich Sorgen über das, was George Highbury, der Trainer der Somerset Farms, gesagt hatte, als er mit zwei Pfund Übergewicht von der

Waage kam. George Highbury hielt sich allen Jockeys gegenüber für überlegen und wechselte mit ihnen allenfalls knappe Sätze.

»Erzählen Sie mir keine Scheiße«, erwiderte er auf Boles' Entschuldigungen. »Sie waren gestern Abend beim Turfwriter's Dinner, also was erwarten Sie?«

Piper Boles erinnerte sich freudlos noch einmal an den hungrigen Abend mit nur einem Martini und sagte, er sei am Morgen schon im Schwitzkasten gewesen.

Highbury runzelte die Stirn. »Wenn Sie Crinkle Cut im Derby reiten wollen, bleiben Sie heute Abend und morgen mit Ihrem dicken Arsch vom Tisch weg.«

Piper Boles musste Crinkle Cut im Derby unbedingt reiten. Er nickte Highbury mit gesenktem Blick demütig zu und schwang sich unglücklich in den Sattel.

Statt ihn anzustacheln, raubte ihm die Angst, Crinkle Cut vielleicht nicht reiten zu dürfen, seine Konzentration, sodass er zu langsam aus der Startbox kam, das erste Viertel zu schnell anging, um an die dritte Stelle zu kommen, in der Kurve zu weit abkam und auf der Geraden wieder alles verlor. Er ging als Sechster ins Ziel. Er war ein absolut erfahrener Jockey mit überdurchschnittlichen Fähigkeiten. Es war nicht sein Tag.

Auf der Tribüne ließ Marius Tollman kopfschüttelnd sein Fernglas sinken und schnalzte mit der Zunge. Wenn Piper Boles kein besseres Rennen hinlegen konnte, wenn er auf Gewinn ritt, was musste es dann erst für eine Pleite werden, wenn er auf Crinkle Cut verlieren sollte?

Marius dachte an die Zehntausend, die er in die kleine Gaunerei am Samstag investieren wollte. Er hatte noch nicht entschieden, ob er gewissen Leuten im organisierten Verbrechen einen Tipp geben sollte, in welchem Falle sie den Einsatz decken würden, ohne dass er selbst noch irgendein Risiko trug, oder ob er auf den größeren Profit setzen sollte, den ihm ein Alleingang einbringen würde. Er ließ seinen asthmatischen Körper auf seinen Platz sinken und sorgte sich um die Leichtigkeit, mit der aus einem abgemachten Rennen wieder ein offenes werden konnte.

Blisters Schultz sorgte sich um den Zustand seines Gewerbes, das unter einer schweren Rezession litt.

Blisters Schultz verdiente sich seinen Lebensunterhalt mit Taschendiebstahl, und er hatte die Nase voll von Kreditkarten. In der guten alten Zeit, als er auf dem Schoß seines Großvaters seine Fertigkeiten erlernt hatte, trugen Männer ihre Portemonnaies in den Gesäßtaschen, sodass die deutlichen Ausbuchtungen für jedermann sichtbar waren. Heutzutage machten diese elenden Hauruck-Diebe den ganzen Markt kaputt: Kaum jemand trug noch mehr als eine Hand voll Dollar mit sich rum, und die, die es doch taten, hatten die Neigung, ihre Moneten in zwei Hälften zu teilen und die größere Portion hinter Reißverschlüssen zu verstecken.

Dreiundfünfzig Jahre hatte Blisters überlebt: fünfundvierzig davon mittels Diebstahl. Mehrere kurze Stationen hinter Gittern hatte er als Pech verbucht und nicht als triftigen Grund, nicht wieder die erstbeste Brieftasche zu stehlen, sobald er wieder auf freiem Fuß war. Er hatte einmal versucht, ehrlich zu werden, aber es hatte ihm nicht gefallen: Er konnte den regelmäßigen Tagesablauf und das schreckliche Gefühl, arbeiten zu müssen, nicht ertragen. Nach sechs Wochen hatte er seinem gut bezahlten Job den Rücken gekehrt und sich dankbar wieder dem Risiko zugewandt. Wenn er zehn Dollar stehlen konnte, war er glücklichr, als wenn er fünfzig verdiente.

Um bei Rennveranstaltungen den besten Fang zu machen, musste man entweder die großen Scheine erspähen, bevor sie verspielt wurden, oder dem großen Gewinner vom Auszahlschalter aus folgen. In beiden Fällen galt es, mit offenen Augen am Totalisator rumzuhängen. Das Problem war, dass zu viele vom Sicherheitsdienst diesen *modus operandi* durchschaut hatten und dort herumstanden und nach Leuten Ausschau hielten, die ebenfalls einfach nur rumstanden und Ausschau hielten.

Blisters hatte eine schlechte Woche hinter sich. Bei der vielversprechendsten dicken Brieftasche hatte sich nach einer halben Stunde vorsichtigen Pirschens herausgestellt, dass sie wenig Geld, aber viel Pornografie enthielt. Blisters, dessen Geschlechtstrieb nicht übermäßig ausgeprägt war, hatte beides gleichermaßen angewidert.

Seine ersten beiden Arbeitstage hatten ihm lediglich dreiundzwanzig Dollar eingebracht, und fünf davon hatte er auf einer Treppe gefunden. Sein erbärmliches Hintergassenzimmer in Louisville kostete ihn vierzig Dollar pro Nacht, und wenn er Fahrtkosten und Essen mit auf die Rechnung setzte, musste er seiner Schätzung nach achthundert machen, damit die Reise sich überhaupt lohnte.

Optimistisch, wie er war, hob sich seine Laune bei dem Gedanken an das Derby. Wenn die Massen erst einmal strömten, würden seine Geschäfte sicher wieder besser laufen.

Fred Collyers freiwillig auferlegtes Alkoholverbot hielt bis Freitag an. Er fühlte sich besser, als er aufwachte, fuhr um halb acht mit dem Taxi raus zu den Churchill Downs und schrieb unterwegs seine Unkosten auf. Sie schlossen viele mysteriöse Gegenstände für den vergangenen Tag ein. Der Grund bestand darin, dass die Redaktion besser nicht erfahren sollte, dass er Mittwochnacht sternhagelvoll gewesen war. Auf die angeschwollene Gesamtsumme legte er noch einen Batzen drauf; Bourbon war schließlich teuer, und spätestens Sonntag würde er wieder mit dem Saufen anfangen.

Der erste Schock über den Blackout hatte sich gelegt, denn während er den Tag im Bett verbracht hatte, waren ihm hier und da Einzelheiten eingefallen, die mit Sicherheit aus der Zeit *nach* dem Brathuhn stammten. Der Weg vom Dinner ins Bett stellte immer noch eine Lücke dar, aber die Lücke machte ihm keine Angst mehr. Manchmal hatte er das Gefühl, als gäbe es da etwas Wichtiges, an das er sich erinnern sollte, aber er redete sich ein, dass es nicht wirklich bedeutend gewesen sein konnte, sonst hätte er es nicht vergessen.

Draußen bei den Ställen hatten sich die Presseleute bereits in Gruppen um die Trainer der höchstgehandelten Derbystarter geschart. Fred Collyer schlenderte auf das Grüppchen um Harbourne Cressie zu, und seine Kollegen machten ihm Platz, ohne ihn auf seine Abwesenheit am vergangenen Tag anzusprechen. Das beruhigte ihn: Was auch immer er Mittwochnacht getan hatte, es konnte nichts Skandalöses gewesen sein.

Die Notizbücher waren gezückt. Harbourne Cressie, ein alter Hase in dem Geschäft und ein Freund jeglicher Publizität, machte nach jedem Satz eine Pause, um ihnen Zeit zu geben, alles mitzuschreiben.

»Pincer Movement hat gestern Abend gut gefressen und ist heute Morgen ruhig und gelassen. Nach Papierform sollten wir Salad Bowl halten können, es sei denn, die Bahn wäre sehr weich am Samstag.«

Ringsum lächelnde Gesichter. Der Himmel war blau, die Wettervorhersage gut.

Fred Collyer hörte aufmerksam zu. Er hatte das alles schon mal gehört. Sie alle hatten das schon mal gehört. Und wen zum Teufel interessierte das schon?

In einer Konkurrenzgruppe zwei Ställe weiter bemerkte der Trainer von Salad Bowl gerade, dass sein Hengst nach den Ergebnissen von Hialeah durchaus in der Lage sei, Pincer Movement zu schlagen, und dass er mit jedem Geläuf fertig würde, ob weich oder nicht.

George Highbury zog weniger Presseleute an, da er über

Crinkle Cut nicht viel zu sagen hatte. Der Dreijährige war bei verschiedenen Rennen sowohl von Pincer Movement als auch von Salad Bowl geschlagen worden, und niemand erwartete, dass er das Blatt wenden konnte.

Am Freitagnachmittag verbrachte Fred Collyer seine Zeit oben im Pressezimmer und lehnte mannhaft ein paar angebotene Biere ab *(Bewirtung verschiedener Besitzer auf der Bahn, zweiundfünfzig Dollar.)*

Piper Boles ritt im sechsten Rennen ein hartes Finish, verlor um einen kurzen Kopf und wäre nachher beinahe vor Hunger ohnmächtig geworden. George Highbury, der davon nichts wusste, bemerkte lediglich mürrisch, dass Boles das richtige Gewicht hatte, und bestätigte, dass er am nächsten Tag Crinkle Cut reiten würde.

Verschiedene Freunde von Piper Boles flüsterten ihm nervös die Frage ins Ohr, ob der Plan für morgen immer noch aktuell sei. Piper Boles nickte. »Klar«, sagte er schwach. »In allen Punkten.«

Marius Tollman war erleichtert, Boles besser reiten zu sehen, beschloss aber dennoch, seine Wette zurückzuziehen und das Syndikat mit einzubeziehen.

Blisters Schultz stahl zwei Brieftaschen mit jeweils vierzehn beziehungsweise zweiundzwanzig Dollar. Zehn davon verlor er bei der Wette auf einen sicheren Tipp im letzten Rennen.

Pincer Movement, Salad Bowl und Crinkle Cut, die von Uniformierten mit Pistolen am Gürtel bewacht wurden, blickten über die Stalltüren und sahen mit leichten Zuckungen ihrer angespannten Muskeln zu, wie andere Pferde auf die Bahn geführt wurden. Alle drei wären ebenfalls gern gegangen. Alle drei wussten genau, wozu die Trompete drüben auf der Bahn geblasen wurde.

Der Samstagmorgen war schön und klar.

Die Menschen versammelten sich zu Tausenden auf den Churchill Downs. Neugierig, erwartungsvoll, schwatzend, gekleidet in leuchtenden Farben, kauften sie Pfefferminz-Juleps in Souvenirgläsern zum Mitnehmen, ergossen sich durch die Tore und über das Innenfeld, lasen die letzten Sportartikel über Pincer Movement contra Salad Bowl und träumten von erfolgreichen Wetten auf Außenseiter, die mit fünfzig zu eins gehandelt wurden.

Blisters Schultz hatte gerade genug zusammengekratzt, um seine Motelrechnung zu bezahlen, aber seine Selbstachtung hing von mehr Glück beim Klauen ab. Sein kleines, zerfurchtes Gesicht mit den viel beschäftigten Augen zeigte fast einen Ausdruck von Verzweiflung, und die langen Raubvogelfinger ballten sich krampfhaft in seinen Taschen zu Fäusten.

Piper Boles, der auf Crinkle Cut ein Gewicht von einssechsundzwanzig bringen musste, gestattete sich ein Ei zum Frühstück und entschied, was er mit dem Bündel gebrauchter Scheine, die man ihm am vorherigen Abend ausgehändigt hatte, anfangen würde; auch wie er die Gewinne anlegen sollte (die legalen wie illegalen), die er an diesem Tag noch erwartete, wollte wohl bedacht sein. Wenn er die Sache heute Nachmittag sauber über die Bühne brachte, dachte er, gab es keinen offensichtlichen Grund, warum er dieselbe Idee nicht noch einmal einsetzen sollte, selbst wenn er sich aus dem Reitsport zurückgezogen hatte. Seinen Geisteswandel von widerstrebender Unehrlichkeit zu gewohnheitsmäßigem Betrug nahm er kaum wahr.

Marius Tollman verbrachte den Morgen mit Telefonaten mit verschiedenen Bekannten, denen er Gewinne anbot. Seine Angebote wurden akzeptiert. Marius Tollman spürte, wie ihm ein Stein vom Herzen fiel, und beförderte mit federnden Schritten seine zweihundertsechzig Pfund ein paar Häuserblocks weiter Richtung Stadtzentrum, wo ein vorsichtiger Gentleman zehntausend Dollar aus einem Bündel nicht registrierter Scheine abzählte. Marius Tollman gab ihm eine ordnungsgemäß unterzeichnete Quittung. Geschäft war Geschäft.

Fred Collyer wollte einen Drink. Einer, dachte er, würde nicht schaden. Er würde ihn ein wenig aufpeppen, ihn wieder auf Vordermann bringen. Ein kleiner Drink am Morgen würde ihn gewiss nicht davon abhalten, am Abend eine flotte Story zu Papier zu bringen. Gegen *einen* einzigen Drink vor dem Rennen konnte der *Star* nichts einzuwenden haben. Schließlich hatte er es geschafft, sich am vergangenen Abend von der Bar fern zu halten, indem er um neun zu Bett gegangen war. Seine Abstinenz hatte ihn große Willensanstrengung gekostet: Es war nur recht und billig, eine solche Leistung mit einem einzigen Drink zu belohnen.

Allerdings hatte er Mittwochabend die Flasche geleert, die er aus Louisville mitgebracht hatte. Er angelte nach seiner Brieftasche, um festzustellen, wie viel er noch drin hatte: dreiundachtzig Dollar, immer noch genug für eine Flasche für später und einen schnellen Drink an der Bar, bevor er ging.

Er lief die Treppe hinunter. In der Eingangshalle bot ihm sein Kollege Clay Petrovitch jedoch abermals freie Mitfahrt zu den Churchill Downs in seinem Mietwagen an, sodass er beschloss, seinen Drink für eine halbe Stunde aufzuschieben. Den ganzen Weg zur Rennbahn klopfte er sich im Geiste immer wieder anerkennend auf die Schulter.

Blisters Schultz, der im Gedränge der Leute hinter den Tribünen kreiste, sah Marius Tollman in die Sonne treten; der Mann lehnte sich zurück, um sein Gewicht vorne besser auszubalancieren, und keuchte hörbar in der zunehmenden Hitze.

Blisters Schultz rieb sich die Hände. Er kannte den dicken

Mann vom Sehen: wusste, dass irgendwo an diesem fetten Körper genug Bares versteckt sein musste, um ihn durch den Sommer zu bringen. Marius Tollman würde niemals mit leeren Taschen beim Derby erscheinen.

Zwei Gedanken ließen Blisters zögern, während er wie ein Aal im Kielwasser des dicken Mannes schwamm. Erstens war Tollman ein zu alter Hase, um sich ausrauben zu lassen. Zweitens wusste man, dass er bestens organisierte Freunde hatte, und wenn Tollman schmutziges Geld bei sich hatte, wollte Blisters sich nicht die Finger verbrennen, indem er es stahl; einer solchen Aktion hatte er nämlich seinen Spitznamen[1] zu verdanken.

Bedauernd löste Blisters sich von seiner Beute und kehrte zu der Menschenmenge in der tröstlichen Dunkelheit unter den Tribünen zurück.

Um zwölf Uhr siebzehn mischte er sich unter eine Traube dicht an dicht stehender Leute, die auf einen Aufzug warteten.

Um zwölf Uhr achtzehn stahl er Fred Collyers Brieftasche.

Marius Tollman trug sein Geld in raffinierten Unterarmtaschen, die er sich in der Menschenmenge aus Angst vor Taschendieben an den Leib presste. Zur gegebenen Zeit suchte er dann so viele verschiedene Verkaufsschalter wie nur möglich auf, um den Einsatz unauffällig zu verteilen. Fast die Hälfte der Wettscheine würde er Piper Boles geben (zusammen mit dem zweiten Batzen benutzter Scheine), die andere Hälfte würde er für sich behalten.

Ein hübsches, sauberes, kleines Ding, dachte er selbstzufrieden. Und kein Grund, etwas Derartiges nicht irgendwann noch einmal einzufädeln.

1  Blisters = Blasen, Brandblasen

Er kaufte sich einen Pfefferminz-Julep und schenkte einem Mädchen, das mehr Busen als Schüchternheit zeigte, ein freundliches Lächeln.

Die Sonne heizte den Tag auf. Die Vorrennen folgten eins auf das andere mit Wogen des Beifalls, obwohl jedes hart gerittene Finish lediglich eine Episode am Rande war, die dem großen Ereignis voranging, dem Derby, dem Höhepunkt, dem neunten Rennen, das man »The Roses« nannte, wegen der Decke aus roten Blumen, die dem Siegerpferd im Triumph über den Widerrist gehängt werden würde.

Im Jockeyraum zog Piper Boles den Renndress für Crinkle Cut an und begann zu schwitzen. Je näher das Rennen kam, umso mehr wünschte er, es handle sich um einen gewöhnlichen Derbytag wie jeden anderen. Er beruhigte seine Nerven mit der Lektüre der *Financial Times*.

Fred Collyer bemerkte den Verlust seiner Brieftasche oben im Pressezimmer, als er für ein Bier bezahlen wollte. Er fluchte, durchsuchte all seine Taschen, kehrte im Pressezimmer das Unterste zuoberst, ließ sich von Clay Petrovitch die Schlüssel für den Mietwagen geben und suchte den ganzen Weg zum Parkplatz ab. Nach einer ergebnislosen Suche marschierte er wütend zur Tribüne zurück und würgte im Geiste gnadenlos den lausigen, stinkenden Hurensohn, der ihm sein Geld gestohlen hatte. Er vermutete, dass es sich um einen erfahrenen Gauner handelte, wahrscheinlich sogar um einen alten Mann. Die jungen Schurken verließen sich mehr auf Muskeln denn auf Köpfchen.

Dennoch hatte er mit dem Diebstahl keine allzu großen Probleme. Er brauchte wenig Geld. Clay Petrovitch würde ihn wieder mit in die Stadt nehmen, die Motelrechnung ging direkt an den *Manhattan Star*, und sein Flugticket lag sicher verwahrt auf der Kommode in seinem Zimmer. Um das Nötigste bezahlen zu können, konnte er sich vielleicht fünfzig Mäuse von Clay oder anderen Leuten im Pressezimmer leihen.

Als er im Aufzug nach oben fuhr, kam ihm der Gedanke, dass der Verlust seines Geldes wie ein himmlisches Zeichen war; kein Geld, kein Drink.

Blisters Schultz sorgte dafür, dass Fred Collyer den ganzen Nachmittag nüchtern blieb.

Pincer Movement, Salad Bowl und Crinkle Cut wurden aus ihren Ställen geführt, durch den Tunnel unter den Autos und den Menschenmassen hindurch, und auf der anderen Seite wieder hinaus auf die Bahn vor die Tribünen. Sie gingen locker und unverkrampft, als wäre das alles nichts Besonderes; sie waren an das Rampenlicht gewöhnt, wussten aber aus Erfahrung, dass dies nur ein Vorgeschmack war. Der erste Anblick der Stars des Tages trieb die Menge wie einen Schwarm vielfarbiger Fische zum Totalisatorschalter.

Piper Boles ging mit den anderen Jockeys zu dem mit Maschendraht eingezäunten Führring, wo Pferde, Trainer und Besitzer jeden Stalls in Grüppchen zusammenstanden. Er litt unter den ersten Auswirkungen eines Gefühls des Losgelöstseins und der Unwirklichkeit: Er konnte nicht glauben, dass er, ein im Grund ehrlicher Jockey, drauf und dran war, das Kentucky-Derby zu vermasseln.

George Highbury wiederholte ungefähr zum vierzigsten Mal die Taktik, auf die sie sich geeinigt hatten. Piper Boles nickte ernsthaft, als hätte er vor, die Anweisungen tatsächlich zu befolgen. In Wahrheit hatte er kaum ein Wort davon mitbekommen; und er war ebenfalls taub für die kopfstarken Bands und den Gesang, als die Derbystarter auf die Bahn geführt wurden. *My Old Kentucky Home* brachte die Gefühle der Menge in Wallung und ungezählte Taschentücher zum Vorschein, mit denen tränenfeuchte Augen abgetupft wurden, aber bei Piper Boles bewirkten die anrührenden Töne nicht einmal einen Wimpernschlag.

Während der Parade, des Kanters zum Start, ja sogar auf

dem Weg in die Startboxen hielt das Gefühl der Losgelöstheit an. Erst dann, als sich die Anspannung auf den Gesichtern der anderen Reiter deutlich zeigte, kehrte Piper Boles ruckartig in die Wirklichkeit zurück. Seine Herzfrequenz verdoppelte sich fast, und die Energie flutete in sein Gehirn zurück.

Jetzt, dachte er. Genau jetzt, in der nächsten halben Minute, werde ich mir zehntausend Dollar extra verdienen und danach den Rest.

Er zog seine Brille herunter und nahm Zügel und Peitsche in die Hand. Er hatte Pincer Movement zur Rechten und Salad Bowl zur Linken, und als die Boxen aufsprangen, schoss er mit ihnen hinaus, verlagerte sein Gewicht augenblicklich nach vorne über den Widerrist und stand in den Steigbügeln auf, den Kopf beinahe so weit vorn wie Crinkle Cut selbst.

Während des ersten Vorbeiritts an den Tribünen konzentrierte er sich darauf, in der Mitte des Hauptfeldes zu bleiben, so unauffällig wie möglich, und als es dann in die Kurve ging, war er immer noch mittendrin, ohne viel zu tun. Aber auf der Gegengerade, als er ungefähr an zehnter Stelle in einem Feld von sechsundzwanzig Pferden lag, verdiente er sich sein kleines Vermögen.

Niemand außer Piper Boles wusste je genau, was wirklich geschehen war; nur er wusste, dass er seinen linken Zügel mit einer scharfen Drehung des Handgelenks verkürzt und Crinkle Cut den rechten Fuß in die Rippen gepresst hatte. Das schnell galoppierende Pferd gehorchte diesen Anweisungen, schwenkte abrupt nach links und rammte das Pferd neben sich.

Dieses Pferd war immer noch Salad Bowl. Unter der Wucht des Aufpralls rammte Salad Bowl das Pferd zu seiner eigenen Linken, schwankte zurück, strauchelte, verlor komplett den Halt und stürzte. Die beiden Pferde direkt dahinter stürzten über ihn.

Piper Boles blickte nicht zurück. Das Ausschwenken und

der Zusammenstoß hatten ihn um mehrere Plätze zurückgeworfen, die Crinkle Cut selbst im günstigsten Falle niemals würde aufholen können. Den Rest des Rennens ritt er streng seinen Anweisungen gemäß und ging an zwölfter Stelle durchs Ziel.

Von den 140 000 Zuschauern in Churchill Downs hatte nur eine Hand voll einen klaren Bick auf die Katastrophe auf der anderen Seite der Bahn. Die im Innenfeld gelegenen Bauten hatten den Zusammenstoß vor fast allen verborgen, die nicht erhöht gestanden hatten, und vor den meisten auf den Tribünen. Nur die Presse hatte von ihrem hoch gelegenen Ausguck aus etwas gesehen. Sogleich wurden einige Reporter ausgesandt, um die Tatsachen zu ermitteln, und im Pressezimmer summte es wie in einem aufgescheuchten Bienenstock.

Fred Collyer beobachtete vom Balkon aus, wie die Fotografen herbeiliefen, um Pincer Movements Ruhm festzuhalten, und überlegte mürrisch, dass nicht einer von ihnen Nahaufnahmen vom zweiten Favoriten machte, von Salad Bowl, der da unten im Schmutz lag. Er sah zu, wie ein offener Kranz aus dunklen Rosen um den Hals des Gewinners gelegt wurde, und beobachtete die triumphale Darbietung der Trophäe. Dann ging er hinein, um sich die Wiederholung des Rennens im Fernsehen anzusehen. Der Zwischenfall mit Salad Bowl wurde von vorn, von hinten und von der Seite gezeigt und dann in eine Reihe von Standbildern zerlegt.

»Haben Sie das gesehen«, sagte Clay Petrovitch und zeigte über Fred Collyers Schulter auf den Bildschirm. »Crinkle Cut hat den Zusammenstoß verursacht. Man kann sehen, wie er Salad Bowl rammt ... da! ... Crinkle Cut, das ist der Joker.«

Fred Collyer schlenderte zu seinem Platz, setzte sich und starrte seine Schreibmaschine an. Crinkle Cut. Er wusste etwas über Crinkle Cut. Er dachte fünf Minuten lang angestrengt nach, konnte sich aber nicht daran erinnern, was er wusste.

Einzelheiten und Zitate drangen ins Pressezimmer hinauf. Alle gestürzten Jockeys erschüttert, aber unverletzt. Alle Pferde dito; die Stewards, in heller Aufregung, stellten augenblickliche Nachforschungen an und ließen den Film der Überwachungskamera wieder und wieder ablaufen. Sperre für Piper Boles unwahrscheinlich, da man für gewöhnlich bei etwas raueren Ritten im Derby ein Auge zudrückte. Piper Boles hatte dazu erklärt: »Crinkle Cut ist einfach plötzlich zur Seite ausgebrochen. Ich habe nicht damit gerechnet und konnte nicht verhindern, dass er Salad Bowl rammte.« Eine Vielzahl von Leuten glaubte ihm.

Fred Collyer überlegte, dass er ruhig erst mal ein paar Fakten zu Papier bringen konnte. Es würde den ersten Drink in greifbarere Nähe rücken, und o Mann, wie er diesen Drink brauchte. Während er mit einem Ohr weiter auf neuere Informationen lauschte, tippte er einen mühsamen Ich-war-dabei-Bericht über einen Zwischenfall, den er kaum gesehen hatte. Als er ihn noch einmal durchlas, sah er, dass die ersten Worte, die er geschrieben hatte, wie folgt lauteten: »Das Ablenkungsmanöver mit Crinkle Cut stahl dem Sieger nach dem Rennen die wohlverdiente . . .«

*Ablenkungsmanöver* mit Crinkle Cut? Das hatte er gar nicht schreiben wollen . . . oder jedenfalls nicht bewusst. Er runzelte die Stirn. Und da waren noch andere Worte in seinen Gedanken, die genauso töricht klangen. Er legte die Hände wieder auf die Tasten und tippte drauflos.

»Das wird sie was kosten . . . zehn Tausender in gebrauchten Scheinen . . . die Hälfte im Voraus.«

Er starrte auf die Worte, die er geschrieben hatte. Er hatte sich das eingebildet, so musste es sein. Oder er hatte es geträumt. Das eine oder das andere.

Ein Traum. Das war es. Jetzt erinnerte er sich wieder. Er hatte einen Traum von zwei Männern gehabt, die ein manipuliertes Rennen planten, und einer von ihnen war Marius

Tollman gewesen, der schnaufend von einem Ablenkungsmanöver mit Crinkle Cut gesprochen hatte.

Fred Collyer entspannte sich und lächelte bei dem Gedanken, und im nächsten Augenblick wusste er ganz plötzlich,
dass es doch kein Traum gewesen war. Er hatte Marius Tollman und Piper Boles gehört, als sie ein Ablenkungsmanöver
mit Crinkle Cut planten, und er hatte es vergessen, weil er betrunken gewesen war. Na schön, beruhigte er sich mit einem
gewissen Gefühl des Unbehagens, es war ja nichts passiert, es
war ihm ja wieder eingefallen, nicht wahr?

Nein, das stimmte nicht. Wenn Crinkle Cut ablenken sollte,
*wovon* dann? Vielleicht würde er, wenn er ein wenig wartete,
auch das herausfinden.

Blisters Schultz gab Fred Collyers Geld für zwei Hot Dogs, einen Pfefferminz-Julep und fünf erfolglose Wetten aus. Auf
der Habenseite hatte er drei weitere Brieftaschen und eine
Frauenhandtasche zu verbuchen: ein Reingewinn von ein-
hundertvierundneunzig Dollar. Trübsinnig beschloss er, es
für den Tag gut sein zu lassen und nächstes Jahr wieder her-
zukommen.

Marius Tollman schleppte sich von einem Totoschalter
zum anderen, und die Stewards baten die Jockeys, die in die
Massenkarambolage um Salad Bowl verwickelt gewesen waren, zum Gespräch.

Die an den Rändern ausfransende Menschenmenge
machte sich erhitzt und müde in dem verblassenden gelben
Sonnenschein auf den Heimweg. Die Bands marschierten davon. Die Budenbesitzer, die Souvenirs verkauften, packten
ihre Waren zusammen. Pincer Movement ließ sich zum tau-
sendsten Mal fotografieren, und die Starter für das zehnte,
letzte und uninteressanteste Rennen des Tages wurden aus
den Ställen geführt.

Piper Boles wartete darauf, dass er zu den Stewards hineingerufen wurde, aber Marius Tollman verfügte über die höchstrangigsten Boten, und das Päckchen, das er auf den Weg schickte, wurde ordnungsgemäß ausgeliefert. Piper Boles nickte, ließ es in seine Tasche gleiten und lieferte den Stewards eine hollywoodreife Vorstellung.

Fred Collyer stützte den Kopf in die Hände und versuchte sich zu erinnern. Ein Drink, dachte er, würde vielleicht helfen. Ablenkung. Crinkle Cut. Amberezzio.

Ruckartig setzte er sich auf. *Amberezzio.* Und was zum Teufel sollte das nun wieder heißen? *Es muss Amberezzio sein.*

»Clay«, sagte er und beugte sich über die Lehne seines Stuhls nach hinten. »Kennst du ein Pferd namens Amberezzio?«

Clay Petrovitch schüttelte seinen kahlen Kopf. »Nie gehört.«

Fred Collyer fragte in dem allgemeinen Getöse noch mehrere andere: »Kennt ihr ein Pferd namens Amberezzio?« Und schließlich bekam er eine Antwort: »Amberezzio ist kein Pferd, sondern ein Lehrling.«

*»Es muss Amberezzio sein. Er ist sauber.«*

Fred Collyer warf beim Aufstehen seinen Stuhl um. Man hatte bereits das letzte Rennen aufgerufen.

»Leih mir hundert Dollar, sei ein Freund«, sagte er zu Clay.

Clay, der von der verlorenen Brieftasche wusste, fand sich mit einem liebenswürdigen Lächeln bereit und machte sich langsam daran, seine Geldbörse hervorzuholen.

»Mach um Himmels willen schnell«, sagte Fred Collyer drängend.

»Okay, okay.« Er reichte ihm die hundert Dollar und wandte sich wieder seiner Arbeit zu.

Fred Collyer schnappte sich sein Rennprogramm und drängte sich durch das abklingende Derby-Geschnatter zum Totalisator ein Stück weiter den Gang zu den Presseräumen hinunter. Er blätterte die Seiten um ... zehntes Rennen, Homeward Bound, Verkaufsrennen, acht Starter ... Sein Blick überflog die Liste und fand schließlich, was er suchte.

Phillip Amberezzio, der ein Pferd ritt, von dem Fred Collyer noch nie etwas gehört hatte.

»Hundert auf Sieg für Nummer sechs«, sagte er schnell und nahm seinen Schein in Empfang, wenige Sekunden bevor der Schalter dichtmachte. Mit einem leichten Zittern drängte er sich abermals durch die Menge auf den Balkon hinaus. Er war der einzige Pressemann, der das Rennen beobachtete.

Diese Jockeys machten das wirklich erstklassig, dachte er bewundernd. Erst ritten sie im Pulk um ihn herum und führten ihn über die Bahn und wählten schließlich den perfekten Augenblick, um ihm plötzlich den Weg nach vorne freizugeben. Geradezu künstlerisch. Man wäre nie draufgekommen, wenn man es nicht gewusst hätte. Amberezzio gewann um eine halbe Länge, während alle anderen mit ihren Peitschen fuchtelten, als schlügen sie den letzten Zoll Boden aus ihren Reittieren heraus.

Fred Collyer lachte. Dieser arme kleine Niemand dachte jetzt wahrscheinlich, wunder was für ein Kerl er war, einen völligen Außenseiter als Sieger durchs Ziel zu bringen, während ihm all die großen Jungs dicht auf den Fersen waren.

Fred Collyer ging wieder ins Pressezimmer, wo sich die allgemeine Aufmerksamkeit auf Harbourne Cressie richtete, der den Besitzer und den Jockey von Pincer Movement mitgebracht hatte. Fred Collyer machte sich pflichtbewusst ein paar Notizen, um das Thema abzudecken, aber in Gedanken war er bei der anderen Story, der großen, dem Geschenk.

Man musste die Sache vorsichtig angehen, dachte er. Er würde sein Bestes geben und gleichzeitig vorsichtig sein müssen, keine direkten Anschuldigungen zu erheben, während er jedoch unmissverständlich klarmachte, dass die Sache eine Untersuchung erforderte. Ein Teil seiner alten Instinkte erwachte wieder zum Leben. Er war sogar aufgeregt. Er würde seinen Artikel in der Stille und Abgeschiedenheit seines Motelzimmers schreiben. Hier auf der Rennbahn ging das nicht, wo jeder Rennjournalist auf der Welt ihm über die Schulter blickte.

Unten im Umkleideraum der Jockeys verteilte Piper Boles gelassen die Wettscheine, die Marius Tollman ihm hatte überbringen lassen: Sie hatten jeweils einen Wert von dreitausend Dollar für jeden der sieben »erfolglosen« Reiter im zehnten Rennen; seiner war zehntausend Dollar wert. Jeder Jockey bat anschließend eine Ehefrau oder Freundin, die Gewinne abzuholen, und eine jede dieser Frauen hätte für Blisters Schultz, wäre der nicht bereits nach Hause gefahren, eine leichte Beute abgegeben.

Marius Tollmans Geld hatte die Quoten für Amberezzio vermindert, aber er kassierte trotzdem noch mit zwölf zu eins ab. Marius Tollman schnaufte und keuchte von einem Schalter zum nächsten und sammelte seine Gewinne Stück für Stück ein. Er hatte in seinen Unterarmtaschen nicht genug Platz für das ganze Bargeld und verstaute einen Teil davon schließlich an leichter zugänglichen Stellen. Wirklich Pech für Blisters Schultz.

Fred Collyer holte sich eine gute Hand voll Geld am Auszahlungsschalter ab und zahlte Clay Petrovitch seine hundert Dollar zurück.

»Wenn du einen heißen Tipp hattest, hättest du ihn ruhig weitergeben können«, brummte Petrovitch, der an all die Spesen dachte, die der alte Fred trotz seiner kostenlosen Fahrten zur Rennbahn in Rechnung stellen würde.

»Es war kein Tipp, nur so eine Ahnung.« Er konnte Clay nicht sagen, worin die Ahnung bestanden hatte, da dieser für die Konkurrenz schrieb. »Ich spendiere dir auf dem Heimweg einen Drink.«

»Das will ich aber auch hoffen.«

Noch im selben Augenblick bereute Fred Collyer sein Angebot, das er instinktiv gemacht hatte. Er erinnerte sich, dass er erst nach dem Schreiben wieder etwas hatte trinken wollen. Nun ja, vielleicht einen ... und er brauchte wirklich dringend einen Drink. Seit dem letzten am Mittwochabend schien ein Jahrhundert vergangen zu sein.

Sie brachen gemeinsam auf, zusammen mit den letzten Ausläufern der Menschenmengen. Die Rennbahn sah am Ende des Tages zerschunden und mitgenommen aus, und die scharlachroten Blätter der Tulpen lagen auf dem Boden verstreut, sodass die Blütenstempel verloren in die Luft ragten, und die leuchtenden Grasteppiche sahen staubig grau aus und waren mit Abfall bedeckt. Fred Collyer dachte nur an den Zaster in seiner Tasche und die Geschichte in seinem Kopf, und beide erfüllten ihn mit einem angenehm warmen Leuchten.

Ein Drink zur Feier des Tages, dachte er. Einen Dankeschöndrink für Clay und vielleicht noch einen einzigen darüber hinaus zur Feier des Tages. Es kam schließlich nicht oft vor, dass die Dinge sich auf so wunderbare Weise von selbst regelten.

Sie machten auf einen Drink Halt. Der erste Doppelte schoss wie Feuer in einem verdorrten Wald durch Fred Collyers Adern. Beim zweiten fühlte er sich großartig.

»Zeit zu gehen«, sagte er zu Clay. »Ich muss meinen Artikel schreiben.«

»Nur noch einen«, sagte Clay. »Der geht auf meine Kappe.«

»Besser nicht.« Er kam sich sehr tugendhaft vor.

»Na komm schon«, sagte Clay und bestellte. Mit einem Hauch von Unbehagen kippte Fred Collyer seinen dritten: Aber konnte er nicht immer noch jeden Rennjournalisten im Geschäft an die Wand schreiben? Natürlich konnte er das.

Nach dem dritten brachen sie auf. Fred Collyer kaufte sich noch eine Literflasche Bourbon für später, wenn er mit seiner Geschichte zu Ende war. In seinem Motelzimmer nahm er nur einen ganz winzigen Schluck davon, bevor er sich zum Schreiben hinsetzte.

Die Worte wollten einfach nicht kommen. Er tippte sechs Versuche in seinen Computer, löschte sie wieder und goss sich etwas Bourbon in ein Zahnputzglas.

Marius Tollman, Crinkle Cut, Piper Boles, Amberezzio . . . so einfach war das gar nicht.

Er nahm einen Drink. Er schien nicht dagegen anzukönnen.

Der Sportchef würde ihm für eine solche Story eine Gehaltserhöhung geben, oder zumindest würde niemand mehr über irgendwelche Spesen meckern.

Er nahm einen Drink.

Piper Boles hatte sich tausend Dollar dafür verdient, dass er Salad Bowl gerammt hatte. Nur, wie zum Teufel schrieb man das auf, ohne sich eine Verleumdungsklage einzuhandeln?

Er nahm einen Drink.

Die Jockeys im zehnten Rennen hatten sich zusammengetan, um den einzig Ehrlichen unter ihnen gewinnen zu lassen. Wie zum Teufel konnte man das formulieren?

Er nahm einen Drink.

Die Stewards und die Presse hatten ihre gesamte Aufmerksamkeit auf den Zusammenstoß im Derby gerichtet und das zehnte Rennen buchstäblich ignoriert. Das zehnte Rennen war manipuliert worden. Von den Stewards hatte er keinen Dank zu erwarten, wenn er die Sache offenlegte.

Er nahm noch einen Drink. Und noch einen. Und so weiter.

Seine Deadline für die telefonische Durchgabe seiner Story an das Büro lief um zehn Uhr am folgenden Morgen ab. Als diese Stunde schlug, lag er schlafend, schnarchend und voll bekleidet auf seinem Bett. Die leere Bourbonflasche lag auf dem Boden neben ihm, und seine Gewinne, die er zu zählen versucht hatte, waren über seine Brust verstreut.

# Stiefelchen

Antonia Fraser

Ihre Mutter nannte sie kleines Rotstiefelchen und nach einer gewissen Zeit der Gewöhnung (immer noch liebevoll) nur noch Stiefelchen. Emily war längst nicht mehr so klein – die hübschen kleinen roten Gummistiefel, die der Anlass für den Kosenamen gewesen waren, fingen schon an, sie zu drücken – und trotzdem mochte sie es immer noch gern, wenn ihre Mutter sie so rief. Es war etwas ganz Spezielles nur zwischen ihnen beiden.

Emilys Mutter Cora war verwitwet. Sie war ziemlich hübsch, etwas schmächtig und noch recht jung. Noch nicht einmal dreißig und schon Witwe. Emilys Vater war, als Emily noch ein Baby gewesen war, irgendwohin zu einer großen Baustelle gefahren und dort umgekommen. So jedenfalls hatte Emily ihre Mutter es erzählen hören. Anlässlich ihrer ersten Verabredung mit Mr Inch.

»Und kein Penny kam nach all den Jahren«, hatte Cora noch hinzugefügt. »Nur ein Haufen Gepäck, Monate danach. Mitsamt den Sachen, die er angehabt hatte! Und an denen noch das Blut klebte . . .«

Daraufhin war Mr Inch – und nicht etwa Cora – aufgestanden und hatte die Tür geschlossen.

Emily hatte es in ihrem kleinen Zimmer direkt neben dem Wohnzimmer mit angehört. Sie hatte sich daraufhin vorgestellt, wie ihr Vater wohl ums Leben gekommen sei. Genau genommen dachte sie an den schlimmen Unfall, den sie vor einiger Zeit an dem Zebrastreifen vor ihrem Haus mit angesehen hatte. Überall Blut. Irgendwie war es gewesen, als sei die alte Frau explodiert. Wie man es auch manchmal in den Fernsehnachrichten sah. Sie war von einem dieser riesigen, langen Laster, die ständig durch ihre Straße donnerten, angefahren worden. Ihre Mutter hatte einen ganz besonderen Zorn auf diese Laster und sprach oft mit Emily über sie. Sie schimpfte über sie und beschwor Emily ein übers andere Mal, beim Überqueren der Straße ja vorsichtig zu sein.

Vielleicht hatte sie ihr ja genau deshalb erlaubt, vom Fenster aus zuzusehen, als die alte Frau überfahren worden war, trotz des vielen Bluts überall.

Später hatte Cora ihre Ansichten zu dieser Art von Ereignissen auch Mr Inch erklärt, und Emily hatte es wieder mit angehört.

»Sehen Sie, ich kann das Kind ja nicht vor dem Leben schützen. Von Anfang an habe ich vor Stiefelchen – Emily, meine ich – nichts verborgen oder verheimlicht. Es ist ja nun einmal da, überall um uns her, nicht? Ich will, dass sie von Anfang an alles über das Leben erfährt. Das ist doch der beste Schutz, den man einem Kind mitgeben kann, oder?«

»Schon, aber sie ist natürlich noch sehr jung«, wandte Mr Inch vorsichtig ein. »Aber vielleicht empfinde ich das auch nur so, weil sie so zart und zerbrechlich aussieht. Eine richtige kleine Puppe. Und hübsch obendrein. Man verspürt ganz unwillkürlich den Wunsch, sie zu beschützen, hübsch wie sie ist . . . wie ihre Mutter . . .«

Auch diesmal stand Mr Inch wieder auf und schloss die Tür. Immer schließt er die Tür, dachte Emily. Er schloss sie aus, als ob er sie nicht mochte. Und dabei nutzte er doch jedes Mal, wenn er mit ihr allein war, weil ihre Mutter etwas kochte, das kräftig roch – deshalb machte sie dann die Küchentür zu –, oder wenn sie schnell etwas einkaufen ging, die Gelegenheit, ihr zu sagen, dass er sie gern hatte, sogar sehr gern. Und vielleicht, fügte er dann immer hinzu, vielleicht kam er eines Tages sogar ganz zu ihnen, und sie lebten für immer zusammen. Und ob ihr das gefallen würde?

Und an dieser Stelle pflegte Mr Inch seine Hand auf Emilys dichtes, lockiges Haar zu legen. Es war zwar nicht golden, sondern braun, aber ansonsten war es wirklich so feines Haar, wie es nur Märchenprinzessinnen haben (das sagte jedenfalls Cora manchmal, wenn sie es gerade bürstete). Auch auf das Haar ihrer Mutter legte Mr Inch manchmal die Hand, obwohl es natürlich sehr viel kürzer war, dafür aber noch lockiger. Doch während Mr Inch seine Hand auch auf Coras Haar legte, wenn Emily dabei war, tat er es, wie sie bemerkt hatte, bei ihr niemals in Anwesenheit ihrer Mutter.

Emily versuchte sich vorzustellen, was wäre, wenn vielleicht auch Mr Inch umkäme, wie ihr Vater, und wie es sich wohl abspielen würde. Ob er vielleicht genauso explodierte wie die alte Frau draußen vor dem Haus. Sie schaute manchmal zum Fenster hinaus, wenn er kam, und beobachtete, wie er sich dem Haus von der Kreuzung her näherte. Auch er musste die Straße am Zebrastreifen überqueren (manchmal kam er allerdings auch an einer anderen Stelle herüber).

Manchmal sah sie ihn auf das Haus zurennen, wobei er regelrecht galoppierte, wie sie fand. Mit seinen langen Beinen. Jedes Mal, wenn Mr Inch Cora besuchen kam, brachte er Blumen mit und Süßigkeiten für Emily, manchmal sogar auch eine Flasche Wein. Selbst mit all diesen Sachen im Arm brachte er es fertig, auf das Haus zugerannt zu kommen.

Wenn Mr Inch lief, sah er aus wie ein großer Hund. Ein großer alter Hund. Oder vielleicht sogar ein Wolf.

Das dachte sie, obwohl sie inzwischen den Märchen entwachsen war – auch jenem speziellen mit dem bösen Wolf, von dem ihre Mutter sich immer so liebevoll überzeugt gab, dass es Stiefelchens ganz besonderes Lieblingsmärchen sei: Rotkäppchen, wovon ja auch das Rotstiefelchen abgeleitet war. Ehrlich gesagt, war Emily das Erwachsenenfernsehen viel lieber. Anfangs verstand sie zwar nicht viel, aber mit der Zeit wurde es immer mehr. Außerdem erhob Cora keine Einwände dagegen.

Denn auch dies, sagte Cora, sei eine Form von Schutz.

»Die Nachrichten helfen, sich schmerzlos an die wirkliche Welt zu gewöhnen«, erklärte sie dazu Mr Inch. »Und ein Kind wählt sowieso instinktiv aus und pickt sich heraus, was es interessiert. Wissen bringt jedenfalls Sicherheit.«

»Ja, nur, Cora, Schatz«, wandte Mr Inch wiederum ein, »es gibt doch immerhin das eine oder andere, von dem du sicher nicht möchtest, dass es dein süßes kleines Stiefelchen schon erfährt? Ich meine, was hast du ihr beispielsweise von uns beiden erzählt?«

Weil diesmal weder Mr Inch noch Cora die Tür schloss, hatte Emily hinreichend Gelegenheit, mit einigem Unmut darüber nachzudenken, dass schließlich keine Notwendigkeit bestand, dass ihre Mutter ihr etwas über Mr Inch erzählte. Sie sah doch sowieso alles. Zum Beispiel, wie er, inzwischen fast täglich, ihre Mutter küsste und seine Hand auf ihr lockiges Haar legte. Außerdem hatte er schließlich selbst schon zu ihr gesagt – während er seine Hand auf ihrem Haar liegen hatte (das so viel länger war) –, dass er hoffte, eines Tages für immer zu ihnen zu kommen; oder?

Wie auch immer, es gab eine Ähnlichkeit zwischen Mr Inch und einem Wolf: seine großen Zähne. Und wie er lächelte, wenn er allein mit ihr war. Zum Beispiel.

»Damit ich dich besser fressen kann . . .« Emily kannte die Geschichte in- und auswendig. Obwohl sie eigentlich keine Lust mehr hatte, sie zu hören, hatte sie das alte Buch hervorgeholt und sah sich ihr Lieblingsbild an – zumindest war es mal ihr Lieblingsbild gewesen: die lächelnde Großmutter mit ihrer Nachthaube und den riesigen Zähnen.

Rotstiefelchen stand vor der Großmutter, und obwohl man die roten Stiefel gut sehen konnte – sie blitzten leuchtend rot, genau wie ihre eigenen dort, in der Ecke ihres Zimmers –, war der Gesichtsausdruck des kleinen Mädchens nicht zu erkennen. Aber Emily konnte ihn sich trotzdem recht gut vorstellen. Ganz entschieden hatte das Mädchen keine Angst, trotz allem, trotz der großen Zähne der Großmutter, und obwohl es mit ihr ganz allein war in dem Haus.

Und genau deswegen hatte Emily auch niemals Angst vor Mr Inch, selbst wenn sie mit ihm in der Wohnung allein war und er sie sein kleines Mädchen nannte, sein kleines Stiefelchen sogar (was sie entschlossen grundsätzlich ignorierte), und davon redete, wie gut sie es noch mit ihm haben werde, »eines Tages«, von dem er sehr hoffte, er werde bald kommen.

Das Mädchen auf dem Bild stand ganz still da. Es wusste ja, dass der Holzfäller oder wer immer es war, bald hereingestürmt kommen (wie im nächsten Bild) und es retten würde. Und anschließend den bösen Wolf töten. In manchen Büchern (wenn auch nicht in ihrem, das angeblich ihr Lieblingsbuch war) schlitzte der Holzfäller dem Wolf danach den Bauch auf, und alle Leute, die er gefressen hatte, hüpften heraus. Ganz ohne Blut übrigens. Was natürlich ziemlich blöd war. Als wenn nicht jeder wüsste, dass massenhaft Blut herumspritzte, wenn man Leute aufschnitt oder sie über den Haufen fuhr oder so was.

Sah man doch in all den Filmen, die beim Abendessen liefen und bei denen sie an den schlimmen Stellen Mutters Hand halten durfte, wozu Mutter sie selbst aufforderte: »Drück nur fest meine Hand, Stiefelchen, drück meine Hand.«

Emily liebte es ganz besonders, so mit Cora zu sitzen und Filme anzuschauen, und dass es damit immer sofort aus war, sobald Mr Inch kam, war auch eines der Dinge, die sie überhaupt nicht mochte.

Mr Inch sah die Filme zusammen mit Cora an und hielt

selbst ihre Hand. Wahrscheinlich drückte er sie auch. Manchmal tat er auch andere Dinge. Einmal hatte Emily einen
schweren Traum und ging ins Wohnzimmer. Dort lief der
Fernseher zwar noch immer, aber Mr Inch und ihre Mutter
sahen nicht zu. Dafür lag ihre Mutter auf dem Boden, ganz
unordentlich und schrecklich aufgelöst und gar nicht hübsch
und ordentlich wie normalerweise, und Mr Inch war über ihr,
und seine Hose lag auf dem Boden zwischen Emily und dem
Fernseher, und sie sah seine langen, weißen, behaarten Beine
und die weißen Hemdschöße, als er sich hastig aufrichtete.

Das war nun wirklich etwas zum Angstkriegen. Nichts wie
in den Filmen oder in den Fernsehnachrichten. Und Emily
dachte hinterher gar nicht gern an den Vorfall. Dafür begann
sie sich nun in immer mehr Einzelheiten vorzustellen, wie Mr
Inch umkäme. Wie der Wolf. Wie ihr Vater. Sie hatte nicht
viel Hoffnung, dass Mr Inch vielleicht noch mal woanders
hinginge. Denn erstens schien er überhaupt niemals irgendwohin zu gehen, und zweitens hatte er eine Menge Geld. Und
Geldmangel war ja der Grund gewesen, warum ihr Vater
fortgegangen war. Auch die Chancen, dass er beim Überqueren der Straße einmal totgefahren würde wie die alte Frau,
waren nicht sehr groß, wenn sie nur davon ausging, dass er
Cora (und auch sie) pausenlos ermahnte, vorsichtig zu sein.
Selbst wenn er auf das Haus zurannte, achtete er auf die Last-
autos und ließ sich Zeit, bis sie vorbeigefahren waren. Und
was den Holzfäller anging – was genauso blöd war, denn wo
gab es in der Stadt schon Holzfäller? –, so konnte man, selbst
wenn man es ernst nahm und glaubte, nicht davon ausgehen,
dass er notfalls zur Tür hereingestürmt käme. Schon weil
Cora sowieso kaum Leute kannte und nie Besuch hatte. Dazu
war sie viel zu beschäftigt, sie musste sich um ihr kleines
Mädchen kümmern. Das hatte sie jedenfalls Mr Inch erklärt,
schon bei dessen allererstem Besuch. Und dass Babysitter viel
zu teuer seien und unzuverlässig sowieso.

Woraufhin Mr Inch sofort versichert hatte, nicht im Traum würde es ihm einfallen, Cora je von diesem lieben kleinen Wesen zu trennen. Dabei hatte er Emily angeschaut und seine großen weißen Zähne gefletscht. »Es gehört zu den Dingen, die ich am meisten bedaure in meinem Leben, dass es mir nie vergönnt war, eine eigene Tochter zu haben.«

Nein, wirklich, Emily sah nicht, wie ein Holzfäller in die Geschichte hineinzubringen gewesen wäre. Sie wünschte sich, Mr Inch sei berühmt. Dann käme er ins Fernsehen und dort vielleicht ums Leben. Nur, Cora sagte, Mr Inch sei nicht berühmt. »Aber er ist ein sehr freundlicher guter Mann, Stiefelchen, der sich um uns kümmern und für uns sorgen möchte.«

Und wirklich sagte Mr Inch eines Tages: »Jetzt habe ich zwei kleine Mädchen, um die ich mich kümmern kann.«

Einen Augenblick lang war Emily von dieser Bemerkung ziemlich verwirrt. Die plötzliche Hoffnung keimte in ihr auf, dass Mr Inch anderswo ein kleines Mädchen gefunden habe und sich auch um dieses kümmern wollte. Erst als Mr Inch zuerst Coras Hand und dann ihre nahm, begriff sie, aber nicht ohne gewisse Entrüstung, dass mit diesem anderen »kleinen Mädchen« niemand sonst gemeint gewesen war als ihre Mutter.

Und von da an kümmerte Mr Inch sich immer mehr um Cora und Emily.

»Ich kümmere mich um sie, keine Sorge«, sagte Mr Inch beispielsweise, als Cora ihn bat, mit Emily zum Supermarkt zu gehen, »und du hast sicher nichts dagegen, wenn es auf dem Rückweg noch ein Eis gibt, nur eines natürlich.«

»Lauf, Stiefelchen«, rief Cora aus der Küche, »und lass dich von Mr Inch an die Hand nehmen, vor allem, wenn ihr über die Straße geht.«

Diese Ermahnung war ganz besonders überflüssig, weil Mr Inch ihre Hand ohnehin auf dem ganzen Weg so schrecklich fest hielt, dass sie am liebsten geschrien hätte. Außerdem schummelte Mr Inch. Er kaufte ihr nicht nur ein Eis, sondern gleich zwei. Sie gingen in die neue Eisdiele, in der Emily noch nie gewesen war, weil Cora immer sagte, die sei viel zu teuer.

Schweigend aß sie ihr Eis. Sie stellte sich vor, wie sie Mr Inchs Bauch mit der Axt des Holzfällers aufschlitzte, wobei sie sich keinen Illusionen über den Inhalt von Mr Inchs Bauch hingab (mit Sicherheit hatte Mr Inch keine sehr interessanten Leute verschluckt). Dafür aber würde natürlich jede Menge Blut fließen.

Selbst als Mr Inch sie aufforderte, zu ihm zu kommen und sich auf seinen Schoß zu setzen, weil er ihr etwas ganz Schönes sagen müsse, nämlich, dass er nun bald ihr neuer Daddy werde, schwieg Emily. Sie ließ Mr Inch zwar seine Hand auf ihr Haar legen, und nach einer Weile legte sie sogar selbst ihren Kopf an seine Brust, weil er dies offensichtlich erwartete und wünschte, aber sie sagte nach wie vor kein Wort.

»Mein armes kleines Stiefelchen ist müde«, sagte Mr Inch. »Da gehen wir lieber heim zu Mami.«

Also gingen sie die belebte Straße entlang, den kurzen Weg von den Geschäften bis nach Hause. Emily sagte immer noch kein Wort und hörte auch nicht auf das, was Mr Inch sagte. Als sie zur Kreuzung kamen, blieben sie stehen und sahen alle beide ordentlich nach links, dann nach rechts und noch einmal nach links, genau wie Cora es ihr beigebracht hatte. Diesmal hielt Mr Inch ihre Hand nicht so fest, dafür tat sie es aber. Sie drückte Mr Inchs große behaarte Hand ganz fest und lächelte dieses eine Mal Mr Inch mit ihren kleinen weißen Perlenzähnchen freundlich an.

Und dann rannte sie los, genau als einer dieser wirklich großen Laster ankam (von denen Cora immer sagte, die müsse man verbieten, die dürften gar nicht auf die Straße gelassen werden), einer dieser riesigen Kästen, die alles in der Wohnung erzittern und zerspringen ließen; da setzten sich die kleinen roten Stiefelchen, diese blitzenden Plastikstiefelchen, in Bewegung und rannten auf die Straße.

Schnell, ganz schnell liefen die kleinen roten Stiefelchen. Und hastig, ganz hastig, kam der böse Wolf hinter den kleinen Rotstiefelchen her.

Später sagte jemand, das Kind habe gerufen: »Fang mich, fang mich doch! Wetten, dass du mich nicht kriegst?« Aber bei all ihrer Trauer sagte Cora, das könne schlicht nicht stimmen, nie im Leben könne Emily an einem Zebrastreifen so unvorsichtig und töricht sein. Sie hatte diesen Zebrastreifen schließlich ihr Leben lang täglich, zuweilen sogar mehrmals täglich, überquert. Und den Aussagen des Lastwagenfahrers zum Trotz – wie das Mädchen über die Straße gerannt sei und der Mann hinterher – gab sie unbeirrt dem Fahrer die Schuld an dem schrecklichen Unfall.

Und was den armen Mr Inch angeht – nun, er hatte immerhin versucht, Emily zu retten, oder nicht? Vor dem schrecklichen, riesigen Laster. Er war also ein Held. Wenn auch nur noch in Gestalt eines schlaffen, blutigen Fleischklumpens. Wie ein alter Hund, der auf der Straße überfahren worden ist.

Emily sagte gar nichts dazu. Stiefelchen konnte jetzt glücklich und zufrieden bis an ihr seliges Ende leben, zusammen mit ihrer Mutter, und fernsehen. Wie im Märchen.

# Eiswein

## Gitta List

*Ein Schlag mit der Faust oder Handkante. Man muss nur die richtige Stelle treffen; an der Schläfe oder im Nacken. Sobald die Hauptnerven zerstört sind, tritt der Tod ein. Man muss nur präzise zuschlagen. Natürlich kann man auch den Kopf nehmen und zweimal kräftig drehen. Ritsch-ratsch, weißt du,* sagte Artur. *Es muss blitzschnell gehen. Sie darf nicht schreien. Sie muss sofort tot sein. Du machst das schon. Stell dir vor, sie ist eine Vogelspinne; entweder du machst sie platt oder du hast sie am Hals.*

Artur war ein Idiot und Angeber.

Aus diesem Grund hatte er Arturs Plan auch leicht abgeändert.

Er würde sie nicht erst in der Tiefgarage abpassen.

Er würde sie sich vorher einmal ansehen, abschätzen, wie groß sie war, wie kräftig, sportlich vielleicht.

Wie eine Vogelspinne sah sie nicht aus.

Wäre ja auch schwer, dachte er. Acht behaarte Beine, klobiger Körper, pfui Teufel. So wie die in seinem Lieblingsbuch von früher, »Die Wüste lebt«. Da waren lauter Tierkämpfe drin, das ganze Buch handelte überhaupt nur vom Kampf, schließlich spielte es ja in der Wüste. Hartes Klima, da kämpft jeder für sich und gegen den anderen, das muss so sein. Obwohl, hartes Klima ist überall.

Auch für ihn.

Miete, Auto, Klamotten. Für alles muss man blechen; es schenkt einem keiner was. Eine Miete hat er schon ausstehen gehabt. Wie die sich anstellte, seine Vermieterin. Kam angewackelt auf ihren kurzen Beinen, in ihrer speckigen Schürze, mitsamt ihrem fetten, kläffenden Pinscher, und zeterte.

Raus, wenn er nicht sofort bezahlte, für Abschaum sei in ihrem Haus kein Platz! Raus, wenn sie nicht in zwei Tagen das Geld hätte!

Ihre Sandalen waren auch speckig, ausgebeult dazu von den verformten Füßen. Ihre großen Zehen standen nicht gerade nach vorn, sondern nach den Seiten weg, fast im rechten Winkel, wie Hammerköpfe. Er hatte die ganze Zeit hinstarren müssen.

Sein Zimmer war so muffig und heruntergekommen wie das ganze Haus. Die Möbel standen seit mindestens vierzig Jahren drin, schätzte er. Die Gardinen, die Tapete, der Teppichboden, alles hatte Stockflecken. Aber wo außer in einem solchen Kotten kam man ohne Papiere unter? Daran war die Alte gar nicht interessiert, ihr reichten die Blauen. Nun gut, sollte ihm recht sein. So wie sich die Dinge jetzt entwickelt hatten, war das ganz praktisch. Er würde ihr jedenfalls keine Miete mehr schuldig bleiben. So wie die Dinge sich entwickelt hatten, würde er bald ausziehen und eine Reise machen.

Die Frau lief bei Rot über die Straße. Ein Autofahrer hupte. Sie kümmerte sich nicht darum.

Kurze Haare, rötlich, mit grauen Strähnen. Schwarzer Rock, schwarze Jacke, schlank, fast noch jugendlich. Sah nett aus, auch von hinten. Was war los mit der, dass jemand sie nicht mehr haben wollte? Soll mich nicht kratzen, dachte er dann, solche Fragen stellt sich ein Profi nicht. Geschäft ist Geschäft. Zwanzig Riesen sind zwanzig Riesen. Profi. Er straffte die Schultern und versuchte sich zu fühlen wie ein berufstätiger Mensch.

Sie steuerte einen Laden mit großer gläserner Front an. Hinter den Scheiben türmten sich Stapel von Weinkisten, auf denen die jeweils aufgestellte Flasche Sorte und Preis aus-wies.

Er war noch nie in einem Weingeschäft gewesen, jedenfalls nicht in so einem. Alkohol kaufte er im Supermarkt oder am Bahnhof. Er trank meistens Bier. Oder Wodka.

Wein erinnerte ihn an seine Oma und ihren siebzigsten Geburtstag, als alles noch gut war.

Wie alt war er da, neun, zehn? Einen Schluck Wein durfte er probieren. Zuerst wollte er unbedingt. Als er das Glas hielt, in dem der Wein glänzte, gelb und gar nicht so beweglich wie normale flüssige Sachen, eher so wie Öl, bekam er Herzklopfen. Der Geruch machte ihm ein Kribbeln im Gaumen, es stieg fast bis ins Gehirn. Er kniff die Augen zusammen. *Siehst du*, rief seine Mutter, *das ist nichts für Kinder*, und wollte ihm das Glas wegnehmen.

*Unsinn*, sagte seine Oma, *lass den Jungen mal.*

Seine Zunge wurde ganz warm, er bekam den Schluck nicht gleich hinunter. Aber er hustete nicht, auch wenn ihm fast die Augen aus dem Kopf quellen mochten. Er wollte sich nicht blamieren. Er atmete ganz vorsichtig durch die Nase ein und aus. Mit jedem Atmen schmeckte es mehr nach Garten. Es schmeckte nach Brombeeren und Himbeeren, nach Pfirsich und Nüssen und auch ein bisschen nach Rhabarber.

*Seht ihr*, rief seine Oma, *aus dem Jungen wird was!*

Die Frau war mit dem Verkäufer im hinteren Ladenbereich verschwunden. Er schlenderte am Schaufenster entlang und studierte die Etiketten der Flaschen.

Medoc. Was war Medoc? Frankreich jedenfalls. Er würde es kennen lernen. Pays de L'Aude. Auch gut. Bordeaux.

Zwanzigtausend. Verdammte Hacke. Frankreich und dann Marokko, Tanger. Von Tanger hatte er mal gelesen. Und dann vielleicht Tripolis.

Der Verkäufer trug einen Karton zur Kasse. Dann machte

er kehrt, kam mit einer einzelnen Flasche zurück, hielt sie der Frau vor die Nase und sagte etwas. Sie überlegte kurz, lächelte dann und nickte.

In der Tiefgarage war es kühl und still, nur das Summen der Frau war zu hören. Sie öffnete die Beifahrertür, um den Karton herauszuholen.

Zwanzigtausend Schleifen. Marokko, Tanger und Tripolis. Sein Puls dröhnte in seinen Ohren. Jetzt.

Die Flasche zersprang mit sattem Klirren, und eine Lache breitete sich um den Hinterreifen des Wagens aus. Nein! schrie die Frau, o nein! Sie starrte die Pfütze an, als wolle sie sie aufklauben.

Der Duft schwappte über den Garagenmoder, den Geruch nach Benzin und Blech. Er schloss die Augen. Rhabarber, sehr stark, und vielleicht ein bisschen Muskat.

*Was heißt, es ging nicht?* sagte Artur und bleckte die obere Reihe seiner Kunststoffzähne. *Was heißt das, du kleine Niete? Ich habe dir alles genau erklärt. Ich hab dir eine Chance gegeben, ist das nicht so? Zwei Mieten und drei Braune Vorschuss. Und du bist also ein Flop.*

Artur lehnte sich zurück, zog an seiner Rillo, schnippte Asche neben den Sessel und reckte seinen Unterkiefer.

*Siehst du,* fuhr er fort, ich dulde keine Flops. Das kannst du dir doch denken, oder? Du weißt doch, was das bedeutet? Stell das Bier weg und hör Artur jetzt gut zu.

Er stand auf und stellte das Bier weg. Es ging blitzschnell. Arturs dicker Nacken wurde schlaff wie ein luftleerer Reifen. Er war sofort tot.

Ritsch-ratsch.

Wie er gesagt hatte, der Angeber.

# Die Wahrheit will ans Licht

Ruth Rendell

Entlang der Strandpromenade, zwischen Pier und Altstadt, stand eine Reihe hölzerner Bänke. Es waren ihrer sechs. Sie standen in gleichmäßigem Abstand auf der Wiese, und man sah von ihnen auf die Dünen, die Piermauer und das Meer. Ein paar Leuten, unter ihnen Mrs Jones, waren sie namentlich bekannt als Fisher, Jackson, Teague, Prendergast, Lubbock und Rupert Moore. Diese letztgenannte Bank, von der seltsamerweise sowohl der Vorname als auch der Familienname des Mannes, an den sie erinnerte, bekannt waren, wählte Mrs Jones stets, um darauf zu sitzen.

Sie saß dort jeden Tag, genoss den Frieden und die Stille, blickte aufs Meer hinaus und dachte an die Vergangenheit. Am angenehmsten war es an milden Wintertagen oder an bewölkten Sommertagen, wenn die Feriengäste in ihren Autos blieben oder in den Ort bummelten, um Garnelen und Krabben und teueren Schnickschnack zu kaufen.

Mrs Jones dachte, wie froh sie war, dass sie letztes Jahr, als Mr Jones von ihr gegangen war, das Haus in der Altstadt gekauft hatte, wiewohl das bedeutet hatte, dass sie sich von ihrer Tochter trennen musste. Sie dachte an ihren Sohn in London, an ihre Tochter in Ipswich, ihre guten, liebevollen Kinder, an ihre Enkel und manchmal auch daran, was für ein Glück es war, dass sie eine nicht zu verachtende Rente und eine eigene Pension bezog.

Aber meistens, während sie auf Rupert Moore zwischen Fisher und Teague saß, dachte sie an den ersten Mann in ihrem Leben, den sie auch jetzt noch, nach so langer Zeit, ihren Liebling nannte. Sie hatte sich so daran gewöhnt, ihn so zu nennen, dass der Kosename zu seinem eigentlichen Namen geworden war. Mein Liebling, dachte Mrs Jones, wenn eine andere alte Frau John oder Charlie oder Tom gedacht hätte.

Hier fühlte sie sich ihm näher als überall sonst, und deswegen saß sie immer auf dieser Bank und nie auf einer anderen.

Am 15. Juli, dem St.-Swithins-Tag, saßen Hugh und Cecily Branksome in ihrem Auto, das an der Promenade geparkt war, und blickten auf die graue, bewegte See. Oder vielmehr Hugh blickte auf die See, während Cecily auf Mrs Jones blickte. Die Temperatur betrug ungefähr minus zehn Grad, zumindest laut Cecily, die es mit den Gezeiten hielt, oder plus zehn Grad, laut Hugh, der sich nicht daran hielt. Es regnete noch nicht, obwohl es ganz danach aussah, als würde es demnächst anfangen.

Hugh wünschte, sie wären an die Costa Brava gefahren, wo es zwar Hochhäuser gab, Fish and Chips und Stierkämpfe, aber zumindest hätte dort die Sonne geschienen. Aber Cecily hatte sich in den Kopf gesetzt, dass es höchst spießig und unpatriotisch wäre, den Urlaub im Ausland zu verbringen.

»Ich frage mich, warum sie immer dort sitzt«, sagte Cecily.

»Wer sitzt wo?«

»Die alte Frau. Sie sitzt immer auf dieser einen Bank. Auch gestern und vorgestern.«

»Ist mir nicht aufgefallen«, sagte Hugh.

»Dir fällt nie etwas auf. Während du gestern in der Kneipe warst«, sagte Cecily mit Nachdruck, »habe ich gewartet, bis sie gegangen ist, und dann habe ich die Inschrift auf der Bank gelesen. Auf der Metallplatte an der Rückseite. Weißt du, was draufsteht?«

»Natürlich nicht«, sagte Hugh und kurbelte das Fenster herunter, damit der Zigarettenrauch abzog. Eine eisige Brise blies ihm ins Gesicht.

»Mach das Fenster zu. Sie lautet: ›Rupert Moore stiftete Northwold diese Bank als Dank für seine Befreiung. Ich bin gefangen gewesen, und ihr seid zu mir gekommen. Matthäus, Kapitel fünfundzwanzig, Vers sechsunddreißig.‹ Wie findest du das?«

»Bemerkenswert.« Hugh glaubte, dass er wusste, was es hieß, im Gefängnis zu sitzen. Er sah auf seine Uhr. »Sie machen jetzt auf«, sagte er. »Wir können etwas trinken gehen, Gott sei Dank.«

Am nächsten Morgen fuhr er ohne sie zum Fischen hinaus. Vor dem Abendessen trafen sie sich in ihrem Zimmer; Hugh machte sich darauf gefasst, sich – wie schon öfter – gewissen sarkastischen Fragen stellen zu müssen, ob er einen angenehmen Tag verbracht habe oder nicht. Er kam ihr zuvor, indem er sofort erzählte, dass sie nur eine kleine Makrele gefangen hätten, denn ihre Missbilligung wäre größer, hätte er wirklich Spaß gehabt. Aber er wurde sogleich unterbrochen.

»Ich habe aus dem netten Mann mit dem Bart die ganze Geschichte über diese Bank herausgeholt.«

Hugh hatte ein miserables Gedächtnis, und für einen Augenblick wusste er nicht, von welcher Bank sie sprach, aber aufgrund ihrer Beschreibung erinnerte er sich an den netten Mann. Ein Wichtigtuer und Besserwisser, der in Northwold lebte und ständig in der Hotelbar herumhing.

»Er hat darauf bestanden, mich zu einem Drink einzuladen. Zu zwei Drinks, wenn man pingelig sein will.« Sie lächelte spitzbübisch und ordnete ihre Frisur, als ob der Besserwisser sie – mindestens – für ein Wochenende nach Aldeburgh eingeladen hätte. »Er heißt Arnold Cottle, und er hat gesagt, dass dieser Rupert Moore die Bank gestiftet hat, weil er seine Frau umgebracht hat. Er wurde vor Gericht gestellt und freigesprochen, und deswegen steht das mit der ›Befreiung‹ da und mit dem Gefängnis.«

»Du kannst nicht sagen, dass er seine Frau umgebracht hat, wenn er freigespochen wurde.«

»Du weißt schon, was ich meine«, sagte Cecily. »Das war vor einer Ewigkeit, 1930. Ich meine, damals war ich noch ein Baby.« Hugh hielt es für klüger, sie nicht darauf hinzuweisen, dass man mit zehn kein Baby mehr war. »Er wurde freigesprochen, oder er kam beim Berufungsverfahren raus, irgend so was, und er ist hierher zurückgekehrt und hat die Bank gestiftet. Aber die Leute hier wollten keinen Mörder in ihrer Mitte und haben seine Fenster eingeworfen und ihm auf der Straße nachgeschrien, und er musste gehen.«

»Armer Kerl«, sagte Hugh.

»Na ja, da bin ich mir nicht so sicher, Hugh. Nach dem, was Arnold gesagt hat, war es ein ziemlich unappetitlicher Fall. Moore war noch ziemlich jung, sah sehr gut aus und arbeitete als Maler, obwohl er Privatvermögen hatte. Seine arme Frau war wesentlich älter und behindert. Er hat ihr Zyankali gegeben, das sie gegen die Wespen gekauft hatten. Er hat es ihr in den Kaffee getan.«

»Ich dachte, du hättest gesagt, er hätte sie nicht umgebracht.«

»Jedermann wusste, dass er es getan hat. Er ist nur rausgekommen, weil der Richter die Geschworenen in die falsche Richtung gelenkt hat. Man kann sich gar nicht vorstellen, dass jemand die Nerven hat, nach so einer Sache so was wie ein Denkmal aufstellen zu lassen, oder?«

Hugh ließ das Badewasser einlaufen. Resigniert nahm er die Tatsache hin, dass ein Teil des Abends in Gesellschaft von Arnold Cottle verbracht werden würde. Seine früheren Erfahrungen ließen einen solchen Rückschluss zu. Cecily war nicht der Typ, der zum Flirten neigte, und war es auch nie gewesen, außer in ihrer eigenen Fantasie. Das war es nicht. Es war eher so, dass es ihr Spaß machte, Hintergründe herauszubekommen oder – wie sie es nannte – beispielhafte Fälle von Ungerechtigkeit oder Gräueltaten und sich darüber den Kopf zu zerbrechen, und um sich Unterstützung zu sichern, zog sie jeden Helfer an Land, der gerade zur Hand war.

Da war zum Beispiel die einstweilige Verfügung gegen die geplante Autobahn gewesen, der Einspruch gegen den Kinderspielplatz, das Einschreiten gegen die Penner in der Straße, in der sie wohnten. Sie war nicht durchweg reaktionär, denn sie hielt das Recht auf freie Meinungsäußerung heilig, setzte sich ein für die Gleichbehandlung der Rassen und gesundes Essen und saubere Luft. Sie war eine Frau mit Prinzipien, die sich mit ganzem Herzen auf Umwälzungen, Veränderungen und Kämpfe einließ, damit der Gerechtigkeit Genüge getan würde, und die bisweilen Sekten anheim fiel, um ihre Seele zu läutern.

Der bedauerliche Aspekt des Ganzen oder einer der bedauerlichen Aspekte war, dass sie dabei meist in Gesellschaft von lästigen Typen oder Gaunern geriet. Hugh fragte sich, worauf sie diesmal hinaus wollte und warum, und hoffte, dass es sich, wiewohl selbiges selten der Fall war, um eine Eintagsfliege handeln würde.

Zwei Stunden später fand er sich mit seiner Frau und Arnold Cottle auf nassem Gras wieder; sie überprüften die Inschrift an der Rupert-Moore-Bank. Es war noch hell und würde auch die nächste Stunde noch nicht dunkel werden. Der Himmel war wolkenverhangen und das Meer von der Farbe eines kürzlich gescheuerten Aluminiumtopfes. Niemand wäre auf die Idee gekommen, dachte Hugh, dass irgendwo im Westen die Sonne stand, von der die Wissenschaft – im Widerspruch zum gegenwärtigen Augenschein – behauptete, dass sie 250 000 000 Tonnen Licht in der Minute aussandte.

Die beiden anderen waren zu versunken, um sich ablenken zu lassen. Er warf einen Blick auf Fisher (Zum Andenken an Colonel Marius Fisher, Viktoria-Kreuz, Tapferkeitsmedaille, 1874–1951) und auf Teague (William James Teague, hier geboren, gefallen in der Schlacht von Jütland), und dann versetzte er Rupert Moore einen Stoß und verkündete, um überhaupt etwas zu sagen: »Die ist aus Eiche.«

»Da haben Sie Recht, mein lieber alter Freund.« Arnold Cottle sprach in einer warmherzigen und freundlichen Art mit Hugh, als ob er a priori beschlossen hätte, dass es sich bei ihm um einen harmlosen Irren handelte. »Damals gab es noch Eichenholz. Diese Bank wurde von einem Typ namens Sarafin gemacht, Arthur Sarafin. Komischer Name, hä? Vermute mal, es handelt sich um eine Verballhornung von Serafin. Er war ein guter Handwerker, lebte weiter oben an der Küste in Lowestoft, ist ziemlich jung gestorben, schade um ihn. Mein Vater kannte ihn, hatte ein paar von ihm gezimmerte Möbel. Dort, wo die Querstange oben auf den Längsbalken trifft, sind noch seine Initialen zu sehen, A. S. in einem kleinen Kreis, sehen Sie?«

Hugh fand das ziemlich interessant. Er selbst hatte ein bisschen geschreinert, bis Cecily dem ein Ende gesetzt hatte mit der Begründung, dass sie seine Werkstatt für ihre Gruppentreffs brauche. Das war zu der Zeit gewesen, als sie auf Gestalttherapie abgefahren war. Hugh wollte lieber nicht an sie denken. Er sah sich Prendergst an (Diese Bank wurde gestiftet von der ehrenwerten Mrs Clara Prendergast, damit die Erschöpften Rast finden mögen) und wollte sich gerade bei Cottle erkundigen, ob die Bank aus Eiche oder Teakholz sei, als Cecily sagte: »Woher hatte er das Zyankali?«

»Moore?«, sagte Cottle. »Es wurde niemals wirklich nachgewiesen, dass er überhaupt welches hatte. Er behauptete, dass sie welches in einem Schuppen im Garten aufbewahrten, um die Wespen umzubringen, und dass seine Frau es selbst genommen habe. Tatsächlich hatte Mrs Moore ihrer Schwester geschrieben, dass sie keinen Sinn mehr in ihrem Leben sehe und ihm ein Ende setzen wolle. Aber der Gärtner behauptete, dass er das Wespengift ein Jahr vorher weggeworfen habe.«

»Aber von irgendwoher muss es doch gekommen sein«, sagte Cecily in einem so barschen Ton und sah dabei so streitlustig aus, dass Hugh noch mehr Sympathie für Rupert Moore empfand.

Cottle schienen ihr Ton und ihr Ausdruck nichts auszumachen. »Moore war in mehreren Apotheken gewesen, zwar nicht direkt in Northwold, aber hier in der Gegend, und hatte versucht, Zyankali zu kaufen, angeblich gegen die Wespen. Alle Apotheker behaupteten, sie hätten ihm keins gegeben. Ein Stück weiter oben an der Küste, in Tarrington, verkaufte man ihm ein Wespizid, das kein Zyankali enthielt. Er musste dafür unterschreiben. Liebe Cecily, da Sie sich so sehr für den Fall interessieren, wollen Sie ihn nicht in der Bibliothek nachlesen? Es wäre mir ein großes Vergnügen, Sie morgen dorthin zu begleiten.«

Das Angebot wurde begeistert angenommen. Sie gingen ins Gasthaus »Zu den Gekreuzten Schlüsseln«, wo Hugh drei Runden ausgab und Arnold Cottle nicht eine, weil er vergessen hatte, seine Brieftasche einzustecken. Cecily stürzte sich auf den Mann hinter der Theke und kitzelte aus ihm heraus, dass die alte Frau, die immer auf der Bank namens Rupert Moore saß, Mrs Jones hieß und letztes Jahr von Ipswich nach Northwold gezogen war und ursprünglich aus Suffolk und nicht aus Northwold stammte.

»Warum sitzt sie immer auf dieser Bank?«

»Fragen Sie mich was anderes«, sagte der Barkeeper, wobei er diese Antwort rhetorisch meinte, Cecily sie aber nicht so verstand.

»Was fasziniert sie so an dieser Bank?«

»Dich scheint sie zu faszinieren«, sagte Hugh. »Kannst du nicht für einen Augenblick damit aufhören? Die Geschichte ist seit ungefähr fünfzig Jahren vorbei und vergessen.«

Cecily sagte: »In diesem verdammten Kaff kann man ja nichts anderes tun.« Dem Barkeeper missfiel das so sehr, dass er sich verärgert zurückzog. »Ich habe einen sehr aktiven Verstand, Hugh. Das solltest du mittlerweile wissen. Ich fürchte, ich kann mich nicht damit zufrieden geben, mein Hirn mit Alkohol zu benebeln oder mich zehn Stunden lang damit zu beschäftigen, einen einzigen armseligen kleinen Fisch aus dem Wasser zu ziehen.«

Der Bibliotheksbesuch, von dem Hugh dispensiert war, fand statt. Aber nachdem die Bücher beschafft waren, musste ein Ausflug zu dem Haus organisiert werden, in dem Rupert Moore mit seiner Frau gelebt und seine Bilder gemalt hatte und das Verbrechen begangen worden war. Arnold Cottle war angesichts dieses Vorhabens entzückt, vor allem, weil der Ausflug auf Cecilys Vorschlag hin mit einem Mittagessen verbunden werden sollte. Hugh musste mitkommen, weil Cecily nicht Auto fahren konnte, und Arnold Cottle wollte er seinen Wagen nicht anvertrauen.

Das Haus war ein langweiliges und hässliches Herrschaftshaus, in dem jetzt ein Kinderheim untergebracht war. Der Direktor weigerte sich (vernünftigerweise, dachte Hugh), einer Besichtigung des Hausinneren zuzustimmen, hatte aber nichts dagegen, dass sie draußen herumspazierten. Für die Jahreszeit war es bitterkalt, aber es war nicht kalt genug, um die Kinder im Haus zu halten. Sie latschten hinter Arnold Cottle und den Branksomes her und gaben unfreundliche und unverschämte Bemerkungen von sich. Eins, ein Junge mit roten Locken und Silberblick, warf das Kerngehäuse eines Apfels nach Cecily, und als er dafür getadelt wurde, antwortete er mit einem Ausdruck, der, obwohl vertraut, aus dem Mund eines Fünfjährigen erstaunlich klang.

Sie aßen zu Mittag, und während des Essens las Cecily ununterbrochen und laut aus den Prozessakten vor. Die gerichtsmedizinischen Fakten waren so unerfreulich, dass Hugh unfähig war, sein Steak au poivre aufzuessen. Cottle trank allein fast eine ganze Flasche Nuits St. George und einen doppelten Brandy zum Kaffee. Hugh dachte über Männer nach, die ihre Frauen umgebracht hatten, und darüber, wie viel einfacher es doch gewesen sein musste, als man noch Wespengift mit Zyankali und arsenhaltiges Unkrautvernichtungsmittel hatte kaufen können. Aber selbst wenn er in der Lage gewesen wäre, sich diese Mittel zu beschaffen oder Cecily die Treppe hinunterzustoßen oder es so einzurichten, dass der Heizstrahler in die Badewanne fiel, während sie ein Bad nahm, er wusste genau, dass er es niemals tun würde. Selbst wenn er wie der arme Rupert Moore mit heiler Haut davongekommen wäre, hätten doch auf dem Rest seines Lebens die Schande, die Furcht und die Schuld gelastet, wie es auch bei Rupert Moore der Fall gewesen war.

Nicht, dass Moore sehr alt geworden war. »Ungefähr ein Jahr, nachdem er aus dem Gefängnis entlassen worden war, ist er an einer Nierenkrankheit gestorben«, sagte Cecily, »und da hatte man ihn schon aus seiner Heimatstadt verjagt. Er hat bei Sarafin die Bank in Auftrag gegeben, und das war seine letzte Amtshandlung in Northwold.« Sie blätterte das letzte Kapitel des Buches durch. »Es scheint kein wirkliches Motiv für den Mord gegeben zu haben, Arnold.«

»Vermutlich wollte er eine andere heiraten«, sagte Cottle und trank einen kräftigen Schluck Brandy. »Ich erinnere mich, dass mein Vater so etwas erwähnte. Es kursierten Gerüchte, dass er eine Freundin hatte, aber niemand schien ihren Namen zu wissen, und in den Prozess wurde sie nicht mit hineingezogen.«

»Nein, im Prozess taucht sie nicht auf«, sagte Cecily und

blätterte so rasant in ihrem Buch zurück, dass sie beinahe Hughs Kaffeetasse umgestoßen hätte. »Soll das heißen, dass es keinerlei Hinweise gab, wer sie war? Wie kam es dann zu den Gerüchten?«

»Liebe Cecily, wie entstehen für gewöhnlich Gerüchte? Tatsache ist, dass Moore bekanntermaßen abends oft nicht zu Hause war. Der Klatsch wollte es, dass man ihn mit einem Mädchen in Clacton gesehen hatte.«

»Faszinierend«, sagte Cecily. »Ich werde den Rest des Tages damit verbringen, diese Bücher gründlich zu studieren. Sie und Hugh müssen sich allein amüsieren.«

Nachdem er sich einen schauerlichen Nachmittag lang Cottles Sorgen angehört hatte: wie Böswillige jede Karriere, die Cottle begann, zu verhindern wussten, wie die zwei Versuche, sich zu verheiraten, von seiner Mutter zum Scheitern gebracht worden waren, und wie seine Nachbarn eine Vendetta gegen ihn austrugen, gelang es Hugh endlich zu fliehen. Allerdings musste er Cottle zuvor zehn Pfund leihen, welches die niedrigste Summe war, die Cottle sich herabließ anzunehmen. Cecily verbrachte einen wunderbaren Nachmittag, machte sich vertraut mit dem Fall Moore, und jetzt lag sie in der Badewanne. Hugh fragte sich, ob ein mächtiger Schlag gegen die Wand die Schlaf- und Badezimmer voneinander trennte, den an der Wand befestigten Heizstrahler so weit lockern würde, dass er ins Wasser fiel, aber hierbei handelte es sich um rein akademische Spekulation.

Nach dem Abendessen ging er allein im Regen spazieren, während sich Cecily Notizen machte – zu welchem Zweck wusste Hugh nicht, und es war ihm auch egal. Er streunte durch die Burgruinen und kaufte für den nächsten Abend zwei Theaterkarten in der Hoffnung, dass das Stück, wiewohl es ›Mord am Meer‹ betitelt war, Cecily ablenken würde; er wanderte durch die Straßen der Altstadt und trank etwas im

»Wappen der Austernfischer«. Im Großen und Ganzen ging es ihm recht gut.

Da am nächsten Morgen das Wetter besser war – es schien eine kränklich blasse Sonne, die attraktive Farbflecken auf schwarze Wolken malte –, dachte er, dass sie möglicherweise an den Strand gehen könnten. Aber Cecily hatte andere Pläne. Sie brachte ihn dazu, sie nach Tarrington zu fahren, und im dortigen kleinen Einkaufszentrum überließ sie ihn sich selbst. Er kaufte sich zwei Paar dicke Socken. Weil es anschließend wieder regnete, gab es nichts weiter zu tun, als im Auto auf dem Parkplatz herumzusitzen. Sie ließ ihn zwei Stunden warten.

»Weißt du was?«, sagte sie. »Ich habe die Apotheke gefunden, in der Rupert Moore das Wespenmittel ohne Zyankali gekauft hat. Und ob du's glaubst oder nicht, sie gehört noch immer den gleichen Leuten. Der Enkel des damaligen Apothekers führt jetzt den Laden.«

»Vemutlich«, sagte Hugh, »hat er dir erzählt, dass sein Großvater auf dem Totenbett gestanden hat, dass er Rupert Moore schließlich doch Zyankali verkauft hat.«

»Sei doch bitte eine Minute ernst. Dass sie in der Apotheke Wespengift mit Zyankali hatten, wusste ich schon. Es steht in dem Buch aus der Bibliothek. Der junge Mann, der Enkel, konnte mir nicht viel sagen, nur dass sein Großvater eine sehr hübsche junge Assistentin hatte. Wie findest du das?«

»Mir ist aufgefallen, dass sehr hübsche junge Mädchen häufig in Apotheken arbeiten.«

»Wenigstens fällt dir ab und zu überhaupt etwas auf. Wie auch immer, sie ist nicht die Richtige. Der Enkel weiß, wo sie gegenwärtig wohnt, und sie heißt Mrs Lewis. Deshalb muss ich woanders weitersuchen.«

»Was soll das heißen, die Richtige?«, sagte Hugh mit unheilschwangerer Stimme.

»Meine nächste Aufgabe«, sagte Cecily, ohne auf seinen

Ton einzugehen, »besteht darin, Leute ausfindig zu machen, die etwas mit diesem Fall zu tun hatten und Jones heißen. Will sagen, junge Frauen. Ich weiß jetzt, wo ich anfangen muss. Früher oder später werde ich auf eine Frau stoßen, die damals Assistentin in einer Apotheke war und dann einen Jones geheiratet hat.«

»Wozu?«

»Damit Gerechtigkeit geschieht«, sagte Cecily feierlich. »Damit die Wahrheit endlich ans Licht kommt. Ich betrachte es als meine Mission. Du weißt, Hugh, ich habe stets eine Mission. Es war schierer Zufall – weil Diana Richards es empfohlen hat –, dass wir nach Northwold gekommen sind. Du wolltest ja nach Lloret de Mar. Ich fühle, dass es uns bestimmt war hierher zu kommen, weil es hier Arbeit für mich zu tun gibt. Ich bin überzeugt davon, dass Moore dieses Verbrechen begangen hat, aber nicht er allein. Er hatte eine Helferin, die, wie ich glaube, noch am Leben ist. Ich möchte, dass du mich jetzt nach Clacton fährst. Ich werde als Erstes ein paar der älteren Leute dort befragen.«

Also fuhr Hugh nach Clacton, wo er ein Pfund an einen einarmigen Banditen verlor. Unermüdlich setzte Cecily ihre Nachforschungen fort.

Mrs Jones kam von der Morgenmesse in der Marienkirche, und obwohl sie gut zu Fuß und überhaupt nicht müde war – seit sie in Northwold lebte, schlief sie außerordentlich gut –, setzte sie sich für eine halbe Stunde auf ihre Lieblingsbank. Zwei ältliche Leutchen, die ebenfalls in der Kirche gewesen waren, saßen auf Jackson (Zum Andenken an Bertrand Jackson, 1958–1924, Philanthrop und Förderer der Künste). Mrs Jones nickte ihnen freundlich zu, sprach sie aber nicht an. Es war nicht ihre Art, Zeit mit Plaudern zu verschwenden, da es doch viel befriedigender war, sie mit Erinnerungen zu verbringen.

Ein blasser, grauer Makrelenhimmel, eine launische Sonne. Vielleicht würde es später aufheitern. Sie dachte an ihre Tochter, die zum Mittagessen kommen sollte. Brenda würde müde sein, denn die Kinder, so reizend sie auch waren, würden während der Fahrt zweifellos Nerven kosten. Die schönen Sirloin-Steaks, der Yorkshire-Pudding, die frischen Bohnen und das Schokoladeneis würden ihnen schmecken. Sie hatte eine Flasche Sherry gekauft, damit sie und Brenda und Brendas Mann vor dem Essen ein Glas trinken konnten.

Ihr Sohn und ihre Tochter waren sehr gut zu ihr gewesen. Sie wussten, dass sie ihrem Vater eine hingebungsvolle Frau gewesen war, und sie trugen ihr nicht nach, dass sie ihren Liebling immer am meisten geliebt hatte. Nicht, dass sie jemals zu ihrem Vater oder zu ihnen, als sie noch Kinder gewesen waren, von ihm gesprochen hätte. Das wäre unfreundlich und geschmacklos gewesen. Aber später hatte sie ihnen von ihm erzählt, und mit Brenda hatte sie, in überschwänglichen Augenblicken, über das lang vergangene Glück und den tragisch frühen Tod ihres jungen, gut aussehenden und begabten Lieblings gesprochen.

Vielleicht könnte sie sich am Nachmittag, wenn die Kinder und ihr Vater am Strand wären, den Luxus erlauben, ihn wieder einmal zu erwähnen. Diskret natürlich, denn sie hatte Mr Jones immer geachtet und ihn in gewisser Weise geliebt, obwohl er sie nach Ipswich gebracht und nie die Höhen des Talents und Erfolgs erklommen hatte, wie sie ihrem Liebling beschert worden wären, hätte er länger gelebt. Ruhig und nicht unglücklich rief sie sich sein Gesicht in Erinnerung, seine Stimme und manche ihrer Gespräche.

Mrs Jones fühlte sich in ihren Träumereien von dieser lästigen Frau gestört. Sie hatte sie schon früher gesehen, als sie auf der Promenade herumlungerte, und einmal, als sie die Inschrift auf der Bank studierte, der Bank, die Mrs Jones als ihr Eigen betrachtete. Eine hässliche, magere, neurotisch wirkende Frau, die manchmal in Gesellschaft eines sensibel aussehenden älteren Mannes und manchmal mit einem schamlosen Schnorrer, dem Jungen des alten Cottle, aufkreuzte, den Mrs Jones' in ihrer altmodischen Art einen Kneipenhocker nannte. Heute jedoch war sie allein, und zu Mrs Jones Bestürzung näherte sie sich ihr mit der Absicht, sie anzusprechen.

»Entschuldigen Sie bitte, wenn ich Sie einfach so anspreche, aber ich habe Sie schon so oft hier gesehen.«

»Ach ja?«, sagte Mrs Jones. »Ich habe Sie auch gesehen. Leider muss ich jetzt gehen. Ich erwarte Gäste zum Mittagessen.«

»Bitte, bleiben Sie noch. Ich werde Sie bestimmt nicht lange aufhalten. Aber ich muss gestehen, dass ich mich wahnsinnig für den Fall Moore interessiere. Ich frage mich schon die ganze Zeit, ob Sie ihn vielleicht gekannt haben, weil Sie so oft hier sitzen.«

»Ich habe ihn gekannt«, sagte Mrs Jones wie aus weiter Ferne.

»Das ist ja wahnsinnig aufregend.« Und die Frau sah sehr aufgeregt aus. »Vermutlich haben Sie ihn zum ersten Mal gesehen, als er in den Laden kam?«

»Das ist richtig«, sagte Mrs Jones und stand auf. »Aber ich will nicht darüber reden. Es ist sehr lange her, und am besten ist es, man vergisst die Geschichte. Auf Wiedersehen.«

»Ach, bitte . . .!«

Mrs Jones ignorierte sie. Sie ging weitaus schneller als gewöhnlich und schwer atmend den Weg in die Altstadt entlang. Sie war verwirrt und wütend und ziemlich verstimmt. Die alte Geschichte wieder auszugraben genau in dem Augenblick, als sie an die wunderbaren Ereignisse jener Zeit zurückdachte! Für diesen Tag, wenn auch hoffentlich nicht für die Zukunft, hatte die Begegnung die Bank für sie verdorben.

»Hast du einen angenehmen Tag mit Cottle verbracht?«, sagte Hugh.

»Sprich mir nicht von diesem Mann. Stell dir vor, ich habe ihn angerufen, und eine Frau hat geantwortet! Wie sich herausstellte, ist sie eine Urlauberin wie wir, die ihn mit ihrem Auto nach Lowestoft gefahren hat. Ich hätte mitkommen können, wenn ich gewollt hätte. Nein, vielen Dank, habe ich gesagt. Ich muss dieses Mädchen namens Jones finden, habe ich gesagt. Und er hat geruht zu sagen, dass die Sache für mich allmählich zur Obsession würde. Und da habe ich ihm gehörig die Meinung gesagt, und damit ist Arnold Cottle für mich gestorben.«

Und meine zehn Pfund auch, dachte Hugh. »Und dann bist du an den Strand gegangen?«

»Bin ich nicht. Während du auf diesem Boot rumgetuckert bist, habe ich allein weiter geforscht. Und – wie ich hinzufügen kann – höchst erfolgreich. Erinnerst du dich an den alten Mann in Clacton, den im Altersheim? Heute ging es ihm so gut, dass er mit mir sprechen konnte, und ich habe ihn erschöpfend ausgefragt.«

Hugh sagte nichts. Er konnte sich vorstellen, wer erschöpft gewesen war.

»Schließlich«, sagte Cecily, »habe ich ihn dazu gebracht, dass er sich erinnerte. Ich habe ihn darum gebeten, sich alle Leute mit Namen Jones, die er je gekannt hat, ins Gedächtnis zu rufen. Und schließlich hat er sich an einen Polizisten aus dem Ort erinnert, einen Wachtmeister Jones, der ungefähr 1930 geheiratet hat. Und seine Braut hat in der *Apotheke am Ort* gearbeitet. Wie findest du das?«

»Soll das heißen, dass sie Moores Freundin war?«

»Liegt das nicht auf der Hand? Sie hieß Gladys Palmer. Und jetzt ist sie Mrs Jones. Moore war in Clacton mit einem Mädchen gesehen worden. Dieses Mädchen hat in Clacton gelebt und in Clacton in der Apotheke gearbeitet. Es ist doch ganz offensichtlich, dass Moore ein Verhältnis mit Gladys Palmer hatte und sie überredet hat, ihm in der Apotheke, in der sie gearbeitet hat, Zyankali zu besorgen. Der *stichhaltige* Beweis dafür ist, dass die Apotheke – laut allen Büchern – eine der wenigen war, in der Moore *nie versucht hat, Zyankali zu kaufen.«*

»Das soll ein Beweis sein?«, sagte Hugh.

»Natürlich. Zumindest für jeden, der mit schlussfolgernden Fähigkeiten begabt ist. Gladys Palmer bekam kalte Füße, als Moore unter Verdacht stand, und um sich zu schützen, hat sie einen Polizisten geheiratet, und der hieß Jones. Ist das nicht Beweis genug?«

»Und was beweist es deiner Meinung nach?«

»Du hast ein Gedächtnis wie ein Sieb. Der Barkeeper in den ›Gekreuzten Schlüsseln‹ hat doch gesagt, dass die alte Frau, die ständig auf der Rupert-Moore-Bank sitzt, Mrs Jones heißt.« Cecily lächelte triumphierend. »Sie ist ein und dieselbe Person.«

»Aber es ist ein weit verbreiteter Name.«

»Kann ja sein. Aber Mrs Jones hat es zugegeben. Heute Vormittag, bevor ich nach Clacton gefahren bin, habe ich mit ihr gesprochen. Sie hat zugegeben, Moore gekannt zu haben, und kennen gelernt hat sie ihn, als er in den Laden kam. Wie findest du das? Und sie war sehr nervös und verwirrt, das kannst du mir glauben, vermutlich mit Fug und Recht.«

Hugh starrte seine Frau an. Ihm gefiel überhaupt nicht, welche Wendung die Dinge nahmen. »Cecily, vielleicht war es so. Es hat den Anschein, aber es geht uns nichts an. Ich wünschte, du würdest dich nicht mehr um die Sache kümmern.«

»Nicht mehr darum kümmern? Seit fast fünfzig Jahren kommt diese Frau ungeschoren davon, obwohl sie am Tod von Mrs Moore ebenso schuld ist wie Moore selbst, und du sagst, ich soll mich nicht mehr darum kümmern! Tagtäglich treiben sie ihre Schuldgefühle zu dieser Bank, oder etwa nicht? Jeder Psychologe wird dir das bestätigen.«

»Sie muss mindestens siebzig sein. Warum kannst du sie nicht in Ruhe lassen?«

»Ich fürchte, dazu ist es zu spät, Hugh. Es muss offizielle Ermittlungen geben, die Tatsachen müssen ans Licht. Ich habe drei Briefe geschrieben: einen an den Innenminister, einen an den Chefinspektor von Scotland Yard und den dritten an den Autor dieses höchst lückenhaften Buches. Sie liegen auf der Kommode. Vielleicht möchtest du sie lesen, während ich ein Bad nehme.«

Hugh las sie. Wenn er sie vernichtete, würde sie sie noch einmal schreiben. Wenn er ins Badezimmer ging und den Heizstrahler von der Wand riss, und er ins Wasser fiel und sie starb, und man nannte es einen Unfall … Dann würden die Briefe nie abgeschickt werden, er könnte seine Werkstatt zurückhaben und mit hübschen Mädchen plaudern, die in Apotheken arbeiteten, den nächsten Urlaub an der Costa Brava verbringen, und er wäre frei. Er seufzte laut und ging hinunter in die Bar, um etwas zu trinken.


Gott sei Dank, dachte Mrs Jones, dass diese Frau heute Morgen nirgendwo zu sehen war. Nach der kurzen Unterhaltung gestern war sie für Stunden völlig durcheinander gewesen, auch noch, nachdem Brenda eingetroffen war, aber jetzt ging es ihr schon besser. Das Wetter hatte sich gebessert – leider, in gewisser Weise –, und alle Bänke waren besetzt. Außer Rupert Moore. Mrs Jones setzte sich und stellte ihre Einkaufstasche auf den Boden neben ihre Füße.

Sie war sich der Nähe des Kneipenhockers bewusst, der auf Lubbock saß (Elizabeth Anne Lubbock, viele Jahre lang Rektorin der Northwolder Mädchenschule), zusammen mit einer Frau, die wesentlich jünger und besser gekleidet war als die andere. Nur mühsam gelang es ihr, sie aus ihren Gedanken zu vertreiben. Sie blickte auf die ruhige blaue See und spürte den warmen und festen Druck des Eichenholzes in ihrem Rücken und dachte an ihren Liebling.

Welch süße Liebe und Freundschaft sie verbunden hatten! Sie waren nur von kurzer Dauer gewesen, und dann waren Trennung und unerträgliche Einsamkeit an ihre Stelle getreten. Aber sie hatte recht daran getan, Mr Jones zu heiraten, denn er war ein guter Ehemann gewesen und sie die Frau, die er sich immer gewünscht hatte, und ohne ihn gäbe es keinen Brian und keine Brenda und kein Geld, um sich das Haus zu kaufen und jeden Tag hierher zu kommen und sich zu erinnern. Wenn ihr Liebling am Leben geblieben und der Vater ihrer Kinder wäre, und wenn er jetzt auf dieser Bank neben ihr sitzen würde und das Glück ihrer alten Tage wäre . . .

»Entschuldigen Sie«, sagte eine Stimme, »ich bin hier aus dem Ort. Zufällig war ich gestern in Lowestoft, und jemand dort hat mir erzählt, er hätte gehört, dass Sie in diese Ecke der Welt zurückgekehrt sind.«

Mrs Jones blickte auf den Kneipenhocker. Sollte es niemals enden?

»Ich habe Sie oft hier sitzen sehen und mich gewundert, und als mir der Freund in Lowestoft Ihren jetzigen Namen genannt hat, wurde mir alles klar.«

»Ich verstehe«, sagte Mrs Jones und griff nach ihrer Einkaufstasche.

»Ich möchte Ihnen nur sagen, wie sehr ich seine Arbeit bewundere. Mein Vater besaß ein paar bezaubernde Stücke von ihm – leider wurden sie alle verkauft –, man sieht sofort, dass diese Bank im Vergleich zu den anderen von einem wahren Künstler geschaffen wurde.« Ihr versteinertes Gesicht, ihre Feindseligkeit ließen ihn zögern. »Sie sind«, sagte er, »schon die, die ich meine, nicht wahr?«

»Natürlich«, sagte Mrs Jones beleidigt; wieder ein verdor-
bener Tag. »Arthur Sarafin war mein erster Mann. Und jetzt
muss ich wirklich gehen.«

# Vandalen

Peter Lovesey

Miss Parmeneter konnte den jungen Mann auf Anhieb nicht ausstehen. Er schockierte sie. Sie fasste es als eine persönliche Beleidigung auf, dass er so vor ihrer Türe stand, in schwarzer Lederjacke, ausgebleichten Blue Jeans und dem, was sie gelernt hatte, für Tennisschuhe zu halten.

Sie hatte es sich angewöhnt, abends am Fenster zu stehen und in den Hof hinunterzustarren. Der Hotelprospekt bezeichnete ihn als die Piazza. Piazza! *Schweinestall* kam der Wirklichkeit näher, seit die Gangster und Rowdys angefangen hatten, sich abends hier zu treffen. Sie hatten ihn ruiniert. Sie saßen auf ihren Motorrädern, ließen sich mit Bier voll laufen, stocherten im Essen aus der Imbissstube herum und verdreckten den Boden mit den Dosen und Pappschachteln, die sie angeschleppt hatten. Das meiste Essen landete am Boden. Oft bewarfen sie sich damit. Manchmal warfen sie mit Flaschen, und der Platz war voller Scherben. Sie hatten die Wände verwüstet mit Wörtern, die sie in meterhohen Lettern an die Mauern sprühten – Namen von berühmten Popgruppen, wie sie gehört hatte. Das Schlimmste war, dass sie gar kein Recht hatten, sich dort aufzuhalten. Sie waren keine Hotelgäste. Der Hotelmanager hätte sie schon vor Monaten wegschicken sollen, aber er war ein Schwächling. Er behauptete, er hätte sie mehrmals angesprochen.

Und jetzt stand dieser junge Mann da vor ihrer Türe, nicht anders gekleidet als einer von diesen Gangstern.

Miss Parmenter versuchte, ihrer Angst verstandesmäßig Herr zu werden. Sie wusste, dass sie ein Leben wie im Kloster führte im *Ocean View*. Wahrscheinlich war es ein anständiger junger Mann, der zufällig Leder und Jeans bevorzugte. Vielleicht taten das alle heutzutage.

Sie trat vom Spion zurück und holte tief und stockend Atem, rieb dann gedankenverloren an ihren Fingernägeln und schob die Haut zurück, bis es schmerzte. Sie konnte ihn leicht loswerden, wenn sie vorgab, ausgegangen zu sein.

Und doch hatte sie zwanzig Jahre auf diese Gelegenheit gewartet. Sie würde sie nicht vorbeigehen lassen.

Sie sah nach ihrem Haar. Eine widerspenstige Strähne musste unter dem Knoten festgesteckt werden.

Er läutete wieder.

Er *musste* es sein. Niemand anderer hatte einen Grund, sie zu besuchen.

Sie legte die Sperrkette vor und öffnete die Tür die paar Zentimeter, die möglich waren; halb hoffte sie, den jungen Mann auf wundersame Weise im dreiteiligen Anzug mit gestreifter Krawatte vorzufinden.

Es gab kein Wunder, aber immerhin sah die Jacke sauberer aus als andere, die sie gesehen hatte.

Er grinste. »Ich bin Paul Yarrow. Hoffentlich bin ich nicht zu spät?«

Er hatte bemerkenswert ebenmäßige Zähne. Sie waren so makellos, dass sie hätten künstlich sein können. Vielleicht war er gar nicht so jung, wie es der Stil seiner Kleidung vermuten ließ. Seine Augen waren hinter einer großen Sonnenbrille verborgen.

»Erinnern Sie sich?«, sagte er. »Ich habe letzte Woche angerufen.«

»Ja.«

Sie meinte, sie hätte einen Hauch Alkohol in seinem Atem gerochen. Vielleicht war es auch etwas anderes, dieses Rasierwasser, für das sie im Fernsehen Reklame machten. Sie hielt die Türe noch fester.

»Woher weiß ich, wer Sie sind?«

Er zuckte die Schultern und lächelte. »Hab ich doch gesagt. Ich bin der Kerl, der angerufen hat.«

»Haben Sie keine Karte oder so etwas?«

»Wie?«

»Eine Art Ausweis?«

»Sie müssen sich schon auf mein Wort verlassen.«

»Ich hätte gedacht, dass eine so angesehene Firma wie Ihre . . .«

»Ich bin nicht bei der Firma. Ich bin so 'ne Art freier Mitarbeiter, verstehen Sie? Man hat mich angerufen und gebeten, die Sache zu erledigen. Soll ich reinkommen, oder würden Sie gerne etwas trinken irgendwo?«

Sein Benehmen gefiel ihr überhaupt nicht, aber sie sagte sich, dass er eine kultivierte Aussprache hatte. Genau genommen wollte sie es einfach glauben. Sie musste die Sache unbedingt zu Ende führen.

Sie holte tief Luft und hakte die Sperrkette auf. »Es ist besser, Sie kommen herein, Mr Yarrow.«

»Danke.«

Sie hatte schon alles für den Tee auf dem Rosenholztischchen im Wohnzimmer bereit stehen. Sie musste nur noch die Teekanne aus der Küche holen, wo der Kessel seit zwanzig Minuten am Sieden war, aber sie überlegte es sich anders. Sie wagte nicht, ihn im Zimmer allein zu lassen.

»Möchten Sie sich nicht setzen?«

Ohne die Aufforderung zu beachten, ging er quer über den Teppich zum Eckschrank und nahm eine große Keramikvase in die Hand. Er wog sie auf der Hand und strich behutsam über die Oberfläche, den Rillen folgend, die die Finger des Töpfers zurückgelassen hatten.

»Einmalig. Fantastische Glasur.«

»Sie ist recht hübsch«, stimmte Miss Parmenter zu.

»Die muss aus der Zeit nach ihrer Japanreise 1933 stammen.«

Ihre Haut kribbelte leicht. »Sie wissen, wer sie gemacht hat?«

»Ihre Schwester – wer sonst?«

Er wusste es. Ihre Erleichterung war so spürbar wie Regen in tropischer Hitze. Trotz seiner wenig einnehmenden Erscheinung hatte er bewiesen, dass es ihm zustand, hier zu sein. Er kannte sich aus mit Keramik, mit Maggies Keramik. Er war ein Kenner. »Ich könnte nicht sagen, was für eine Glasur es ist«, erzählte sie ihm in einem Wortschwall. »Sie hatte Hunderte, na gut, Dutzende jedenfalls. Sie hat sie alle aufgeschrieben wie Kochrezepte. Sie nannte sie tatsächlich Rezepte. Das hier kann alles sein, einfach alles.«

»Seladon«, sagte Mr Yarrow. »Es ist ein Seladon. Das Graugrün.«

»Wirklich? Ich glaube, Sie haben womöglich Recht, aber ich könnte Ihnen nicht um alles in der Welt sagen, was sie dafür verwendete.«

»Feldspat, Holzasche und eine Spur Eisenoxid«, sagte Mr Yarrow.

»Sie wissen sehr gut Bescheid.«

»Deswegen bin ich hier.« Er stellte die Vase zurück. »Kommen wir zum Geschäft.«

Miss Parmenter sagte: »Ich hole uns etwas Tee. Sie trinken doch eine Tasse, Mr Yarrow?«

»Sicher.«

Sie hatte das Gefühl, dass sie ihm jetzt einfach trauen musste, auch wenn sie noch immer den Gedanken an Gangster und Vandalen nicht loswerden konnte. Sie war so in Eile, dass sie bewusst darauf verzichtete, die Teekanne zuerst anzuwärmen, eine Regel, von der sie in ihrem Leben nur ein- oder zweimal abgewichen war. Als sie die Kanne – nackt, ohne den Teewärmer – ins Wohnzimmer brachte, hatte Mr Yarrow Maggies Vase wieder in der Hand.

»Toll!«

»Ein schönes Beispiel ihrer Kunst«, sagte Miss Parmenter, als sie den Tee ausgeschenkt hatte. Sie hatte das Sieb vergessen. Sie würde nochmals von einer Regel abweichen und ohne zurechtkommen.

»Nein, ich habe Sie gemeint«, sagte Mr Yarrow. »Sie, eine kleine alte Dame, vergraben in einem kleinen Hotel an der Südküste. Hatten früher eine berühmte Schwester, aber sie starb vor zwanzig Jahren. Wer hätte gedacht –«

»Einen Moment«, fiel ihm Miss Parmenter ins Wort. »Vielleicht bin ich alt, Mr Yarrow, aber klein bin ich ganz gewiss nicht. Und ›vergraben‹ bin ich auch nicht, wie Sie es ausdrückten. Es gibt stündlich einen Zug nach London, wenn mir danach ist.«

Er schüttelte den Kopf und lächelte. »Das war kein sehr guter Einstieg, fürchte ich.«

»Wenn Sie so freundlich wären, die Vase wieder ins Regal zurückzustellen, kann ich Ihnen eine Tasse Tee reichen.«

»Gut.«

»Zucker?«

»Nein. Macht's Ihnen etwas aus, wenn ich's noch mal versuche? Ihre Schwester hatte einen internationalen Ruf als Töpferin. Sie reiste in der ganzen Welt herum. Sie arbeitete mit den größten Töpfern des zwanzigsten Jahrhunderts, mit Leuten wie Hamada und Bernard Leach.«

»Ich habe sie kennen gelernt.«

»Da bin ich sicher, aber es muss doch die Hölle gewesen sein, als Schwester von Margaret Parmenter.«

»Ich weiß nicht, was Sie meinen.«

»Sind Sie denn im Ausland gereist wie sie?«

»Nein.«

»Hat man Sie jemals ein Genie genannt?«

»Mr Yarrow, ich weiß nicht, worauf Sie hinaus wollen, aber ich finde es aufdringlich und peinlich.«

»Ich versuche, Ihnen ein Kompliment zu machen, Miss Parmenter. Sie müssen schon eine recht außergewöhnliche Frau sein, um das alles auf sich zu nehmen, was Sie getan haben, damit der Name Ihrer Schwester in Erinnerung der Öffentlichkeit bleibt, wenn man bedenkt, dass Sie selbst keine Begabung hatten. Das nenne ich Selbstlosigkeit.«

»Ach Unsinn«, murmelte Miss Parmenter und blickte schamhaft in ihre Tasse.

»Ganz und gar nicht. Geben Sie's zu. Haben Sie denn nie einen Funken Eifersucht gespürt?«

Sie sah auf und musterte ihn unverwandt. »Sie werden einsehen müssen, dass ich dazu erzogen wurde, meine Schwester und meine ganze Familie zu lieben und zu schätzen. Vater glaubte an gewisse Prinzipien, die leider von der heutigen Elterngeneration vernachlässigt werden.«

»Altmodische Werte?«

»Man kann sie vielleicht so nennen. Ich habe gehört, man sagt, dass wir unterdrückt waren, vermutlich, weil wir nicht in Banden herumzogen und der Schrecken der Leute waren. Wenn wir uns verwirklichen wollten, lernten wir, es auf schöpferische Art und Weise zu tun, wie meine Schwester.«

»Und Sie?«, fragte Mr Yarrow. »Waren Sie schöpferisch tätig?«

»Ich möchte eigentlich nicht von mir sprechen.«

»Wurden Sie nicht ermuntert?«

»Ich hatte keine Gelegenheit. Mutter starb, als ich zwanzig war, also musste ich mich um das Haus und Vater kümmern.«

»Ah, die Elternfalle«, sagte Mr Yarrow. »Die unverheiratete Tochter, die sich des alternden Vaters annimmt.«

Miss Parmenter stellte Tasse und Untertasse ab. Sie war so aufgebracht, dass sie fürchtete, den Henkel der Tasse abzubrechen. »Mr Yarrow, ich weiß nicht, ob diese Bemerkung mitleidig gemeint war. Wenn ja, dann war sie unangebracht. Es war mir eine Genugtuung und Ehre, dass ich mich über dreißig Jahre lang um meinen Vater kümmern konnte. Die Tatsache, dass ich mich dafür entschied, unverheiratet zu bleiben, ist ohne Belang. Ich habe nichts zu verbergen vor Ihnen oder irgendjemand anderem, aber ich lasse mir mein Leben nicht von einem völlig Fremden sezieren, der nichts darüber weiß. Nichts.«

»Langsam«, sagte Mr Yarrow, als ob er zu einem gefährlichen Tier spräche. »*Sie* haben mich hierher eingeladen. Ja?«

»Ich bat die Galerie Artemis, jemanden zu schicken, um eine Ausstellung zu arrangieren.«

»Aber Sie haben nicht mit einem Burschen wie mir gerechnet, der sich persönlich für die Sache interessiert?«

»Ich gebe gerne zu, dass ich jemanden erwartete, der . . . nun, mehr einem Geschäftsmann gleicht.«

»Nadelstreifen und Melone?«

»Nun . . .«

»Gott, steh mir bei«, murmelte Mr Yarrow. »Na schön, machen wir's so, wie Sie's wollen. Was können Sie mir zeigen?«

Miss Parmenter verschränkte die Arme und setzte sich im Stuhl zurück. »Einen Augenblick noch. Zunächst, was wissen Sie über den Werdegang meiner Schwester?«

»Genug. Royal College. Die zwei Jahre mit Hamada in Japan. Diese eleganten hohen Gefäße mit den blassesten Holzascheglasuren, die sie während der vierziger und fünfziger Jahre machte.«

»Wie viele haben Sie gesehen?«

»Nicht viele«, gab er zu. »Die meisten kamen in private Sammlungen.«

»Wenigstens sind Sie ehrlich.«

»Besten Dank. Die paar, die ich gesehen habe, sind umwerfend.« Ihretwegen ergänzte er: »Exquisit.«

»Ehrlichkeit gefällt mir«, bemerkte Miss Parmenter. »Wenn meine Generation einen Fehler hatte, dann den, dass sie zu viel Wert darauf legte, taktvoll zu sein, manchmal auf Kosten der Wahrheit. Die jungen Leute sind nicht so zimperlich mit dem, was sie sagen. Sie können verletzend sein, aber wenigstens sind sie ehrlich. Ich wäre gerne ehrlich zu Ihnen.«

»Kein Problem. Ich war bei den Pfadfindern.«

Sie stand auf, nahm das Tablett und trug es zur Türe. »Sie brauchen sich nicht lustig zu machen.«

Er folgte ihr zur Tür und griff nach der Klinke. »Miss Parmenter, ich versuchte, Ihnen klar zu machen, dass Sie mich nicht wie ein Kind zu behandeln brauchen.«

Sie lachte. Sie konnte es kaum glauben, dass sie wirklich lachte, aber es war so. Das Komische daran war, dass er Recht hatte. Sie behandelte ihn wie ein Kind. Sie fürchtete sich nicht im Geringsten vor ihm. Und das war der Mann, den sie beinahe nicht eingelassen hätte, wegen der einschüchternden Kleidung, die er trug.

»Was ist daran so komisch?«, fragte er.

»Nichts, was Sie verstehen würden.«

»Soll ich das Tablett nehmen?«

»Nein. Ich komme zurecht damit, danke. Aber kommen Sie mit.« Sie hatte merklichen Spaß an der Sache. Ihr großer Augenblick würde gleich kommen, und sie wollte ihn auskosten. Sie trug das Teegeschirr in die Küche und stellte es ab. Sie war überaus zuversichtlich. Sie stand in der Küche und leerte die Teekanne, dabei sagte sie, ohne ihn anzusehen: »Wissen Sie, was ich mache, seit Vater starb?«

»Spüren Sie die Gefäße Ihrer Schwester auf?«

»Ja. Maggie war von peinlicher Genauigkeit. Sie führte Aufzeichnungen über jedes einzelne, wer es kaufte, was sie bezahlten und wann. Einige haben mehrmals den Besitzer gewechselt seit damals, und einige wenige haben leider Schaden erlitten, aber ich glaube, ich kann über jedes einzelne Bericht erstatten.«

»Nützlich.«

»Manche Leute weigern sich natürlich einfach zu verkaufen.«

»Zu *verkaufen*? Sie kaufen die Gefäße zurück?«

»Ich biete einen sehr anständigen Preis. Seit Vaters Tod fehlt es mir nicht an Geld. Insgesamt habe ich über vierzig zurückgekauft.«

»Wozu? Warum haben Sie das getan?«

»Dafür.«

»Wofür?«

»Die Ausstellung.«

Mr Yarrow rieb sich den Nacken. »Ich verstehe Sie nicht. Sie müssen doch nicht alles wieder in Ihren Besitz bringen, um es auszustellen. Die Leute sind normalerweise bereit, die Sachen auszuleihen.«

Sie lächelte wieder. »Sie halten mich offensichtlich für leicht verblödet, wie man wohl heute sagt.«

»Ich meine nur, dass es eine höllisch teure Methode ist, um eine Ausstellung zustande zu bringen. Schön, es ist eine fantastische Huldigung an Ihre Schwester, aber was bleibt Ihnen? Trocken Brot, wenn ich auch nur das Geringste vom Wert dieser Gefäße verstehe. Selbst wenn wir die Sache durchziehen, kann ich Ihnen nicht garantieren, dass Sie Ihr Geld zurückbekommen.«

»Das Geld interessiert mich nicht.«

»Sie verlangen Provision für alles, was Sie verkaufen.«

Miss Parmenter hörte ihn kaum. Sie sagte: »Ich finde, Sie sollten die Sammlung jetzt sehen.«

»Nichts kann mich davon abhalten«, sagte Mr Yarrow.

»Sie versprechen, dass Sie Ihre ehrliche Meinung abgeben?«

»Sie können sich auf mich verlassen.«

»Dann kommen Sie bitte hier entlang.« Sie führte ihn aus der Küche und durch den Gang zu einer Tür am anderen Ende. Sie trat beiseite. »Sie können aufmachen und hinein gehen.«

Mr Yarrow trat ein.

Miss Parmenter wartete draußen mit einem Lächeln. »Lassen Sie sich Zeit solange Sie wollen«, rief sie. »Da drinnen ist immerhin die Arbeit eines Lebens.«

Eines Lebens ... und mehr. Eine alte Melodie ging ihr durch den Kopf. Etwas, das Vater oft gepfiffen hatte, wenn er gut gelaunt war, an einem jener Morgen, an denen ein Brief ankam.

›Von unserer Maggie, und der Teufel soll mich holen, wenn sie nicht schon wieder einen Pott verkauft hat. Ist sie nicht ein toller Hecht?‹

Schade, dass Vater es nicht erleben durfte, was seine andere, unbeachtete Tochter zu guter Letzt erreicht hatte. Oder Maggie gar, die hervorragende, gefeierte Maggie. Wäre *sie* nicht erstaunt gewesen!

Schritte! Mr Yarrow kam heraus!

Er hatte seine Sonnenbrille abgenommen. Er hatte blaue Augen, und sie waren weit offen, wie es sich gehörte, nach dem, was sie eben gesehen hatten.

Sie war so gespannt, dass sie ihn beinahe angefasst hätte. »Nun?«

Er fingerte an seinem Hemdkragen herum. »Mir ... fehlen die Worte.«

Miss Parmenter lachte nervös auf. »Das nehme ich an, aber sagen Sie mir, was Sie davon halten.«

Mit einem Schulterzucken sagte er: »Ich bin lediglich erstaunt, das ist alles.«

»Das wusste ich. Aber es gefällt Ihnen doch, nicht wahr?«

Er wandte die Augen ab. »Es ist eine unglaubliche Geschichte. Jahrelange Arbeit, da bin ich sicher.«

»Ich möchte es wissen«, sagte sie. »Sie haben mir versprochen, ehrlich zu sein.«

»Gut.« Er rieb sich die Arme, als fühlte er plötzlich einen kalten Luftzug. »Gehn wir in Ihr Wohnzimmer hinüber?«

»Wenn Sie wollen – aber Sie werden ehrlich sein?«

Als er im Lehnstuhl saß, sagte er: »Sind das alles Gefäße Ihrer Schwester?«

»Ja. Habe ich Ihnen doch gesagt.«

»Und die Muscheln – haben Sie die selbst gesammelt?«

»Jeden Morgen, vom Strand, ganz früh, bevor irgendjemand anderer dort war.«

»Es müssen Millionen sein.«

»Vermutlich. Ich musste die ganz kleinen Muscheln nehmen. Große wären ungeeignet gewesen. Und sie mussten alle nach Form und Farbe sortiert werden, bevor ich sie verwenden konnte.«

»Gewiss«, sagte Mr Yarrow. »Wie haben Sie sie denn an der Oberfläche der Gefäße befestigt?«

»Fliesenkleber. Sehr stark. Es besteht keine Gefahr, dass sie abfallen, falls Sie das meinen.«

»Wie sind Sie auf die Idee gekommen?«

Sie kicherte in ihr Taschentuch. »Eigentlich durch einen der Souvenirläden am Weg zum Strand. Sie haben alle möglichen Sachen, die mit Muscheln verziert sind. Tischlampen, Aschenbecher, Kästchen. Dilettantisch gemacht, natürlich. Man kann es nicht als Kunst bezeichnen.«

»Und so haben Sie sich entschlossen, jedes Gefäß, das Ihre Schwester jemals gemacht hat, zurückzukaufen und mit Meeresmuscheln zuzudecken.«

»Zu *verzieren*. Meine Muster sind hochkompliziert, was Sie gewiss zu würdigen wissen. Ich habe einige Ideen für den Ausstellungskatalog, falls es Sie interessiert. Für die Titelseite dachte ich an eine Nahaufnahme von einem der Gefäße und darauf in weißer Schrift *Margaret und Cecily Parmenter*.«

Mr Yarrow stand auf und ging zum Eckschrank hinüber. »Eine haben Sie übersehen.« Er nahm die Vase, die er schon vorher in der Hand gehalten hatte, und drehte sie langsam, den Blick auf die Glasur gerichtet. »Warum haben Sie die so gelassen?«

»Die?« Sie nahm sie ihm aus der Hand. »Weil es die einzige ist, die mir gehörte. Sie schenkte sie mir.«

»Und so durfte sie entkommen.«

Miss Parmenter zögerte. »Entkommen?«

Seine Stimme änderte sich. Es lag etwas darin, das Miss Parmenter frösteln ließ. »Sie wollen die Wahrheit hören«, sagte er. »Sie haben diese Gefäße ruiniert. Sie haben die Glasur zerstört, den Umriss, die Oberfläche, alles. Das sind keine Kunstwerke mehr.«

Sie starrte ihn an, unfähig etwas zu sagen.

Er setzte seine Sonnenbrille wieder auf. »Ich gehe jetzt besser. Ich kann nur sagen, Sie müssen diese Schwester gehasst haben.« Er wandte sich zur Tür.

Miss Parmenter hatte noch immer die Vase in der Hand. Sie hob sie hoch und schmetterte sie auf Mr Yarrows Hinterkopf.

Er stürzte hin ohne einen Laut. Blut floss über das Rosenholztischchen und färbte die Steingutsplitter, die auf der Platte verstreut lagen.

Sie ging zum Küchenschrank, wo sie ihre Schlaftabletten aufbewahrte. Sie schluckte zwei Hände voll und spülte sie mit Wasser hinunter. Dann ging sie in das Zimmer, in dem die Gefäße auf Regalen angeordnet waren. Sie öffnete das Fenster, um sie langsam, eines nach dem anderen, zu den leeren Bierdosen auf den Hof fallen zu lassen.

# Das Ende des Spiels

Gabriele Keiser

Das funkelnde Sonnenlicht blendete in den Augen. Das Meer war nicht fern und einfach zu erreichen. In die spitzen Felsen war ein Pfad einbetoniert, in Stein gehauene Treppenstufen ebneten den Weg. Links und rechts daneben türmten sich Gesteinsbrocken, deren verschiedenfarbige Schichtenfolgen von vergangenen Zeiten erzählten, in denen noch keine menschliche Hand in die Natur eingegriffen hatte. So lange lagen diese stummen Zeugen schon hier. Genauso lange nagte das salzige Wasser an ihnen und glättete ihre kantigen Umrisse. Etwas weiter hinten verschwamm der Horizont zu einer blaugrauen Weite, uferlos und endlos. An diesem Ort in Frankreichs Süden dehnte sich der Sommer in die Länge.

Die ältere Frau, die allein an einem der runden Bistrotische saß und die Umgebung auf sich wirken ließ, beachtete niemand. Auf ihrem hellblond gefärbten Haar saß ein breitrandiger Sonnenhut, der ihr Gesicht kaum zu erkennen gab. Man sah nicht die Falten, die sich um Augen und Mund eingekerbt hatten. Verursacht von Menschen, die ihr wehgetan hatten. Doch das war vorbei. Jetzt war sie hier auf dieser versteckt gelegenen, wunderschönen Halbinsel und genoss den Blick auf wasserumspülte Felsenzacken und geheimnisvolle Höhlen, die sich zwischen dem Gestein verbargen.

An diesem Ort fiel sie nicht weiter auf. Hier war sie eine von vielen älteren Menschen, die die letzten Sonnenstrahlen des Jahres genossen. Es gefiel ihr allerdings nicht, wenn runzelige Haut unter stramm sitzendem Lycra hervorquoll und ungeniert fremden Blicken preisgeboten wurde. Diese Blöße würde sie sich niemals geben. Man konnte so viel mehr Wirkung mit der richtigen Kleidung erzielen.

Sie nippte an ihrem perlenden Wasser und sah versonnen auf die Menschengrüppchen an den Tischen ringsum. Ein junger Mann fiel ihr auf, der über eine Zeitung gebeugt saß, in der er aufmerksam las. Sie registrierte erfreut, dass er statt Shorts und Badelatschen Jeans und Polohemd trug. Sein Gesicht zeichnete sich durch aparte, weiche Züge aus. Schwarze Locken kringelten sich in seine olivfarbene Stirn. Sicher kein Urlauber, sondern ein Einheimischer. Er schien ohne Begleitung zu sein. Ob sie ihn zu einem Banana Split einladen sollte?

Jetzt hob er die Zeitung an, die sie unschwer als ein bekanntes deutsches Boulevard-Blatt ausmachen konnte. Doch kein Einheimischer, mit dem es vielleicht Verständnisschwierigkeiten gegeben hätte. Ein geistiges Leichtgewicht würde ihr das Spiel erheblich erleichtern.

Kurz entschlossen stand sie auf und ging auf ihn zu. »Verzeihung, ist hier noch Platz?«, fragte sie liebenswürdig. Der junge Mann sah überrascht auf. Man konnte an seinen Gesichtszügen ablesen, was er dachte: *Bleib mir bloß vom Leib, du alte Ziege!* Aber diese Miene kannte sie schon. Sie ließ sich davon nicht abschrecken und setzte sich auf den freien Stuhl, ohne seine Antwort abzuwarten.

Sofort versteckte er sich hinter seiner Zeitung. Auf der Rückseite wurde von dem rätselhaften Tod eines einundvierzigjährigen Bankangestellten berichtet, den man leblos in seinem Bett aufgefunden hatte. Die Todesursache war völlig unklar. Sie rückte ihren Hut zurecht, um besser lesen zu können. Im Zusammenhang mit seinem Tod wurde nach einer dreiundsiebzigjährigen Frau gesucht, die wesentlich jünger aussah. »Kann ich die Zeitung mal haben?«, fragte sie fordernd und spürte, wie eine kribbelige Erregung ihren Körper zum Vibrieren brachte.

Der junge Mann warf ihr einen finsteren Blick zu. »Die kann man da vorn kaufen«, erwiderte er unfreundlich.

»Ich weiß«, sagte sie sanft. »Mich interessiert aber nur dieser eine Artikel. Wenn ich ihn gelesen habe, kriegen Sie Ihr Blatt gleich wieder.« Sie schenkte ihm ihr schönstes Lächeln.

Genervt warf ihr der junge Mann das Stück Zeitung hin. Sofort las sie aufmerksam den ganzen Artikel, der nicht allzu lang war. Man vermutete die gesuchte Frau an einem südlichen Ort, möglicherweise Mallorca oder Ibiza.

Die Beschreibung glich ihrem Äußeren: Gepflegte Erscheinung, etwas füllige Figur, hellblond gefärbte Haare. Auch, dass sie die Bekanntschaft junger Männer bevorzugte, war nicht von der Hand zu weisen.

Aber immer öfter musste sie erkennen, dass die jungen Männer keineswegs die Bekanntschaft älterer Frauen suchten, auch wenn sie sich wesentlich jünger fühlte als ihr Pass angab.

An ihren ersten Mann dachte sie nicht gern zurück. Als sie ihn geheiratet hatte, war sie zu jung gewesen, um zu wissen, auf was sie sich einließ. Bis sie sich zu einer weiteren Heirat entschloss, war sehr viel Zeit vergangen, Zeit, die ebenfalls Kerben in ihre Seele geschlagen hatte. Ihr zweiter Mann schließlich hatte sie wegen ihrer Lebenserfahrung geheiratet, die sie ihm voraushatte. Anfangs machte es ihm nichts aus, dass sie älter war. Und nicht nur ein paar Jährchen, darauf hatte sie ihn extra aufmerksam gemacht. Irgendwann begann er immer öfter an ihr herumzumäkeln und plötzlich wollte er nichts mehr davon wissen, dass es noch gar nicht so lange her war, dass er den Altersunterschied zwischen ihnen beiden von Vorteil fand. Die geforderte Scheidung hatte sie gerade noch erfolgreich verhindern können. Das alles ging ihr durch den Kopf, als sie den Artikel las.

»Darf ich Sie zu einem Banana Split einladen?«, fragte sie den jungen Mann, als sie ihm das bebilderte Blatt zurückgab. »Als Dank gewissermaßen, dass Sie mir freundlicherweise Ihre Zeitung überlassen haben.«

Sie beobachtete ihn aufmerksam. Was ging jetzt hinter seiner schönen glatten Stirn unter den gekräuselten Locken vor? *Ich bräuchte nur aufzustehen, dann wäre ich die Alte los,* las sie dort. Aber auch: *Vielleicht ist ja etwas aus ihr herauszuholen, solche alten Weiber legen es ja manchmal direkt darauf an. Dann springt sicher mehr dabei heraus als ein lumpiger Banana Split.* Er nickte kurz und sie bestellte.

»Wissen Sie, obwohl ich in Ihren Augen vielleicht uralt bin, ist mein Lebensgefühl völlig jung. Und ich kann Ihnen versichern, dass man als älterer Mensch durchaus einiges an Erfahrung zu bieten hat.« Sie bedachte ihn mit einem Ausdruck von liebenswürdiger Boshaftigkeit und rückte den Strohhut gerade. Die Sonne drang durch ihn hindurch und zeichnete fein ziselierte Muster auf die Tischdecke, die sich bewegten, wenn sie den Kopf drehte.

Der Banana Split wurde serviert und er war genauso wie sie ihn mochte: die Banane war in der Mitte geteilt und bildete ein Schiffchen, auf dem je eine Kugel Vanille-Eis und eine Kugel Stracciatella saßen. Gekrönt wurde das Ganze von einem Sahnehäubchen mit Schokosplittern.

Sie beobachtete, wie sein Löffel sich in das weiche Fruchtfleisch der Banane grub. »Was verlangen Sie, wenn ich Sie darum bitte, mit mir ins Bett gehen?«, fragte sie unvermittelt. Er sah überrascht auf, aber sie wusste, er tat nur so. Insgeheim hatte er mit dieser Frage gerechnet. Er verengte die Augen zu einem schmalen Schlitz. »Ich habe mich wohl verhört, oder?«

»Keineswegs, junger Mann. Sehen Sie, ich bin es gewohnt, viel Geld für das zu bezahlen, was ich wirklich möchte. Und da ich nicht ganz unvermögend bin, bin ich bereit, eine gute

Leistung angemessen zu entlohnen. Nennen Sie mir Ihren Preis.«

»Wie kommen Sie darauf, dass ich käuflich sein könnte?«, fragte ihr Gegenüber und versuchte einen arroganten Blick.

Sie sah es ihm nach. Sie kannte seine Sorte. Noch zehn Minuten Drumherumreden und der reizvolle Gedanke, für eine Nacht mit ihr tausend Mark zu erhalten, würde ihm keine Wahl lassen. In seinen gierigen Augen konnte sie lesen, dass er nicht zu denen gehörte, die ein solches Angebot abschlagen würden. Es dauerte nur sieben Minuten. Dann war der Deal perfekt.

Sie fühlte sich stark in seinen Armen. Stark und jung und ungehemmt, obwohl sie ahnte, dass er sie verabscheute. Nein, das war nicht ganz richtig. Er verabscheute ihren alt gewordenen runzligen Körper. Sie wusste, dass er viel lieber eine jüngere Frau in seinen braun gebrannten Armen halten würde, dass er sein Geschlechtsteil viel lieber in einen knackigen Körper versenken würde. Sie hatte einmal einen solchen Leib gehabt und es bedurfte nicht viel Fantasie, um sich diese Zeit zurückzurufen. Sie stöhnte und wand sich unter seinem gemeißelten Körper, der auch im Detail nichts zu wünschen übrig ließ. Wenn sie die Augen fest schloss und ihn nur mit den Fingerspitzen ertastete, fühlte sie keinerlei Verlogenheit, auch nicht in seinen zärtlich streichelnden Händen. Für die Dauer des Aktes gelang es ihr, auszublenden, was in seinem Kopf vorgehen mochte.

Als das Spiel zu Ende war, forderte er sein Geld. Sie machte ihn darauf aufmerksam, dass sie die ganze Nacht vereinbart hatten. Und diese Nacht sollte noch lange andauern. Erst morgen früh nach dem Frühstück, das sie mit ihm zusammen einnehmen würde, wäre diese Nacht wirklich zu Ende. Morgen früh würde sie ihm lächelnd einen Kaffee servieren, in den sie zuvor ihre mehrfach bewährten Tröpfchen geträufelt hatte. Nach nur wenigen Schlucken würde sich dann die Verachtung in seinen schönen jungen Gesichtszügen verflüchtigen, um endgültig einem vollkommen friedlichen Ausdruck Platz zu machen. So friedlich wie dieser Ort im Herbst, den die Touristenscharen verlassen hatten, um nur noch wenigen, meist älteren Menschen seine pure Schönheit zu offenbaren.

# Nagelprobe mit einem Toten

Stanley Ellin

Es war ein schlimmer Augenblick. Das Café in der Rue de Rivoli hatte verlockend ausgesehen; ich hatte mich an einen der Tische draußen an der Straße gesetzt, und als ich dann zufällig zum Nebentisch hinüberblickte, merkte ich, dass ich einer jungen Frau in die Augen starrte, die mich in über- raschtem Wiedererkennen ansah. Es war Madame Sophia Kassoulas. Plötzlich ragte die Vergangenheit über mir auf wie ein ungeheurer Geist aus der Flasche. Der Schock war so groß, dass ich fühlte, wie mir das Blut aus dem Gesicht wich.

Madame Kassoulas war augenblicklich an meiner Seite.

»Monsieur Drummond, was ist? Sie sehen so krank aus. Kann ich irgendetwas für Sie tun?«

»Nein, nein. Etwas zu trinken, das ist alles. Kognak, bitte.«

Sie bestellte mir einen Kognak, setzte sich dann und knöpfte mir besorgt das Jackett auf. »Oh, ihr Männer. Wie ihr euch in dieser Sommerhitze anzieht!«

Unter anderen Umständen hätte das durchaus angenehm sein können, aber ich stellte mit Verlegenheit fest, dass ich den anderen Cafébesuchern das Bild eines bedauernswerten weißhaarigen alten Großvaters bieten musste, der von seiner weichherzigen Enkelin umsorgt wurde.

»Madame, ich versichere Ihnen –«

Sie drückte mir einen Finger fest auf die Lippen. »Bitte! Kein Wort mehr, bis Sie Ihren Kognak haben und wieder in Ordnung sind. Kein einziges Wort.«

Ich gab nach. Außerdem war eine Umkehrung der Verhältnisse nur fair. Bei der albtraumhaften Szene vor sechs Monaten, als wir zuletzt zusammen gewesen waren, hatte sie Schwäche gezeigt und ich war derjenige gewesen, der sie wieder auf die Beine gebracht hatte. Bei unserer jetzigen Begegnung musste sie ebenso jäh wie ich von bösen Erinnerungen befallen worden sein. Aber sie hielt sich gut; ich bewunderte sie.

Man brachte mir den Kognak, und obwohl ich mich sozusagen *in extremis* befand, hielt ich ihn automatisch gegen die Sonne, um die Farbe zu prüfen. Madame Kassoulas' Lippen verzogen sich zu einem schwachen Lächeln.

»Der gute Monsieur Drummond«, murmelte sie. »Immer ein Connaisseur.«

Das war ich wirklich. Und das hatte auch – ich erkannte es in grimmiger Erinnerung – das Ganze ins Rollen gebracht, an einem Tag, so sonnig wie dieser, voriges Jahr in Paris . . .

Es war der Tag, an dem mich ein Mann namens Max de Maréchal im Büro meiner Firma, Broulet und Drummond, Weinhandlung, in der Rue de Berri aufsuchte. Ich kannte de Maréchal flüchtig als Herausgeber der teuren kleinen Zeitschrift *La Cave*, die einzig und allein zur Unterrichtung von Weinkennern publiziert wurde. Kein Fachorgan, sondern eine Art Sprachrohr für *La Société de la Cave*, einen kleinen, auserlesenen Zirkel von Weinkennern und Weinliebhabern. Da ich die Ansichten der Zeitschrift im Allgemeinen teilte, freute ich mich, ihren Herausgeber kennen zu lernen.

Als ich ihn dann sah, stellte ich allerdings fest, dass ich ihn ganz und gar nicht mochte. Er war Mitte Vierzig, einer dieser adretten, übergesunden Typen, die wie abgedankte Heldendarsteller wirken. Außerdem hatte er einen fieberhaften Bewegungsdrang, der mich nervös machte. Ich selbst bin eher langsam und phlegmatisch. Menschen gegenüber, die ständig in höchster Aufregung herumspringen wie ein Pingpongball auf einem Wasserstrahl, fühle ich mich höchst unbehaglich.

Er sei gekommen, sagte er, um ein Interview mit mir zu machen. Er bereite eine Artikelserie in seiner Zeitschrift vor und frage verschiedene Weinexperten, welches nach ihrer Meinung der größte Wein sei, den sie je gekostet hätten. So könne man vielleicht zu einer Übereinstimmung kommen und sie festlegen. Falls . . .

Ich unterbrach ihn: »Falls es überhaupt möglich ist, Einigkeit über den größten Wein zu erzielen. Wenn Sie ein Dutzend Experten fragen, bekommen Sie auch ein Dutzend verschiedener Meinungen.«

»Anfangs sah es in der Tat so aus. Inzwischen habe ich aber festgestellt, dass mehrere sich für nur zwei bestimmte Weine entschieden haben.«

»Und für welche?«

»Beide sind Burgunder. Einer ist der Richebourg 1923. Der andere ist der Romanée-Conti 1934. Ohne Frage gehören beide zu den edelsten Weinen.«

»Ohne Frage.«

»Würden auch Sie einen davon als den Ihrer Ansicht nach größten bezeichnen?«

»Ich lehne es ab, eine Wahl zu treffen, Monsieur de Maréchal. Bei solchen Weinen sind Vergleiche nicht nur idiotisch, sie sind unmöglich.«

»Dann glauben Sie nicht, dass es einen Wein gibt, der ganz allein, ohne Konkurrenz, an der Spitze steht?«

»Doch, es ist möglich, dass es einen solchen Wein gibt. Ich habe ihn zwar nie probiert, aber die Beschreibungen, die von ihm existieren, loben ihn ohne Einschränkung. Ein Burgunder natürlich, von einem Weingut, das niemals wieder etwas Ähnliches produziert hat. Können Sie sich denken, welchen Wein ich meine?«

»Ich glaube, ja.« De Maréchals Augen glänzten. »Der glorreiche Nuits Saint-Oen 1929. Stimmt's?«

»Ja.«

Er zuckte die Achseln. »Aber was nützt es mir, das zu wissen, wenn ich noch niemanden getroffen habe, der ihn wirklich probiert hat? Ich möchte mich in meiner Artikelserie mit lebenden Experten befassen. Alle, die ich fragte, haben von diesem legendären Saint-Oen gehört, aber kein einziger hat eine Flasche davon auch nur gesehen. Welch ein Unglück, wenn von einem solchen Jahrhundertwein – dem möglicherweise allergrößten – nur eine Legende bleibt. Wenn es doch nur noch eine, eine einzige Flasche auf Erden gäbe –«

»Warum sind Sie so sicher, dass es keine mehr gibt?«, fragte ich.

»Warum?« De Maréchal lächelte mitleidig. »Weil es nicht sein kann, mein lieber Drummond. Vor nicht allzu langer Zeit war ich selbst auf dem Weingut Saint-Oen. Die Unterlagen des *vigneron* weisen aus, dass insgesamt nur vierzig Dutzend Kisten des 1929ers produziert wurden. Überlegen Sie! Jämmerliche vierzig Dutzend Kisten, über all die Jahre von damals bis heute verteilt, und Tausende von Weinkennern, die nach ihnen gierten. Ich versichere Ihnen, die letzte Flasche wurde schon vor einer Generation geleert.«

Ich hatte nicht vorgehabt, es zu verraten, aber sein herablassendes Lächeln ging mir auf die Nerven.

»Ich fürchte, Sie liegen mit Ihren Berechnungen ein wenig daneben, mein lieber de Maréchal. In diesem Augenblick nämlich ruht eine Flasche Nuits Saint-Oen 1929 in den Kellern meiner Firma.«

Die Enthüllung traf ihn so hart, wie ich es mir gewünscht hatte. Sein Unterkiefer fiel herunter; mit offenem Mund starrte er mich in sprachloser Verwunderung an. Dann zog Argwohn über sein Gesicht.

»Sie machen einen Scherz«, sagte er. »Das kann nicht stimmen. Gerade haben Sie mir erzählt, dass Sie den Jahrgang noch nie gekostet haben. Und jetzt behaupten Sie –«

»Es ist die Wahrheit. Nach dem Tod meines Partners im letzten Jahr fand ich die Flasche in seinem Privatvorrat.«

»Und Sie waren nicht versucht, sie zu öffnen?«

»Ich widerstehe der Versuchung. Der Wein ist gefährlich alt. Es wäre äußerst schmerzlich, ihn zu öffnen und dann zu entdecken, dass er schon tot ist.«

»Nicht doch!« De Maréchal schlug sich an die Stirn. »Sie sind Amerikaner, Monsieur, das ist Ihr Problem. Nur ein Amerikaner kann so reden, nur jemand, der die obszöne Freude der Puritaner an der Selbstverleugnung geerbt hat. Ein Jammer, dass die letzte vorhandene Flasche Nuits Saint-Oen 1929 einen solchen Besitzer hat! Das geht nicht! Das geht absolut nicht! Monsieur Drummond, wir müssen zu einer Einigung kommen. Welchen Preis verlangen Sie für den Saint-Oen?«

»Keinen. Er ist unverkäuflich.«

»Er muss verkäuflich sein!«, brauste de Maréchal auf. Mit Mühe beherrschte er sich wieder. »Sehen Sie, ich will offen mit Ihnen sprechen. Ich bin kein reicher Mann. Für diese Flasche Wein können Sie tausend Franc, möglicherweise sogar zweitausend Franc bekommen, und ich bin nicht in der Lage, so viel Geld auszugeben. Aber ich bin gut bekannt mit einem Mann, der auf jede Ihrer Forderungen eingehen kann. Monsieur Kyros Kassoulas. Vielleicht haben Sie von ihm gehört.«

Da Kyros Kassoulas einer der reichsten Männer Europas war, jemand, dem sich andere große Herren nur mit Ehrfurcht näherten, war es schwer, ihn nicht zu kennen, trotz seiner überall und ständig verbreiteten Bemühungen, in strikter Abgeschiedenheit zu leben.

»Natürlich«, sagte ich.

»Und kennen Sie auch das eine große Interesse in seinem Leben?«

»Woher sollte ich? Nach den Zeitungsberichten scheint er ein geheimnisvolles Wesen zu sein.«

»Eine dumme Journalistenphrase für einen reichen Mann, der es vorzieht, seine Privatangelegenheiten für sich zu behalten. Nicht, dass sie skandalös sind. Sehen Sie, Monsieur Kassoulas ist ein fanatischer Weinliebhaber.« De Maréchal zwinkerte mir bedeutungsvoll zu. »Deshalb habe ich ihn dafür interessieren können, unsere *Société de la Cave* zu gründen – und deren Zeitschrift.«

»Und Sie zum Herausgeber zu machen.«

»Ganz recht«, sagte de Maréchal ruhig. »Natürlich bin ich ihm dafür dankbar. Er seinerseits ist mir dankbar, weil ich ihn gut berate, was die großen Weine betrifft. Ganz unter uns, er war ein trauriger Fall, als ich ihn kennen lernte. Ein Mann ohne den geringsten Hang zu einem Laster, ohne die Fähigkeit, Literatur, Musik oder Kunst zu genießen. Die Leere seines Lebens trieb ihn zur Verzweiflung. An jenem Tag, als ich ihn darauf hinwies, er müsse seinen außerordentlich feinen Geschmack für guten Wein kultivieren, füllte ich diese Leere aus. Seitdem ist die Erforschung der wertvolleren Jahrgänge für ihn die Reise durch ein Wunderland gewesen. Heute ist er, wie gesagt, ein fanatischer Connaisseur. Auch ohne ausdrücklichen Hinweis wüsste er, dass Ihre Flasche Nuits Saint-Oen 1929 im Vergleich zu anderen Weinen das ist, was die Mona Lisa unter den Gemälden darstellt. Ist Ihnen klar, wie sich das in dieser Sache für Sie auswirken wird? Er ist ein harter Geschäftspartner, aber er wird schließlich zweitausend Franc für diese Flasche zahlen. Darauf gebe ich Ihnen mein Wort.«

Ich schüttelte den Kopf. »Ich kann nur wiederholen, Monsieur de Maréchal, der Wein ist unverkäuflich. Er hat keinen Preis.«

»Ich bestehe darauf, dass Sie einen Preis nennen!«

Das war zu viel.

»Also gut«, sagte ich, »dann beträgt der Preis hunderttausend Franc. Und ohne Garantie, dass der Wein nicht tot ist. Genau einhunderttausend Franc.«

»Aha«, sagte de Maréchal wütend. »Sie wollen ihn nicht wirklich verkaufen! Aber –«

Plötzlich wurde er starr. Seine Züge verzerrten sich, seine Hände krallten sich in seine Brust. Sein Gesicht, das eben noch rot vor Wut und Eifer gewesen war, erschien jetzt totenbleich und blutleer. Er ließ sich schwer in seinen Stuhl fallen.

»Mein Herz«, keuchte er mühsam. »Nichts Besonderes. Ich habe Tabletten –«

Die Tablette, die er sich unter die Zunge legte, war sicher Nitroglyzerin. Ich hatte einen solchen Anfall einmal bei meinem Partner Broulet erlebt.

»Ich rufe einen Arzt«, sagte ich, aber als ich ans Telefon ging, wehrte de Maréchal mit einer heftigen Geste ab.

»Nein, machen Sie sich nicht die Mühe. Ich kenne mich aus. Es ist nicht das erste Mal.«

Er sah auch schon wieder besser aus.

»Wenn Sie so etwas öfter haben, sollten Sie sich anders verhalten«, sagte ich. »Für einen Herzkranken sind Sie viel zu leicht erregbar.«

»Ach ja? Und wie würden Sie sich fühlen, mein Freund, wenn vor Ihnen plötzlich ein legendärer Wein auftauchte, an den Sie nicht herankommen? Nein, verzeihen Sie mir bitte. Es ist Ihr gutes Recht, Ihre Waren nicht zu verkaufen, wenn Sie es nicht wollen.«

»So ist es.«

»Aber einen kleinen Gefallen können Sie mir tun. Würden Sie mir wenigstens erlauben, die Flasche Saint-Oen zu sehen? Ich zweifle nicht an ihrer Existenz. Aber die Freude, sie zu betrachten, sie in Händen zu halten –«

Einen so kleinen Gefallen konnte ich ihm tun. Die Weinkeller von Broulet und Drummond lagen nahe den Halles au

Vin, eine kurze Autofahrt vom Büro. Ich geleitete ihn durch das kühle Steinlabyrinth, das an die Seine grenzte, führte ihn zu den Regalen der Nuits Saint-Oen, wo, getrennt von den weniger großen Weinen späterer Jahre, die einzige noch existierende Flasche von 1929 in einsamer Majestät ruhte. Ich holte sie vorsichtig herunter und reichte sie de Maréchal, der sie voll Ehrfurcht entgegennahm. Er prüfte das Etikett mit dem Auge des Experten und fuhr mit der Fingerspitze sacht über den Korken.

»Der Korken ist in gutem Zustand.«

»Und wenn schon. Das rettet den Wein nicht, wenn seine Zeit abgelaufen ist.«

»Natürlich nicht. Aber es ist ein ermutigendes Zeichen.« Er hielt die Flasche gegen das Licht. »Und der Bodensatz scheint normal zu sein. Denken Sie daran, Monsieur Drummond, dass einige große Burgunder fünfzig Jahre gelebt haben. Manche sogar noch länger.«

Er gab mir die Flasche widerwillig zurück. Als ich sie wieder ins Regal legte, blieben seine Augen so intensiv darauf gerichtet, dass er wie ein Mann unter Hypnose wirkte. Um den Bann zu brechen, musste ich ihn anstoßen, bevor ich ihn nach oben in die sonnige Außenwelt führen konnte.

Dort trennten wir uns.

»Ich bleibe in Verbindung«, sagte er, als wir uns die Hand schüttelten. »Vielleicht können wir gegen Ende der Woche zusammen essen.«

»Bedaure«, sagte ich wahrheitswidrig, »aber Ende der Woche bin ich in New York, in meinem dortigen Büro.«

»Schade. Aber Sie werden mich natürlich informieren, sobald Sie nach Paris zurückgekehrt sind?«

»Natürlich«, log ich.

Max de Maréchal ließ sich jedoch nicht abschütteln – nicht jetzt, wo er den Nuits Saint-Oen 1929 leibhaftig vor Augen gehabt hatte. Er muss eine Angestellte in meinem Pariser Büro bestochen und von ihr erfahren haben, wann ich aus den Staaten zurückkehrte, denn er rief mich an, sobald ich wieder an meinem Schreibtisch in der Rue de Berri saß. Er begrüßte mich überschwänglich. Welch ein Glück, dass er gerade jetzt anrief! Ein Glück für ihn – und auch für mich! Warum? Weil *La Société de la Cave* am kommenden Wochenende ein Dinner geben würde, eine regelrechte Weinproben-Orgie, und weil der Vorsitzende der Gesellschaft, Kyros Kassoulas selbst, um meine Anwesenheit gebeten hatte.

Mein erster Impuls war, die Einladung abzulehnen. Immerhin wusste ich, was dahinter steckte. Kassoulas hatte von dem Nuits Saint-Oen 1929 gehört und beschied mich auf sein Territorium, wo er persönlich ohne Gesichtsverlust darum feilschen konnte. Außerdem waren diese Weinproben, wie sie von verschiedenen Experten-Zirkeln veranstaltet werden, nichts für mich. Sicher, einen seltenen und exzellenten Wein zu probieren gehört zu den lohnendsten Erfahrungen des Lebens; aber eine Weinprobe in Gesellschaft von Mitenthusiasten scheint aus unerfindlichen Gründen alle falschen, snobistischen Reaktionen, die in der Seele auch des ehrenwertesten Bürgers versteckt sind, ans Licht zu bringen. Es war mir schon immer ein Gräuel, herumzusitzen und ansonsten ganz vernünftige Männer miteinander wetteifern zu sehen, wer sich wohl am ekstatischsten über einem Glas Wein gebärdete, zu sehen, wie sie die Augen verdrehen, die Nüstern blähen, sich anstrengen, die widersinnigsten Adjektive zu finden, um den Wein zu beschreiben.

Auf der anderen Seite stand schlichte Neugier. Kyros Kassoulas war eine interessante Figur, und mir wurde hier die Chance geboten, ihn leibhaftig kennen zu lernen. Am Ende siegte die Neugier. Ich nahm an dem Dinner teil, ich traf Kassoulas und stellte bald erfreut fest, dass wir großartig miteinander auskamen.

Der Grund dafür war leicht zu verstehen. Kyros Kassoulas war, wie de Maréchal es ausgedrückt hatte, ein Weinfanatiker, ein Mann mit aufrichtigem Interesse an den Eigenschaften des Weines, an seiner Geschichte und allem, was dazugehörte. Und ich konnte ihn besser informieren als irgendein anderer in seinem Bekanntenkreis. Sogar besser, wie er mir sagte, als der beschlagene Max de Maréchal.

Im Verlauf des Essens stellte ich mit Interesse fest, dass alle im Saal sich nach Kassoulas richteten, vor allem der schamlose Kriecher de Maréchal, während Kassoulas selbst sich nach mir richtete. Das gefiel mir. Es dauerte nicht lange, und ich fand ihn nicht nur eindrucksvoll, sondern sogar sympathisch.

Eindrucksvoll war er natürlich auch. Etwa fünfzig, klein, mit gewaltigem Brustkasten, ein dunkles Gesicht mit tiefen Furchen und fast affenartigen Ohren – er war hässlich auf eine Art, die so manche intelligente Frau faszinierend findet. Irgendwie erweckte er die Vorstellung eines alten, aus einem Mahagoniblock roh herausgehauenen Götzenbildes, bisweilen gemildert durch einen Schimmer von Interesse in seinen verhangenen, stets wachsamen Augen. Dieser Schimmer wurde intensiv, als er im Gespräch schließlich auf meine Flasche Saint-Oen kam.

Man habe ihm den Preis genannt, bemerkte er trocken, und er sei der Meinung, hunderttausend Franc seien vielleicht doch ein klein wenig übertrieben. Wenn ich mich also mit zweitausend Franc zufrieden geben könnte . . .

Ich schüttelte lächelnd den Kopf.

»Das ist ein gutes Angebot«, sagte Kassoulas. »Nebenbei gesagt mehr, als ich für jedes andere halbe Dutzend Weinflaschen in meinem Keller bezahlt habe.«

»Das will ich nicht bestreiten, Monsieur Kassoulas.«

»Aber verkaufen wollen Sie auch nicht. Wie groß ist die Chance, dass der Wein sich noch trinken lässt?«

»Wer kann das sagen? Der 1929er Saint-Oen ist spät ausgereift, deshalb lebt er möglicherweise länger als die meisten anderen. Er könnte aber auch schon tot sein. Deshalb öffne ich die Flasche selbst nicht und verkaufe auch niemand das Recht, sie zu öffnen. Auf diese Weise bleibt sie ein einzigartiger, herrlicher Schatz. Wenn man sie öffnet, ist sie vielleicht nur noch eine Flasche verdorbenen Weins.«

Es sprach für ihn, dass er mich verstand. Und als er mich für das nächste Wochenende auf sein Gut bei Saint-Cloud einlud, sagte er mir direkt, er suche nur meine Gesellschaft und nicht eine weitere Möglichkeit, um die Flasche Saint-Oen zu feilschen. Dieses Thema würde er nicht mehr anschneiden. Ich solle nur versprechen, ihm als Erstem Gelegenheit zu geben, ein Angebot zu machen, falls ich mich je zum Verkauf der Flasche entschlösse. Und das sagte ich ihm gern zu.

Es war ein für mich angenehmes Wochenende auf seinem Gut, das erste von vielen, die ich dort verbrachte. Das Anwesen war riesig, wurde aber reibungslos von einer Schar tüchtiger Angestellter bewirtschaftet, die unter der Leitung eines stämmigen grauhaarigen Majordomus namens Joseph standen. Joseph war offensichtlich Kassoulas' ergebener Sklave. Ich war nicht überrascht, als ich erfuhr, dass er Sergeant in der Fremdenlegion gewesen war. Er reagierte auf Befehle, als sei sein Herr der Oberst seines Regiments.

Eine Überraschung war für mich die Dame des Hauses, Sophia Kassoulas. Ich weiß nicht mehr genau, wie ich mir Kassoulas' Frau vorgestellt hatte – jedenfalls nicht als ein Wesen, das jung genug war, seine Tochter zu sein, sanft, schüchtern, mit einer leisen, fast flüsternden Stimme. Nach heutigen Maßstäben, die eine junge Frau dazu verurteilen, ein Knochengestell mit langen, glatten Haaren zu sein, war sie vielleicht ein wenig zu üppig, mit etwas zu ausgeprägten Rundungen, aber ich bin ein altmodischer Mann und glaube, dass

Frauen ausgeprägte Rundungen haben sollten. Und wenn sie außerdem, wie Sophia Kassoulas, blasse, dunkeläugige, leicht errötende Schönheiten sind, umso besser.

Als ich im Lauf der Zeit ein immer engerer Freund der Familie wurde, konnte ich ihr die Geschichte ihrer inzwischen fast fünfjährigen Ehe entlocken. Sophia Kassoulas war eine entfernte Kusine ihres Mannes. Als Kind armer Eltern in einem griechischen Gebirgsdorf geboren, im Kloster erzogen, war sie Kassoulas zum ersten Mal bei einem Familientreffen in Athen begegnet; als noch sehr junges Mädchen hatte sie ihn bald darauf geheiratet. Sie war, so versicherte sie mir mit ihrer weichen, leisen Stimme, eine sehr glückliche Frau. Von einem Mann wie Kassoulas erwählt zu werden, sei gewiss das größte Glück.

Aber das sagte sie, als ob sie sich verzweifelt bemühte, sich selbst davon zu überzeugen. In Wirklichkeit schien sie vor Kassoulas eine Todesangst zu haben. Wenn er eine ganz normale Bemerkung an sie richtete, schrak sie vor ihm zurück. Immer wieder sah ich diese Szene – und ich sah, wie er sie in Reaktion darauf mit eiskalt-höflicher Nichtachtung behandelte, die sie nur noch mehr einschüchterte.

Das ergab eine ungesunde Situation, weil, wie ich aus den Augenwinkeln sah, der charmante Max de Maréchal stets zur Stelle war, um Madames Angst zu verscheuchen. Nach einer Weile kam es mir zu Bewusstsein, wie oft ein Abend in Saint-Cloud damit endete, dass in einer Ecke Kassoulas und ich diskutierend über unserem Kognak saßen, während Madame Kassoulas und Max de Maréchal sich eng nebeneinander in einer anderen Ecke unterhielten. An diesen Tête-à-têtes war nichts Ungehöriges, aber sie gefielen mir trotzdem nicht. Die junge Frau wirkte so naiv wie ein Reh, und de Maréchal hatte alle Eigenschaften eines erfahrenen Wilddiebs.

Kassoulas selbst merkte entweder nichts oder war erstaunlich uninteressiert. Mit Sicherheit mochte er de Maréchal. Er erwähnte es mehrmals mir gegenüber, und einmal, als de Maréchal sich in einer Diskussion mit mir über die Vorzüge eines bestimmten Weins erregte, sagte Kassoulas in ernsthafter Sorge zu ihm: »Ruhig, Max, ruhig! Denk an dein Herz! Wie oft hat der Arzt dich vor Aufregung gewarnt!« Es war ungewöhnlich, dass Kassoulas seine Gefühle so deutlich zeigte. Im Allgemeinen schien er, wie so viele Männer seiner Art, völlig unfähig, auch nur die geringste Emotion auszudrücken.

Er sprach denn auch nur ein einziges Mal von seinen Gefühlen, soweit sie seine schwierige Ehe betrafen; das geschah, als ich mit ihm seinen Weinkeller inspizierte und ihn darauf hinwies, dass ein Dutzend Volnay-Cailleret 1955, die er gerade eingelagert hatte, sich wahrscheinlich als äußerst unausgeglichen erweisen würden. Es sei ein Fehler gewesen, diesen Wein zu kaufen, sagte ich; man wisse nie, ob er nicht verdorben sei, wenn man die Flasche öffne.

Kassoulas schüttelte den Kopf.

»Das Risiko habe ich einkalkuliert, Monsieur Drummond! Ich mache keine Fehler.« Er zuckte kaum merklich die Achseln. »Nun ja, einen vielleicht. Wenn ein Mann ein halbes Kind heiratet –«

Er unterbrach sich. Es war das erste und letzte Mal, dass er dieses Thema berührte. Ihm lag daran, über Wein zu reden, obwohl er gelegentlich, weil ich ihn anregte und mich als guter Zuhörer erwies, Geschichten aus seiner Vergangenheit erzählte. Mein eigenes Leben war eintönig. Es faszinierte mich, Bruchstücke aus Kassoulas' Leben zu erfahren, einer Hafenratte von Piräus, der als Kind ein Dieb gewesen war, in seiner Jugend ein Schmuggler und der vor seinem dreißigsten Lebensjahr zum Multimillionär geworden war. Ich empfand dabei die gleiche dramatische Spannung wie auch Kassoulas, wenn ich ihm Geschichten über einige der großen Weine erzählte, die, wie der Nuits Saint-Oen 1929, sich im Fass launisch und zweifelhaft verhalten hatten, bis sie durch ein Naturwunder plötzlich zu voller Größe erblüht waren.

Bei solchen Themen war auch Max de Maréchal in Hochform. Wenn ich sah, wie er sich in den Diskussionen ereiferte, musste ich innerlich lächeln und daran denken, wie er Kassoulas damals herablassend als Weinfanatiker beschrieben hatte. Diese Bezeichnung passte auf ihn selbst noch besser. Was auch immer an Max de Maréchal falsch sein mochte, seine Gefühle für große Weine waren echt.

Während dieser Monate hielt Kassoulas Wort. Er hatte gesagt, er werde nicht mehr mit mir um die kostbare Flasche Saint-Oen feilschen, und er tat es auch nicht. Gewiss, wir diskutierten den Saint-Oen oft genug – de Maréchal war von diesem Thema besessen –, aber wie sehr Kassoulas auch versucht sein mochte, mir erneute Angebote zu machen, er sagte nichts.

Dann geschah Folgendes: An einem trüben, kalten Regentag öffnete meine Sekretärin die Tür zu meinem Büro und verkündete mit Ehrfurcht in der Stimme, Monsieur Kyros Kassoulas wolle mich sprechen. Das war eine Überraschung. Obwohl Sophia Kassoulas, die außer de Maréchal und mir keine Freunde auf der Welt zu haben schien, mehrmals mit mir gegessen hatte, wenn sie zum Einkaufen in der Stadt war, hatte ihr Gatte sich bisher nie herabgelassen, mich in meinem Reich zu besuchen, und ich hatte ihn auch jetzt nicht erwartet.

Er trat ein, begleitet von dem stets adretten de Maréchal, der sich, wie ich mit wachsender Verblüffung feststellte, in einem Zustand fieberhafter Erregung befand.

Wir hatten uns kaum begrüßt, als de Maréchal direkt aufs Thema kam.

»Die Flasche Nuits Saint-Oen 1929, Monsieur Drummond«, sagte er. »Sie erinnern sich sicher, dass Sie einmal einen Preis für sie nannten: hunderttausend Franc.«

»Nur, weil sie für einen solchen Preis niemand kauft.«

»Würden Sie sie für weniger verkaufen?«

»Ich habe bereits klargemacht, dass das nicht in Frage kommt.«

»Mit Ihnen zu handeln ist nicht leicht, Monsieur Drummond. Aber Sie werden sich freuen zu hören, dass Monsieur Kassoulas jetzt Ihren Preis zahlen will.«

Ungläubig sah ich Kassoulas an. Bevor ich etwas sagen konnte, zog er einen Scheck aus der Tasche und reichte ihn mir, ungerührt wie immer. Unwillkürlich warf ich einen Blick darauf: ein Scheck über hunderttausend Franc. Nach dem augenblicklichen Wechselkurs waren das zwanzigtausend Dollar.

»Das ist lächerlich«, brachte ich schließlich hervor. »Das kann ich nicht annehmen!«

»Aber Sie müssen es«, sagte de Maréchal bestürzt.

»Ich bedaure. Kein Wein ist auch nur einen Bruchteil der Summe wert. Vor allem kein Wein, der vielleicht schon tot ist.«

»Ah«, sagte Kassoulas leichthin, »vielleicht zahle ich gerade dafür – dass ich feststellen kann, ob er tot ist oder nicht.«

»Wenn das Ihr Beweggrund ist –«, protestierte ich.

Kassoulas schüttelte den Kopf.

»Nein. Die Wahrheit, mein Freund, ist, dass dieser Wein ein für mich schwieriges Problem löst. Bald tritt ein großes Ereignis ein, nämlich mein fünfter Hochzeitstag, und ich habe überlegt, wie meine Frau und ich ihn angemessen feiern können. Da hatte ich einen Einfall. Wie kann man ihn besser feiern als dadurch, dass man den Saint-Oen öffnet und entdeckt, dass er sich noch in perfekter Blüte, in makelloser Reife befindet? Was könnte bei einem solchen Anlass bewegender und bedeutungsvoller sein?«

»Dann ist es umso schlimmer, wenn der Wein tot ist«, argumentierte ich. Der Scheck in meiner Hand wurde allmählich warm. Ich wollte ihn zerreißen, konnte mich aber nicht dazu durchringen.

»Macht nichts. Das Risiko liegt allein bei mir«, sagte Kassoulas. »Natürlich werden Sie dabei sein und selbst Ihr Urteil über den Wein abgeben. Darauf bestehe ich. Es wird ein denkwürdiges Ereignis sein, ganz gleich, wie es ausgeht. Ein intimes Dinner für uns vier und der Saint-Oen als Krönung des Festes.«

»Der Hauptgang muss ein Entrecôte sein«, hauchte de Maréchal. »Das passt ausgezeichnet zu dem Wein.«

Irgendwie konnte ich nicht mehr zurück. Ich faltete langsam den Scheck über hunderttausend Franc und steckte ihn in meine Brieftasche. Schließlich und endlich war ich Weinhändler und lebte davon.

»Wann soll das Dinner stattfinden?«, fragte ich. »Denken Sie daran, dass der Wein einige Tage stehen muss, bevor er umgefüllt wird.«

»Natürlich, das habe ich berücksichtigt«, sagte Kassoulas. »Heute ist Montag. Das Dinner findet am Samstag statt. Da bleibt mehr als genug Zeit, jedes Detail perfekt vorzubereiten. Am Mittwoch werde ich dafür sorgen, dass die Temperatur im Speisezimmer genau reguliert, der Tisch gedeckt und die Flasche Saint-Oen aufrecht darauf platziert wird, damit sich der Bodensatz setzen kann. Der Raum wird abgeschlossen, damit nichts passiert. Bis Samstag sollte er abgelagert sein. Aber ich plane nicht, den Wein zu dekantieren. Ich habe vor, ihn direkt aus der Flasche zu servieren.«

»Riskant«, sagte ich.

»Nicht, wenn man mit ruhiger Hand gießt. Zum Beispiel mit dieser.« Kassoulas hielt mir seine kräftige Hand mit kurzen, dicken Fingern hin; sie zitterte nicht. »Ja, dieser grandiose Wein verdient die Ehre, aus der eigenen Flasche eingeschenkt zu werden, so riskant das auch sein mag. Jetzt ist Ihnen doch sicher klar, Monsieur Drummond, dass ich ein

Mann bin, der jedes Risiko eingeht, wenn er meint, die Sache sei es wert.«

Bei einem Treffen mit Sophia Kassoulas später in der Woche hatte ich guten Grund, an diese Schlussworte zu denken. Sie rief früh am Morgen an und fragte, ob ich sie zum Mittagessen treffen könne, zu einer Zeit, in der man im Restaurant noch unter sich sei. Ich nahm die Einladung gern an, denn ich glaubte, sie wollte über ihre eigenen Pläne für die große Feier mit mir sprechen. Meine freudige Stimmung verlor sich allerdings, sobald ich mich zu ihr an den Tisch setzte, der im Hintergrund des schwach beleuchteten, fast leeren Raums stand. Sie war offensichtlich in Panik.

»Irgendetwas stimmt nicht«, sagte ich zu ihr. »Was ist los?«

»Alles«, sagte sie jämmerlich. »Und Sie sind der Einzige, an den ich mich wenden kann, Monsieur Drummond. Sie waren immer so nett zu mir. Wollen Sie mir jetzt helfen?«

»Mit Freuden. Wenn Sie mir erzählen, was los ist und was ich dabei tun kann.«

»Ja. Es geht nicht anders. Sie müssen alles erfahren.« Madame Kassoulas holte tief Atem. »Es ist schnell gesagt. Ich hatte eine Affäre mit Max de Maréchal. Kyros hat es jetzt entdeckt.«

Das war schlimm. In eine solche Geschichte wollte ich auf gar keinen Fall verwickelt werden.

»Madame«, sagte ich unglücklich, »das ist eine Angelegenheit, die Sie und Ihr Gatte allein regeln müssen. Bitte, sehen Sie ein, dass mich das nichts angeht.«

»Oh, wenn Sie nur verstünden –«

»Ich sehe nicht, was es da zu verstehen gibt.«

»Sehr viel. Was Kyros betrifft, mich, meine Ehe. Ich wollte Kyros nicht heiraten, ich wollte niemand heiraten. Aber meine Familie arrangierte die Sache – was konnte ich tun? Und es war schrecklich, von Anfang an. Für Kyros bin ich nur eine nette kleine Dekoration in seinem Haus. Er hat für mich nichts übrig. Er macht sich mehr aus dieser Flasche Wein, die er bei Ihnen gekauft hat, als aus mir. Wenn es um mich geht, ist er kalt wie Stein. Aber Max –«

»Ich weiß«, sagte ich müde. »Bei Max war es anders. Max machte sich sehr viel aus Ihnen. Oder wenigstens erzählte er Ihnen das.«

»Ja, das hat er erzählt«, sagte Madame Kassoulas trotzig. »Und ob es nun wahr war oder nicht, ich hatte es nötig. Wenn eine Frau keinen Mann hat, der ihr sagt, dass sie ihm etwas bedeutet, hat sie nichts. Aber es war schlecht von mir, Max in Gefahr zu bringen. Und jetzt, wo Kyros Bescheid weiß, ist Max in großer Gefahr.«

»Weshalb glauben Sie das? Hat Ihr Gatte Drohungen geäußert?«

»Nein, er hat nicht einmal gesagt, dass er von der Affäre weiß. Aber er weiß es. Ich schwöre es. Es ist die Art, wie er sich mir gegenüber in den letzten Tagen verhalten hat, es sind die Bemerkungen, die er macht, als ob er sich über einen Witz amüsiert, den nur er versteht. Und das Ganze scheint etwas mit dieser Flasche Saint-Oen zu tun zu haben, die im Speisezimmer eingeschlossen ist. Deshalb bin ich zu Ihnen gekommen. Sie müssen helfen. Sie kennen sich in diesen Dingen aus.«

»Madame, ich weiß nicht mehr, als dass der Saint-Oen für Ihre Dinner-Party am Samstag vorbereitet wird.«

»Ja, das hat Kyros auch gesagt. Aber *wie* er es sagte –« Madame Kassoulas beugte sich zu mir. »Sagen Sie mir eines: Ist es möglich, Gift in eine Flasche Wein zu praktizieren, ohne den Korken herauszuziehen? Ist das irgendwie möglich?«

»Ach, Unsinn. Können Sie denn wirklich glauben, dass Ihr Gatte Max vergiften will?«

»Sie kennen Kyros nicht so gut wie ich. Sie wissen nicht, wozu er fähig ist.«

»Auch zu einem Mord?«

»Auch zu einem Mord, wenn er sicher ist, ungeschoren davonzukommen. In meiner Familie erzählt man sich eine Geschichte, wie er in sehr jungen Jahren einen Mann umbrachte, der ihn um eine kleine Summe betrogen hatte. Er stellte sich dabei so geschickt an, dass die Polizei nie herausfand, wer der Mörder war.«

Da fielen mir plötzlich wieder Kassoulas' Worte ein, dass er jedes Risiko einginge, wenn er glaube, die Sache sei es wert; ich spürte, wie es mir kalt über den Rücken lief. Viel zu deutlich sah ich vor meinem inneren Auge, wie die Nadel einer Spritze den Korken jener Flasche Saint-Oen durchstach und wie tödliches Gift in den Wein tropfte. Dann wurde mir plötzlich klar, wie unsinnig dieses Bild war.

»Madame«, sagte ich, »ich will Ihre Frage so beantworten. Ihr Gatte hat nicht vor, irgendjemand auf Ihrer Dinner-Party zu vergiften, es sei denn, er wolle uns alle vergiften; aber ich bin sicher, dass ich auch eingeladen bin, um meinen Anteil am Saint-Oen zu kosten.«

»Und wenn nur in Max' Glas Gift getan wird?«

»Das wird nicht geschehen. Ihr Gatte hat zu viel Respekt vor Max' Geschmackssinn, um mit einem so plumpen Trick zu arbeiten. Wenn der Wein tot ist, wird Max es sofort merken und ihn nicht trinken. Wenn er noch gut ist, würde er jeden Zusatz beim ersten Schluck entdecken und den Rest nicht mehr anrühren. Übrigens, warum besprechen Sie die Angelegenheit nicht mit Max? Er ist doch derjenige, den sie am meisten angeht.«

»Ich habe es versucht, aber er hat mich bloß ausgelacht. Er sagte, ich bilde mir alles nur ein. Ich weiß, warum er so reagiert. Er ist darauf versessen, diesen Wein zu probieren, und will sich durch nichts davon abhalten lassen.«

»Ich kann diese Haltung verstehen.« Ich war bemüht, von dem unangenehmen Thema loszukommen. »Und er hat

Recht, was Ihre Einbildung betrifft. Wenn Sie wirklich einen Rat von mir wollen, dann halte ich es für das Beste, dass Sie sich Ihrem Gatten gegenüber so benehmen, als sei nichts geschehen, und sich in Zukunft von Monsieur de Maréchal fern halten.«

Es war unter den Umständen der einzige Rat, den ich ihr geben konnte. Ich hoffte nur, dass sie nicht zu sehr in Panik ergriffen war, um ihn zu befolgen. Oder zu verliebt in Max de Maréchal.

Da ich mehr wusste, als gut für mich war, fühlte ich mich am Abend der Party äußerst unbehaglich. Daher sah ich mit Erleichterung, dass Madame Kassoulas sich glänzend in der Hand hatte, als ich zur Gesellschaft stieß. Bei Kyros Kassoulas konnte ich überhaupt keine Veränderung in seinem Verhalten ihr oder de Maréchal gegenüber entdecken. Das schien mir ein überzeugender Beweis dafür, dass Madames schlechtes Gewissen zu lange und zu stark auf ihre Fantasie eingewirkt hatte und dass Kassoulas von ihrer Affäre überhaupt nichts ahnte. Er war kaum der Mann, der sich gleichmütig Hörner aufsetzen ließ, und er war äußerst ruhig. Als wir zum Essen Platz nahmen, war es klar, dass ihn nur das Menü interessierte und, vor allem, die Flasche Nuits Saint-Oen 1929, die vor ihm stand.

Die Flasche hatte drei Tage gestanden. Alles, was man nur hatte tun können, um den Zustand ihres Inhalts zu sichern, war geschehen. Die Raumtemperatur war mäßig warm; sie war konstant gehalten worden, seit die Flasche ins Zimmer gebracht worden war, und Max de Maréchal hatte sie, wie er versicherte, täglich in regelmäßigen Abständen überprüft. Und dabei gewiss entzückt und entrückt die Flasche angestarrt und die Stunden bis zu ihrer Öffnung gezählt.

Da überdies die Tafel, an der unsere kleine Gesellschaft Platz nahm, groß genug für achtzehn oder zwanzig Menschen war, gab es große Abstände zwischen unseren Plätzen, aber auch Raum für die Flasche, die in einsamer Pracht außer Reichweite unbedachter Hände stand, die sie hätten umwerfen können. Die Diener machten deutlich einen weiten Bogen um sie. Joseph, der stämmige, verbissene Majordomus, der sie mit dräuendem Blick in den Augen überwachte, musste ihnen wohl Fürchterliches angedroht haben, falls sie ihr zu nahe kämen.

Jetzt musste Kassoulas zwei gefährliche Prozeduren, die Vorspiele für das Ritual der Weinprobe, vornehmen. Normalerweise bleibt ein großer Wein wie der Nuits Saint-Oen 1929 stehen, bis sich der ganze Bodensatz unten, am Flaschenboden, abgesetzt hat. Dann wird er in eine Karaffe umgefüllt. Dieses Umfüllen sorgt nicht nur dafür, dass Sediment und Korkenreste zurückbleiben, es bedeutet auch, dass der Wein gehörig Luft bekommt. Je älter ein Wein ist, desto länger muss er an die Luft, um die in der Flasche angesammelte Muffigkeit loszuwerden. Aber Kassoulas war entschlossen, den Saint-Oen zu ehren, indem er ihn direkt aus der Originalflasche servierte; daher hatte er sich die delikate Aufgabe gestellt, den Wein am Tisch so sorgsam zu entkorken, dass keine Korkenreste in die Flüssigkeit geraten würden. Nachdem der Wein bis zum Entrée offen gestanden hatte, würde er ihn so umsichtig einschenken müssen, dass der Weinstein in der Flasche nicht aufgestört würde. Er hatte drei Tage gebraucht, sich abzusetzen. Die geringste Panne beim Entkorken oder Einschenken, und es würde noch drei Tage dauern, bis man den Wein trinken konnte.

Sobald wir saßen, ging Kassoulas an seine erste Aufgabe. Wir beobachteten mit angehaltenem Atem, wie er den Flaschenhals fest ergriff und den Korkenzieher in der Mitte des Korkens aufsetzte. Dann drehte er langsam, sehr langsam, mit der Konzentration eines Sprengmeisters, der eine Bombe entschärft, den Korkenzieher. Er hatte vor, tief genug einzudringen, um einen Halt im Korken zu haben, sodass er gezogen werden konnte, wollte aber vermeiden, den Korken ganz zu durchbohren. Nur so konnten keine Kortenstückchen in den Wein geraten.

Man braucht große Kraft, einen nicht ganz durchbohrten Korken aus einer Weinflasche zu ziehen, die jahrzehntelang verschlossen war. Die Flasche muss aufrecht und unbeweglich gehalten werden, das Ziehen muss vertikal und gleichmäßig geschehen, ohne Drehbewegung, die den Korken spalten würde. Ein altmodischer Korkenzieher ist das richtige Instrument dafür, weil er das Gefühl für exakte Korkenbewegung vermittelt.

Kassoulas' Hand ergriff die Flasche so fest, dass seine Knöchel weiß hervortraten. Seine Nackenmuskeln waren gespannt, die Schultern vorgeneigt. Trotz seiner gewaltigen Kraft schien es ihm unmöglich zu sein, den Korken zu bewegen. Aber er gab nicht nach, und am Ende war es der Korken, der nachgab. Langsam und sanft wurde er aus dem Flaschenhals gezogen, und zum ersten Mal, seit der Wein vor vielen Jahren aus dem Fass gezapft worden war, konnte er jetzt wieder an der Luft atmen.

Kassoulas bewegte den Korken unter seiner Nase hin und her und roch daran. Er zuckte die Achseln, als er ihn an mich weiterreichte.

»Unmöglich, auf diese Weise etwas festzustellen«, sagte er, und er hatte natürlich Recht. Der Duft feinen Burgunders, der dem Korken entströmte, bedeutete gar nichts, denn auch toter Wein kann ein gutes Bukett haben.

De Maréchal machte sich nicht einmal die Mühe, den Korken anzusehen.

»Nur der Wein ist von Bedeutung«, sagte er erregt. »Ganz allein der Wein. Und in einer Stunde werden wir sein Geheimnis kennen, sei es nun gut oder schlecht. Die Stunde wird uns lang erscheinen, fürchte ich.«

Mir kam es zunächst nicht so vor. Das Essen, das uns vorgesetzt wurde, war für mich eine mehr als ausreichende Ablenkung. Die Speisefolge war, als Tribut für den Nuits Saint-Oen 1929, etwa so arrangiert worden, wie ein klassischer Dirigent ein kurzes Programm leichterer Komponisten als Vorbereitung für ein Meisterwerk von Beethoven arrangieren würde. Artischockenherzen in *sauce blanche*, Languste mit Champignons und, um den Gaumen zu reinigen, ungewöhnlich saures Zitroneneis. Einfache Gerichte, makellos zubereitet.

Und die Weine, die Kassoulas dazu ausgewählt hatte, sollten seinem Diamanten offenbar als Fassung dienen. Ein ordentlicher Chablis, ein respektabler Muscadet. Beide waren gut, keiner war dazu angetan, einem Connaisseur mehr als ein knappes zustimmendes Nicken zu entlocken. Das war Kassoulas' Art, uns zu sagen, dass nichts die herrliche Verheißung jener offenen Flasche Nuits Saint-Oen dämpfen dürfe.

Dann gerieten meine Nerven allmählich außer Kontrolle. Ich wurde immer gespannter, und während das Essen seinen Fortgang nahm, zog die Flasche Saint-Oen meine Augen magnetisch auf sich. Es wurde bald zur Qual, auf den Hauptgang zu warten und darauf, dass der Saint-Oen eingeschenkt würde.

Wem, fragte ich mich, würde die Ehre zuteil werden, den ersten Tropfen zu kosten? Kassoulas war als Gastgeber dazu berechtigt, aber er konnte jeden anderen, dem er seine Achtung erweisen wollte, dazu ausersehen. Ich war mir nicht sicher, ob ich ausersehen werden wollte oder nicht. Ich war zwar auf das Schlimmste gefasst, aber ich wusste, dass ich, wenn ich bei Tisch als Erster entdeckte, der Wein sei tot, ein Gefühl haben würde, als müsste ich über den Wolken ohne Fallschirm aus einem Flugzeug aussteigen. Doch als Erster zu entdecken, dass dieser größte aller Weine die Jahre überlebt hatte ... Max de Maréchal, der rot war vor zunehmender Erregung und sich ständig den Schweiß von der Stirn wischen musste, hatte vermutlich dieselben Gedanken.

Endlich wurde das Hauptgericht aufgetragen, das *entrecôte de bœuf*, das de Maréchal vorgeschlagen hatte.

Dazu gab es lediglich eine Platte mit *petits pois*. Dann gab Kassoulas Joseph einen Wink, und der Majordomus schickte das Personal aus dem Zimmer. Es durfte nicht die geringste Störung geben, während der Wein eingeschenkt wurde, keine wie immer geartete Ablenkung. Als sich die massiven Türen des Speisezimmers hinter der Dienerschaft geschlossen hatten, kehrte Joseph zur Tafel zurück und nahm bei Kassoulas Aufstellung, bereit für jeden Dienst, der von ihm verlangt wurde.

Der Augenblick war gekommen.

Kassoulas nahm die Flasche Nuits Saint-Oen 1929. Er hob sie langsam, mit unendlicher Vorsicht, um den tückischen Bodensatz nicht aufzustören. Rubinrotes Feuer ging von ihr aus. Er hielt sie auf Armeslänge von sich entfernt und starrte sie gedankenvoll an.

»Monsieur Drummond, Sie hatten Recht«, sagte er abrupt.

»Ja?«, sagte ich überrascht. »Inwiefern?«

»Dass Sie sich weigerten, das Geheimnis dieser Flasche zu erschließen. Sie haben einmal gesagt, dass diese Flasche, solange sie ihr Geheimnis bewahre, ein außergewöhnlicher Schatz sei, dass sie aber nach dem Öffnen sich vielleicht nur als eine Flasche schlechten Weins entpuppen könne. Ein Desaster. Schlimmer noch, ein Witz. Das war die Wahrheit. Und angesichts dieser Tatsache merke ich jetzt, dass ich nicht den Mut habe festzustellen, ob das, was ich hier in Händen halte, ein Schatz oder ein Witz ist.«

De Maréchal wand sich fast vor Ungeduld.

»Dafür ist es jetzt zu spüt!«, protestierte er heftig. »Die Flasche ist schon offen!«

»Dennoch gibt es noch einen Ausweg aus meinem Dilemma«, sagte Kassoulas zu ihm. »Passen Sie auf. Sehen Sie gut hin.«

Sein Arm bewegte sich und nahm die Flasche aus dem Bereich des Tisches. Die Flasche kippte langsam. Völlig verblüfft sah ich Wein aus ihr fließen und sich auf das Parkett ergießen. Tropfen spritzten auf Kassoulas' Schuhe, nässten seine Hosenaufschläge. Die Lache auf dem Fußboden wuchs.

Ein unmenschlicher gurgelnder Laut von de Maréchal riss mich aus meiner Erstarrung. Dann ein wilder Schrei des Entsetzens von Sophia Kassoulas.

»Max!«, schrie sie. »Kyros, hör auf! Um Gottes willen, hör auf! Siehst du nicht, was du ihm antust?«

Sie hatte Grund zum Entsetzen. Auch ich geriet in Entsetzen, als ich de Maréchals Zustand sah. Sein Gesicht war aschfahl, sein Mund stand weit offen, seine Augen waren auf den roten Strahl fixiert, der sich erbarmungslos aus der Flasche in Kassoulas' unerschütterlicher Hand ergoss, und traten ihm in wahnwitzigem Schrecken aus dem Kopf.

Sophia Kassoulas lief zu ihm, aber er stieß sie schwach zur Seite und versuchte aufzustehen. Seine Hände streckten sich flehend nach der jetzt fast leeren Flasche Nuits Saint-Oen 1929 aus.

»Joseph«, sagte Kassoulas ungerührt, »kümmern Sie sich um Monsieur de Maréchal. Der Arzt hat ihm verboten, sich während seiner Anfälle zu bewegen.«

Josephs eiserner Griff hinderte de Maréchal am Aufstehen, aber ich sah, wie seine blasse Hand in einer Tasche herumsuchte. Ich fand meine Geistesgegenwart wieder.

»In seiner Tasche!«, rief ich. »Er hat Tabletten!«

Es war zu spät. De Maréchal griff sich plötzlich mit der bekannten Geste unerträglichen Schmerzes an die Brust; dann wurde sein ganzer Körper schlaff, sein Kopf sank nach hinten, seine Augen verdrehten sich und starrten blind an die

Decke. Das Letzte, was sie wahrscheinlich gesehen hatten, war, wie der Strahl des Nuits Saint-Oen zu einem Tröpfeln wurde, das Tröpfeln zu einem Sickern von Weinstein, das sich in der großen Lache auf dem Boden verdickte.

Für de Maréchal konnte man nichts mehr tun, aber Sophia Kassoulas war am Rande einer Ohnmacht. Obwohl ich selbst schwach in den Knien war, half ich ihr auf ihren Stuhl und ließ sie den Rest des Chablis in ihrem Glas trinken.

Der Wein drang durch ihre Betäubung. Sie saß da, atmete schwer und starrte ihren Mann an, bis sie die Kraft fand, etwas zu sagen.

»Du wusstest, dass es ihn umbringen würde«, flüsterte sie. »Deshalb hast du den Wein gekauft. Deshalb hast du ihn ausgeschüttet.«

»Das reicht«, sagte Kassoulas kühl. »Du weißt nicht, was du redest. Und du bringst unseren Gast mit deinem Ausbruch in Verlegenheit.« Er wandte sich an mich. »Traurig, dass unser kleines Fest so enden musste, Monsieur, aber solche Dinge passieren eben. Der arme Max. Bei seiner Veranlagung hat er sich das Unglück selbst zugezogen. Und Sie sollten jetzt besser gehen. Der Arzt muss gerufen werden, um ihn zu untersuchen und die nötigen Papiere auszufüllen. Diesen medizinischen Dingen beizuwohnen kann unangenehm sein. Es ist nicht nötig, Sie einer solchen Unannehmlichkeit auszusetzen. Ich werde Sie zur Tür bringen.«

Wie ich das Haus verließ, weiß ich nicht mehr. Ich hatte gesehen, wie ein Mord begangen wurde, und es gab nichts, was ich in dieser Sache tun konnte. Ganz und gar nichts. Allein laut auszusprechen, dass das, was ich hatte geschehen sehen, Mord war, würde vor jedem Gericht ausreichen, mich wegen Verleumdung zu verurteilen. Kyros Kassoulas hatte seine Rache fehlerlos geplant und durchgeführt. Nach meiner bitteren Berechnung kostete sie ihn nicht mehr als hunderttausend Franc und den Verlust einer untreuen Ehefrau. Es war unwahrscheinlich, dass Sophia Kassoulas noch eine Nacht in seinem Hause verbringen würde, und wenn sie es nur mit dem, was sie auf dem Leibe trug, verlassen musste.

Nach dieser Nacht hörte ich nie wieder von Kassoulas. Dafür wenigstens war ich dankbar . . .

Nun, sechs Monate später, saß ich an einem Tisch in einem Café in der Rue de Rivoli mit Sophia Kassoulas, die, wie ich, den Mord miterlebt hatte und, wie ich, hilflos zum Schweigen verurteilt war. Angesichts des Schocks, den mir unser Zusammentreffen verursachte, musste ich ihre Gefasstheit bewundern, als sie sich besorgt um mich bemühte, darauf achtete, dass ich einen Kognak trank und dann noch einen zweiten, lebhaft über Unwesentliches plauderte, als ob dadurch die Erinnerung an das Vergangene in unseren Köpfen ausgelöscht werden könnte.

Sie hatte sich verändert, seit ich sie zuletzt gesehen hatte. Zum Besseren verändert. Aus dem scheuen jungen Mädchen war eine schöne Frau geworden, die Selbstbewusstsein ausstrahlte. Das war nicht schwer zu erklären. Irgendwo, dessen war ich mir sicher, hatte sie den richtigen Mann gefunden, und diesmal war es kein Untier wie Kassoulas und keine Casanova-Verschnitt wie Max de Maréchal.

Nach dem zweiten Kognak war ich fast wieder ich selbst, und als ich meine Samariterin auf ihre kleine juwelenbesetzte Armbanduhr schauen sah, entschuldigte ich mich, dass ich sie aufgehalten hatte, und dankte ihr für ihre Freundlichkeit.

»Eine kleine Gefälligkeit für einen so guten Freund«, sagte sie vorwurfsvoll. Sie erhob sich und sammelte Handschuhe und Tasche ein. »Aber ich habe Kyros versprochen, dass ich ihn –«

»Kyros?«

»Aber natürlich Kyros. Mein Mann.« Madame Kassoulas sah mich verwundert an.

»Also leben Sie noch mit Ihm zusammen?«

»Ja, sehr glücklich.« Dann hellte sich ihr Gesicht auf. »Sie müssen entschuldigen, dass ich so schwer von Begriff bin. Ich habe etwas Zeit gebraucht, um zu verstehen, warum Sie eine solche Frage stellen.«

»Madame, ich muss um Entschuldigung bitten. Schließlich –«

»Nein, nein, Sie hatten alles Recht, sich danach zu erkundigen.« Madame Kassoulas lächelte mir zu. »Aber ich erinnere mich manchmal nur noch schwer daran, dass ich jemals mit Kyros so unglücklich war. In jener Nacht hat sich alles für mich so völlig verändert –«

Sie sah mich an. »Aber Sie waren doch dabei, Monsieur Drummond. Sie haben selbst gesehen, wie Kyros die Flasche Saint-Oen auf den Fußboden gegossen hat, nur meinetwegen. Welch eine Offenbarung! Welch ein Erwachen! Und als mir dämmerte, dass ich ihm wirklich mehr bedeutete als selbst die letzte Flasche Nuits Saint-Oen 1929 auf der Welt, als ich den Mut fand, an diesem Abend in sein Zimmer zu gehen und ihm zu sagen, welche Gefühle das bei mir ausgelöst hatte – oh, lieber Monsiuer Drummond, seitdem haben wir den Himmel auf Erden!«

# Hundepension

Ralf Kramp

Die einen kläfften heiser, hysterisch, sprangen mit nervösen Hüpfern gegen die federnden Metallgitter, die anderen bellten dröhnend, tief und kehlig, drehten Runde um Runde in ihren Käfigen. So unterschiedlich sie auch gegen die ungewöhnliche Unterbringung rebellierten, so sehr glichen sie sich doch in anderen Dingen: Sie wirbelten Haare herum, schissen in die Ecken und trieben Vera langsam, aber stetig an den Rand des Wahnsinns.

Sie starrte nervös durch das Küchenfenster zu den Hundezwingern hinüber und zog gierig an ihrer Zigarette. Die erste seit drei Jahren. Sie hatte sie unten im Dorf in dem kleinen Edeka-Laden geholt, in dem die dürre alte Besitzerin sie schon von dem Augenblick an kritisch gemustert hatte, seit sie hierher gezogen war.

Die erste Kippe nach so langer Zeit.

Jetzt, wo Uwe weg war, war alles anders. Da durfte es auch mal eine Zigarette sein. Wer konnte schon wisen, wie es jetzt weiterging?

Ihr Blick wanderte durch die Küche. Zusammengewürfelter Kram. Ein alter Gasherd, ein Ikea-Regal, ein Kühlschrank, beklebt mit holzfarben gemaserter Folie. Palettenweise stapelte sich das Hundefutter in der Ecke hinter dem alten Küchenschrank von Uwes Großmutter. Von der Decke baumelten zwischen üppigen Büschen strohtrockener Minze, brüchigen Salbeis und rieselnden Oreganums mehrere uralte Fliegenfänger, die gespickt waren mit den Leichnamen hunderter Fliegen. Blank poliert und stahlglänzend thronte dagegen inmitten der Unordnung Uwes Getreidemühle auf dem Beistelltisch. Erst gestern hatte sie das klobige Gerät blank gescheuert. Frisch geschrotetes Müsli und grob gekörntes Brot.

Seit gestern war alles anders.

Der Polizeiwagen fuhr vor. Dichte Staubwolken wurden von dem unbefestigten Boden emporgewirbelt. »Wie im Wilden Westen«, dachte Vera und schob träge die Glastüre zum Vorplatz auf. Die Ankunft des Streifenwagens hatte bei den Hunden erneut wildes Gekläffe hervorgerufen.

Die beiden Beamten kannte sie bereits. Am Vortag hatten sie sich schon einmal heraus bemüht. Hier hinaus, an den Arsch der Welt. Nach ihrem Anruf hatten sie Uwes Personalien aufgenommen, sie gebeten, ihn zu beschreiben und dann allen Ernstes gefragt, was er denn zuletzt getragen habe. Beinahe hätte sie gelacht und gesagt: »Dasselbe wie jeden Tag. Grauer Strickpullover und Jeans im letzten Stadium der Auflösung.« Sie verkniff es sich. Die Beamten hätten es bestimmt merkwürdig gefunden.

Ob sie eine Ahnung habe, warum ihr Mann verschwunden sei? Hatten diese Typen wohl jemals auf diese Frage eine halbwegs vernünftige Antwort bekommen? Sie hätte hundert Gründe nennen können, warum er plötzlich von der Bildfläche verschwunden war. Sie hätte ein grobes Bild ihrer kaputten Ehe zeichnen können, aber vermutlich wäre ihr irgendetwas entfahren, das darauf schließen ließ, dass sie keineswegs unglücklich war, dass Uwe seit zwei Tagen nicht von einem seiner weitläufigen Spaziergänge zurückgekommen war. Der einzige, der etwas über Uwes Verbleib hätte aussagen können, wenn er denn der Menschensprache mächtig gewesen wäre, war Titus, der hechelnde Labrador, der als einziges Vieh den Luxus des freien Auslaufs genoss, da er Uwes persönlicher Begleiter auf all seinen Spaziergängen war. So auch beim letzten.

Der größere der beiden Beamten kam lächelnd auf sie zu, während sein Kollege sich schnaufend mit einem großen Taschentuch den Schweiß von der Stirne rieb.

Sie erinnerten an Stan und Ollie.

Der Dürre deutete eine leichte Verbeugung des Kopfes an. »Tut mir sehr Leid, Frau Sattmann. Leider keine Neuigkeiten.« Er zuckte mit den Schultern und nestelte an seinem Gürtel herum. »Wir waren nur gerade in der Nähe . . .«

Waren sie nicht. Hier oben in der Eifel fuhr man nicht mitten in der sengenden Sommersonne mit dem Streifenwagen »gerade in der Nähe vorbei«. Hier oben fuhr man überhaupt nirgendwo »gerade mal vorbei«, weil es hier nichts gab, das man über ihre Hundepension hinaus aufsuchen konnte. Tatsache war, dass sie eine attraktive Brünette war, der der Mann abgehauen war. Da fuhr man auch schon mal einen Umweg. Selbst in der Bruthitze über den Eifelhöhen.

Sie schlenderten über den staubigen Hof. Die Hunde beruhigten sich allmählich. Stan beugte sich zu dem alten Labrador hinunter und kraulte sein heißes Fell. Träge drehte sich der Hundekoloss auf den Rücken und ließ sich den fetten Bauch kraulen.

»Wenn Sie sagen ›keine Neuigkeiten‹, heißt das so viel wie ›Es gibt überhaupt nichts Neues‹ oder eher so was wie ›Wir hätten da schon was, aber mit dieser Spur weiß nur die schlaue Polizei was anzufangen‹? Etwas zu trinken?« Sie stieß die Glastüre auf, und die beiden Polizisten folgten ihr wortlos. Sie konnte die Blicke der beiden auf ihrem Allerwertesten spüren, der, nur mit einem Bikinislip bekleidet, unter ihrem grellroten T-Shirt hervorwackelte. Sie genoss das Gefühl. Vor allen Dingen, weil Uwe schon längst jeden Blick für solcherlei Appetitlichkeiten verloren hatte.

Sie deutete matt auf die zerschlissene Eckbank. »Sperrmüll«, dachte sie in diesem Augenblick wieder, und sie sah eine stattliche Anzahl von Müllcontainern vor ihrem geistigen Auge, die sich stetig füllen würden, wenn es erst einmal daran ging, das Haus für den Verkauf zu entrümpeln.

Sie zeigte zwei gekühlte Flaschen Bier, und die beiden nickten zaghaft, mit mühsam beherrschter Freude, ohne einander dabei anzusehen. »Normalerweise ...«, begann Ollie und tupfte wieder mit seinem Taschentuch auf der Stirne herum. Der Rest des Satzes blieb als unausgesprochener Gedanke in der Hitze des Mittags hängen, während kühles Bier in die Gläser schäumte.

»Er kommt sicher zurück«, sagte Stan nach dem ersten nicht enden wollenden Schluck und unterdrückte ein Rülpsen. »Ich weiß nicht, ob Ihnen das ein Trost ist, aber in den meisten dieser Fälle ...« Auch der Rest dieses Satzes zerbröselte in der Bedeutungslosigkeit angesichts des nächsten kühlenden Schluckes.

Vera rauchte wieder und drehte sich zum Herd, wobei sie vorgab, etwas von dem altmodischen Metallgestell um die Gasdüsen herum abzukratzen, damit niemand von den beiden ihr nicht mehr zu unterdrückendes Schmunzeln bemerkte.

Uwe war weg. Und Uwe blieb auch weg. Nur so konnte sie den Traum von einem neuen Leben in geordneten Bahnen endlich in die Tat umsetzen. Ein Leben ohne Hundehaare in der Butter, ein Leben ohne Dinkelbrot und Ziegenkäse von Uwes verrücktem Freund unten im Dorf. Ein Leben in der Stadt, in Bistros, Kinos und auf Feten! Ein Leben mit dem unvergleichlichen Wohlgenuss von doppelstöckigen Cheesburgern und Pizza! Ein Leben ohne diese beschissene Eifel und vor allem ... ohne Uwe!

Ein Auto fuhr auf den Hof. Der bordeauxrote BMW kam, umwirbelt von einer mächtigen Staubwolke, vor dem Hauseingang zum Stehen. Der Wagen spie seinen Fahrer, den rotgesichtigen Franz Dieffenthal, regelrecht aus. Mit kraftvollen Schritten und geballten Fäusten stapfte der Seniorchef einer großen Heizungsbaufirma auf das Haus zu und stand wenige Augenblicke später schnaufend und mit den Kiefern mahlend im Rahmen der Küchentüre.

Vera registrierte beunruhigt, dass der alte Herr heute noch ein bisschen röter und noch einen Schritt näher am Infarkt war als gestern, als er seine Colliehündin Sheila von ihrem sechstägigen Aufenthalt abgeholt hatte.

»Das wird Folgen haben!«, polterte er los, ohne eine noch so knappe Begrüßung zu formulieren. Die beiden Polizisten versuchten unbeholfen, ihre Bierflaschen aus seinem Gesichtsfeld zu mogeln.

Dieffenthal registrierte Veras fragenden Gesichtsausdruck und fuhr fort. »Gestern Abend kriegte meine Sheila Probleme. Sie wissen, was ich sagen will ... Magenschmerzen, Koliken.« Er ruderte wild mit den Armen, schnappte nach Luft und brüllte Vera an: »Das arme Tier wäre mir fast unter den Händen weggestorben!«

Vera setzte ein besorgtes Gesicht auf. »Aber ...«

Dieffenthal fiel ihr ins Wort. »Ich weiß nicht, was Sie dem Hund zu fressen gegeben haben! Ich weiß nur, dass der Tierarzt eine Notoperation durchgeführt, und das Tier gerettet hat. Das hier ...« Er öffnete seine geballte Rechte und hielt einen kleinen Gegenstand vor Veras Gesicht. Selbst die Polizisten konnten von ihrem Sitzplatz aus genau erkennen, um was es sich handelte. Der kleine goldfarbene Ring sah ein wenig mitgenommen aus. Leichte Verfärbungen, stark zerkratzt. Die feinen Rillen des Eherings hatten sich mit allerlei Schmutz zugesetzt.

»Dieses Ding hat es – fragen Sie mich nicht wie – fertig gebracht, dem Darm meines armen Hundes zuzusetzen! Können Sie mir erklären, wie ein Ehering in den Magen meines Collies kommt? Wo ist Ihr Mann?«

Vera zündete sich eine Zigarette an. Ihr Blick fiel, vorbei an den Polizisten, denen eine fürchterliche Ahnung das schiere

Entsetzen aufs Gesicht malte, hinaus auf die Hundezwinger. Sie dachte daran, dass die Hunde Uwe schon immer *zum Fressen gern* gehabt hatten, kicherte bei dem Gedanken daran, dass *Uwes Herz schon immer dem alten Titus gehört hatte*, wie er es immer formulierte, und schließlich brach sie in lautes, unkontrolliertes Lachen aus bei der Erinnerung daran, dass Uwe beim Kauf der neuen Getreidemühle gesagt hatte: *»Die mahlt alles klitzeklein . . . sogar Knochen könnte die zermalmen!«*

# 500 Pfund Belohnung

Dorothy Sayers

Der *Evening Messenger*, jederzeit bemüht, die Sache der Gerechtigkeit zu fördern, hat die oben genannte Belohnung für Hinweise ausgesetzt, die zur Ergreifung des von der Polizei im Zusammenhang mit dem Mord an der 59-jährigen Emma Strickland aus Manchester, Acacia Crescent, gesuchten William Strickland alias Bolton führen.

Steckbrief des Gesuchten
Hier die amtliche Beschreibung William Stricklands: 43 Jahre alt, 1,85 bis 1,88 Meter groß, dunkler Teint, fülliges silbergraues Haar (könnte selbiges zwischenzeitlich gefärbt haben), voller grauer Schnurrbart und Bart (könnte selbigen zwischenzeitlich abrasiert haben), hellgraue, ziemlich eng beieinander stehende Augen, Hakennase, kräftige weiße Zähne, die er beim Lachen sehr deutlich zeigt, Goldplombe im linken oberen Eckzahn, linker Daumennagel durch Schlag auf denselben verformt.
Spricht mit lauter Stimme; schnelle, entschiedene Art; gute Adresse.
Könnte grauen oder dunkelblauen Straßenanzug, Stehkragen (Größe 38) und weichen Filzhut tragen.
S. ist seit dem 5. d. M. flüchtig und könnte bereits das Land verlassen haben oder dieses beabsichtigen.

Mr Budd studierte noch einmal sehr sorgfältig den Steckbrief und seufzte. Es war im höchsten Maße unwahrscheinlich, dass William Strickland von allen Londoner Frisiersalons ausgerechnet seinen kleinen, kümmerlichen Laden aufsuchen würde, um sich rasieren und die Haare schneiden zu lassen, geschweige »selbiges zu färben«; selbst wenn man annahm, dass er noch in London war, und dazu sah Mr Budd keinerlei Anlass.

Drei Wochen waren seit dem Mord vergangen, und die Chancen standen hundert zu eins, dass William Strickland dieses Land seiner allzu aufdringlichen Gastfreundschaft wegen längst verlassen hatte. Nichtsdestotrotz prägte Mr Budd seinem Gedächtnis den Steckbrief ein, so gut es ging. Es war eine Chance – eine Chance wie der große Kreuzworträtselwettbewerb oder das Neunregenbogen-Preisausschreiben, die Bunko-Poster-Lotterie oder die vom *Evening Clarion* organisierte Große Schatzsuche. Jede Schlagzeile, in der das Wort Geld vorkam, ob es fünfzigtausend Pfund in bar waren, eine Leibrente von zehn Pfund die Woche oder bescheidene hundert Pfund auf die Hand, vermochte in diesen mageren Zeiten Mr Budds faszinierten Blick auf sich zu ziehen.

Es mag seltsam anmuten, dass Mr Budd im Zeitalter von Bubikopf und Dauerwelle neidischen Blicks die Gewinnerlisten der verschiedenen Preisausschreiben studierte. Hatte denn nicht der Figaro von gegenüber, der voriges Jahr noch seine schäbigen Gewinne mit den noch schäbigeren Gewinnen aus billigen Zigaretten und Bilderheftchen aufgebessert hatte, erst kürzlich den Gemüseladen nebenan aufgekauft und einen Stab exquisit coiffierter Bediensteter für seinen neuen »Haarmodesalon für die Dame« engagiert und seinen ganzen Laden mit roten und orange Vorhängen, zwei Reihen glänzender Marmorbecken und einem Dauerwellengerät bestückt, das an einen viktorianischen Kronleuchter erinnerte?

Hatte er nicht eine große elektrische Leuchtreklame installiert, deren rote Umrandung ewig um und um lief wie ein Kätzchen auf der Jagd nach seinem eigenen Kometenschweif? War das nicht sein Sandwichmann, der da gerade wieder mit zwei großen Tafeln, die in riesigen Leuchtbuchstaben seine LEISTUNGEN und PREISE anzeigten, die Straße auf und ab spazierte? Und strömte nicht eben wieder eine endlos scheinende Prozession junger Damen in der verzweifelten Hoffnung, noch kurz vor Geschäftsschluss ein Waschen und Legen »eingeschoben« zu bekommen, in seine parfümgeschwängerten Hallen?

Wenn dann die Dame mit dem Reservierungsbuch bedauernd den Kopf schüttelte, dachten sie nicht im Traum daran, mal eben über die Straße zu gehen und an Mr Budds schummrig erhellte Tür zu klopfen. Lieber ließen sie sich für einen der nächsten Tage vormerken und zupften, während sie geduldig warteten, besorgt an dem stachligen Nachwuchs im Nacken und den widerspenstigen Büscheln hinter den Ohren herum, die so schnell außer Fasson gerieten.

Tag für Tag sah Mr Budd sie bei der Konkurrenz ein und aus gehen und wünschte sich, betete gar im Stillen darum, die eine oder andere von ihnen möge doch zu ihm herüberkommen; aber nie kam eine.

Und dabei wusste Mr Budd, dass er der bessere Haarkünstler war. Er hatte von da drüben schon Bubiköpfe herauskommen sehen, die er nie und nimmer geduldet, geschweige sich auch noch mit dreieinhalb Shilling hätte bezahlen lassen. Bubiköpfe mit hässlich hartem Übergang im Nacken, Bubiköpfe, die eine schöne Kopfform schändeten oder eine weniger schöne Kopfform noch brutal betonten; schnell hingeschluderte Pfuscharbeit, an einem betriebsamen Nachmittag irgendeinem Mädchen mit gerade beendeter dreijähriger Lehrzeit anvertraut, für das die hohe Kunst des »Übergangs« noch ein Buch mit sieben Siegeln war.

Und dann das »Tönen« – sein höchstpersönliches Lieblingsthema, das er *con amore* studiert hatte – wenn diese etwas zu flotten reiferen Damen doch nur zu ihm kämen! Er würde ihnen diesen schrecklichen Mahagoniglanz, mit dem sie aussahen wie metallene Roboter, freundlich ausreden – sie warnen vor diesem überall angepriesenen Präparat, das so unberechenbar in seiner Wirkung war; er würde alle die feinen, in langer Erfahrung gelernten Kniffe anwenden – kurz, er würde alle Register seiner Kunst ziehen, einer Kunst, die sich selbst im Hintergrund hielt.

Doch zu Mr Budd kamen nur die Straßenarbeiter und die jungen Herumtreiber und die Männer, die ihr Gewerbe unter den Kerosinfackeln der Wilton Street ausübten.

Und warum hatte Mr Budd sich nicht ebenso mit Elektrizität und Marmor umgeben, um auf der steigenden Flut zum Reichtum zu schwimmen?

Das hatte einen sehr betrüblichen Grund, und da er mit unserer Geschichte nichts zu tun hat, sei er in gnädiger Kürze geschildert.

Mr Budd hatte einen jüngeren Bruder namens Richard, für den zu sorgen er seiner Mutter versprochen hatte. In glücklicheren Tagen hatte Mr Budd in seiner Heimatstadt Northampton ein blühendes Geschäft sein Eigen genannt, und Richard hatte in einer Bank gearbeitet. Richard war aber auf die schiefe Bahn geraten (wofür der arme Mr Budd sich bittere Vorwürfe machte). Nach einer schlimmen Affäre mit einem Mädchen und einer Serie böser Affären mit Buchmachern hatte Richard versucht, den Teufel mit Beelzebub auszutreiben, indem er Geld von der Bank genommen hatte. Aber um mit den Büchern einer Bank jonglieren zu können, musste man schon viel geschickter sein, als Richard es war.

Der Bankdirektor war ein harter Mann der alten Schule. Er erstattete Anzeige. Mr Budd bezahlte Bank und Buchmacher aus, sorgte für das Mädchen, solange Richard im Gefängnis war, bezahlte ihnen die Überfahrt nach Australien, als er wieder herauskam, und gab ihnen noch etwas für den neuen Start.

Aber das kostete ihn den ganzen Ertrag seines Frisiersalons, und außerdem konnte er den Leuten in Northampton, die ihn sein Leben lang gekannt hatten, nicht mehr ins Gesicht sehen. Also war er ins große London enteilt, die Zuflucht aller, die den Blick ihrer Nachbarn scheuten, und hatte sich diesen kleinen Laden in Pimlico gekauft, der dann auch einigermaßen gediehen war, bis diese neue Mode, die für andere Haarstudios ein solcher Segen war, ihn wegen Kapitalmangels aus den Angeln hob.

Und darum klebte Mr Budds schmerzhaft faszinierter Blick so sehnsuchtsvoll an allen Schlagzeilen, in denen das Wort Geld vorkam.

Er legte die Zeitung hin, und während er das tat, sah er sein Bild im Spiegel und musste lächeln, denn er war nicht ohne Humor. Er sah nicht aus wie einer, der einen Mörder eigenhändig einzufangen in der Lage gewesen wäre. Er war Ende Vierzig – mit Bäuchlein, flaumigem, hellem Haar, das oben schon etwas schütter wurde (teils Erbe, teils Kummer) –, maß höchstens einssiebenundsechzig und hatte sanfte Hände, wie sich's für einen Friseur geziemte.

Selbst mit einem Rasiermesser in der Hand würde er für einen William Strickland mit seinen einsfünfundachtzig bis einsachtundachtzig, der seine alte Tante so brutal erschlagen, ihre Leiche so grausam zerstückelt und ihre Überreste so grässlich im Kochtopf beseitigt hatte, kaum ein ernst zu nehmender Gegner sein. Mr Budd schüttelte betrübt den Kopf und ging zur Tür, um einen traurigen Blick zu dem florierenden Salon da drüben zu werfen – und wäre dabei fast mit einem riesenhaften Mann zusammengestoßen, der in großer Eile in seinen Laden gestürzt kam.

»Ich bitte um Verzeihung, Sir«, beeilte sich Mr Budd zu versichern, um die erhofften neun Pence nicht zu verprellen. »Ich wollte nur mal eben an der Tür ein bisschen frische Luft schnappen. Rasieren, Sir?«

Der große Mann antwortete mit einer Gegenfrage, aus der Mr Budd, mit den Gedanken noch ganz bei dem Mörder von Manchester, nur die Worte »Zeit zum Sterben« heraushörte.

Mr Budd war so verdattert, dass er es sogar versäumte, dem Kunden aus dem Mantel zu helfen, doch während dieser sich schon allein behalf, fasste er sich allmählich wieder. Womöglich war der Mann irgendein Prediger – mit seinen auffallend hellen Augen, feuerrotem Haargestrüpp und kurzem, vorspringendem Kinnbart sah er ganz danach aus. Hoffentlich kam er nicht nur Spenden sammeln! Das wäre für Mr Budd, der die neun Pence (mit Trinkgeld vielleicht sogar einen ganzen Shilling) schon in der Kasse gesehen hatte, ein herber Schlag gewesen.

»Wie bitte?«, fragte Mr Budd.

»Ob Sie noch Zeit zum Färben haben«, wiederholte der Mann ungeduldig.

»Oh!«, machte Mr Budd erleichtert. »Gewiss, Sir, gewiss.«

Welch ein Glücksfall! Färben – das bedeutete ein hübsches Sümmchen – Mr Budds Hoffnungen verstiegen sich gar auf siebeneinhalb Shilling.

»Gut«, sagte der Mann, indem er Platz nahm und es Mr Budd gestattete, ihm einen Kittel um den Hals zu binden. (Jetzt war er sicher im Netz – mit ein paar Metern weißem Leinen um den Leib konnte er nicht gut wieder aufspringen und auf die Straße rennen.)

»Die Sache ist nämlich die«, sagte der Mann, »dass meine Verlobte keine roten Haare mag. Sie sind ihr zu auffällig, sagt sie. Die anderen jungen Damen in ihrer Firma machen sich angeblich schon darüber lustig. Und da sie nun mal um einiges jünger ist als ich, verstehen Sie sicher, dass ich ihr gern zu Gefallen bin, und darum dachte ich daran, mir vielleicht eine ruhigere Farbe zuzulegen, nicht? Dunkelbraun – die Farbe liebt sie. Was halten Sie davon?«

Mr Budd dachte bei sich, dass die jungen Damen den plötzlichen Gefiederwechsel wahrscheinlich noch ulkiger finden würden als die Originalfarbe, aber im geschäftlichen Interesse pflichtete er dem Herrn bei. Dunkelbraun werde ihm sicher sehr gut stehen und bestimmt weit weniger augenfällig sein als Rot. Außerdem gab es die angebliche Verlobte wahrscheinlich gar nicht. Eine Frau würde, das wusste er, ganz offen sagen, dass sie zur Abwechslung einmal eine andere Farbe tragen oder wenigstens ausprobieren wolle, oder dass sie annehme, sie würde ihr besser stehen; aber immer wenn ein Mann eine Dummheit machte, gab er nach Möglichkeit jemand anderem die Schuld dafür.

»Nun gut«, sagte der Kunde, »dann fangen Sie an. Und ich fürchte, der Bart muss auch ab. Meine Verlobte mag keine Bärte.«

»Das geht vielen jungen Damen so«, sagte Mr Budd. »Bärte sind heutzutage nicht mehr so in Mode wie früher. Ein Glück für Sie, dass Sie eine glatte Rasur vertragen. Sie haben das richtige Kinn dafür.«

»Meinen Sie wirklich?«, fragte der Mann, indem er sich ein wenig skeptisch im Spiegel begutachtete. »Freut mich zu hören.«

»Möchten Sie auch den Schnurrbart abnehmen lassen, Sir?«

»Hm, nein – nein, ich glaube, den behalte ich noch, wenigstens so lange, wie man es mir gestattet, wie?« Er lachte laut, und Mr Budd sah wohlgefällig sein gepflegtes Gebiss und die Goldplombe. Der Kunde schien bereit zu sein, sich sein Äußeres etwas kosten zu lassen.

Und im Geiste stellte Mr Budd sich schon vor, wie dieser offenbar wohlhabende Herr seinen sämtlichen Freunden empfahl, doch einmal zu »meinem Mann« zu gehen – »prima Kerl – wirklich Klasse – gleich beim Victoria-Banhof – würde man von allein gar nicht finden – nur ein kleiner Laden, aber er versteht sein Geschäft – ich schreibe dir mal die Adresse auf«. Hier durfte also auf keinen Fall ein Malheur passieren.

Haarefärben war eine knifflige Angelegenheit – da hatte doch neulich so ein Fall in der Zeitung gestanden . . .

»Ich sehe, Sie färben nicht zum ersten Mal, Sir«, sagte Mr Budd untertänig. »Dürfte ich Sie wohl fragen –?«

»Wie?«, antwortete der Mann. »Ach so, ja – wie gesagt, meine Verlobte ist ein paar Jährchen jünger als ich. Wie Sie wahrscheinlich sehen, bin ich schon ziemlich früh grau geworden – war dasselbe bei meinem Vater – überhaupt in der ganzen Familie – und da habe ich eben ein bisschen nachgeholfen – die grauen Stellen nachgetönt, Sie verstehen? Aber sie mag nun einmal die Farbe nicht, und da dachte ich, wenn ich sowieso schon färben muss, warum dann nicht gleich eine Farbe nehmen, *die* ihr gefällt, nicht?«

Es ist ein stehender Witz unter Uneingeweihten, dass Friseure geschwätzig seien. In Wirklichkeit ist das aber nur ein Zeichen ihrer Klugheit. Der Friseur erfährt so viele Geheimnisse und hört so viele Lügen, dass er rein aus Gründen der Diskretion seine unbotmäßige Zunge mit unverfänglichen Themen wie dem Wetter oder der politischen Lage beschäftigt, nur damit sie in ihrer Rastlosigkeit nicht versehentlich einmal loslegt und mit unangebrachter Offenheit für Scherereien sorgt.

So blieb denn Mr Budd fürs erste bei den Launen der Damen, dieweil er die Lockenpracht des Kunden mit geübten Augen und Fingern einer genauen Prüfung unterzog. Niemals – nie im Leben waren Haare dieser Beschaffenheit von Natur aus rot gewesen. Es war ursprünglich schwarzes Haar, das, wie es bei schwarzen Haaren häufig vorkam, frühzeitig in Silbergrau umgeschlagen war. Aber schließlich ging ihn das nichts an. Er entlockte dem Kunden geschickt die Informationen, die er brauchte – nämlich das Fabrikat des zuvor benutzten Färbemittels –, und bemerkte dazu, dass solche Vorsicht angebracht sei, denn nicht alle Färbemittel vertrügen sich gut mit jedem andern.

Und so seifte Mr Budd unter leichtem Geplauder den Kunden ein, nahm ihm den anstößigen Bart ab und bereitete mit einer gründlichen Haarwäsche das Färben vor. Während der Haartrockner dröhnte, handelte er Wimbledon, die Seidensteuer und das (momentan vom plötzlichen Erstickungstod bedrohte) Gesetz über die Sommerzeit ab und kam so wie von selbst auf den Mord von Manchester zu sprechen.

»Die Polizei scheint den Fall als aussichtslos zu den Akten gelegt zu haben«, meinte der Mann.

»Vielleicht tut sich jetzt wieder etwas, dank der Belohnung«, antwortete Mr Budd, dem diese aus verständlichen Gründen nur schwer aus dem Kopf wollte.

»Ach, gibt's jetzt eine Belohnung? Das wusste ich noch gar nicht.«

»Es steht in der heutigen Abendzeitung, Sir. Möchten Sie es vielleicht lesen?«

»Danke, gern.«

Mr Budd ließ den Haartrockner ein paar Sekunden nach eigenem Gutdünken durch die knallroten Haare wirbeln, während er den *Evening Messenger* holte. Der Fremde las die Meldung aufmerksam durch, und Mr Budd, der ihn dabei nach der irritierenden Art seines Gewerbes im Spiegel beobachtete, sah ihn plötzlich die linke Hand, die bis dahin unbekümmert auf der Stuhllehne gelegen hatte, unter den Kittel ziehen.

Aber da hatte Mr Budd es schon gesehen. Soeben war ihm der missgebildete Daumennagel aufgefallen. Rasch sagte er sich, dass schließlich viele Menschen so ein hässliches Mal mit sich herumtrugen – sein Freund Bert Webber hatte sich zum Beispiel die Daumenkuppe in einer Motorradkette abgequetscht, und sein Daumennagel sah jetzt fast genauso aus.

Der Mann blickte auf, und die Augen seines Spiegelbildes richteten sich auf Mr Budds Gesicht und musterten es durchdringend – eine schaurige Mahnung, dass die echten Augen ebenso durchdringend Mr Budds Spiegelbild musterten.

»Aber«, sagte Mr Budd, »ich denke, der Mann ist inzwischen natürlich längst außer Landes. Damit haben sie zu lange gewartet.«

Der Mann lachte.

»Da können Sie Recht haben«, sagte er. Mr Budd fragte sich, ob es wohl viele Menschen mit zerquetschtem linken Daumen gab, die zugleich eine Goldplombe im oberen linken Eckzahn hatten. Vielleicht liefen sie zu Hunderten herum. Auch mit silbergrauem Haar (»könnte selbiges zwischenzeitlich gefärbt haben«) sowie im ungefähren Alter von dreiundvierzig Jahren. Ganz bestimmt.

Mr Budd klappte den Haartrockner zusammen und stellte das Gas ab. Mechanisch nahm er den Kamm und zog ihn durch das Haar, das nie im Leben von Natur aus so feuerrot gewesen war.

Und nun fielen ihm auch noch mit nervraubender Detailgenauigkeit die Zahl und das Ausmaß der brutalen Wunden ein, die der Mörder von Manchester seinem Opfer – einer schon etwas älteren, stattlichen Frau – zugefügt hatte. Bei einem Blick durch die Tür sah Mr Budd, dass sein Konkurrent auf der anderen Straßenseite schon geschlossen hatte. Die Straße war voller Menschen. Wie leicht könnte er –

»Machen Sie so rasch, wie Sie können«, sagte der Mann ein wenig ungeduldig, aber durchaus freundlich. »Es wird spät. Ich fürchte, Sie müssen meinetwegen schon Überstunden machen.«

»Nicht der Rede wert, Sir«, sagte Mr Budd. »Das macht mir nicht das Allermindeste aus – wirklich nicht.«

Nein – wenn er jetzt versuchte, zur Tür hinaus zu fliehen, würde sein schrecklicher Kunde mit einem Satz bei ihm sein, ihn zurückkreißen, seine Schreie ersticken und ihm dann – genau wie seiner Tante – mit einem einzigen fürchterlichen Hieb den Schädel einschlagen –

Und doch war Mr Budd eigentlich im Vorteil. Ein entschlossener Mann würde es tun. Er wäre auf der Straße, noch ehe der Kunde sich von diesem Stuhl erhoben hätte. Langsam, Schrittchen für Schrittchen, begab sich Mr Budd in Richtung Tür.

»Was ist los?«, fragte der Kunde.

»Ich wollte nur mal eben auf die Uhr sehen, Sir«, sagte Mr Budd, indem er feige stehen blieb. (Und selbst jetzt hätte er es noch schaffen können, wenn er nur den Mut gehabt hätte, den ersten schnellen, verräterischen Schritt zu tun.)

»Es ist fünf vor halb neun«, sagte der Mann, »nach der Zeitansage heute Abend im Radio. Ich bezahle Ihnen die Überstunden extra.«

»Auf gar keinen Fall, Sir«, sagte Mr Budd. Jetzt war es wirklich zu spät; noch einen Versuch konnte er nicht wagen. Im Geiste sah er sich auf der Schwelle stolpern – hinfallen –, die schreckliche Faust sich heben, um ihn zu Brei zu schlagen. Oder vielleicht hielt die entstellte Hand unter dem ach so vertrauten Kittel sogar eine Pistole.

Mr Budd ging nach hinten, um seine Utensilien zu holen. Wenn er doch nur schneller reagiert hätte – wie ein Detektiv im Buch –, dann wären ihm dieser Daumennagel und dieser Zahn gleich aufgefallen, und er hätte zwei und zwei zusammengezählt und wäre aus dem Laden gerannt, um Alarm zu schlagen, solange der Mann noch die Seife im Bart hatte und ein Handtuch sein Gesicht verhüllte. Oder er hätte ihm sogar Seifenschaum in die Augen schmieren können – niemand konnte mit den Augen voll Seife einen Mord begehen oder auch nur über die Straße laufen, um zu fliehen.

Und selbst jetzt – Mr Budd nahm eine Flasche in die Hand, schüttelte den Kopf und stellte sie wieder ins Regal –, war es selbst jetzt denn *wirklich* zu spät? Könnte er nicht etwas ganz Verwegenes tun? Er brauchte nur ein Rasiermesser aufzuklappen, sich dem ahnungslosen Mann von hinten zu nähern und laut und fest in überzeugendem Ton zu sagen: »Hände hoch, William Strickland; Ihr Leben ist in meiner Hand. Stehen Sie auf, damit ich Ihnen die Pistole abnehmen kann. Und jetzt gehen Sie brav vor mir her, bis wir dem nächsten Polizisten begegnen.« So hätte Sherlock Holmes an seiner Stelle sicherlich gehandelt.

Aber während Mr Budd mit einem kleinen Tablett voller Fläschchen und dergleichen zurückging, musste er sich schmerzlich eingestehen, dass er nicht aus dem Stoff war, aus dem die großen Menschenjäger sind. Er konnte sich nämlich nicht ernsthaft vorstellen, wie er so etwas bewerkstelligen sollte. Denn wenn er dem Mann das Rasiermesser an die Kehle setzte und »Hände hoch!« sagte, würde dieser wahrscheinlich nur seine Hand schnappen und ihm die Waffe entwinden. Und wenn man bedachte, wie sehr Mr Budd seinen Kunden schon unbewaffnet fürchtete, wäre es wirklich der Gipfel des Wahnsinns gewesen, ihm auch noch ein Rasiermesser in die Hände zu spielen.

Oder angenommen, er sagte: »Hände hoch«, und der Mann antwortete schlicht »Nein«, was dann? Ihm an Ort und Stelle die Gurgel durchzuschneiden, das wäre Mord, selbst wenn Mr Budd so etwas überhaupt fertig brächte. Und sie konnten auch nicht gut in dieser Stellung verharren, bis der Junge morgens den Salon fegen kam.

Vielleicht würde der Polizist auf seiner Runde das Licht und die unverschlossene Tür bemerken und hereinkommen. Dann würde er sagen: »Gratuliere, Mr Budd, Sie haben einen sehr gefährlichen Verbrecher gefangen.« Aber wenn der Polizist nun nichts bemerkte – und Mr Budd müsste die ganze Zeit stehen, und er würde ermüden und seine Aufmerksamkeit nachlassen, und dann –

Aber schließlich verlangte doch niemand von Mr Budd, den Mann eigenhändig festzunehmen. »Hinweise, die zur Ergreifung führen –«, so hatte es geheißen. Er würde ihnen sagen können, dass der Gesuchte bei ihm gewesen war, dass er jetzt dunkelbraunes Haar und wohl noch einen Schnurrbart, aber keinen Bart mehr hatte. Er könnte ihm sogar nachschleichen, wenn er ging – er könnte –

Und in diesem Augenblick hatte Mr Budd seine große Eingebung.

Während er eine Flasche aus dem Glasschrank nahm, erinnerte er sich ungewöhnlich lebhaft an den alten hölzernen Brieföffner seiner Mutter, der zwischen handgemalten blauen Vergissmeinnicht die Inschrift trug: »Wissen ist Macht.«

Mr Budd wurde in diesem Augenblick ein eigenartiges Gefühl der Befreiung und Sicherheit beschieden; er war mit einem Schlag hellwach; mit gespielter Beiläufigkeit brachte er rasch die Rasiermesser außer Reichweite und rieb, während er unbekümmert mit dem Kunden plauderte, gekonnt die dunkelbraune Farbe ins Haar.

Die Straßen waren nicht mehr so belebt, als Mr Budd den Kunden hinausließ. Er sah der großen Gestalt nach, wie sie den Grosvenor Place überquerte und in einen Bus der Linie 24 stieg.

»Aber das ist ja nur eine List von ihm«, sagte Mr Budd, während er Hut und Mantel anzog und gewissenhaft die Lichter löschte. »Höchstwahrscheinlich wird er am Victoria-Bahnhof umsteigen und von Charing Cross oder Waterloo aus das Weite suchen.«

Er schloss die Ladentür ab, rüttelte, wie es seine Gewohnheit war, noch einmal daran, um sich zu vergewissern, dass sie auch richtig ins Schloss gefallen war, und begab sich nun seinerseits mit einer Linie 24 nach Whitehall.

Der Polizist war zuerst ein wenig herablassend, als Mr Budd jemanden »ganz hoch oben« zu sprechen verlangte, doch nachdem der kleine Barbier ihm wieder und wieder mit solchem Ernst versicherte, er habe etwas zu dem Mord von

Manchester mitzuteilen und es sei keine Zeit zu verlieren, ließ er ihn endlich ein.

Mr Budd wurde als erstes von einem bedeutend aussehenden Inspektor in Uniform empfangen, der sich seine Geschichte höflich anhörte und ihn alles noch einmal genau wiederholen ließ, angefangen von dem Goldzahn über den Daumennagel bis zu den Haaren, die schwarz gewesen waren, bevor sie zuerst grau, dann rot und jetzt dunkelbraun wurden.

Dann drückte der Inspektor auf eine Klingel und sagte: »Perkins, ich glaube, Sir Andrew würde diesen Herrn gern unverzüglich empfangen«, worauf Mr Budd in ein anderes Zimmer geführt wurde, wo ein sehr gescheiter, leutseliger Herr in Zivil saß, der ihn mit noch größerer Aufmerksamkeit anhörte und einen zweiten Inspektor hinzurief, damit auch er sich die Geschichte anhöre und die genaue Beschreibung von – ja, zweifellos William Strickland im neuen Habitus – erfahre.

»Aber da ist noch etwas«, sagte Mr Budd, »– und ich kann bei Gott nur hoffen«, fügte er hinzu, »dass er wirklich der Mann ist, Sir, denn sonst bin ich erledigt –«

Er knüllte aufgeregt seinen Filzhut zusammen, während er sich über den Tisch beugte und atemlos die Geschichte seines großen Verrats am Friseurhandwerk erzählte.

»Daaa – di-di-di – daaa – daaa – di-di – daaa – di-di –«
»Dooo – dü-dü-dü – dooo – dü – dooo – dooo – dü –«
»Daaa – di-di.«
Die Finger des Funkers auf dem Postschiff *Miranda* nach Ostende huschten flink übers Papier, während er die Botschaften dieses im Äther summenden Mückenschwarms mitschrieb.

Bei einer Meldung musste er lachen.

»Das sollte man lieber mal dem Alten zeigen«, sagte er.

Der Alte kratzte sich am Kopf, als er die Meldung las, und läutete mit einer kleinen Glocke nach dem Steward. Der Steward eilte zu dem kleinen runden Büro, in dem der Purser sein Geld zählte und noch einmal nachzählte, bevor er es für die Nacht einschloss. Als der Purser die Botschaft des Alten vernahm, steckte er das Geld schnell in den Safe, nahm seine Passagierliste und begab sich nach achtern. Dort wurde nach kurzer Beratung wieder die Glocke betätigt, diesmal um den Obersteward zu rufen.

»Daaa – di-di – daaa-di-di-di – daaa – daaa – di – daaa.«

Auf dem ganzen Kanal, auf der ganzen Nordsee bis hinauf zu den Mersey Docks und weit auf den Atlantik hinaus sirrte und summte der emsige Mückenschwarm. Auf allen Schiffen schickte der Funker seine Botschaft an den Kapitän, schickte der Kapitän nach dem Purser, schickte der Purser nach dem Obersteward und rief der Obersteward seine Leute zusammen. Große Linienschiffe, kleine Postboote, Zerstörer, prunkvolle Privatjachten – alles was auf dem Wasser schwamm und Antennen trug –, jeder Hafen in England, Frankreich, Holland, Deutschland, Dänemark und Norwegen, jede Polizeizentrale, die das Sirren des Mückenschwarms zu interpretieren verstand, hörte lachend und erregt die Geschichte von Mr Budds Verrat. Zwei Pfadfinder in Croydon, die sich mit Hilfe eines Empfängers im Morsen übten, schrieben das Gehörte in ihr Übungsbuch und dekodierten es mühsam.

»Mann!«, sagte Jim zu George. »Ist das'n Ding! Meinst du, sie erwischen den Knilch?«


Um sieben Uhr morgens, als die *Miranda* in Ostende anlegte, kam ein Mann Hals über Kopf in die Funkkabine gestürzt, wo der Funker gerade seine Kopfhörer abnehmen wollte.

»Hier!«, rief er. »Das muss noch raus. Irgendwas ist los. Der Alte hat nach der Polizei geschickt, und der Konsul kommt an Bord.«

Der Funker stöhnte und knipste seine Röhren wieder an. »Daaa – di – daaa –«, eine Meldung an die englische Polizei. »Passagier an Bord entspricht Steckbrief. Überfahrt gebucht auf den Namen Watson. Hat sich in Kajüte eingeschlossen und weigert sich, herauszukommen. Fordert Friseur an. Polizei Ostende verständigt. Erwarten Anweisungen.«

Der Alte bahnte sich mit scharfen Worten und Autorität heischenden Gesten einen Weg durch die aufgeregte kleine Menschenansammlung vor der Ersten-Klasse-Kajüte Nr. 36. Mehrere Passagiere hatten Wind davon bekommen, dass »etwas los« war. Gebieterisch scheuchte er sie mit ihren Taschen und Koffern auf die Gangway. Streng befahl er den Stewards und dem Jungen, der mit einem Arm voll Frühstücksgeschirr dastand und Maulaffen feilbot, die Tür zu räumen. Mit furchtbarer Stimme gebot er ihnen, ihre Zunge im Zaum zu halten. Ein paar Matrosen standen ihm wachsam zur Seite. In der wiederhergestellten Stille hörte man den Passagier von Nr. 36 in der schmalen Kajüte auf und ab gehen, Gegenstände rücken und mit Wasser planschen.

Bald darauf waren oben Schritte zu vernehmen. Jemand kam mit einer Botschaft. Der Alte nickte. Sechs Paar belgische Stiefel kamen leise die Treppe herunter. Der Alte warf einen Blick auf das amtliche Schriftstück, das ihm präsentiert wurde, und nickte wieder.

»Fertig?«

»Ja.«

Der Alte klopfte an die Tür von Nr. 36.

»Wer ist da?« rief eine raue, scharfe Stimme.

»Der Barbier, Sir, nach dem Sie geschickt haben.«

»Aha!« Die Stimme klang erleichtert. »Schicken Sie ihn bitte allein herein. Mir ist – ein Unglück passiert.«

»Sehr wohl, Sir.«

Als man den Riegel vorsichtig zurückgehen hörte, trat der Alte vor. Die Tür ging einen Spalt breit auf und wurde augenblicklich wieder zugeschlagen, aber da hatte der Alte schon den Fuß dazwischen. Die Polizisten stürmten los. Ein Schrei und ein Schuss, der durchs Fenster des Erste-Klasse-Salons schlug, ohne weiteren Schaden anzurichten, dann wurde der Passagier herausgebracht.

»Schlagt mich schwarz und blau!«, krähte der Junge. »Schlagt mich schwarz und blau, wenn der nicht *grün* geworden ist über Nacht.«

Grün!

Nicht umsonst hatte Mr Budd die verzwickten Interreaktionen chemischer Haarfärbemittel studiert. Und im stolzen Gefühl seines Wissens hatte er dem Mann ein Zeichen aufgebrannt, ihn gezeichnet unter all den Milliarden Menschen dieser übervölkerten Welt. Denn gab es auch nur einen Hafen im ganzen christlichen Abendland, in dem ein Mörder sich hätte davonschleichen können, wenn jedes Haar an ihm so grün war wie ein Papagei – grün der Schnurrbart, grün die Augenbrauen und grün das volle, üppige Haupthaar – alles von einem kräftigen, leuchtenden Mittsommergrün?

Mr Budd bekam seine 500 Pfund. Der *Evening Messenger* veröffentlichte die vollständige Geschichte seines großen Verrats. Mr Budd zitterte, fürchtete einen bösen Ruf. Nie wieder würde jemand seinen Salon betreten.

Am nächsten Morgen hielt eine riesenhafte blaue Limousine unter den bewundernden Blicken der ganzen Wilton Street vor seiner Tür. Ihr entstieg eine Dame im prächtigen Bisampelz und Diamanten und rauschte in den Salon.

»Sie *sind* doch Mr Budd, nicht wahr?«, rief sie. »Der *große* Mr Budd? Ist das nicht *zu* wundervoll? Und nun, *lieber* Mr Budd, müssen Sie mir einen Gefallen tun. Sie müssen mir die Haare grün färben, *sofort*. *Jetzt*. Ich möchte sagen können, dass ich die *Allererste* war, der Sie die Haare gemacht haben. Ich bin die Herzogin von Winchester, und diese schreckliche

Melcaster verfolgt mich schon durch die ganze Stadt – das Biest!«

Wenn Sie sich färben lassen wollen, kann ich Ihnen gern die Telefonnummer vom Haarstudio Budd in der Bond Street geben. Aber ich höre, es soll dort furchtbar teuer sein.

# Früher

Liza Cody

11, Dock Road,
London

Sehr geehrter Mr Harvest,

ich schreibe Ihnen dies aus dem sehr traurigen Anlass des Todes Ihrer Schwester, weil es vielleicht ein Trost für Sie ist zu wissen, was tatsächlich passierte. Ich weiß von mir selbst, dass ich, als mein armer Arthur es mit den Nieren hatte, ihn nicht wirklich zur ewigen Ruhe verabschieden konnte, ehe ich nicht genau herausgefunden hatte, was da schief gegangen war. Hinterher fühlte ich mich viel besser, ich weiß auch nicht, warum. Aber damals gab es noch Leute, mit denen man reden konnte, speziell unsere Nachbarn King. Wenn man mit jemandem reden kann, dann wird man manches los, meinen Sie nicht auch? Ich hoffe, Sie haben jemanden zum Reden. Ein Todesfall in der Familie ist schwer zu ertragen, wenn man so ganz auf sich gestellt ist.

Dass Sie Selinas Bruder sind, weiß ich von dieser Ansichtskarte, die ich vor zwei Wochen mit zum Briefkasten nahm. Die mit dem altmodischen Foto von den Badeschönheiten mit Papiertüten über dem Kopf und dem Text »Schämt euch da vorn« auf der Rückseite. Ich weiß, ich hätte sie natürlich nicht lesen sollen, aber das Foto faszinierte mich so, und ich war einfach neugierig, wem Ihre Schwester so eine Ansichtskarte schickte. Es muss wohl, dachte ich, jemand sein, der Spaß versteht. Außerdem schreibt sowieso niemand Geheimnisse ausgerechnet auf Ansichtskarten, nicht? Es war zwar nicht für mich bestimmt, aber direkt geschnüffelt habe ich auch nicht.

Jedenfalls wohnte Selina, wie Sie wissen, seit Monaten bei mir im Haus. Sie wussten wahrscheinlich, dass dies ihre Adresse war, aber wohl nicht, dass es mein Haus ist. Das war alles, was mein armer Arthur mir hinterlassen konnte, und ich habe das Haus erhalten, was auch kam. Ihre Schwester hat Ihnen sicher eine Menge davon erzählt, und was Sie von mir denken, weiß ich nicht. Ich möchte nur, dass Sie erfahren, dass es noch nicht lange die Art Haus ist, die es jetzt ist. Es war nicht immer so.

Sehen Sie, unsere Gegend war auch schon mal besser. Vor ein paar Jahren noch wohnten hier Geschäftsleute und der eine oder andere Ingenieursstudent oder eine Zahnarztsprechstundenhilfe. Alles anständige Leute. Aber die Zeiten ändern sich, und mit dem Containertransport und allem, was es heute so gibt, ist die Gegend einfach nicht mehr, was sie mal war. Selbst wenn ich gewollt hätte, hätte ich es mir nicht leisten können, das Haus zu verkaufen, so, wie der Immobilienmarkt zurzeit aussieht.

Wer nichts hat, kann nicht wählerisch sein, sage ich immer. Der Staat sorgt auch nicht mehr so für die alten Leute wie früher, als wir noch ein richtiger Wohlfahrtsstaat waren. Damals war eine Rente eine Rente. Das ist vorbei. Wenn ich nicht jede Miete kassierte, die ich überhaupt kriegen kann, säße auch ich längst auf der Straße. Ich kann es mir schlicht nicht leisten, so pingelig zu sein, wie ich es gern wäre. Ich schätze keineswegs, was hier vorgeht, aber man muss es auch so sehen, dass es wohl eine Art Serviceleistung ist. Das einzige, was jemand wie ich dabei tun kann, ist, zumindest auf die Einhaltung eines gewissen Niveaus zu achten, was Sauberkeit, Sicherheit und Hygiene angeht.

Es war mir immer ein Rätsel, warum Selina darauf bestand, zu mir zu kommen. Gut, sie sagte, Fotografen brauchen das echte Leben. Aber wäre es nicht sicherer gewesen, sie wäre in ihrem angestammten Milieu geblieben und hätte dort hübsche Fotos von den Leuten aus ihren Kreisen gemacht? Dann hätte sie sich nicht so weit von ihrer gewohnten Umgebung entfernen müssen, bloß um so genannte authentische Fotos zu machen, und es wäre nicht passiert, was passiert ist. Ich meine, eine gut erzogene und gebildete junge Dame wie sie hat doch nun wirklich nichts in der Dock Road verloren. Das weiß ich, und ich kann es sagen, weil ich selbst auch nicht hierher gehöre, selbst wenn ich nun schon über siebzig Jahre hier lebe. Ich hätte damals, als Mr und Mrs King zu ihrem Sohn nach Slough zogen, ebenfalls wegziehen sollen. Das hätte mir ein Zeichen sein sollen, wenn Sie verstehebn, was ich meine. Aber ich bin nun mal nicht weggezogen, und jetzt ist es zu spät. Vielleicht wird die Gegend ja auch wieder besser, wenn ich es nur noch lange genug aushalte. Sie haben mit einem Sanierungsprogramm angefangen, eine Meile weiter unten amn Fluss, dort haben sie einige sehr hübsche Wohnungen und Läden hingebaut. Allerdings scheinen sie unsere Dock Road vorerst vergessen zu haben, und das ist wirklich schade.

Ihre Schwester sagte immer, diese Gegend hier sei »das Wahre«. Ich könnte Ihnen allerdings wirklich nicht sagen, warum sie wahrer sein sollte als Slough oder Theydon Bois. Mir war sie auch wahr genug, als das einzige Mädchen, das bei mir wohnte, noch eine Zahnarztsprechstundenhilfe war. Ich meine, die Dinge müssen doch nicht schmutzig sein, um »wahr« zu sein, oder? Oder Mädchen, in diesem Fall. Ich bin immer anständig gewesen und deshalb doch nicht weniger wahr.

Ich hoffe, Sie nehmen dies nicht als Kritik. Ich hatte Selina sehr gern bei mir. Sie hob den allgemeinen Umgangston im

Hause, und weiß Gott, das war auch bitter nötig. Nie sprach sie mit den Mädchen von oben herab, obwohl, der Wahrheit die Ehre, die meisten von ihnen tatsächlich erst verstehen, wenn man von oben herab mit ihnen redet. Aber wem sage ich das. Sie als ihr Bruder kannten Sie selbstverständlich besser als ich. Also wird es Sie auch nicht überraschen zu erfahren, dass manches, worüber sie so sprach, das Niveau der Leute hier überstieg. Ich war selbst selten ganz sicher, was sie gerade meinte, und ich halte mich immerhin, auch wenn das nach Selbstlob klingt, was man ja eigentlich unterlassen soll, für nicht ungebildet und unbelesen; jedenfalls für die Verhältnisse der Dock Road. Ich darf sagen, dass ich zweifellos eine der wenigen hier war, die wussten, wo sich die öffentliche Bibliothek befand, solange es sie noch gab, damals, früher. Heute können die jungen Mädchen ja, wenn sie die Schule verlassen, kaum noch den Namen ihres Lippenstiftes lesen, geschweige denn eine Zeitung oder eine Zeitschrift. Kein Wunder, dass sie so beschränkt sind, wie sie sind.

Sie denken an nichts anderes als an Geld. Ich glaube ganz ehrlich nicht, dass Ihre Schwester sich jemals darüber im Klaren war, wie sehr. Alles, was sie tun, tun sie für Geld, ihr A und ihr O heißt Geld, Geld, Geld. Ihre Freier interessieren sie nicht. Ihr Job interessiert sie nicht. Sie wollen die Sache so rasch wie möglich hinter sich bringen, bezahlt werden, und dann der Nächste, bitte. Aber wer kann es ihnen verdenken? Wenn man sieht, was da alles an Freiern ankommt in der Dock Road. Was für einen Sinn, um Himmels willen, frage ich mich oft, hat es, wenn einer sein gutes Geld für das, was er hier kriegt, ausgibt – was immer es ist – und dabei so betrunken ist, dass er nur noch auf meinen Treppenteppich speien kann und sonst gar nichts? Ich hätte nicht einmal meinen armen Arthur in so einem Zustand ins Haus gelassen, geschweige in mein Bett. Und wer, frage ich

Sie, muss das hinterher alles wegputzen? Die Mädchen tun es jedenfalls nicht. Die wüssten gar nicht, wie man das macht.

Ich sollte sie nicht verurteilen. Mädchen werden heute einfach nicht mehr so erzogen, wie es früher, zu meiner Zeit, üblich war. Uns hat man noch beigebracht, wie man ein Treppengeländer poliert und eine Matratze wendet. Diese Mädchen heute halten das nicht für nötig.

Aber eben weil ich so fest davon überzeugt bin, dass früher alles besser war, dürfen Sie bitte nicht denken, dass ich die Dinge in der Dock Road 11 völlig schleifen ließe. Als Selina zum ersten Mal zu mir kam, sagte ich gleich: »Ich kann nicht die Hand ins Feuer legen für das, was sich in diesem Zimmer alles getan hat. Aber Sie können darauf vertrauen, dass das Bett heute Morgen frisch bezogen worden ist, Hand aufs Herz. Und unter keinem meiner Betten werden Sie Staubflocken finden.« Außerdem scheure ich jeden Morgen die Badewanne aus, weil man schließlich nie wissen kann, nicht? Jemand mit einer besseren Erziehung, wie Ihre Schwester, hat dies alles bestimmt zu schätzen gewusst. Und selbst wenn ihre Kleidung und ihre Schuhe einiges zu wünschen übrig ließen, so hielt sie doch ihre Bücher tipptopp. Niemals lag auch nur ein Stäubchen darauf. Andererseits kriegt man die unangenehmen Krankheiten auch nicht von Büchern, nicht? Wohingegen man sich allerhand einhandeln kann, wenn man gezwungen ist, das Bad mit jemandem zu teilen, der sich nicht sauber hält.

Die Bücher schicke ich Ihnen übrigens in einem Extrapaket. Niemand hat sie angerührt. Sie sind unversehrt und so, wie sie sie hinterlassen hat. Was ich für die Kleidung und die Toilettenartikel jedoch nicht sagen kann. Da scheint Diverses weggekommen zu sein, obwohl die Polizei die Tür verschlossen hat.

Sorgen mache ich mir einzig wegen der Kamera Ihrer

Schwester. Ich weiß, dass sie sehr wertvoll war, aber ich sehe keine Möglichkeit, sie wieder zu beschaffen. Sie scheint einen Liebhaber gefunden zu haben, lange bevor die Polizei kam. Keines der Mädchen will sie überhaupt jemals gesehen haben, aber dem, was die sagen, kann man natürlich nicht trauen. Ich weiß jedenfalls definitiv, dass sie sich alle von Selina haben fotografieren lassen und dass sie dafür sogar bezahlt wurden. Wenn Sie es genau wissen wollen, waren es nicht Fotos, wie man sie sich einrahmt und auf den Kaminsims stellt, wenn Sie verstehen.

Ich habe gar nichts gegen eine hübsche Fotografie, im Gegenteil. Es war so schön, als die Fotos nicht mehr nur schwarzweiß waren, sondern farbig wurden und man endlich richtig sehen konnte, welche Farbe ein Hut hatte oder ein Kleid. Ich trug auf allen Fotos, die von mir gemacht wurden, einen Hut. Früher trugen junge Damen grundsätzlich Hüte. Alle meine alten Hüte stehen heute in Plastikhüllen auf meinem Kleiderschrank, aber niemand ist mehr daran interessiert, mich zu fotografieren. Nicht einmal Selina war es. Also, nehme ich an, ist es auch egal. Aber wenn es einmal soweit ist, möchte ich mit Hut begraben werden, am liebsten mit dem lavendelfarbenen mit der Feder, den ich bei der Hochzeit von Mrs King Ältester trug. Ich bin immer sehr gern zu Hochzeiten gegangen, aber hier in der Dock Road gibt es ja keine mehr. Ich kann mir schwer vorstellen, dass eines der Mädchen, die hier bei mir in Nr. 11 wohnen, einmal heiraten würde. Ich meine, wer würde denn so ein Mädchen heiraten wollen, nach allem, was sie getrieben hat?

Aber sie lassen sich ja prinzipiell nichts sagen. Doch nicht von einer dummen Alten wie mir. Dafür halten sie mich doch. Als wäre ich immer und ewig schon so alt gewesen wie jetzt und nicht auch mal jung, früher, und als sei die Nr. 11 auch früher schon die Art Haus gewesen wie jetzt.

Manchmal verlangt es mich wirklich sehr nach einem Gespräch mit jemandem meines Alters. Aber wenn ich dann daran denke, wie peinlich das wäre, bin ich wieder ganz froh, dass es dafür niemanden mehr gibt. Wissen Sie, da erinnere ich mich an Mrs King – oder Susan Brown, wie sie damals noch hieß –, wir saßen zusammen in einer Loge des alten Majestic und sahen uns Bing Crosby und Grace Kelly an, wie sie im Mondschein zusammen *True Love* sagen. Wir waren junge Mädchen und hatten noch gar nichts erlebt, aber da saßen wir im Dunkeln und heulten Rotz und Wasser, weil alles so romantisch war. Ich weiß genau, dass auch sie heulte, wegen der Art, wie sie ihr Taschentuch aus dem Ärmel holte. Das ist übrigens auch etwas, was man heute nicht mehr sieht, das Damentaschentuch. Und Handschuhe. Manchmal frage ich mich wirklich, wo all die weißen Handschuhe und die kleinen Tüchlein von früher abgeblieben sind. Hüte, Handschuhe, Tüchlein und Romantik – alles seit Jahren aus der Dock Road verschwunden, und ich wüsste gar zu gern, wohin.

Ich habe das auch Selina einmal zu erklären versucht. Sie hatte in ihrem Zimmer immer Fotos an eine Tafel aus Kork gepinnt, sodass sie sie stets vor sich hatte. Eines Tages, ich war gerade mit dem Staubsauger bei ihr drinnen, sagte ich: »Wie ertragen Sie es nur, sich den ganzen Tag diese schrecklichen Sachen anzuschauen?«

Und sie sagte: »Sie sind nicht schrecklich. Das ist doch der fundamentalste Vorgang der Welt.« Oder etwas in der Art. Wir konnten uns nie über etwas einig werden.

Und sie waren doch schrecklich. Sie zeigten die Mädchen und ihre Freunde und ihre Freier. Eines dieser Fotos hasste ich ganz besonders. Sie muss es vom Fenster aus aufgenommen haben, denn man sah das heruntergekommene Haus gegenüber. Eines der Mädchen lehnte an der Mauer und rauchte eine Zigarette. Der Mann war gerade aus dem Auto gestiegen und schätzte sie irgendwie ab, während er mit ihr redete. Aus der Art, wie sie dastand, und aus ihrem Gesichtsausdruck wusste man genau, worüber sie sprachen. Es ist eigenartig, wie ein Bild, ohne eigentlich grob oder brutal zu sein, so widerwärtig wirken kann.

Also sagte ich zu ihr: »Warum machen Sie keine Fotos von netten, hübschen Dingen?« Wahrscheinlich, weil ich an Bing Crosby und Grace Kelly dachte und daran, dass es früher eben Fotos gab, bei deren Anblick man am liebsten auch geheult hätte, weil sie so wunderschön waren. Eine Braut, ein Wasserfall, ein Schwan, solche Dinge. Aber die Fotos Ihrer Schwester hatten alle die gegenteilige Wirkung. Entschuldigen Sie, wenn ich das so offen sage. Nicht, dass es schlechte Fotos gewesen wären, das nicht. Jedes Detail war zu erkennen, bis hin zu den Markennamen auf den Zigarettenschachteln und den Autokennzeichen. Aber vom bloßen Hinsehen fühlte man sich elend und irgendwie unsauber.

Doch sie sagte: »Das ist die Realität, Mrs B. Die Realität ist nun mal nicht nett oder hübsch.«

»War sie aber früher mal«, sagte ich darauf und staubsaugte ihr Zimmer fertig. Ich habe mich gefragt, ob Ihre Schwester vielleicht eine persönliche Tragödie erlebt hatte, die sie so bitter gegen die Realität machte. Weil sie sonst doch eine sehr gebildete junge Dame mit ausgezeichneten Manieren war; eigentlich hätte sie verheiratet sein und eine Familie haben sollen, statt Fotos von den abscheulichen Dingen zu machen, die hier in der Dock Road passieren. Ich meine, sie hatte doch Gelegenheit dazu, oder? Sie war privilegiert, und alles stand ihr offen. Sie war doch keines dieser Mädchen hier, die schon, denke ich mir manchmal, mitten in die Schwierigkeiten hineingeboren werden.

Ich glaube, ich bringe es nicht fertig, Ihnen mit Selinas anderen Sachen auch diese Fotos zu schicken. Weil ich mir, ehrlich gesagt, denke, sie müssten Sie genauso deprimieren wie mich. Diese Korkpinnwand ist übrigens auch schon verschwunden gewesen, bevor die Polizei kam, und als ich die Mädchen danach fragte, wollte es natürlich wieder keine gewesen sein. Es war auch ein solches Durcheinander in jener Nacht. Alle schrien und kreischten und rannten wie wild im Haus herum, und als die Polizei und der Krankenwagen schließlich kamen, gute fünfundzwanzig Minuten nach meinem Anruf, war ich die Einzige, die überhaupt noch da war und Auskunft geben konnte. Die Mädchen und ihre Freier hatten sich in alle Winde zerstreut und mich meinem Schicksal überlassen.

Die Polizei ist in der Dock Road auch nicht mehr erwünscht. Das ist nicht mehr wie früher, als die Leute die Streifenpolizisten auf ihren Kontrollgängen spätabends entlang den Lagerhaustüren am Ende der Straße noch sehen wollten. Da grüßte man sie, und nicht selten sah man, wie sie sich an warmen Abenden vor dem *Prince of Wales* mit Gästen unterhielten. Heutzutage will keiner mehr etwas von ihnen wissen. Genau das Gleiche ist es übrigens mit den Leuten vom Rettungswagen, bei denen ich noch weniger verstehe, was um alles in der Welt die jemandem getan haben. Vielleicht sind die Menschen einfach nur allergisch gegen die Uniformen.

Ich habe den Notarzt persönlich angerufen. Ich hatte Selina kaum am Fuß der Treppe liegen sehen, als ich auch schon in meinem Zimmer am Telefon war. Es hatte zwar mal ein Münztelefon im Hauseingang gegeben, aber das hatte ich aus nahe liegenden Gründen entfernen lassen. Diesen Mädchen kann man nicht einmal ein Telefon anvertrauen, ganz abgesehen davon, dass Sie sich keinen Begriff davon machen, was ich mir in meinem eigenen Hauseingang alles anhören musste.

Ich muss gestehen, dass ich nur den Notarzt angerufen

habe. Die Polizei kam einfach von selbst mit. Ich mag eine dumme Alte sein, aber senil bin ich noch lange nicht, und ich weiß sehr genau, was für Schwierigkeiten ich mir an den Hals geholt hätte, wäre ich naiv genug gewesen, die Polizei in mein Haus zu rufen. Mein Leben wäre fortan eine einzige Hölle gewesen. Diese Mädchen und ihre Freunde können sehr rachsüchtig werden, wenn sie glauben, jemand mache ihnen Schwierigkeiten. Besonders die Freunde. Vielleicht halten Sie mich für feige. Aber Sie sind ja auch nicht gezwungen, hier zu leben. Aus diesem Grund habe ich auch die verschwundene Kamera und die Fotos nie erwähnt. Ich hoffe sehr, Sie verstehen das und glauben nicht etwa, ich würde Ihnen die Sachen vorenthalten. Ich bin eine alte Frau und nicht mehr so tapfer und mutig. Früher hätte ich meinen armen Arthur die Sache in die Hand nehmen lassen. Aber jetzt bin ich allein in einem Haus, das ich kaum noch mein Eigen nennen kann. Es gehen hier Dinge vor, die ich nicht ändern kann. Natürlich sollte ich eigentlich dazu imstande sein, schließlich ist es mein Haus. Aber ich kann es eben nicht mehr.

Ich hätte Ihnen gern Selinas gesamten Nachlass geschickt, ganz gleich, wie deprimierend das eine oder andere davon ist. Sie haben schließlich den rechtmäßigen Anspruch auf ihre persönliche Habe. Ebenso gern würde ich Ihnen versichern, dass ich für alle meine Mieter die Hand ins Feuer lege. Leider ist mir beides nicht möglich.

Ich gehe mit meinen eigenen Sachen sehr sorgfältig um und halte auch meine Tür immer verschlossen, selbst tagsüber, ganz gleich, ob ich in meinem Zimmer bin oder nicht. Ich habe Selina immer geraten, es genauso zu halten, aber ich glaube nicht, dass sie meinen Rat befolgt hat. Sehr selten nur noch hört man in meinem eigenen Haus auf mich.

Ich bin seither besonders vorsichtig mit der Treppe. Ich meine, wenn eine gesunde junge Frau wie Ihre Schwester auf dieser Treppe stürzen konnte, wie viel leichter dann erst ich alte Frau. Es ist da ziemlich dunkel, und man stolpert leicht mal. Früher war sie ja beleuchtet, aber ich habe es einfach satt, ständig neue Glühbirnen einzuschrauben.

Der Gedanke daran, was Sie womöglich von mir und meinem Haus halten, ist mir nicht angenehm, aber Sie müssen verstehen, was ich meinte, als ich sagte, dass es mir nicht möglich ist, für meine Mieter die Hand ins Feuer zu legen. Wenn einem schon die Glühbirnen ständig gestohlen werden! Wenn Sie einem Mädchen nicht mal wegen einer Glühbirne trauen können, frage ich Sie, wie dann, wenn es um eine teure Kamera geht?

Sehen Sie, das Traurige ist doch, dass Ihre Schwester in gewisser Weise starb, weil eine Glühbirne fehlte. Ich fühle mich ganz schlecht deswegen, sehr schlecht, aber andererseits kann ich mir auch nicht eigentlich die Schuld geben. Jedes Mal, wenn ich eine neue Birne einschraubte, war sie sofort wieder verschwunden. Wie oft, frage ich Sie, kann eine alte Frau schon oben auf einem düsteren Treppenabsatz auf die Stehleiter klettern? Ich bin nicht scharf darauf, herunterzufallen und mir den Hals zu brechen wie Selina. Früher hätte ich einfach einen meiner Mieter darum gebeten. Ich hatte welche, die wirklich sehr hilfsbereit waren. Aber ich konnte doch keines dieser Mädchen darum bitten. Wahrscheinlich wäre als Nächstes auch die Stehleiter verschwunden gewesen, und ich brauche sie doch, um auf meinem Kleiderschrank, wo die Hüte liegen, Staub zu wischen. Sicher, sie sind in Plastikhüllen eingepackt, aber selbst wenn, schöne Dinge gehen allmählich kaputt, wie sehr man sich auch anstrengt, sie zu bewahren.

Aber ich will nicht länger über meine Hüte reden. Schließlich ist dies hier ein Beileidsbrief. Ich bin überaus betrübt wegen Ihrer Schwester. Auch mir fehlt sie. Und wie ich eingangs schon sagte, ich hoffe sehr, dass Sie jemanden haben, mit dem

Sie reden können. Das wird es Ihnen leichter machen, Ihren Verlust zu verwinden.

Mit freundlichen Grüßen

Rose Bratby (Mrs)

# Erstarrte Lava

Jürgen Ehlers

Er hätte nie nach Island fahren sollen. Jetzt stolperte er über die mit Schotter übersäte Sanderfläche in Richtung auf die Hütte. Links rauschte das kalte, klare Wasser der Jökulsa, und dahinter lag die Eiswüste des Vatnajökull. Krogmann sah sich um. Hinter ihm nichts als Öde. Das kleine grüne Zelt zwischen der Lava war von hier aus kaum auszumachen, und das tote Mädchen schon gar nicht. Er bückte sich und schöpfte mit den Händen. Das eisige Wasser, das er sich über den Schädel goss, war wie ein Schock, aber es stoppte auch den Schmerz und ließ ihn für einen Augenblick klar denken.

Seine Chancen standen schlecht, kein Zweifel. Wenn der Kerl ihn erwischte, war er geliefert. Ein Wunder, dass er überhaupt noch lebte. Noch hatte er einen Vorsprung. Aber er musste sich beeilen. Die Hütte war das einzige Haus in fünfzig Kilometer Umkreis. Dort gab es ein Telefon. Vielleicht würde die Polizei rechtzeitig eintreffen, vielleicht ... Er tastete nach der schmerzenden Stelle. Der Stein hatte ihn knapp oberhalb der Stirn getroffen, und wenn der Schlag nur wenig härter ausgefallen wäre, läge er jetzt schon tot zwischen den Felsbrocken. Seine Haare waren verklebt. Er brauchte seine Finger nicht anzusehen, um zu wissen, dass es Blut war. Der Schmerz wurde wieder stärker. Er schöpfte noch einmal Wasser, dann lief er los.

»Wir fahren um 13 Uhr ab, und wir werden auf niemand warten!« Das war gestern gewesen, als sie hier am Kverkfjell angekommen waren, auf der Rückseite des Vatnajökull, des größten Gletschers auf Island. Warum hatte der Reiseleiter bei seiner Ermahnung gerade ihn angesehen? Das hatte seinen Trotz geweckt. Nur weil er sich einmal verspätet hatte? Das war vor drei Tagen gewesen, in Skaftafell, und er hatte sich dafür entschuldigt. Aber das hatte man davon, wenn man mit lauter pensionierten Lehrern und Apothekern auf Reisen ging – lauter Besserwisser! Er war mit Abstand der Jüngste in der Gruppe, und schon als sie sich am Flughafen in Frankfurt versammelt hatten, wusste er, dass seine Hoffnung auf einen netten Urlaubsflirt enttäuscht werden würde. Selbst die jüngste Teilnehmerin hätte seine Mutter sein können.

Gestern hatte er auf den Gletscher gewollt, und also hatte er sich auf den Weg gemacht, allein. Er hatte rasch gemerkt, dass der Weg weiter war, als er gedacht hatte. Dennoch war er überrascht gewesen, als er von seinem einsamen Spaziergang zurückkam und der Bus weg war. Nur sein Gepäck stand noch da. Den Koffer und die Reisetasche hatten sie kurzerhand ausgeladen.

Die Hütte wurde von drei jungen Isländerinnen bewirtschaftet. Sie waren den ganzen Sommer über draußen, von Anfang Juni bis Ende August, wenn der erste Schnee kam. Sie kamen nicht aus der Gegend, sondern aus Reykjavik. Studentinnen. Nein, nicht hier in Island! Sie lachten über seine Frage. Die eine studierte in Madrid – Linguisitk. Die anderen beiden wollten in England studieren, waren aber über die Voranmeldung noch nicht hinausgekommen. Nein, langweilig sei es nicht hier draußen; hier sei immer etwas los. »Heute Abend kommt eine Gruppe Franzosen«, hatte Inga gesagt. »Bestimmt haben die noch Platz im Bus und können dich ein Stück weit mitnehmen.« Nicht, dass er es besonders eilig gehabt hätte. Inga war ein lustiges, blondes Mädchen, vielleicht zwanzig oder zweiundzwanzig. Vielleicht war es ein Wink des Schicksals gewesen, dass er zurückgeblieben war. Vielleicht? Bestimmt! Er hätte gern mit ihr geschlafen.

Am Abend waren dann die Franzosen gekommen und hatten die Hütte mit Lärm und Gesang gefüllt. Wie sie all den Rotwein durch den Zoll bekommen hatten, mochten die Götter wissen. Es herrschte eine ausgelassene Stimmung. Krogmann konnte kein Französisch und kam sich noch überflüssiger vor als die letzten Tage im Reisebus. Inga, ›seine‹ Inga, tanzte eng umschlungen mit einem jungen Franzosen. Krogmann trank mehr, als ihm gut tat, viel mehr. Als er schließlich aus der Hütte trat, um ein bisschen frische Luft zu schnappen, war es schon hell. Die meisten Franzosen schnarchten längst in ihren Zelten. Inga war auch verschwunden; wahrscheinlich mit ihrem jungen Franzosen.

Er hätte sich auch schlafen legen sollen. Die Mädchen hatten ihm eine Matratze auf dem Boden zugewiesen. Aber er war nicht mehr müde. Draußen war es schon hell. Er beschloss, ein Stück weit zu gehen. Nicht auf den Gletscher wie gestern, sondern geradeaus über die Sanderfläche, das war einfacher. Und so war er in diese Geschichte hineingestolpert.

Nach den ersten Schritten in die Einöde hatte er sich vollkommen allein gefühlt, von allen Menschen verlassen. Die Stille bedrückte ihn. Sie war anders als die Stille daheim; nicht unterbrochen vom sanften Rauschen windbewegter Bäume, sondern kälter, feindlicher. Kein Leben war sichtbar, keine Pflanze, kein Insekt, und die Landschaft schien zu sagen: Was immer du willst, hier nicht. Kehr um.

Als er sich gerade auf den Rückweg machen wollte, hatte er das Zelt entdeckt. Ein dunkelgrüner Fleck mitten in der Lava, vielleicht fünfzig oder hundert Meter entfernt. Ein schlechter Zeltplatz, hatte er gedacht. Er war neugierig gewesen, wer sich hier in der Einöde niedergelassen hatte, und war über scharfkantig erstarrtes Gestein hingeklettert.

Der Zeltplatz war nicht so schlecht, wie es den Anschein hatte. Die Lava fließt so, wie es das Gefälle des Untergrundes vorschreibt, und höher liegendes Terrain wird als Insel umströmt. So war hier inmitten der gut zwei Meter mächtigen Lava eine kleine Fläche stehen geblieben, auf der der Sand des Untergrundes herausschaute – vielleicht eine alte Düne. Dieser Fleck reichte gerade aus, um das Zelt zu tragen. Der Anmarsch war etwas mühsam, aber der Vorteil dieses Platzes lag auf der Hand: Windschutz. Wer einen Staubsturm auf Island erlebt hatte, wusste ein ruhiges Fleckchen zu schätzen. Der Zelteingang war geschlossen. Weit und breit niemand zu sehen. Warum war er nicht umgekehrt?

Die waren zu zweit gewesen in dem Zelt, so viel wusste er jetzt. Dieser Lück und das Mädchen. Irgendein Forschungsvorhaben wahrscheinlich; Wochen zu zweit in der Einsamkeit. Da konnte manches geschehen. – Und jetzt war etwas geschehen. Und er, Narr der er war, steckte mitten drin.

Natürlich hätte er sich draußen zwischen den Felsen verstecken können. Schon hundert Meter von der Hütte entfernt wäre er vor jedem Verfolger sicher gewwesen – aber nur für wenige Stunden. Bis der Hunger kam. Dieser Kerl, der Lück, brauchte nur auf ihn zu warten. Nein, er musste der Gefahr ins Auge sehen. Er musste die Polizei herbekommen, und zwar so rasch wie möglich. Es gab nur einen Ausweg: Der Lück musste verhaftet werden.

Endlich die Hütte! Als er die Tür aufstieß, saßen sie gerade beim Frühstück. Recht verkatert sahen sie aus. Die große Blonde, die gestern am meisten gelacht hatte, rührte stumm in ihrem Kaffee. Die Busfahrer, die kräftig mitgefeiert hatten, wirkten noch blasser und ungesunder als vorher. Sie hoben kaum den Kopf, als er zum Tisch der Mädchen wankte und völlig außer Atem berichtete, was passiert sei. Die Mädchen beeindruckte das wenig.

»You are drunk«, sagte die Blonde mit Überzeugung.

»Dein Kopf sieht nicht gut aus«, sagte die Dunkelhaarige. »Ich werde dir einen Verband machen. Das kommt davon, wenn man im Suff in den Felsen herumspaziert, anstatt sich ins Bett zu legen und den Rausch auszuschlafen.«

»Ich bin niedergeschlagen worden«, wiederholte er. »Und ein Mädchen ist ermordet worden. Drüben, in der Lava, bei dem grünen Zelt. – Mein Gott, jeden Moment kann der Kerl hier sein und mir den Rest geben.« Er warf einen gehetzten Blick aus dem Fenster.

Inga sah ihn an. »Er meint es ernst«, sagte sie. »Also gut, Udo, ich werde jetzt die Polizei anrufen. Ich hoffe nur für dich, dass es wirklich so ist, wie du sagst, denn sonst kommst du in Schwierigkeiten. Die Polizei kommt nicht gern umsonst!«

Kein Wunder bei den Entfernungen! Krogmann wusste nicht, wo der nächste Polizeiposten war, ob in Egilstadir oder am Myvatn, aber auf jeden Fall an die hundert Kilometer oder mehr entfernt, und das hieß in der Lava-Wüste, vier bis fünf Autostunden – qualvoll lange Stunden. Der Anruf lief über Funk; dann sprachen die Mädchen leise auf isländisch miteinander.

»They will come«, sagte die eine schließlich. »Immendiately. – Would you like some tea?«

Ja, wollte er. Die Franzosen brachen auf. Er beobachtete, wie sie ihre Zelte verpackten und in den Bus stiegen. Er wünschte sich einen Moment lang, er könnte sich ihnen einfach anschließen und davonfahren, als sei nichts geschehen. Warum hatte er seine Geschichte überhaupt erzählt? – Aber er wusste, dass das Unsinn war. Der Kopf schmerzte.

Er starrte aus dem Fenster. Von seinem Platz aus konnte er nur einen Teil der Sanderfläche übersehen. Irgendwann musste sein Verfolger doch auftauchen! Wenn er sich im Bogen an die Hütte heranschlich, würde er ihn erst sehen, wenn er die Tür aufriss. Sicher, Krogmann war nicht allein, aber die Mädchen würden ihn kaum schützen können. Inga saß mit ihm am Tisch und beobachtete ihn besorgt. Die beiden anderen machten sich wahrscheinlich in der Küche zu schaffen; von dort tönte leise Radiomusik.

Nichts geschah. Krogmann spürte, wie die Müdigkeit in ihm immer stärker wurde. Nur wenn er sich nicht bewegte, war der Schmerz erträglich. In der Hütte war es behaglich warm. Die Mädchen sprachen nicht; Inga las in einer Zeitschrift. Krogmann hatte Mühe, nicht einzuschlafen.

Auf einmal wurde die Tür zur Hütte aufgestoßen. Er schrak hoch. Lück, dachte er. Aber es war nicht Lück, sondern ein Kommissar Björnsson. Das dunkelhaarige Mädchen brachte ihn herein. Zwischen der Hütte und dem Gletscher gab es einen schmalen Streifen, auf dem die Steine fortgeräumt worden waren, sodass leichte Flugzeuge landen konnten – zur Bergung von Unfallopfern zum Beispiel. Der Kommissar war auf diesem Wege gekommen. Jetzt schien er viel Zeit zu haben. Er ließ sich von den Mädchen einen Becher Tee bringen, nahm einen vorsichtigen Schluck, streckte sich in seinem Sessel und sah sein Gegenüber prüfend an. Der hatte Mühe, seine Hände ruhig zu halten.

»Nervös?« Der Kommissar sprach Deutsch.

Krogmann nickte. »Es kommt schließlich nicht alle Tage vor, dass man . . .«

»Nein. – Beginnen wir mit Ihren persönlichen Daten. Sie heißen?«

»Udo Krogmann, geboren am 22. 11. 1951 in Frankfrut. Beruf: Tiefbauingenieur, verheiratet . . .«

»Ihre Frau wollte nicht mitkommen auf diese Reise?«

»Nein. Ich – wir haben uns getrennt.« Das war der Anlass zu dieser Reise gewesen.

»Sie sind doch mit einer Reisegruppe unterwegs gewesen. Wie kommt es, dass Sie hier allein am Kverkfjell zurückgeblieben sind?«

Er erzählte, was geschehen war. Der Kommissar sah ihn forschend an.

»Einen Streit hatte es wohl nicht gegeben?«, fragte er beiläufig.

Krogmann schüttelte den Kopf.

»Keine Auseinandersetzung mit einem Dr. Arnsberg?«

Krogmann lächelte müde. Das war ein schlechter Anfang.
Der Kommissar musste über Funk mit dem Busfahrer gesprochen haben. Krogmann bestätigte, dass es in Skaftafell
eine Auseinandersetzung gegeben habe, weil Frau Arnsberg
mit ihm zusammen einen Spaziergang gemacht habe, und
weil sie zu spät zum Bus zurückgekommen seien. Eine lä-
cherliche Eifersüchtelei des alten Apothekers. Als ob er im
Traum daran gedacht hätte, diese alte Schachtel zu vögeln. Er
schilderte die Szene so knapp wie möglich. Der Kommissar
nickte.

»Erzählen Sie von heute. Sie haben also heute früh allein
die Hütte verlassen, sind über die Sanderfläche marschiert,
und was geschah dann?«

Ja, wie war das gewesen? – »Die Tote lag etwa auf halbem
Wege zwischen dem Zelt und dem Rand der Lava«, sagte er.
Er sah den Kommissar an. »Ein blondes Mädchen mit langen
Haaren, vielleicht 25 Jahre alt. Ich wusste sofort, dass das kein
Unfall war. Vergewaltigt und erwürgt, würde ich sagen.«

»Hatten Sie keine Angst?«, fragte sein Gegenüber.

»Nein. – Wenn sie erschossen worden wäre, dann hätte ich
Angst haben müssen. Aber so – es ist nicht so einfach, mich zu
erwürgen.« Der Kommissar musterte ihn. Ein sportlicher
Typ, dachte er, fast einen Meter neunzig groß, und es schien
in der Tat nicht ratsam, sich mit ihm anzulegen.

Im Bewusstsein seiner Stärke hatte sich Krogmann zunächst einmal in aller Ruhe umgesehen. Aber da regte sich
nichts; kein Lavabrocken knirschte unter dem Tritt eines un-
achtsam gesetzten Fußes. Vorsicht war angebracht: »Sie war
noch nicht lange tot, das war klar. Wenige Stunden höchstens; vielleicht ist es sogar erst geschehen, nachdem ich das

Camp verlassen hatte. – Sie trug keine Papiere bei sich, aber im Zelt fand ich ihren Rucksack mit ihrem Pass. Simone Blasch aus Bochum, Studentin an der Ruhr-Universität. In dem anderen Rucksack . . .«

»Sie haben in aller Ruhe das Zelt durchsucht, während draußen in vielleicht nur geringer Entfernung ein Mörder lauerte?«

»Sie haben Recht, ich war leichtsinnig. Ich wusste natürlich nicht, dass ich beobachtet wurde. Obwohl ich es mir hätte denken können. – Er muss mich schon lange gesehen haben, bevor ich die Lava erreichte. Ich habe keine Ahnung, wo er gehockt hat. Aber er hatte ein Fernglas, das steht fest. Wahrscheinlich war er Hunderte von Metern entfernt. – In dem Zelt lagen eine Menge Karten und Luftbilder mit allen möglichen Eintragungen herum; es war klar, dass die beiden den Sander untersucht hatten. Eine Art Tagebuch enthielt Eintragungen über Wasserstandsmessungen, Niederschlagssummen und Sonnenscheindauer – und den Namen des anderen: Professor Lück.

Plötzlich ein Geräusch, wie wenn ein Stein auf einen anderen schlägt. Ich fuhr hoch. Nichts zu sehen. Das Nächste, was ich spürte, war eine Bewegung dicht hinter mir. Noch bevor ich reagieren konnte, bekam ich einen Schlag auf den Kopf, als ob mir der Schädel zerschmettert würde. – Ich bin vielleicht nur wenige Minuten bewusstlos gewesen, vielleicht auch eine halbe Stunde. Ich weiß es nicht. Als ich wieder zu mir kam, brauchte ich erst ein paar Minuten, um mich zu erinnern, was geschehen war. Ich sprang auf – das hätte ich besser nicht tun sollen. Ein stechender Kopfschmerz ließ mich sofort wieder zu Boden gehen. Ich wischte mir ganz vorsichtig mit der Hand über den Kopf. Da war etwas Blut, aber das schien nicht so schlimm zu sein. Ich hatte Glück gehabt; der Schlag hätte mich töten können. – Ich sah mich vorsichtig um. Niemand zu sehen. Da bin ich losgerannt, zurück zur Hütte.

Mir war klar, dass ich in großer Gefahr war, und dass ich sofort die Polizei holen musste.«

Er sah den Kommissar an. Der überlegte einen Moment, dann fragte er: »Wie viel Zeit ist seitdem vergangen?«

Merkwürdige Frage. Er sah auf die Uhr. »Ungefähr drei Stunden.«

»Erstaunlich.«

»Wieso?«

»Da erwürgt irgendein Wahnsinnger ein junges Mädchen, versucht wenig später, einen zufällig hinzukommenden Zeugen zu erschlagen – und lässt ihn dann entkommen. Und er hat Sie, wie Sie sagen, weder direkt verfolgt noch später hier in der Hütte gesucht.«

»Er hat vielleicht nicht gleich bemerkt, dass ich geflohen bin!«

»Auf der offenen Sanderfläche? – Wenn es so war, wie Sie berichtet haben, hätte er reichlich Gelegenheit gehabt, Ihre Flucht zu vereiteln und Sie einzuholen. – Wenn es so war!«

»Ich bin gelaufen, so schnell ich konnte. Es ging schließlich um mein Leben!«

Pause. – Er glaubt mir nicht, dachte Krogmann. Mein Gott, er glaubt mir nicht. Der Kopf schmerzte. Draußen startete das Flugzeug. Sicher wurde es noch anderswo gebraucht. Das hieß, sie würden hier noch eine Weile festsitzen.

Die Tür wurde geöffnet. Krogmann fuhr herum. Es war das dritte Mädchen, das nicht im Zimmer gewesen war, zusammen mit einem Mann. Lück? Nein, offenbar ein weiterer Polizist.

»Entschuldigen Sie mich einen Augenblick!« Der Kommissar erhob sich. Krogmann beobachtete, wie er sich leise mit den beiden unterhielt. Auf Isländisch natürlich. Die drei blickten zu ihm herüber. Dann kam der Kommissar an den Tisch zurück. Er setzte sich wieder und sah Krogmann fest an. Der hielt seinem Blick stand.

Schließlich sagte der Kommissar: »Ich fürchte, Sie haben nicht in allen Punkten die Wahrheit gesagt.«

»Nicht?« Panik packte ihn.

»Über das Verhältnis zu Ihrer Frau zum Beispiel. Sie hat sich nicht nur einfach von Ihnen getrennt. Sie hat Sie obendrein angezeigt, wegen Körperverletzung.«

»Ein Missverständnis«, sagte er so leichthin wie möglich, aber er registrierte, dass seine Stimme leicht zitterte. Was hatte das alles hiermit zu tun?

»Es gibt noch ein weiteres Missverständnis.« Der Kommissar sah ihn scharf an. »Wir haben Professor Lück gefunden, auf dem Weg nach Egilstadir.«

»Er will sich aus dem Staub machen«, rief Krogmann. »Das ist doch offentsichtlich! Er hat gesehen, dass sein Anschlag auf mich missglückt ist und will fliehen.« Er sprang auf. »Haben Sie ihn? Warum verfolgen Sie ihn nicht?«

»Setzen Sie sich!«

Er setzte sich. »Glauben Sie mir etwa nicht?«

»Nein, ich glaube Ihnen nicht. – Professor Lück, der das Mädchen vergewaltigt und ermordet, und der Sie niedergeschlagen haben soll, heißt mit vollem Namen Friederike Lück. Es ist eine Frau.«

»Auch unter Frauen soll es schon . . .«, rief er verzweifelt. Er brach mitten im Satz ab. Es war aussichtslos. Er saß in der Falle. Warum hatten die Mädchen ihm nicht erzählt, dass der Professor eine Frau war?

Der Kommissar fuhr unbarmherzig fort: »Das Mädchen kam ins Zelt, als Sie dabei waren, ihre Sachen zu durchstöbern. Sie wussten, dass sie zurzeit allein war. Es gab da eine Eintragung im Feldbuch: Prof. Lück 6.00 Uhr Wasserproben. Lück war also weg. Sie wollten eine Frau, und hier war eine. Sie sind über sie hergefallen. Sie hat sich gewehrt. Der Schlag auf den Kopf stammt von ihr. Sie haben sie gewürgt. Dann sind Sie geflohen, denn Sie haben damit gerechnet, dass jeden

Moment der Professor auftaucht und Sie erledigt. – Als Sie mit Ihrer Kopfwunde in die Hütte gestürzt kamen und Ihre unglaubliche Geschichte erzählt haben, haben die Mädchen hier zunächst gedacht, Sie seien betrunken. Aber dann haben sie schnell geschaltet. Zwei haben sich um Sie gekümmert, eine ist zum Lavafeld hinausgerannt und hat nachgesehen, was geschehen ist. Simone Blasch lebt. Sie war nur ohnmächtig. – Sie hat einen schweren Schock. Wir haben sie ausgeflogen.«

Erleichterung brach über ihn herein. Alles würde gut werden. Während er nach vermittelnden Worten suchte, sagte der Kommissar hart: »Jetzt sagen Sie bloß nicht: ›Dann ist ja alles gut.‹ – Nichts ist gut. Ein solches Verbrechen hinterlässt bleibende Schäden.«

Und wenn! »Jedenfalls ist es kein Mord!«

Das hätte er nicht sagen sollen. Der Kommissar sah ihn voller Verachtung an. »Früher haben wir solche wie dich in der Einöde ausgesetzt und für vogelfrei erklärt. Jeder konnte sie töten, wenn er wollte. Heute sperren wir euch ein für 10, 20 Jahre. Das klingt humaner, aber in Wirklichkeit ist es die Hölle, mein Freund, die Hölle. Und du – du hast sie verdient.«

# Zwei Flaschen Würze

Lord Dunsany

Mein Name ist Smetters. Ich bin, was man einen kleinen Mann zu nennen pflegt, und auch meine Geschäfte betreibe ich nur im Kleinen. Ich reise für *Numnumo*, eine Würze für Fleisch und Vorspeisen: die weltberühmte Würze, kann man wohl sagen. Sie ist wirklich ganz gut, denn sie enthält keine schädlichen Säuren und greift auch nicht das Herz an; sie ist also sehr einfach anzupreisen. Wenn es nicht so wäre, hätte ich den Posten nicht erhalten. Doch hoffe ich, eines Tages etwas zu bekommen, das schwieriger anzupreisen ist, denn je schwieriger die Artikel anzupreisen sind, desto mehr Gehalt bekommt man. Augenblicklich komme ich gerade eben aus und kann mir nichts auf die Seite legen, aber ich lebe auch in einer sehr teuren Wohnung. Es kam ganz zufällig dazu, und das bringt mich auf meine Geschichte. Und es ist keine Geschichte, die man von einem kleinen Mann wie mir erwarten würde. Aber wer sollte sie denn sonst erzählen? Alle, die außer mir etwas darüber wissen, wollen die Sache vertuschen.

Ich suchte mir also ein Zimmer, in dem ich wohnen wollte, als ich meinen Posten in London erhielt. Es musste in London sein, denn ich brauchte etwas, das zentral gelegen war, und ich ging zu einem Häuserblock, sehr düster sah er aus, und fand den Mann, der die Wohnungen verwaltete, und fragte ihn nach dem, was ich brauchte: sie nannten es dort ›Apartment‹ – bloß ein Schlafzimer und eine Kabuse. Er führte gerade einen Mann herum, der ein Herr war, ein richtiger Gentleman, daher beachtete er mich weiter nicht, ich meine, der Mann, der die Apartments verwaltete. Ich ging also einfach ein Weilchen hinter ihnen her und sah alle Sorten von Zimmern und wartete, bis er mir die Sorte zeigen würde, die ich brauchte. Wir kamen zu einem sehr hübschen Apartment, einem Wohnzimmer mit Schlafzimmer und Badezimmer und noch einem kleinen Raum, den er Halle nannte. Und auf diese Art lernte ich Linley kennen. Er war nämlich der Herr, der herumgeführt wurde.

»Bisschen teuer«, sagte er.

Und der Mann, der die Apartments verwaltete, trat ans Fenster und stocherte sich in den Zähnen. Es ist komisch, wie viel sich durch eine so einfache Geste ausdrücken lässt. Was er damit sagen wollte, war: dass er Hunderte von diesen Apartments hatte, die von Tausenden von Leuten gesucht würden, und ihm sei's vollkommen egal, wer sie nähme oder ob man weiter suche. Irgendwie stand das ganz einwandfrei fest. Und doch sagte er kein Wörtchen, sondern blickte nur aus dem Fenster und stocherte sich in den Zähnen. Und daraufhin wagte ich es, Mr Linley anzureden, und ich sagte:

»Wie wär's, Sir, wenn ich die Hälfte zahlte, und wir mieten es gemeinsam? Ich wäre Ihnen nicht im Wege, denn ich bin den ganzen Tag nicht zu Hause, und ich bin mit allem einverstanden, was Sie sagen, und ich wäre Ihnen wirklich nicht mehr im Wege als eine Katze.«

Vielleicht wundert ihr euch, dass ich so was gemacht habe. Und vielleicht wundert ihr euch noch viel mehr darüber, dass er's angenommen hat – wenigstens würdet ihr's tun, wenn ihr mich kenntet, bloß einen kleinen Mann, der seine Geschäfte nur im Kleinen betreibt. Und doch konnte ich sofort sehen, dass er mehr für mich als für den Mann am Fenster übrig hatte.

»Aber es ist nur ein Schlafzimmer da«, sagte er.

»Ich könnte mein Lager leicht in dem kleinen Raum hier aufschlagen«, sagte ich.

»In der Halle!«, sagte der Mann am Fenster, ohne den Zahnstocher aus dem Mund zu nehmen.

»Und tagsüber könnt ich das Bett aus dem Weg räumen und in der Kabuse unterbringen«, sagte ich.

Er sah nachdenklich aus, und der Mann am Fenster sah sich London an, ohne den Zahnstocher aus dem Mund zu nehmen. Und stellt euch bloß mal vor, er war schließlich einverstanden!

»Ein Freund von Ihnen?«, fragte der Mann am Fenster.

»Ja«, sagte Mr Linley.

Das war nun wirklich sehr nett von ihm.

Jetzt wil ich euch mal erzählen, warum ich's tat. Ob ich's mir leisten konnte? Natürlich nicht. Aber ich hatte gehört, wie er dem Mann erzählt hatte, er sei gerade von Oxford gekommen, von der Universität, und wolle nun erst mal ein paar Monate in London bleiben. Es schien, dass er einfach eine Weile behaglich leben und nichts tun wollte, während er sich etwas umsah und sich einen Posten suchte, oder wahrscheinlich so lange, wie er sich's leisten konnte. Und da sagte ich mir nun: Was ist Oxford-Bildung im Geschäftsleben wert – vor allem bei einem Posten wie meinem? Einfach und schlechthin alles! Wenn ich dem Mr Linley auch nur ein Viertel von seiner Oxford-Bildung absehen könnte, dann könnte ich meine Verkäufe verdoppeln, und das würde bedeuten, dass ich bald einen Artikel bekäme, der viel schwieriger als *Numnumo* anzupreisen ist und mir vielleicht das Dreifache einbringt. Wirklich, es lohnt sich mächtig! Und ein Viertel von solcher Bildung kann man, wenn man hübsch behutsam damit umgeht, noch gewaltig strecken, ums Doppelte mindestens. Ich meine, man braucht nicht gleich das ganze *Inferno* vorzudeklamieren, wenn man zeigen will, dass man Milton gelesen hat – man braucht nur eine Zeile zu zitieren.

Ja, und nun die Geschichte, die ich euch erzählen will. Ihr glaubt mir sicher nicht, dass ein kleiner Mann wie ich euch das kalte Grauen einjagen kann. Als wir uns nämlich in unserm feinen Apartment eingerichtet hatten, da vergaß ich bald meinen Plan mit der Oxford-Bildung. Ich vergaß ihn vor lauter purem Staunen über den Mann selber. Er hatte einen Verstand, so wendig wie ein Athleten-Körper, wie ein Vogel-Körper! Er brauchte keine Bildung mehr. Man dachte bei ihm gar nicht mehr dran, ob er Bildung hatte oder nicht. Die Ideen sprangen nur so hoch in ihm – Einfälle, an die man selber nie gedacht hätte. Und nicht bloß das, sondern, wenn irgendwo Ideen in der Luft hingen, dann fing er sie auf. Unzählige Male hab ich gemerkt, dass er wusste, was ich gerade sagen wollte! Kein Gedankenlesen, sondern was man so ›Intuition‹ nennt. Ich hab mir immer ein bisschen Schach beibringen wollen, bloß, um abends, wenn ich alles hinter mir hatte, nicht mehr an *Numnumo* zu denken. Doch richtige Schachprobleme konnte ich nie lösen. Aber er – kam einfach an und betrachtete mein Problem und sagte:

»Wahrscheinlich wollen Sie jetzt die Figur ziehen?«

Und ich sagte: »Aber wohin?«

Und er sagte: »Oh, auf eins von den drei Feldern.«

Und ich sagte: »Aber auf allen dreien verlier ich sie.« Es ging nämlich immer um die Königin. Und dann sagte er:

»Ja, wahrscheinlich sollen Sie sie verlieren.«

Und was glaubt ihr wohl? Er hatte Recht!

Versteht ihr? Er hatte sich ausgedacht, was der Partner gedacht hatte. So hatte er's gemacht.

Ja, und da passierte nun eines Tages der grässliche Mord, der Mord in Unge – ich weiß nicht, ob ihr euch noch dran erinnert. Der Steeger hatte sich ein Landhäuschen gemietet, bei Otherthorpe war's, und wollte dort mit einem jungen Mädchen wohnen. Das war das erste Mal, dass wir von ihm hörten.

Das Mädchen hatte Geld, zweihundert Pfund Sterling, und das ganze Geld bekam er – und sie verschwand vollkommen von der Bildfläche. Und Scotland Yard konnte sie nicht finden.

Nun hatte ich zufällig gelesen, dass Steeger sich zwei Flaschen *Numnumo* gekauft hatte; denn die Polizei in Otherthorpe hatte nämlich alles über ihn herausbekommen, bloß nicht, was er mit dem Mädchen gemacht hatte, und da wurde ich natürlich aufmerksam, sonst hätte ich vielleicht nie mehr über den Fall nachgedacht oder auch nur ein Wort zu Linley erwähnt. *Numnumo* lag mir eben dauernd im Kopf, da ich jeden Tag damit zubrachte, es anzupreisen, und so konnte ich auch den Mord nicht vergessen. Und deshalb sagte ich eines Tages zu Linley:

»Wo Sie doch so gescheit sind und jedes Schachproblem im Nu lösen können, wundert's mich sehr, dass Sie sich nicht an dem Geheimnis von Otherthorpe versuchen wollen. Schließlich ist es auch eine Art Schachproblem!«

»Zehn Mordfälle zusammengenommen sind nicht so schwer zu lösen wie ein Schachproblem«, sagte er.

»Aber nicht mal Scotland Yard kann's lösen«, sagte ich.

»Tatsächlich?«, sagte er.

»'s hat sie rein vor den Kopf geschlagen«, sagte ich.

»Soweit hätt's nicht kommen dürfen«, sagte er. »Erzählen Sie mir die Tatsachen!«

Wir saßen beide beim Abendbrot, und ich erzählte ihm die Tatsachen, genau, wie ich sie in den Zeitungen gelesen hatte. Sie war eine hübsche Blondine, sie war klein, sie hieß Nancy Elth, sie besaß zweihundert Pfund, sie wohnten fünf Tage in dem Landhäuschen. Danach blieb er noch zwei Wochen länger, aber von ihr hat kein Mensch mehr was gesehen. Steeger sagte, sie sei nach Südamerika gereist, aber später sagte er, er hätte niemals Südamerika gesagt, sondern Südafrika. Von ihrem Geld war nichts mehr auf der Bank, wo sie es aufbewahrt hatte, und Steeger konnte nachgewiesen werden, dass er genau um die Zeit mindestens hundertfünfzig Pfund bekommen hatte. Dann kam's raus, dass Steeger Vegetarier war und all seine Lebensmittel vom Gemüsemann bekam, und das machte den Wachtmeister im Dörfchen Unge stutzig, denn er hatte noch nie von einem Vegetarier gehört. Von da an beobachtete er den Steeger, und das war auch gut so, denn später konnte er alle Fragen beantworten, die Scotland Yard von ihm wissen wollte – ausgenommen natürlich die eine. Und er hatte auch die Polizei in Otherthorpe benachrichtigt, das etwa fünf, sechs Meilen entfernt liegt, und sie kamen und kümmerten sich auch drum. Und sie konnten feststellen, dass Steeger nie sein Häuschen und den schmucken Garten verlassen hatte, seit sie verschwunden war. Je mehr sie ihn nämlich beobachteten, umso misstrauischer wurden sie, was ja ganz natürlich ist, wenn man jemand beobachtet. Und sehr bald beobachteten sie also jede Bewegung, die er machte, aber wenn's nicht wegen der Tatsache gewesen wäre, dass er Vegetarier ist, dann wären sie nie misstrauisch geworden, und dann hätte es sogar für Linley nicht genug Tatsachen gegeben. Zwar fanden sie nicht viel heraus, was gegen ihn sprach, ausgenommen, dass er die hundertfünfzig Pfund von irgendwoher bekam. Und das fand Scotland Yard heraus, nicht die Polizei von Otherthorpe. Und was der Wachtmeister von Unge herausfand, das war die Sache mit den Lärchen, und da war Scotland Yard wie vor den Kopf geschlagen, und Linley auch, bis zur letzten Minute, und ich natürlich auch. In dem Gärtchen standen nämlich zehn Lärchen, und er hatte mit dem Besitzer vereinbart, dass er mit den Lärchen machen könnte, was er wollte. Und dann, ungefähr von dem Tage an, als die kleine Nancy Elth gestorben sein muss, hackte er jeden Baum um. Dreimal täglich machte er sich an die Arbeit, fast eine Woche lang, und als er sie alle umgehackt hatte, da zerhackte er sie alle in Kloben, die etwa einen halben Meter lang waren, und schichtete sie schön ordentlich auf Haufen. Solche ordentliche Arbeit habt ihr noch nie gesehen! Und warum? Um eine Entschuldigung für die Axt zu haben, war die eine Theorie. Aber die Entschuldigung war größer als die Axt: Er brauchte dafür vierzehn Tage, und jeder Tag war schwere Arbeit. Und so ein kleines Ding wie die Nancy Elth, die hätte er auch ohne Axt totschlagen können und sie auch ohne Axt in Stücke hacken können. Eine andere Theorie hieß, er wollte Feuerholz haben, damit er die Leiche verbrennen könnte. Aber er benutzte das Holz gar nicht. Rührte es nicht mehr an, sondern ließ alles schön aufgeschichtet draußen stehen. Da war wohl jeder wie vor den Kopf geschlagen!

Und das waren die Tatsachen, die ich Linley erzählte. Ach so, ja, er hatte sich auch noch ein großes Metzgermesser gekauft. Komisch, das machen sie alle. Und doch ist es eigentlich nicht so komisch: Wenn man eine Frau zersäbeln muss, dann muss man sie eben zersäbeln, und ohne ein Messer kann man das nicht. Dann gab's auch noch ein paar Sachen, die er *nicht* gemacht hatte. Er hatte sie nicht verbrannt. Hatte nur hin und wieder im Herd Feuer gemacht, um sich was zu kochen. Das haben sie ganz gescheit herausgefunden, der Wachtmeister von Unge nämlich und auch die Männer aus Otherthorpe, die ihm halfen. Ringsherum wachsen kleine Wäldchen, ›Holm‹ heißen sie bei den Bauern dort zu Lande, und die Polizisten kletterten auf die Bäume und konnten fast aus jeder Richtung den Rauch riechen. Sie machten es hin und wieder, aber nie roch es nach verbranntem Fleisch, immer bloß nach gewöhnlicher Kocherei. Das war natürlich sehr gescheit von der Ortherthorper Polizei, obwohl es ihnen nicht half, den Steeger an den Galgen zu bringen. Später kamen dann die Leute von Scotland Yard und fanden noch etwas heraus, auch wieder Sachen, die er *nicht* gemacht hatte. Nämlich, dass der Kalkboden unter dem Häuschen und in dem kleinen Garten nicht umgegraben worden war. Und nie war Steeger außerhalb gewesen, seit Nancy verschwunden war. Ach ja, und außer dem Messer hatte er noch eine große Feile. Aber sie fanden keine Spuren von zersägten Knochen an der Feile, auch kein Blut am Messer. Hatte er natürlich abgewaschen. All die Tatsachen hab ich Linley erzählt.

Jetzt sollte ich euch warnen, ehe ich weitererzähle, denn ich bin bloß ein kleiner Mann, und ihr seid nicht auf was Grässliches von mir gefasst. Aber ich muss euch warnen: Der Mann war tatsächlich ein Mörder, oder jedenfalls war jemand ein Mörder, denn das Mädchen war umgebracht worden, eine nette Kleine war's gewesen, und der Mann, der das getan hatte, schreckte wahrscheinlich auch vor solchen Dingen nicht zurück, wo ihr's erwartet hättet. Wer so was gemacht hat und sieht die ganze Zeit wie einen langen dünnen Schatten den Strick vom Galgen baumeln, der ihn vorantreibt, so einer schreckt vor nichts zurück. Mordgeschichten lesen sich ja manchmal ganz schön, wenn eine Dame am Kaminfeuer sitzt, aber ein Mord ist nichts Schönes, und wenn ein Mörder verzweifelt ist und jede Spur verwischen will, dann schreckt er vor nichts zurück. Ich bitte euch bloß, dass ihr euch vor Augen haltet . . . dass ich euch nämlich gewarnt habe.

Ich sagte also zu Linley: »Was halten Sie davon?«

»Der Abfluss?«, sagte Linley.

»Nein«, sagte ich, »leider nicht. Da hat schon Scotland Yard dran gedacht. Und vor ihnen die Leute aus Otherthorpe. Sie haben den Abfluss untersucht, so wie er ist, ein kleines Ding, das gleich hinterm Garten in die Senkgrube mündet, und da ist nichts runtergeflossen, ich meine, nichts Verbotenes.«

Er hatte noch ein oder zwei andere Ideen, aber da war ihm Scotland Yard auch schon zuvorgekommen. Das ist nämlich der Witz an der Geschichte. Man hofft von einem Mann, der sich als Detektiv bestätigen soll, dass er sein Vergrößerungsglas nimmt und an den Tatort fährt. Als Erster vor allen andern an den Tatort fährt. Und dass er dann die Fußspuren misst und nach Anhaltspunkten sucht und das Messer findet, das die Polizei übersehen hat. Aber Linley ist nie hingefahren, und Scotland Yard war jedes Mal vor ihm da.

Sie hatten sogar mehr Anhaltspunkte gefunden, als ihnen lieb war. Jeder Anhaltspunkt wies darauf hin, dass er das Mädchen ermordet hatte, jeder Anhaltspunkt wies darauf hin, dass er die Leiche auf die Seite geschafft hatte, und doch war die Leiche nicht zu finden. Sie war nicht in Südamerika, und wahrscheinlich war sie auch nicht in Südafrika. Und die ganze Zeit lag der Riesenhaufen klein gehacktes Lärchenholz da, der allen in die Augen sprang und zu nichts führte. Nein, wir wollten gar nicht noch mehr Anhaltspunkte, und Linley fuhr nie hin. Wir mussten die Anhaltspunkte deuten, die wir schon hatten. Ich war vollkommen verdutzt; Scotland Yard ebenfalls. Und auch Linley kam nicht voran, und die ganze Zeit plagte mich ein Rätsel. Ich meine, wenn es nicht wegen der Kleinigkeit gewesen wäre, an die ich immer wieder erinnert wurde, und wenn es nicht wegen der zufälligen Bemerkung zu Linley gewesen wäre, dann wäre das Rätsel genau wie alle andern ins Aschgraue der Menschheitsgeschichte versunken.

Linley interessierte sich zuerst nicht sehr dafür, aber ich war so überzeugt, dass er's lösen könnte, und deshalb erinnerte ich ihn dauernd dran. »Sie können Schachprobleme lösen«, sagte ich zu ihm.

»Die sind zehnmal schwieriger«, sagte er immer noch.

»Warum lösen Sie dann das Rätsel hier nicht?«, fragte ich.

»Fahren Sie für mich hin und werfen Sie mal einen Blick aufs Schachbrett!«, sagte er.

Das war nämlich seine Art, sich auszudrücken. Wir wohnten seit etwa vierzehn Tagen zusammen, und ich hatte mich daran gewöhnt. Er meinte, ich sollte zu dem Landhäuschen in Unge fahren. Jetzt werdet ihr wohl denken, weshalb ist er denn nicht selbst hingefahren, aber es ist eben so: Wenn er selbst da auf dem Land herumgewandelt wäre, dann hätte er nicht nachdenken können, wenn er aber in unserm Apartment in seinem Sessel vor dem Fenster saß, dann konnte er ganz andre Strecken zurücklegen, wenn ihr versteht, was ich meine. Ich fuhr also am nächsten Tag hin und stieg am Bahnhof in Unge aus. Und dahinter fingen schon die Berge an.

»Da oben ist es, was?«, sagte ich zum Gepäckträger.

»Stimmt«, sagte er. »Da oben den Feldweg hoch. Und vergessen Sie nicht, bei der alten Eibe müssen Sie rechts abbiegen, eine sehr große Eibe ist es, Sie können sie gar nicht übersehen, und dann . . .«, und so beschrieb er mir den Weg genau, und ich konnte mich nicht verlaufen. Alle waren sie so: sehr gefällig und hilfsbereit. Denn das war jetzt Unges großer Tag: inzwischen hatte jeder Mensch von Unge gehört. Man konnte jetzt jederzeit Briefe hinschicken, ohne den Postbezirk und die Grafschaft dazuzuschreiben. Und dementsprechend musste sich Unge ja nun benehmen. Wenn ihr Unge jetzt . . . na, einerlei, jedenfalls brachten sie ihr Schäfchen ins Trockene.

Und da war nun die Anhöhe, hübsch der Sonne entgegen, hübsch in die Lüfte hinauf. Ihr wollt nichts von Frühlingsstimmung und Maienjubel hören, mit all den Farben und den vielen Vögeln: ich dachte bloß, was für ein schönes Fleckchen, wenn man hier mit seiner Liebsten wohnen will. Und dann dachte ich, dass er sie da ermordet hatte, und dass ich nur ein kleiner Mann bin, aber als ich mir so vorstellte, wie sie da gelebt hat, und die Vögel sangen um sie her, da sagte ich mir: ›Wär's nicht seltsam, wenn ich den Mann an den Galgen bringen würde – falls er sie ermordet hat?‹ Ich fand also bald den richtigen Weg zum Häuschen hinauf und begann herumzuschnüffeln und schaute über die Hecke in den Garten. Und ich entdeckte nicht viel, denn ich fand nicht viel, was nicht schon die Polizei entdeckt hatte, aber da waren die Riesenhaufen Lärchenholz und sprangen mir ins Gesicht und sahen sehr unheimlich aus.

Ich habe gewaltig nachgedacht und mich dabei auf die Hecke gelehnt und den Maiduft eingeatmet und zu den Lärchenkloben geschaut und zu dem schmucken kleinen Häuschen auf der andern Seite. Über eine Menge Theorien habe ich nachgedacht, bis mir der allerbeste Gedanke kam: Wenn ich nämlich Linley mit seiner Oxford-Bildung das ganze Denken überlassen würde und ihm nur die Tatsachen brächte, wie er es mir gesagt hatte, dann würde ich auf meine Art mehr leisten, als wenn ich mich in zu viel Nachdenken versteigen würde. In Unge waren sie, wie ich schon sagte, mächtig hilfsbereit. Der Wachtmeister ließ mich eintreten, ich durfte bloß nichts anrühren, und auch den Garten durfte ich mir von nahem besehen. Und ich sah die Stümpfe von den zehn Lärchen, und mir fiel etwas auf, und Linley sagte, da sei ich sehr aufmerksam gewesen; zwar hat es nichts weiter genutzt, aber jedenfalls hatte ich mich bemüht: Ich hatte gesehen, dass die Stümpfe einfach recht und schlecht abgehackt worden waren, und daraus schloss ich, dass der Mann nicht viel vom Bäumefällen verstanden hat. Der Wachtmeister sagte, das sei eine Schlussfolgerung. Da sagte ich, die Axt sei stumpf gewesen, die er benutzt hatte, und das machte den Wachtmeister nun doch nachdenklich, obwohl er nicht sagte, ich hätte diesmal Recht gehabt.

Habe ich schon erzählt, dass Steeger nie ausging, nur in den kleinen Garten, um Holz zu hacken, nicht ein einziges Mal, seit Nancy verschwunden war? Es stimmte tatsächlich. Sie hatten ihn Tag und Nacht beobachtet, der Wachtmeister von Unge hat's mir selber erzählt. Aber es ärgerte mich, dass Linley es nicht herausgefunden hatte, sondern bloß die gewöhnlichen Polizisten, denn ich wusste, er hätt's auch gekonnt. Und sie hätten's ja sowieso nie bemerkt, wenn es sich nicht herumgesprochen hätte, dass der Mann ein Vegetarier war und nur beim Gemüsemann kaufte. Vielleicht war es überhaupt erst dadurch in Gang gekommen, dass der Metzger neidisch war. Es ist gruselig, was für kleine Nebensächlichkeiten einen Mann zu Fall bringen können. Aber ich sollte nicht von meiner Geschichte abschweifen – so gern ich's tun würde, so gern ich sie vergessen würde. Aber das kann ich nicht.

Ich sammelte also allerhand Neues, Anhaltspunkte sollte man es ja wohl nennen, obwohl keiner irgendwohin führte. Ich fand zum Beispiel alles raus, was er im Dorf gekauft hatte, sogar, was für 'ne Sorte Salz er kaufte, ganz gewöhnliches, ohne Phosphat, wie sie's manchmal reintun. Und bei den Fischhändlern hat er sich Eis gekauft, und wie ich schon sagte, viel Gemüse, vom Gemüsemann Mr Mergins. Und über alles hab ich ein bisschen mit dem Wachtmeister gesprochen. Slugger hieß er. Ich fragte ihn, weshalb er nicht sofort alles durchsucht hätte, als das Mädchen fort war. »Oh, so was darf man nicht tun«, sagte er. »Wir hatten ja keinen Verdacht, wenigstens nicht wegen des Mädchens. Wir hatten bloß einen Verdacht, weil er Vegetarier war, dass da was nicht stimmen könnte. Er blieb noch gut vierzehn Tage, nachdem man sie zuletzt gesehen hatte. Und dann stießen wir zu. Aber es hatte sich eben keiner nach ihr erkundigt, nicht wahr, also lag auch kein Haftbefehl vor.«

»Und was fanden Sie«, fragte ich Slugger, »als Sie ins Haus eindrangen?«

»Bloß die große Feile«, sagte er, »und das Messer und die Axt, die er sich besorgt haben muss, um sie zu zerhacken.«

»Aber die Axt brauchte er doch, um die Bäume umzuhacken«, sagte ich.

»Hm, ja«, gab er unwillig zu.

»Und weshalb hat er sie umgehackt?«, fragte ich.

»Ja, da haben wohl meine Vorgesetzten ihre eigenen Theorien, die sie nicht jedem erzählen!«, sagte er.

Mit den Holzkloben konnten sie eben nicht fertig werden.

»Hat er sie denn überhaupt zerhackt?«, fragte ich.

»Er hat ja gesagt, sie sei nach Südamerika gegangen«, antwortete er. Und das war wirklich eine gerechte Antwort.

Ich erinnere mich nicht mehr daran, ob er mir sonst noch viel erzählt hat. Außer, dass Steeger alle Teller und Schüsseln sehr sauber gespült zurückgelassen hat.

Ich brachte Linley also meine Neuigkeiten – hatte den Abendzug genommen, der gegen Sonnenuntergang abfuhr. Ich würde euch gern von dem Frühlingsabend erzählen, der so still über dem grausigen Häuschen hing, aber ihr wollt sicher lieber von der Mordgeschichte hören. Ich berichtete Linley also alles, wenn mir auch vieles als nicht der Rede wert vorkam. Das Dumme war nur: Kaum wollte ich was auslassen, da merkte er es schon, und ich musste es auch berichten. »Sie können nicht beurteilen, was wichtig ist«, sagte er. »Eine von einem Zimmermädchen weggefegte Reißzwecke kann genügen, um einen Mann an den Galgen zu bringen.«

Gut und schön, aber man muss auch bei der Stange bleiben, selbst wenn man alle Oxford-Bildung der Welt hat. Denn immer, wenn ich *Numnumo* erwähnte – was schließlich der Anfang von der ganzen Geschichte war, denn ohne mich hätte er nie davon gehört, und dass sich Steeger zwei Flaschen gekauft hatte –, dann sagte er jedes Mal, solche Sachen wären nebensächlich, und ich sollte mich an die Hauptsache halten. Es war ja begreiflich, dass ich von *Numnumo* sprach, denn an dem Tag in Unge hatte ich beinahe fünfzig Flaschen verkauft. Ein Mord scheint den Appetit der Leute anzuregen, und Steegers zwei Flaschen gaben mir einen Anfang und eine gute Gelegenheit, die nur ein Dummkopf sich hätte entgehen lassen. Aber Linley interessierte sich natürlich nicht die Spur dafür.

Die Gedanken eines Menschen kann man nicht sehen, und in seinen Kopf kann man nicht hineinschauen, und daher können die allerinteressantesten Sachen von der Welt auch nie erzählt werden. Doch glaube ich, dass ich weiß, was an dem Abend in Linley vorging, während ich ihm vor dem Essen berichtete, und dann beim Essen, und auch noch, als er hinterher am Feuer saß und rauchte: Seine Gedanken hatten sich nämlich vor einem Hindernis festgerannt, über das er nicht hinweg konnte. Denn die Schwierigkeit war nicht, herauszufinden, wie Steeger die Leiche beiseite geschafft haben könnte, sondern die Unmöglichkeit, herauszufinden, weshalb er vierzehn Tage lang tagtäglich solche Unmassen Holz gehackt und, wie ich noch entdeckte, seinem Vermieter fünfundzwanzig Pfund dafür bezahlt hatte. Das war Linleys Hindernis. Ich hatte solchen Gefallen an Linley gefunden, und ich brauchte gar nicht gebildet zu sein, um zu sehen, dass in solchem Verstand wie seinem allerhand vorging, und ich glaubte bestimmt, dass er's hätte lösen können. Mir tat's Leid.

»Ist manchmal jemand zu dem Haus gegangen?«, fragte er. »Hat jemand was weggenommen?« Aber so kamen wir auch nicht dahinter. Dann kam mir vielleicht eine Idee, die nichts taugte, oder ich erzählte vielleicht wieder von *Numnumo*, und er unterbrach mich ziemlich scharf.

»Aber was würden *Sie* tun, Smetters?«, sagte er. »Was hätten Sie selbst getan?«

»... wenn ich die arme Nancy Elth ermordet hätte?«, fragte ich.

»Ja«, sagte er.

»Ich kann mir überhaupt nicht vorstellen, dass ich jemals so was tun würde«, sagte ich.

Er seufzte, als ob das gegen mich spräche.

»Ich glaube, ich würde nie Detektiv sein«, sagte ich, und er schüttelte bloß den Kopf.

Dann starrte er grübelnd ins Feuer, vielleicht eine ganze Stunde lang. Und dann schüttelte er wieder den Kopf. Danach gingen wir beide zu Bett.

An den nächsten Tag werd ich mein ganzes Leben denken müssen. Ich war, wie immer, tagsüber unterwegs und pries *Numnumo* an. Und um neun setzten wir uns zum Abendbrot.

Man konnte sich in den Apartments nichts kochen, also aßen wir Kaltes. Und Linley fing mit einem Salat an. Ich seh ihn noch vor mir, jedes bisschen. Und ich war immer noch ganz begeistert von dem, was ich in Unge gemacht hatte, als ich dort *Numnumo* verkaufte. Nur ein Dummkopf hätte es dort nicht verkaufen können, das weiß ich schon, aber ich hatte viel verkauft, beinah fünfzig Flaschen, achtundvierzig, um es genau zu sagen, und das ist viel für ein kleines Dorf, einerlei wie günstig die Gelegenheit ist. Daher sprach ich ein bisschen darüber, und dann fiel's mir ein, dass es ja Linley überhaupt nicht interessierte, und ich riss mich schnell zusammen. Es war wirklich sehr lieb von ihm, denn könnt ihr euch wohl denken, was er gemacht hat? Er muss sofort gewusst haben, weshalb ich zu sprechen aufhörte, und da streckte er einfach die Hand aus und bat mich:

»Könnten Sie mir ein wenig von Ihrem *Numnumo* für meinen Salat geben?«

Ich war so gerührt, dass ich's ihm beinah gegeben hätte. Aber natürlich nimmt man *Numnumo* nicht zum Salat. Nur für Fleisch und Vorspeisen. Wie es auf der Flasche steht.

Deshalb sagte ich nichts als: »Nur für Fleisch und Vorspeisen!« Obwohl ich nicht weiß, was Vorspeisen sind. Hab noch nie welche gegessen.

Noch nie hab ich gesehen, dass sich ein Gesicht so verändern konnte.

Eine volle Minute war er wohl stumm, und nichts sprach an ihm, als einzig das Gesicht. Der Ausdruck! Als ob einer einen Geist gesehen hätte, würde man gern sagen, nur dass es nicht stimmt, ganz und gar nicht. Sondern als ob einer was sieht, was noch nie ein Mensch gesehen hat, was er nicht für möglich gehalten hat.

Und dann sagte er mit einer Stimme, die ganz verändert klang, leiser und sanfter und ein bisschen seltsam ruhig: »Nicht für Gemüse, was?«

»Unmöglich für Gemüse«, antwortete ich.

Da stieß er einen Laut aus – wie ein Glucksen in seiner Kehle. Ich hätte nicht geglaubt, dass er so lebhaft fühlen könnte. Natürlich wusste ich nicht, um was es sich handelte. Aber ich hatte gedacht, all solche Gefühle hätten sie ihm längst in Oxford ausgetrieben, als er dort ein gebildeter Mensch wurde. Es standen ihm nicht gerade Tränen in den Augen, aber irgendetwas muss ihn schrecklich erschüttert haben.

Und dann sprach er – mit langen Pausen zwischen den einzelnen Wörtern: »Jemand könnte sich aber mal täuschen – und doch *Numnumo* für Gemüse benutzen!«

»Einmal und nicht wieder«, sagte ich.

Und er sprach's mir nach, als ob ich das Ende der Welt verkündet hätte, und betonte meine Worte so grauslich, bis sie von irgendeiner schrecklichen Nebenbedeutung eiskalt klangen, und dazu schüttelte er den Kopf.

Dann verstummte er.

»Was ist denn?«, fragte ich.

»Smetters«, sagte er.

»Ja?«, sagte ich.

»Smetters«, sagte er wieder.

Und ich sagte: »Bitte?«

»Hören Sie, Smetters«, sagte er, »Sie müssen den Gemüsehändler in Unge anrufen und ihn etwas fragen.«

»Gut«, sagte ich.

»Fragen Sie ihn, ob Steeger die beiden Flaschen am gleichen Tag gekauft hatte, was ich annehme, und nicht in einem Abstand von mehreren Tagen. Das *kann* er nicht getan haben.«

Ich wartete ab, da ich dachte, es käme noch etwas, und dann ging ich und telefonierte. Ich brauchte einige Zeit dafür, da es schon nach neun Uhr war, und konnt's auch nur mit Hilfe der Polizei. In einem Abstand von sechs Tagen, antwor-

teten sie; und ich erzählte es Linley. Er hatte mich hoffnungs-
voll angesehen, als ich eintrat, doch an seinem Blick merkte
ich, dass ich ihm die falsche Antwort gebracht hatte.

Wenn man sich so etwas so zu Herzen nimmt, muss man
krank werden, und als er nicht sprach, sagte ich daher zu
ihm: »Was Sie brauchen, ist ein tüchtiger Kognak, und dann
müssen Sie früh zu Bett gehen!«

Und er antwortete: »Nein. Ich muss jemand von Scotland
Yard sprechen. Rufen Sie mal an. Sagen Sie ihnen: sofort hier
bei mir!«

»Aber«, sagte ich, »um diese Zeit wird uns kein Inspektor
von Scotland Yard aufsuchen wollen.«

Seine Augen funkelten.

»Dann sagen Sie ihnen«, rief er, »dass sie Nancy Elth niemals finden werden. Einer soll herkommen, dann werd ich
ihm erzählen, weshalb nicht!« Und nach einer kleinen Pause
setzte er – vielleicht bloß für mich – hinzu: »Sie müssen auf
Steeger aufpassen, bis sie ihn eines Tages bei einer andern Sache schnappen!«

Und stellt euch vor, er kam wirklich! Inspektor Ulton,
meine ich, ganz persönlich!

Während wir warteten, wollte ich gern mit Linley sprechen. Zum Teil aus Neugierde, ich geb's zu. Doch ich wollte
ihn auch nicht seinen Grübeleien überlassen, wie er da einsam am Feuer saß. Ich fragte ihn, um was es sich denn handelte. Aber er wollte es mir nicht sagen. »Mord ist etwas Ent-
setzliches«, war alles, was er sagte. »Und wenn ein Mörder
seine Spur verwischen will, wird es noch schlimmer.«

Er wollte es mir nicht sagen. »Es gibt Geschichten«, sagte
er, »die keiner hören will.«

Und das stimmt auch. Ich wünschte, ich hätte diese hier nie
gehört. Hab's eigentlich auch nicht. Hab's nur aus Linleys
letzten Worten erraten, die er zu Inspektor Ulton sagte, die
einzigen, die ich von ihrer Unterhaltung hörte. Und vielleicht

ist das hier die Stelle, wo ihr aufhören solltet, die Geschichte weiterzulesen, ehe ihr sie auch erratet, selbst wenn ihr denkt, ihr lest Mordgeschichten gerne. Denn sicher wollt ihr lieber eine Detektivgeschichte mit einem romantischen Schluss lesen, und nicht eine, die von grausigem, schändlichem Mord handelt? Na, wie ihr wollt, ich habe euch gewarnt.

Inspektor Ulton kam, und Linley schüttelte ihm stumm die Hand und führte ihn in sein Schlafzimmer. Sie schlossen die Tür und sprachen mit leiser Stimme, und ich hörte kein Wort.

Als sie ins Schlafzimmer traten, sah der Inspektor recht beherzt und mutig aus.

Als sie wieder herauskamen, gingen sie stumm durchs Wohnzimmer, und dann betraten sie die kleine Halle, und an der Tür hörte ich dann die wenigen Worte, die sie dort miteinander wechselten. Es war der Inspektor, der das Schweigen brach.

»Aber weshalb«, sagte er, »hat er die Bäume umgehackt?«

»Nur«, sagte Linley, »um sich Appetit zu machen.«

# Madame Maigrets Liebhaber

Georges Simenon

Bei den Maigrets hatten sich, wie bei den meisten Ehepaaren, eine Reihe von Gewohnheiten eingeschliffen, die für sie am Ende dieselbe Bedeutung erlangten wie für andere die Rituale einer Religion.

So begann der Kommissar in all den Jahren, die sie schon an der Place des Vosges wohnten, im Sommer bereits auf den ersten Stufen der Treppe, die vom Hof hinaufführte, den Knoten seiner dunklen Krawatte zu lösen, wofür er meistens bis in den ersten Stock brauchte.

Die Treppe des Hauses, das, wie alle an diesem Platz, einst eine prunkvolle Stadtresidenz gewesen war, schwang sich von da an nicht mehr so majestätisch zwischen einem schmiedeeisernen Geländer und künstlichem Marmor empor; sie wurde schmal und steil, und Maigret, der stets etwas außer Atem geriet, hatte, wenn er im zweiten Stock ankam, seinen falschen Kragen schon aufgeknöpft.

Jetzt musste er bis zu seiner Tür, der dritten links, nur noch einen spärlich beleuchteten Gang entlanggehen, und sobald er, mit seiner Jacke überm Arm, den Schlüssel ins Schloss steckte, rief er sein gewohntes:

»Ich bin's!«

Dann schnupperte er, erriet am Geruch, was es zum Mittagessen gab, und betrat das Speisezimmer, dessen Fenster offen stand und einen Ausblick auf den lichtflimmernden Platz gewährte, auf dem vier Brunnen plätscherten.

Es war Juni. Es war besonders warm, und bei der Kriminalpolizei unterhielten sich alle nur über die Ferien. Bisweilen konnte man sogar auf den Boulevards Männer entdecken, die ihre Jacken überm Arm trugen, und auf den Terrassen der Cafés und Restaurants floss das Bier in Strömen.

»Hast du deinen Liebhaber wieder gesehen?«, fragte der Kommissar, der am Fenster stand und sich den Schweiß von der Stirn wischte.

Niemand wäre in dem Moment auf den Gedanken verfallen, dass er sich in diesem Laboratorium wider das Verbrechen, das die Kriminalpolizei gewissermaßen verkörperte, eben stundenlang mit den düstersten und abschreckendsten Winkeln der menschlichen Seele auseinander gesetzt hatte.

Außerhalb seiner Arbeit amüsierte ihn schon die kleinste Kleinigkeit, vor allem wenn es darum ging, seine ganz und gar arglose Frau zu necken. Seit zwei Wochen hatte er einen diebischen Spaß daran, sich bei Madame Maigret nach ihrem Liebhaber zu erkundigen.

»Hat er wieder seine zwei kleinen Runden um den Platz gedreht? Immer noch so vornehm und geheimnisvoll? Wenn ich mir vorstelle, dass du eine Schwäche für vornehme Männer hast, und dass du dann ausgerechnet mich geheiratet hast!«

Madame Maigret ging in der Wohnung hin und her und deckte selbst den Tisch, weil sie kein Dienstmädchen wollte, sondern sich mit einer Aufwartefrau begnügte, die morgens kam und die grobe Arbeit verrichtete. Sie wehrte sich beharrlich.

»Ich habe nicht behauptet, dass er vornehm ist!«

»Aber du hast ihn mir beschrieben: perlgrauer Hut mit Band, gezwirbelter, wahrscheinlich gefärbter Schnurrbart, Spazierstock mit einem Knauf aus geschnitztem Elfenbein...«

»Lach du nur!... Über kurz oder lang wirst du schon noch feststellen, dass ich Recht habe... Ich sage dir, er ist anders als andere Männer und hinter seinem Benehmen steckt bestimmt irgendetwas . . .«

Vom Fenster aus verfolgten sie unwillkürlich das Treiben auf dem Platz, der morgens noch ziemlich verwaist war, auf dem aber nachmittags die Mütter und die Dienstmädchen aus dem Viertel auf den Bänken saßen und auf ihre spielenden Kinder aufpassten.

Rund um den Square, die von einem Metallgitter eingefasste Grünanlage, die für Paris so typisch ist, sehen die Häuser mit ihren Arkaden und ihren steilen Schieferdächern alle ziemlich gleich aus . . .

Am Anfang war der Unbekannte Madame Maigret nur zufällig aufgefallen, wenngleich man ihn kaum übersehen konnte, weil alles an ihm, seine Aufmachung und sein Verhalten, der Zeit um zwanzig oder dreißig Jahre hinterherhinkte und er an einen alten Beau erinnerte, wie man ihn sonst nur noch auf den Zeichnungen in den Witzblättern antraf.

Es war früh am Morgen gewesen, die Tageszeit, zu der die Fenster offen standen und man in den Wohnungen die Hausgehilfinnen beim Saubermachen beobachten konnte.

»Man möchte meinen, er hält nach irgendetwas Ausschau!«, hatte Madame Maigret bemerkt.

Am Nachmittag hatte sie ihre Schwester besucht, und am nächsten Tag, genau zur selben Zeit, da hatte sie ihren Unbekannten wieder entdeckt, der gemessenen Schritts um den Platz herumging, einmal, zweimal, und schließlich Richtung Place de la République entschwand.

»Sicher ein alter Knabe, dem die kleinen Dienstmädchen gefallen und der herkommt, um ihnen zuzuschauen, wie sie Decken und Tischtücher ausschütteln!«, hatte Maigret gemeint, als seine Frau beiläufig auf ihren alten Beau zu sprechen kam.

An jenem Nachmittag hatte sie nicht wenig gestaunt, als sie

ihn kurz nach drei Uhr genau gegenüber ihrer Wohnung auf einer Bank sitzen sah, reglos und mit beiden Händen auf den Knauf seines Stocks gestützt.

Um vier Uhr war er noch immer da. Um fünf Uhr auch noch. Erst gegen sechs stand er auf und ging durch die Rue des Tournelles davon, ohne dass er mit jemandem gesprochen oder auch nur eine Zeitung aufgeschlagen hätte.

»Hör mal, findest du das nicht komisch, Maigret?«

Denn Madame Maigret hatte ihren Mann stets bei seinem Nachnamen genannt.

»Ich hab's dir ja schon gesagt: es waren sicher hübsche Dienstmädchen um ihn herum . . .«

Am darauf folgenden Tag kam Madame Maigret auf die Sache zurück:

»Ich habe ihn genau beobachtet, denn er hat heute wieder drei Stunden lang auf ein und derselben Bank gesessen, an derselben Stelle . . .«

»Sag bloß! Der hat vielleicht dich bewundert! Von der Bank aus dürfte man in unsere Wohnung hineinschauen können, und der Herr ist eben in dich verliebt . . .«

»Red doch keinen Unsinn!«

»Erst einmal benutzt er einen Spazierstock, und du hast immer etwas übrig gehabt für Männer mit Spazierstock . . . Wetten, dass er einen Zwicker trägt . . .«

»Warum?«

»Weil du eine Schwäche für Männer mit Zwicker hast.«

Nach zwanzig Jahren Ehe plänkelten sie miteinander und genossen dabei das Gefühl der Geborgenheit.

»Hör zu . . . Ich hab aufgepasst, was um ihn herum vor sich ging . . . Es war wirklich ein Dienstmädchen da, genau ihm gegenüber, auf einem Stuhl . . . Sie ist mir schon beim Gemüsehändler aufgefallen, erst einmal, weil sie sehr hübsch ist, und dann, weil sie so vornehm wirkt . . .«

»Da haben wir's!«, triumphierte Maigret. »Dein vornehmes

Dienstmädchen saß dem alten Herrn gegenüber. Du hast sicher schon gemerkt, dass sich Frauen manchmal irgendwo hinsetzen, ohne allzu sehr darauf zu achten, was sie von ihrem Platz aus sehen können, während dein Liebhaber den Nachmittag damit zugebracht hat, sich an ihrem Anblick zu weiden.«

»Du hast nur das im Kopf.«

»Solange ich deinen geheimnisumwitterten Herrn noch nicht zu Gesicht bekommen habe . . .«

»Kann ich vielleicht etwas dafür, dass er nur dann auftaucht, wenn du nicht da bist?«

Und Maigret, der mit so vielen tragischen Ereignissen zu tun hatte, labte sich an diesen harmlosen Späßen und vergaß nie, sich nach dem Mann zu erkundigen, den sie mittlerweile ›Madame Maigrets Liebhaber‹ nannten.

»Spotte du nur, so viel du willst! Trotzdem hat er etwas Besonderes an sich, ich weiß nicht, was es ist, aber es fasziniert mich und macht mir zugleich ein wenig Angst . . . Wie soll ich das erklären . . . Wenn man ihn anschaut, kann man einfach die Augen nicht von ihm abwenden . . . Er ist imstande, stundenlang dazusitzen, ohne sich zu rühren, und es bewegen sich nicht einmal seine Pupillen hinter dem Zwicker . . .«

»Hast du von hier aus seine Pupillen gesehen?«

Madame Maigret errötete beinahe, als wäre sie bei einem Fehltritt ertappt worden.

»Ich habe ihn mir aus der Nähe angesehen . . . Ich wollte vor allem herausfinden, ob du Recht hast . . . Also, das blonde Dienstmädchen, das immer von zwei Kindern begleitet wird, benimmt sich sehr anständig, da kann man nichts sagen . . .«

»Bleibt sie auch den ganzen Nachmittag da?«

»Sie kommt so gegen drei Uhr, meistens erst nach dem Mann, und hat immer eine Häkelarbeit dabei. Sie gehen ungefähr zur selben Zeit weg. Stundenlang hantiert sie mit ihrer

Häkelnadel und hebt dabei nicht einmal den Kopf, außer wenn sie hin und wieder die Kinder zurückruft, weil sie zu weit fortgelaufen sind . . .«

»Meinst du nicht, Liebling, dass es in den Squares von Paris Hunderte von Dienstmädchen gibt, die stundenlang häkeln oder stricken, während sie die Kinder ihrer Herrschaft beaufsichtigen?«

»Schon möglich.«

»Und Unmengen alter Rentner, die keine anderen Sorgen mehr haben, als sich die Sonne auf den Pelz brennen zu lassen und mehr oder minder begehrlich eine anziehende Frau zu betrachten?«

»Der ist nicht alt . . .«

»Du hast mir doch selbst erzählt, dass sein Schnurrbart bestimmt gefärbt ist und dass er wahrscheinlich eine Perücke trägt . . .«

»Ja, aber er wirkt nicht alt . . .«

»So alt wie ich?«

»Manchmal scheint er älter zu sein und manchmal jünger . . .«

Da tat Maigret so, als sei er eifersüchtig, und brummelte: »Eines Tages werde ich wohl herkommen und ihn genau unter die Lupe nehmen müssen, deinen Liebhaber . . .«

Doch er dachte, ebenso wenig wie Madame Maigret, ernsthaft daran.

Ähnlich hatten sie sich einmal eine Zeit lang einen Spaß daraus gemacht, zwei Verliebte zu beobachten, die sich jeden Abend unter den Arkaden einfanden, manchmal miteinander stritten und sich wieder versöhnten, bis zu dem Tag, an dem sich das junge Mädchen, die Hausgehilfin der Milchhändlerin, genau an derselben Stelle mit einem anderen jungen Mann traf.

»Weißt du, Maigret . . .«

»Was?«

»Ich habe überlegt . . . Ich frage mich, ob der Mann nicht jemandem nachspioniert . . .«

Die Tage verstrichen, und die Sonne schien immer wärmer; abends drängten sich jetzt noch mehr Menschen auf dem Platz, und es wimmelte von Handwerkern aus den benachbarten Straßen, die rund um die vier Brunnen frische Luft schöpfen wollten.

»Mir kommt es seltsam vor, dass er sich morgens nie hinsetzt. Und warum läuft er zweimal um den Platz herum, als ob er auf ein Signal wartete?«

»Was macht denn die hübsche Blondine um diese Zeit?«

»Die kann ich da nicht sehen . . . Sie arbeitet in einem Haus rechts von uns, und von hier aus kriegt man nicht mit, was sich dort abspielt . . . Manchmal begegne ich ihr auf dem Markt, da redet sie mit niemandem, außer mit den Händlern, denen sie sagt, was sie möchte . . . Sie feilscht nie um den Preis, sodass sie sich mindestens zwanzig Prozent zu viel aus der Tasche ziehen lässt . . . Sie macht immer den Eindruck, als sei sie mit den Gedanken woanders . . .«

»Also wenn ich das nächste Mal jemanden unauffällig beobachten lassen muss, dann schicke ich dich statt einen meiner Männer hin . . .«

»Mach dich nur lustig! Über kurz oder lang werden wir ja sehen, ob . . .«


Es war acht Uhr. Maigret hatte schon zu Abend gegessen, was um diese Zeit selten vorkam, denn für gewöhnlich wurde er ziemlich lange am Quai des Orfèvres aufgehalten.

Er lag in Hemdsärmeln in seinem Fenster, die Pfeife zwischen den Zähnen, betrachtete gedankenverloren den rötlichen Himmel, den die Dämmerung bald verschlingen würde, und blickte auf die Place des Vosges hinunter, auf der eine Menge vom Frühsommer schlapp gewordene Leute unterwegs waren.

Hinter sich hörte er Geräusche, die ihm verrieten, dass Madame Maigret gerade ihr Geschirr wegräumte und dass es nicht mehr lange dauern würde, bis sie mit irgendeiner Handarbeit zu ihm herüberkam.

Abende wie dieser, an dem keine schmutzigen Affäre aufzuklären war, kein Mörder entlarvt und kein Dieb überwacht werden musste, Abende, an denen Maigret den Gedanken freien Lauf und die Blicke ungestört über den Himmel schweifen lassen konnte, waren selten, und vielleicht hatte ihm seine Pfeife noch nie so gut geschmeckt, als er, ohne sich umzudrehen, plötzlich rief:

»Henriette?«

»Willst du etwas?«

»Schau mal . . .«

Mit dem Mundstück seiner Pfeife zeigte er auf eine Bank genau gegenüber. Auf einer Ecke der Bank hielt ein alter Mann, dem Anschein nach ein Clochard, ein Nickerchen. Auf der anderen Ecke . . .

»Das ist er!«, erklärte Madame Maigret. »Na so etwas! . . .«

Sie fand es beinahe anstößig, dass »ihr« Spaziergänger vom Nachmittag seine Gewohnheiten durchbrochen hatte und um diese Zeit auf der Bank saß.

»Man könnte meinen, er sei eingeschlafen«, murmelte Maigret, während er seine Pfeife wieder anzündete. »Wenn ich danach nicht wieder zwei Stockwerke steigen müsste, würde ich ihn mir ja mal aus der Nähe anschauen, deinen Liebhaber, nur um zu wissen, wie er wirklich aussieht . . .«

Madame Maigret kehrte in ihre Küche zurück. Maigret beobachtete drei Buben, die sich zankten und schließlich auf dem staubigen Boden balgten, während ein paar andere, auf Rollschuhen, um sie herumstanden.

Schon die zweite Pfeife war zu Ende geraucht, als Maigret immer noch an seinem Platz war, der Unbekannte ebenfalls, während sich der Clochard mit schweren Schitten Richtung

Seineufer getrollt hatte. Madame Maigret hatte sich inzwischen hingesetzt, mit einer Näharbeit auf den Knien, denn sie zählte zu den Hausfrauen, die es nicht eine Stunde lang aushielten, ohne etwas zu tun.

»Ist er noch da?«

»Ja.«

»Werden die Tore denn nicht geschlossen?«

»Doch, in ein paar Minuten . . . Der Wächter fängt gerade an, die Leute zu den Ausgängen zu drängen . . .«

Dabei stellte sich allerdings heraus, dass er den Unbekannten übersehen hatte. Der regte sich noch immer nicht. Drei Türen waren bereits geschlossen, und der Aufseher schickte sich an, den Schlüssel im Schloss der vierten herumzudrehen, als Maigret wortlos seine Jacke nahm und hinunterging.

Von oben aus sah Madame Maigret ihn mit dem Mann in Grün reden, der seine Aufgabe als Hüter des Squares sehr genau nahm. Schließlich ließ er den Kommissar doch eintreten, der geradewegs auf den Unbekannten mit dem Zwicker zuschritt.

Madame Maigret war aufgestanden. Sie spürte, dass etwas passiert war, und die Geste, mit der sie ihrem Mann zuwinkte, hieß:

»Ist es so weit?«

Sie hätte nicht genau sagen können was, aber schon seit Tagen befürchtete sie, dass sich etwas Unangenehmes ereignen würde. Maigret nickte bestätigend, postierte den Wächter der Grünanlage neben dem Tor und stieg wieder in seine Wohnung hinauf.

»Meinen Kragen und meine Krawatte . . .«

»Ist er tot?«

»So tot, wie er nur sein kann! Seit mindestens zwei Stunden, oder ich versteh nichts davon . . .«

»Glaubst du, er hat einen Schlaganfall gehabt?«

Maigret, der immer etwas Mühe hatte, seine Krawatte zu binden, schwieg.

»Was machst du jetzt?«

»Die Untersuchung einleiten, was denn sonst! Die Staatsanwaltschaft verständigen, den Gerichtsarzt und die ganze alte Leier ...«

Samtenes Dämmerlicht hatte sich über den Platz gesenkt, auf dem die Brunnen jetzt lauter plätscherten und der vierte, immer derselbe, ein wenig heller klang als die anderen.

Augenblicke später betrat Maigret den Tabakladen in der Rue du Pas-de-la-Mule, führte einige Telefongespräche und machte einen Schutzmann ausfindig, den er anstelle des Aufsehers der Grünanlage neben dem Gittertor postierte.

Madame Maigret wollte nicht hinunterlaufen. Sie wusste, dass ihr Mann es verabscheute, wenn sie sich in seine Angelegenheiten einmischte. Ihr war auch klar, dass er ausnahmsweise ungestört vorgehen konnte, weil niemand den Toten mit dem Zwicker bemerkt hatte, und auch das Hin und Her des Kommissars war noch keinem aufgefallen.

Überdies war der Platz nahezu menschenleer. Nur die Inhaber des Blumengeschäfts im Erdgeschoss saßen vor ihrer Tür, und der Autozubehörhändler in seinem langen grauen Kittel hielt ein Schwätzchen mit ihnen.

Sie wunderten sich, als sie das erste Auto vorm Tor stehen bleiben und dann in den Square hineinfahren sahen; schließlich traten sie näher heran, sobald sie ein zweites Auto und einen würdevollen Herrn erblickt hatten, der allem Anschein nach der Staatsanwaltschaft angehörte. Am Ende, als der Krankenwagen eintraf, war die Gruppe der Neugierigen auf etwa fünfzig Personen angewachsen, aber keiner ahnte den Grund für diesen seltsamen Aufmarsch, denn Büsche verdeckten die wichtigste Szene.

Madame Maigret hatte die Lampen nicht eingeschaltet; das tat sie oft, wenn sie allein war. Sie schaute immer auf den

313

Platz hinunter und sah, dass einige Fenster aufgingen, doch das blonde und so hübsche Dienstmädchen bekam sie nicht zu Gesicht.

Der Krankenwagen fuhr als erster ab, ins Gerichtsmedizinische Institut.

Danach ein Auto mit mehreren Leuten . . .

Dann unterhielt sich Maigret auf dem Gehsteig noch eine Weile mit einigen Herren, ehe er die Straße überquerte und wieder ins Haus kam.

»Machst du kein Licht?«, fragte er knurrig und versuchte, sich in der Dunkelheit zurechtzufinden.

Sie drehte am Schalter.

»Schließ das Fenster . . . Es ist kühl geworden . . .«

Das war nicht mehr der entspannte Maigret von vorhin, sondern der Kommissar der Kriminalpolizei, dessen Wutausbrüche die jungen Inspektoren erzittern ließen.

»Hör doch auf zu nähen! Du gehst einem ja auf die Nerven! Musst du dauernd eine Arbeit in den Fingern haben?«

Sie hörte zu nähen auf. Er schritt in der kleinen Wohnung auf und ab und warf seiner Frau von Zeit zu Zeit einen sonderbaren Blick zu.

»Warum hast du mir erzählt, dass er mal jung und mal alt aussah?«

»Ich weiß es nicht . . . Es war so ein Eindruck . . . Warum? . . . Wie alt ist er denn?«

»Er war auf jeden Fall noch keine dreißig.«

»Was sagst du da?«

»Ich sage, dass dein alter Mann ganz und gar nicht das war, was er zu sein schien . . . Dass sich unter seiner Perücke blonde Haare verbargen, dass sein Schnurrbart nicht echt war, und dass er eine Art Korsett trug, damit er sich so steif wie ein alter Beau bewegte . . .«

»Aber . . .«

»Da gibt es kein Aber . . . Ich frage mich noch immer, welchem Wunder wir es zu verdanken haben, dass du deine Nase in diese Sache hineingesteckt hast . . .«

Er machte sie beinahe verantwortlich für das, was geschehen war, für den verpatzten Abend, für die Arbeit, die ihm bevorstand.

»Ist dir klar, was passiert ist? Na ja, dein Liebhaber ist ermordet worden, auf dieser Bank . . .«

»Das ist doch nicht möglich! . . . Vor allen Leuten? . . .«

»Vor allen Leuten, ja, und wahrscheinlich sogar genau in dem Moment, in dem die meisten Leute dort waren . . .«

»Glaubst du, dass dieses Dienstmädchen? . . .«

»Ich hab die Kugel einem Experten schicken lassen, der mich in ein paar Minuten anrufen soll . . .«

»Wie konnte jemand einen Schuss abfeuern und . . .«

Maigret zuckte die Schultern und wartete nur auf das Telefongespräch, das er tatsächlich bald bekam.

»Hallo! . . . Ja, das hab ich mir auch gedacht . . . Aber ich brauchte Ihre Bestätigung . . .«

Madame Maigret brannte vor Ungeduld; doch er ließ sich absichtlich Zeit und brummte vor sich hin, als ginge sie das alles nichts an:

»Luftgewehr, Spezialausführung, äußerst selten . . .«

»Ich verstehe nicht . . .«

»Das bedeutet, dass der gute Mann aus großer Entfernung erschossen wurde, von jemandem, der möglicherweise an einem Fenster auf der Lauer lag und alle Zeit der Welt zum Zielen hatte . . . Es war im Übrigen ein ausgezeichneter Schütze, denn er hat genau das Herz getroffen, sodass der Tod augenblicklich eingetreten ist . . .«

Und das am helllichten Tag, während es von Menschen nur so wimmelte . . .

Madame Maigret brach plötzlich vor Aufregung in Tränen aus und entschuldigte sich umständlich:

»Verzeih mir bitte . . . Ich komm nicht dagegen an . . . Ich

hab das Gefühl, als könnte ich etwas dafür . . . Das ist unsinnig, aber . . .«

»Wenn du dich wieder gefangen hast, werde ich dich als
Zeugin vernehmen . . .«

»Mich? Als Zeugin?«

»Ja, natürlich! Du bist bisher der einzige Mensch, der nütz-
liche Hinweise liefern kann, da dich ja deine Neugierde dazu
getrieben hat . . .«

Maigret wollte ihr durchaus noch mehr erzählen, tat dabei
aber nach wie vor so, als redete er mit sich selbst.

»Der Mann trug keine Papiere bei sich . . . Fast leere Taschen, bis auf einige Hundert-Franc-Scheine, ein paar Münzen, einen sehr kleinen Schlüssel und eine Nagelfeile . . .
Trotzdem werden wir versuchen, ihn zu identifizieren . . .«

»Dreißig Jahre jung!«, wiederholte Madame Maigret.

Es war erschütternd! Und jetzt verstand sie auch diese seltsame Faszination, die von dem jungen Mann ausging, der in
der Maske des Greises so steif wie eine Wachsfigur schien.

»Bist du bereit, mir zu antworten?«

»Ja.«

»Bitte vergiss nicht, dass ich dich sozusagen in Ausübung
meines Amtes vernehme und dass ich morgen ein Protokoll
dieser Vernehmung abfassen muss . . .«

Madame Maigret lächelte, doch es war nur ein schwaches
Lächeln, weil sie ein wenig Angst hatte.

»Hast du den Mann heute beobachtet?«

»Am Vormittag habe ich ihn nicht gesehen, denn ich war
auf dem Markt. Am Nachmittag saß er an seinem Platz . . .«

»Und die blonde Hausgehilfin?«

»Sie war auch da, wie üblich.«

»Hast du jemals bemerkt, dass sie miteinander gesprochen
haben?«

»Da hätten sie sehr laut reden müssen, weil sie über acht
Meter voneinander entfernt waren . . .«

»Und so saßen sie den ganzen Nachmittag da, ohne sich zu rühren?«

»Abgesehen davon, dass die Frau gehäkelt hat . . .«

»Hat sie immer gehäkelt? Seit zwei Wochen?«

»Ja . . .«

»Hast du herausgefunden, was sie gehäkelt hat, was für ein Muster?«

»Nein . . . Wenn sie gestrickt hätte, davon verstehe ich etwas, aber . . .«

»Um welche Zeit ist die Frau weggegangen?«

»Das weiß ich nicht . . . Ich war damit beschäftigt, die Creme zu rühren . . . Wahrscheinlich so gegen fünf Uhr, wie gewöhnlich . . .«

»Und der Gerichtsarzt meint, dass der Tod etwa um fünf Uhr nachmittags eingetreten ist . . . Da kommt es jetzt auf Minuten an . . . Ist die Frau vor fünf Uhr oder nach fünf Uhr gegangen, bevor er starb oder danach? . . . Ich möchte bloß wissen, warum du ausgerechnet heute eine Creme machen musstest . . . Wenn man schon die Leute bespitzelt, dann bleibt man dran, gewissenhaft . . .«

»Glaubst du, diese Frau? . . .«

»Ich glaube gar nichts! Ich weiß nur, dass ich als Ansatzpunkt für meine Ermittlungen lediglich deine Auskünfte habe und dass sie nicht gerade überwältigend sind. Weißt du wenigstens, bei wem sie arbeitet, diese blonde Hausgehilfin?«

»Sie geht immer ins Haus Nummer 17a . . .«

»Und wer wohnt in 17a?«

»Das weiß ich auch nicht . . . Es sind Leute, die ein großes amerikanisches Auto haben und einen Chauffeur, der wie ein Ausländer aussieht . . .«

»Ist das alles, was du mitgekriegt hast? Na, du wärst mir ein feiner Polizist, das kann ich dir laut sagen! . . . Ein großes amerikanisches Auto und ein Chauffeur, der . . .«

Das war nur eine Komödie, mit der er sich selbst aufheiterte, in einem Augenblick, in dem er nicht recht weiter wusste, und sein gespielter Ärger verebbte in einem breiten Lächeln.

»Ist dir eigentlich klar, meine Liebe, dass ich im Moment schön in der Patsche säße, wenn du dich nicht für das merkwürdige Treiben deines Liebhabers interessiert hättest? Ich behaupte zwar nicht, dass ich mich in einer glänzenden Lage befinde und dass die Untersuchung wie am Schnürchen läuft, aber es gibt immerhin eine Basis, so hauchdünn sie auch sein mag . . .«

»Die hübsche Blondine?«

»Die hübsche Blondine, du sagst es! Da fällt mir ein . . .«

Er stürzte ans Telefon und alarmierte einen Inspektor, den er als Wachposten vor das Haus Nummer 17a beorderte und dem er einschärfte, falls ein hübsches blondes Mädchen herauskommen sollte, es um keinen Preis aus den Augen zu verlieren.

»Und jetzt ab ins Bett . . . Morgen früh ist Zeit genug . . .«

Er war gerade beim Einschlafen, als die schüchterne Stimme seiner Frau zu fragen wagte:

»Meinst du nicht, dass es ratsam wäre . . .«

»Nein, nein und noch mal nein!«, schimpfte er, während er sich halb im Bett aufsetzte. »Nur weil du beinahe den richtigen Riecher gehabt hast, brauchst du mir noch lange keine guten Ratschläge zu geben! Jetzt ist erst einmal Schlafenszeit . . .«

Die Zeit, in der der Mond die Schieferdächer an der Place des Vosges mit silbernem Glanz überzog und die vier Brunnen ihr Kammerkonzert fortsetzten, bei dem der vierte immer etwas schneller spielte und schlecht gestimmt klang.

Als Maigret, während er das Gesicht mit Rasierseife verschmiert und die Hosenträger noch um die Oberschenkel baumeln hatte, einen ersten Blick durchs Fenster auf die Place des Vosges hinunter warf, da hatten sich bereits eine Menge Leute rund um die Bank versammelt, auf der am Abend zuvor ein Toter entdeckt worden war.

Die Blumenhändlerin, die besser unterrichtet war als die anderen, zumal sie ja von weitem die Ankunft des Staatsanwalts am Abend zuvor mit angesehen hatte, gab redselig Auskunft, und sogar aus der Ferne war an ihren entschiedenen Gebärden zu erkennen, dass sie von ihren Ansichten überzeugt war.

Das ganze Viertel war da, und Passanten, die kurz davor noch in Eile gewesen waren, um pünktlich in die Werkstatt oder ins Büro zu kommen, hatten plötzlich Zeit stehen zu bleiben, weil von einem Verbrechen die Rede war.

»Kennst du diese Person?«, fragte der Kommissar und zeigte dabei mit der Spitze seines Rasiermessers auf eine ziemlich junge Frau, die durch ihr sehr elegantes und sehr helles englisches Kostüm, das für morgendliche Spaziergänge im Bois de Boulogne geschneidert schien, von ihren Nachbarinnen abstach.

»Die hab ich noch nie gesehen... Glaub ich wenigstens...«

Das hatte nichts zu bedeuten. Die ersten Stockwerke an der Place des Vosges wurden von Großbürgern und Leuten der gehobenen Gesellschaft bewohnt. Doch eine Frau aus diesen Kreisen ging nur selten morgens um acht spazieren, es sei denn, sie führte ihren Hund ins Freie, und Maigret beobachtete sie missmutig.

»Pass auf, du gehst heute Vormittag ausgiebig einkaufen... In alle Läden... Du hörst dich um, was man sich erzählt, und versuchst, etwas über deine blonde Hausgehilfin und ihre Herrschaft in Erfahrung zu bringen . . .«

»Diesmal sagst du mir aber nicht nach, ich sei eine Klatschbase!«, scherzte Madame Maigret. »Wann kommst du voraussichtlich nach Hause?«

»Als ob ich das wüsste!«

Denn wenn er auch geschlafen hatte, die Untersuchung war trotzdem fortgesetzt worden, und er hoffte, bei seiner Ankunft am Quai des Orfèvres konkrete Anhaltspunkte für seine Ermittlungen vorzufinden.

So war Doktor Hébrard, dem bekannten Gerichtsarzt, der im Frack eine Premiere der Comédie Française besucht hatte, um elf Uhr eine Nachricht zugesteckt worden. Er war bis zum letzten Akt geblieben, hatte danach noch eine Schauspielerin, mit der er befreundet war, in ihrer Garderobe beglückwünscht, und schon eine Viertelstunde später hatte ihm einer seiner Assistenten im Gerichtsmedizinischen Institut, das im Grunde nur ein Leichenschauhaus anderer Art war, seinen Arbeitsmantel gereicht, während ein Laborgehilfe aus einem der vielen Fächer, die sich an den Wänden entlangzogen, den gekühlten Leichnam des Unbekannten von der Place des Vosges herauszog.

Unter dem Dach des Palais de Justice, dort wo der Erkennungsdienst die Karteikarten aller Kriminellen Frankreichs aufbewahrte, verglichen zur selben Zeit zwei Männer in grauen Kitteln geduldig Fingerabdrücke.

Nicht weit von ihnen entfernt, auf der anderen Seite einer Wendeltreppe, begannen die Spezialisten des Labors, die Nachtdienst hatten, ihre Arbeit und untersuchten mit größter Sorgfalt eine Reihe von Gegenständen: einen dunklen, altmodisch geschnittenen Anzug, Knöpfschuhe, einen Spazierstock mit einem Knauf aus geschnitztem Elfenbein, eine Perücke, einen Zwicker und ein Büschel blonder Haare, die man dem Toten abgeschnitten hatte.

Als Maigret, nachdem er seinen Kollegen die Hand gedrückt und eine kurze Unterredung mit seinem Chef gehabt hatte, sein Büro betrat, in dem es trotz des geöffneten Fensters nach kaltem Pfeifenrauch roch, erwarteten ihn drei Berichte, die, in verschiedenfarbigen Hüllen, fein säuberlich auf seinem Schreibtisch lagen.

Zunächst der Bericht von Doktor Hébrard: Das Opfer war beinahe unmittelbar nach dem Eindringen der Kugel verschieden, und diese war aus einer Entfernung von mehr als zwanzig, vielleicht sogar hundert Metern abgeschossen worden, aus einer kleinkalibrigen Waffe, die dem Projektil jedoch hohe Durchschlagskraft verliehen hatte.

Mutmaßliches Alter des Toten: achtundzwanzig Jahre.

Da er keinerlei berufsbedingte Deformationen aufwies, hatte der Mann wahrscheinlich nie über einen längeren Zeitraum körperliche Arbeit geleistet. Dagegen hatte er viel Sport getrieben, insbesondere Rudern und Boxen.

Er war kerngesund gewesen. Bemerkenswert robust. Eine Narbe an der linken Schulter ließ darauf schließen, dass der junge Mann vor etwa drei Jahren von einer Kugel getroffen worden war, die am Schulterblatt abgeprallt war.

Zuletzt gab eine gewisse Abflachung der Fingerkuppen Anlass zu der Vermutung, dass der Unbekannte ziemlich viel auf einer Schreibmaschine getippt haben dürfte.

Maigret las langsam, rauchte dabei seine Pfeife in kurzen Zügen und hielt von Zeit zu Zeit inne, um die Seine zu betrachten, die im morgendlichen Sonnenschein schimmerte. Bisweilen schrieb er auch ein paar Worte, die nur er verstand, in sein Notizbuch, das für seine Unscheinbarkeit ebenso berühmt war wie dafür, dass es seit all den Jahren, in denen er es schon benutzte, Anmerkungen enthielt, die er kreuz und quer und übereinander hineingeschrieben hatte, sodass man sich fragen musste, wie sich jemand darin zurechtfinden konnte.

Der Bericht des Labors war nicht viel aufsehenerregender.

Die Kleidungsstücke waren schon von anderen Leuten getragen worden, ehe sie auf ihren letzten Besitzer übergegangen waren, und alles deutete darauf hin, dass er sie auf dem Kleidermarkt am Square du Temple oder bei irgendeinem Trödler erstanden hatte.

Der Spazierstock und die Schuhe waren gleichen Ursprungs.

Die ziemlich gute Perücke war ein beliebiges Modell, wie man es sich bei allen Perückenmachern beschaffen konnte.

Zu guter Letzt hatte die Untersuchung des Staubs in den Kleidungsstücken eine beachtliche Menge sehr feines Mehl zutage gefördert, kein reines Mehl, sondern Mehl, das noch mit Kleieresten durchsetzt war.

Der Zwicker: aus Fensterglas, ohne jeglichen Nutzen für das Sehvermögen.

Beim Erkennungsdienst: nichts! Keine einzige Karteikarte trug Fingerabdrücke, die mit denen des Opfers übereinstimmten.

Maigret stützte seine Ellenbogen auf den Schreibtisch und hing eine Weile seinen Gedanken nach. Hatte ihn vielleicht eine gewisse Trägheit befallen? Die Sache ließ sich weder gut noch schlecht an, eigentlich eher schlecht, denn der Zufall, der für gewöhnlich recht hilfreich war, arbeitete diesmal nicht im Geringsten mit.

Schließlich erhob er sich, setzte seinen Hut auf und trat auf den Bürodiener zu, der auf dem Gang Wache hielt.

»Falls jemand nach mir fragt, ich bin in etwa einer Stunde wieder da . . .«

Er war zu nahe an der Place des Vosges, um ein Taxi zu nehmen, deshalb ging er zu Fuß, die Seine entlang, und im Laden des Obsthändlers in der Rue des Tournelles entdeckte er Madame Maigret, die sich angeregt mit drei oder vier Klatschbasen unterhielt.

Er wandte den Kopf ab, um sein Lächeln zu verbergen, und setzte seinen Weg fort.

Seinerzeit, als Maigret bei der Polizei angefangen hatte, pflegte einer seiner Vorgesetzten, der für die damals brandneuen wissenschaftlichen Methoden schwärmte, ihm immer wieder zu sagen:

»Vorsicht, junger Mann! Nicht so viel Fantasie! Bei der Polizei zählen nicht Vermutungen, sondern Tatsachen!«

Was Maigret nicht daran gehindert hatte, auf seine Art fortzufahren und damit ansehnliche Erfolge einzuheimsen.

So machte er sich nun, während er die Place des Vosges erreichte, weniger Gedanken über die technischen Einzelheiten, die in den Berichten dieses Morgens enthalten waren, als über das, was er gern das Umfeld des Verbrechens genannt hätte.

Er versuchte sich das Opfer vorzustellen, nicht tot, wie er es gesehen hatte, sondern lebendig: diesen jungen Mann von achtundzwanzig Jahren, blond, kräftig, muskulös, wahrscheinlich elegant, der sich jeden Morgen als alter Beau verkleidete, der in diesen vielleicht auf dem Flohmarkt gekauften Anzug schlüpfte, unter dem er dennoch erlesene Wäsche trug . . .

Wo ging er hin? Was machte er bis drei Uhr nachmittags? Behielt er sein Aussehen eines Helden aus einer Komödie von Labiche bei, oder zog er sich in irgendeinem nahe gelegenen Raum um?

Wie konnte er danach drei Stunden lang still auf einer Bank sitzen bleiben, ohne den Mund aufzumachen, ohne sich zu bewegen, und dabei vor sich hin stieren?

Wie lange trieb er dieses Spiel schon?

Und wohin entschwand der Unbekannte nachts? Was für ein Leben führte er? Mit wem traf er sich? Mit wem redete er? Wem gab er das Geheimnis um seine Person preis? Woher stammte das Mehl mit den Kleieresten an seiner Kleidung?

Das ließ auf eine Mühle und nicht auf eine Bäckerei schließen. Was machte er in einer Mühle?

Maigret vergaß darüber, vor dem Haus Nummer 17a stehen zu bleiben, musste umkehren, betrat die Toreinfahrt und wandte sich an die Concierge. Sie zuckte nicht mit der Wimper, als er ihr seine Dienstmarke zeigte.

»Was wollen Sie?«

»Ich möchte gern wissen, welcher Ihrer Mieter ein ziemlich hübsches Dienstmädchen beschäftigt, blond, elegant . . .«

Sie fiel ihm ins Wort, denn sie wusste schon, wen er meinte.

»Mademoiselle Rita?«

»Mag sein. Sie führt jeden Nachmittag zwei Kinder auf den Platz . . .«

»Die Kinder ihrer Herrschaft, Monsieur und Madame Krofta, die seit über fünfzehn Jahren im ersten Stock wohnen . . . Sie waren sogar schon vor mir im Haus. Monsieur Krofta hat mit Import und Export zu tun . . . Er soll seine Büros in der Rue du 4 Septembre haben . . .«

»Ist er zu Hause?« »Er ist eben weggegangen, aber Madame dürfte oben sein . . .«

»Und Rita?«

»Das weiß ich nicht . . . Ich habe sie heute Morgen noch nicht gesehen . . . Allerdings habe ich die Treppen geputzt . . .«

Kurz danach klingelte Maigret im ersten Stock, und obgleich er drinnen in der Wohnung Geräusche hörte, verstrich eine Weile, ohne dass ihm jemand die Tür aufmachte. Er klingelte erneut. Endlich wurde sie einen Spaltbreit geöffnet. Er erblickte eine noch recht junge Frau, die ihren Körper zu verbergen versuchte, weil sie nur spärlich mit einem hellblauen Morgenmantel bekleidet war.

»Sie wünschen?«

»Ich möchte mit Monsieur oder Madame Krofta sprechen . . . Ich bin Kommissar der Kriminalpolizei . . .«

Sie bequemte sich, die Tür ganz aufzumachen, zog ihren Morgenmantel enger um sich, und Maigret betrat ein prächtiges Appartement mit großen, hohen Räumen, geschmackvollen Möbeln und wertvollen Nippfiguren.

»Entschuldigen Sie, dass ich Sie so empfange, aber ich bin mit den Kindern allein. Wie kommt es, dass Sie schon hier sind? Mein Mann ist doch erst vor kaum einer Viertelstunde weggegangen . . .«

Sie war Ausländerin, wie ein leichter Akzent und ein ausgeprägt mitteleuropäischer Charme erkennen ließen. Maigret hatte sie bereits wiedererkannt: die Frau im hellen Kostüm, die ihm am Morgen aufgefallen war, als sie mitten auf der Place des Vosges den Klatschbasen lauschte.

»Haben Sie mich erwartet?«, murmelte er und versuchte, sich seine Verwunderung nicht anmerken zu lassen.

»Sie oder einen anderen . . . Aber ich muss zugeben, ich hätte nicht gedacht, dass die Polizei so schnell ist . . . Mein Mann kommt doch sicher auch gleich zurück, oder?«

»Das weiß ich nicht . . .«

»Haben Sie ihn denn nicht gesehen?«

»Nein . . .«

»Aber warum sind Sie dann . . .«

Es lag offensichtlich ein Missverständnis vor, und Maigret, der darin eine Chance witterte, irgendetwas zu erfahren, unternahm nichts, um es aufzuklären.

Die junge Frau, die vielleicht Zeit zum Nachdenken gewinnen wollte, stammelte indes:

»Entschuldigen Sie mich einen Moment? Die Kinder sind im Badezimmer, und ich frage mich . . . ob sie nicht Unfug machen.«

Sie entfernte sich mit geschmeidigen Schritten; sie sah wirklich sehr gut aus, ihr Körper war ebenso schön wie ihr Gesicht, und sie hatte obendrein Grazie, eine gewisse majestätische Ausstrahlung.

Er hörte sie im Badezimmer leise mit den Kindern reden, dann kehrte sie zurück, mit einem schwachen, liebenswürdigen Lächeln auf den Lippen.

»Entschuldigen Sie, ich habe Ihnen nicht einmal einen Platz angeboten ... Ich wollte, mein Mann wäre hier, denn er weiß am besten, wie viel der Schmuck wert ist, weil er ihn ja gekauft hat.«

Um welchen Schmuck handelte es sich? Und was steckte hinter dieser neuen Geschichte und hinter der leichten Angst der jungen, Frau, die voller Ungeduld auf die Ankunft ihres Mannes wartete?

Man hätte meinen können, sie fürchtete sich davor zu reden und sie versuchte, das Gespräch in die Länge zu ziehen, ohne etwas Verfängliches zu sagen.

Maigret, der das spürte, hütete sich, ihr zu helfen, betrachtete sie mit möglichst ausdrucksloser Miene und trug, wie er es nannte, sein »Gesicht des gutmütigen Dicken« zur Schau.

»Man liest zwar in den Zeitungen dauernd Berichte über Diebstähle, aber seltsamerweise stellt man sich nicht vor, dass es einen selber treffen könnte. So hatte ich noch gestern Abend nicht den leistesten Verdacht ... Erst heute Morgen ...«

Als Sie nach Hause kamen ...?«, warf Maigret ein.

Sie zuckte zusammen.

»Woher wissen Sie, dass ich weg war?«

»Weil ich Sie gesehen habe ...«

»Waren Sie da schon hier im Viertel?«

»Ich bin das ganze Jahr hier, denn ich bin einer Ihrer Nachbarn.«

Das verwirrte sie. Sie fragte sich offenbar, ob sich hinter der Schlichtheit dieser Worte etwas verbarg.

»Ich war tatsächlich draußen, was ich übrigens oft tue, um ein wenig Luft zu schöpfen, bevor ich mich um die Morgentoilette der Kinder kümmere ... Deshalb bin ich auch nicht angezogen . . . Wenn ich heimkomme, schlüpfe ich meistens nur in einen Hausmantel und . . .«

Sie konnte einen Seufzer der Erleichterung nicht unterdrücken. Auf dem Treppenabsatz blieb jemand stehen. Ein Schlüssel drehte sich im Schloss.

»Mein Mann . . .«, murmelte sie.

Dann rief sie:

»Boris! Komm bitte hierher . . . Da ist jemand, der auf dich wartet . . .«

Weiß Gott, auch der Mann sah sehr gut aus, älter als sie, ungefähr fünfundvierzig, elegant, gepflegt, Ungar oder Tscheche, vermutete Maigret, aber er sprach ein ausgezeichnetes, ja sogar gewähltes Französisch.

»Der Kommissar ist vor dir eingetroffen, und ich habe ihm gesagt, dass du sicher bald zurück sein würdest . . .«

Boris Krofta musterte Maigret mit höflicher Aufmerksamkeit, die mehr oder minder seinen Argwohn verhehlte.

»Verzeihen Sie bitte . . .«, murmelte er. »Aber . . . Ich verstehe nicht ganz . . .«

»Kommissar Maigret von der Kriminalpolizei.«

»Das ist merkwürdig . . . Mit mir wollen Sie sprechen?«

»Mit dem Dienstherrn einer gewissen Rita, die jeden Nachmittag zwei Kinder auf die Place des Vosges führt . . .«

»Ja . . . Aber . . . Sie wollen mir doch nicht erzählen, dass Sie sie schon gefasst haben oder dass Sie den Schmuck wiedergefunden haben? . . . Ich weiß, dass ich Ihnen sonderbar scheinen muss . . . Das ist ein so seltsames Zusammentreffen der Ereignisse, dass ich nach einer Erklärung suche . . . Bedenken Sie, dass ich eben vom hiesigen Polizeirevier zurückkehre, wo ich Anklage gegen Rita erhoben habe . . . Dann komme ich hier herein, finde Sie vor, und Sie erklären mir . . .«

Aus seinen Gesten sprach eine gewisse Nervosität. Seine Frau dachte nicht daran, die beiden Männer allein zu lassen, und sie betrachtete den Kommissar voller Neugierde.

»Weshalb haben Sie Anklage erhoben?«

»Wegen des Schmuckdiebstahls... Dieses Mädchen ist gestern Abend verschwunden, ohne uns vorher etwas davon zu sagen... Ich dachte, sie sei mit einem Liebhaber weggelaufen, und nahm mir vor, heute Morgen eine Anzeige in die Zeitung setzen zu lassen... Wir waren gestern Abend nicht außer Haus... Heute früh, während meine Frau spazieren war, kam ich plötzlich auf die Idee, in ihre Schmuckschatulle hineinzuschauen... Erst da begriff ich, warum Rita geflohen war, denn die Schatulle war leer...«

»Wie spät war es, als Sie diese Entdeckung machten?«

»Kaum neun Uhr. Ich war noch im Morgenrock. Ich kleidete mich sofort an und eilte aufs Revier...«

»Unterdessen kam Ihre Frau nach Hause?«

»So ist es... Während ich mich ankleidete... Allerdings verstehe ich noch immer nicht, was Sie heute Morgen hierher geführt hat...«

»Reiner Zufall!«, murmelte Maigret in treuherzigem Ton.

»Dennoch würde ich gern Bescheid wissen... Wussten Sie heute Morgen schon, dass der Schmuck gestohlen wurde?«

Maigret machte eine ausweichende Handbewegung, die nichts besagte und Boris' Nervosität nur noch steigerte.

»Sie tun mir doch wenigstens den Gefallen, mir den Grund für Ihren Besuch zu verraten. Ich glaube nicht, dass es den Gepflogenheiten der französischen Polizei entspricht, bei Leuten einzudringen, sich hinzusetzen und...«

»Um dem zu lauschen, was man ihnen erzählt!«, beendete Maigret den Satz. »Sie müssen zugeben, dass das nicht meine Schuld ist. Seit ich hier bin, erzählen Sie mir von einem Schmuckdiebstahl, der mich nicht interessiert, zumal ich wegen eines Mordes hergekommen bin...«

»Ein Mord?«, rief die junge Frau aus.

»Ist Ihnen nicht bekannt, dass gestern auf der Place des Vosges ein Mord begangen wurde?«

Er sah deutlich, wie sie überlegte, wie sie sich daran erinnerte, dass Maigret erwähnt hatte, er sei ein Nachbar, und obwohl sie hätte nein sagen können, murmelte sie lächelnd:

»Ich habe so etwas läuten hören, heute früh, als ich durch die Grünanlage ging ... Ein paar Klatschtanten hatten sich versammelt ...«

»Ich begreife nicht, was das ...«, schaltete sich ihr Mann ein.

»... Was diese Angelegenheit mit Ihnen zu tun hat? Das weiß ich bisher auch nicht, aber ich bin überzeugt davon, dass wir es über kurz oder lang erfahren werden. Um welche Zeit ist Rita gestern Nachmittag verschwunden?«

»So etwa um fünf Uhr«, antwortete Boris Krofta, ohne auch nur im Geringsten zu zögern.

»Nicht wahr, Olga?«

»Das stimmt. Sie brachte um fünf Uhr die Kinder nach Hause. Dann begab sie sich in ihr Zimmer, und ich hörte sie nicht wieder herunterkommen. Gegen sechs Uhr ging ich hinauf, denn ich wunderte mich allmählich, warum sie nicht anfing, das Abendessen vorzubereiten ... Und da war das Zimmer leer ...«

»Würden Sie mich bitte hinführen?«

»Mein Mann wird Sie begleiten. In diesem Aufzug kann ich wohl kaum ...«

Maigret kannte das Haus schon, oder so gut wie, da es genau so angelegt war wie das, in dem er wohnte. Nach dem zweiten Stock wurde die Treppe noch enger und noch dunkler, und sie erreichten schließlich die Dachzimmer. Krofta machte das dritte auf.

»Da ist es ... Ich habe den Schlüssel stecken lassen.«

»Ihre Frau hat gerade gesagt, sie sei hinaufgegangen!«

»Das stimmt. Aber danach bin ich ebenfalls noch heraufgekommen ...«

Die offene Tür gab den Blick auf ein Dienstmädchenzimmer frei, das mit seinem Eisenbett, dem Schrank und dem Waschtisch durchaus nichts Besonderes gewesen wäre, wenn man nicht durch die Dachluke auf die Place des Vosges hätte hinunterschauen können.

Neben dem Schrank stand ein gewöhnlicher Koffer aus Kunststoff. Der Schrank enthielt Kleider und Wäsche . . .

»Ihr Hausmädchen ist also ohne ihr Gepäck gegangen?«

»Ich nehme an, sie hat es vorgezogen, den Schmuck mitzunehmen, der ungefähr zweihunderttausend Francs wert ist . . .«

Maigret betastete mit seinen dicken Fingern einen kleinen grünen Hut, dann nahm er einen anderen, den ein gelbes Band zierte.

»Könnten Sie mir sagen, wie viele Hüte Ihr Hausmädchen besaß?«

»Das weiß ich nicht . . . Vielleicht kann Ihnen meine Frau darüber Auskunft geben, aber ich bezweifle, dass . . .«

»Seit wann arbeitet sie bei Ihnen?«

»Seit sechs Monaten . . .«

»Haben Sie sie durch eine Zeitungsanzeige gefunden?«

»Durch ein Vermittlungsbüro, in dem man sie uns wärmstens empfohlen hatte . . . An ihrer Arbeit gab es übrigens nichts auszusetzen . . .«

»Sonst haben Sie keine Hausangestellten?«

»Meine Frau legt Wert darauf, sich selbst um die Kinder zu kümmern, weshalb ein Hausmädchen genügt . . . Obendrein leben wir einen Großteil des Jahres an der Côte d'Azur, wo wir einen Gärtner haben, dessen Frau ebenfalls im Haushalt hilft . . .«

Maigret verspürte trotz der warmen Jahreszeit das Bedürfnis, sich die Nase zu putzen, ließ sein Taschentuch fallen und hob es wieder auf.

»Merkwürdig . . .«, brummelte er, während er sich wieder aufrichtete.

Dann musterte er sein Gegenüber von Kopf bis Fuß, machte den Mund auf und schloss ihn wieder.

»Wollten Sie etwas sagen?«

»Ich wollte Ihnen eigentlich noch eine Frage stellen. Aber sie ist so indiskret, dass Sie sie wohl für unangebracht halten werden . . .«

»Ich bitte Sie!«

»Möchten Sie wirklich? Na schön, ich wollte Sie nur auf alle Fälle fragen, ob Sie vielleicht, da Ihr Hausmädchen ja sehr hübsch war, auch andere Beziehungen zu ihr unterhielten als die des Dienstherrn zu einer Hausangestellten . . . Eine reine Routinefrage, wissen Sie, auf die Sie natürlich nicht zu antworten brauchen . . .«

Seltsam, aber Krofta überlegte und schien auf einmal viel nachdenklicher als vorher. Er ließ sich Zeit mit seiner Antwort, sein Blick wanderte langsam im Zimmer umher, dann sagte er schließlich seufzend:

»Muss meine Antwort protokolliert werden?«

»Aller Wahrscheinlichkeit nach wird davon nie die Rede sein.«

»In dem Fall gestehe ich Ihnen lieber, dass ich tatsächlich manchmal . . .«

»In der Wohnung im ersten Stock?«

»Nein . . . Das wäre schwierig, wegen der Kinder . . .«

»Hatten Sie sich außer Haus verabredet?«

»Nie! . . . Ich kam dann und wann hier herauf und . . .«

»Der Rest ist mir schon klar!«, sagte Maigret lächelnd. »Und ich bin sehr froh über Ihre Antwort. Ich habe nämlich gemerkt, dass am Ärmel Ihrer Jacke ein Knopf fehlt. Diesen Knopf, den habe ich eben am Boden gefunden, am Fuß des Bettes. Zweifellos musste es, um ihn abzureißen, recht stürmisch zugegangen sein, und . . .«

Er reichte Krofta den Knopf, der mit erstaunlicher Hast danach griff.

»Wann war das zum letzten Mal?«, erkundigte sich Maigret wie beiläufig, während er sich zur Tür wandte.

»Vor drei oder vier Tagen . . . Warten Sie! . . . Ja, vor vier Tagen . . .«

»Und Rita fügte sich Ihren Wünschen?«

»Ich meine . . .«

»War sie verliebt?«

»Das ließ sie mich wenigstens glauben.«

»Sie wissen nicht, ob Sie einen Rivalen hatten?«

»Oh, Herr Kommissar . . . Davon war nie die Rede, und hätte Rita noch einen anderen Liebhaber gehabt, dann hätte ich ihn nicht als Rivalen angesehen . . . Ich vergöttere meine Frau, meine Kinder, und ich weiß selbst nicht, warum ich . . .«

Während Maigret die Treppe hinunterging, seufzte er und dachte im Stillen:

»Bei dir, mein Bester, habe ich das Gefühl, dass du nicht einen Augenblick lang die Wahrheit gesagt hast!«

Er machte bei der Concierge Station und setzte sich der Frau gegenüber, die gerade Erbsen aushülste.

»Na, haben Sie sie angetroffen? Die sind ja ganz schön sauer wegen der Geschichte mit dem Schmuck . . .«

»Waren Sie gestern um fünf Uhr in Ihrer Loge?«

»Selbstverständlich war ich hier . . . Mein Sohn saß sogar auf dem Platz, auf dem Sie jetzt sitzen, und machte seine Hausaufgaben . . .«

»Haben Sie Rita und die Kinder heimkommen sehen?«

»So sicher wie ich Sie sehe!«

»Und haben Sie sie ein paar Minuten später wieder hinuntergehen sehen?«

»Danach hat mich Monsieur Krofta vorhin schon gefragt. Ich habe ihm gesagt, dass ich sie nicht gesehen habe. Er behauptet, das sei nicht möglich, ich müsste entweder meine Loge verlassen oder nicht aufgepasst haben. Na ja, schließlich gehen ja so viele Leute vorbei! Trotzdem meine ich, dass ich sie bemerkt hätte, weil das nicht ihre übliche Zeit war . . .«

»Sind Sie Monsieur Krofta schon einmal auf der Treppe zum dritten Stock begegnet?«

»Was hätte er denn dort tun sollen? Ach so! Ich verstehe . . . Glauben Sie vielleicht, er hätte sein Hausmädchen besucht? Man merkt, dass Sie Mademoiselle Rita nicht kennen . . . Sie behaupten zwar jetzt, sie sei eine Diebin . . . Kann ja sein! . . . Aber zu sagen, dass sie sich mit Männern herumgetrieben oder mit einem Dienstherrn eingelassen hätte . . .«

Resigniert zündete Maigret seine Pfeife an und ging weg.

### 3

»Na, was ist, Frau Kommissarin?«, spottete er liebevoll, während er sich ans Fenster stellte, wo sich die Ärmel seines Hemdes wie zwei blendend weiße Flecken ausnahmen.

»Also heute Mittag musst du dich mit etwas Kurzgebratenem und mit einer Artischocke begnügen. Und die hab ich schon gekocht eingekauft, damit es schneller geht. Wenn man sich diesen ganzen Klatsch anhört . . .«

»Was erzählt man sich denn? Na komm, pack schon aus, was du mit deinen Ermittlungen in Erfahrung gebracht hast . . .«

»Erst einmal war das Fräulein Rita kein richtiges Dienstmädchen . . .«

»Woher weißt du das?«

»Alle Händler haben gemerkt, dass sie nicht in Sous rechnen konnte, was darauf schließen lässt, dass sie vorher nie einkaufen gegangen ist. An dem Tag, an dem ihr der Metzger zum ersten Mal den Rabatt auszahlen wollte, den er allen Dienstboten gibt, die regelmäßig zu ihm kommen, da hat sie ihn erstaunt angeschaut, und ich bin sicher, dass sie das Geld nur angenommen hat, weil sie nicht auffallen wollte . . .«

»Na schön! Sie ist also eine Tochter aus gutem Haus, die bei Monsieur Krofta Dienstmädchen spielt . . .«

»Ich glaube eher, dass sie Studentin ist. In den Läden hier im Viertel werden alle möglichen Sprachen gesprochen: Italienisch, Ungarisch, Polnisch . . . Anscheinend erweckte sie immer den Eindruck, als verstünde sie alles, und wenn jemand in ihrer Gegenwart einen Scherz machte, dann lächelte sie . . .«

»Und über deinen Liebhaber erzählt man sich nichts?«

»Die Leute haben ihn zwar gesehen, aber sie haben nicht so auf ihn geachtet wie ich . . . Ach, da fällt mir noch was ein . . . Das Dienstmädchen der Gastambides, das nachmittags auch oft auf dem Platz sitzt, behauptet, dass Rita gar nicht richtig häkeln konnte und dass ihre Häkelei zu nichts zu gebrauchen war, höchstens als Putzlappen . . .«

Maigrets kleine Augen lachten angesichts des Eifers, mit dem seine Frau sich zu erinnern und alles genau und systematisch wiederzugeben versuchte.

»Das ist noch nicht alles! Vor ihr hatten die Kroftas ein Mädchen aus ihrem Heimatland, das sie dorthin zurückgeschickt haben, weil es schwanger war.«

»Von Krofta?«

»Oh, nein! Dazu ist er zu sehr in seine Frau verliebt. Anscheinend ist er sogar so eifersüchtig, dass sie kaum Besuch empfangen . . .«

So veränderten diese Klatschgeschichten, ob sie nun zutrafen oder nicht, und die wahren oder falschen Behauptungen ständig das Bild, das er sich von den fraglichen Personen machte, und mitunter ergänzten sie es auch.

»Weil du gute Arbeit geleistet hast«, murmelte Maigret, während er eine neue Pfeife anzündete, »werde ich dir jetzt auch etwas verraten. Der Schuss, der unseren Unbekannten mit der Perücke und mit Zwicker das Leben gekostet hat, wurde aus Ritas Mansarde abgegeben, was bei einer Rekonstruktion des Verbrechens nicht schwer zu beweisen sein wird. Ich habe den Schusswinkel überprüft. Alles passt genau zusammen, die Position der Leiche, die Flugbahn der Kugel . . .«

»Glaubst du, dass sie es war, die . . .«

»Ich weiß es nicht . . . Denk nach!«

Seufzend knöpfte er seinen Kragen wieder an und band sich die Krawatte um; sie half ihm in die Jacke. Eine halbe Stunde später ließ er sich in seinen Sessel bei der Kriminalpolizei fallen und wischte sich den Schweiß vom Gesicht, denn es war noch wärmer als tags zuvor und es lag ein Gewitter in der Luft.

Eine weitere Stunde später waren drei von Maigrets Pfeifen warm, der Aschenbecher quoll über, und der Tintenlöscher war mit Wörtern übersät, mit Bruchstücken von Sätzen, die er kreuz und quer aufgesogen hatte. Und der Kommissar gähnte, scheinbar vor sich hin dösend, und stierte auf all das, was er während seiner Grübelei eben niedergeschrieben hatte.

Angenommen, Krofta hatte Rita verschwinden lassen, dann war der Schmuckdiebstahl gut erfunden, um den Verdacht von ihm abzulenken.

Eine verlockende Idee, aber dafür gab es keinen Beweis, und das Dienstmädchen mochte sich durchaus mit dem Schmuck seiner Herrin auf und davon gemacht haben.

Krofta hatte nur zögernd gestanden, dass er der Liebhaber seiner Hausangestellten gewesen war.

Das konnte bedeuten, dass es stimmte und dass ihm das peinlich war; aber das konnte ebenso bedeuten, dass es nicht stimmte und dass er Maigrets Trick, mit dem er den Knopf aufhob, durchschaut oder dass er hinter der Frage des Kommissars eine Falle dieser Art vermutet hatte.

Der Knopf sollte vier Tage lang auf dem Fußboden gelegen haben, obwohl der so aussah, als sei er frisch gefegt worden.

Und warum war Madame Krofta an diesem Morgen zu so früher Stunde spazieren gegangen? Warum hatte sie Bedenken zugegeben, dass ihr das Verbrechen zu Ohren gekommen war, während Maigret doch gesehen hatte, dass sie lange bei den Klatschbasen stehen geblieben war?

Warum hatte Krofta die Concierge gefragt, ob sie Rita habe weggehen sehen?

Fahndung auf eigene Faust? Tat er es nicht vielmehr deshalb, weil er wusste, dass die Polizei dieselbe Frage stellen würde und dass er möglicherweise der guten Frau etwas suggerieren konnte, wenn er schon vorher mit ihr darüber redete?

Plötzlich stand Maigret auf. All diese unbedeutenden Fakten und Beobachtungen zusammen gingen ihm letzten Endes nicht nur auf die Nerven, sondern sie ließen in ihm auch eine dumpfe Angst aufkeimen, denn sie führten unweigerlich zu der Frage:

»Wo ist Rita?«

Auf der Flucht, falls sie gemordet und gestohlen hatte. Aber falls sie weder gemordet noch gestohlen hatte, dann . . .

Im nächsten Augenblick war er im Büro seines Chefs, und während er den Griesgram mimte, sagte er:

»Könnten Sie mir einen blanko ausgestellten Durchsuchungsbefehl besorgen?«

»Geht's Ihnen nicht gut?«, scherzte der Direktor der Kriminalpolizei, der Maigrets Launen besser kannte als irgendein anderer. »Wollen wir's versuchen! Aber Sie müssen vorsichtig sein, klar?«

Zufällig wurde Maigret, während sich sein Chef um den

Durchsuchungsbefehl kümmerte, ans Telefon gerufen. Es war seine Frau, und ihre Stimme klang ängstlich:

»Ich habe gerade über etwas nachgedacht... Ich weiß nicht, ob ich's am Telefon sagen soll...«

»Sag's nur!«

»Angenommen, es war nicht diejenige, die du glaubst, die geschossen hat...«

»Ich verstehe. Sprich weiter...«

»Angenommen, es war zum Beispiel ihr Chef... Kannst du mir folgen?... Ich frage mich, ob sie dann nicht möglicherweise noch im Haus ist?... Vielleicht schon tot?... Oder vielleicht eingesperrt?...«

Es war rührend zu merken, wie Madame Maigret zum ersten Mal in ihrem Leben auf diese Weise eine Spur verfolgte.

Aber was dem Kommissar weniger gefiel, war die Tatsache, dass sie alles in allem am selben Punkt angelangt war wie er.

»Sonst noch was?«, fragte er indessen spöttisch.

»Machst du dich über mich lustig?... Glaubst du denn nicht, dass...«

»Kurzum, du malst dir aus, wenn man 17a vom Keller bis zum Speicher durchsucht...«

»Stell dir vor, wenn sie noch am Leben ist...«

»Das wird sich ja zeigen! Sieh inzwischen zu, dass das Abendessen ein bisschen nahrhafter wird als das Mittagessen...«

Er legte auf und holte bei seinem Chef den Durchsuchungsbefehl ab, um den er gebeten hatte.

»Was meinen Sie, Maigret, kommt Ihnen das nicht ganz so vor wie eine Spionageaffäre?«

Aber dem Kommissar war es in solchen Fällen stets ein Gräuel, sich zu tief in die Karten schauen zu lassen, und so zuckte er bloß die Schultern.

Dann, als er schon auf dem Gang war, kehrte er noch einmal um und sagte schnell:

»Das sage ich Ihnen heute Abend.«

Madame Lécuyer, die Concierge von 17a, war gewiss eine tapfere Frau, die ihr Möglichstes tat, um ihre Kinder anständig zu erziehen, aber sie hatte den schrecklichen Fehler, dass sie sich leicht aufregte.

»Verstehen Sie, ich . . .«, bekannte sie, »bei all den Leuten, die mich seit heute Morgen ausfragen, da weiß ich überhaupt nicht mehr, wo mir der Kopf steht . . .«

»Beruhigen Sie sich, Madame Lécuyer«, beschwichtigte Maigret sie, der in der Nähe des Fensters saß, nicht weit von dem Jungen entfernt, der wie tags zuvor seine Hausaufgaben machte.

»Ich habe noch nie jemandem etwas Böses getan und . . .«

»Es unterstellt Ihnen ja keiner, dass Sie irgendwem etwas Böses getan hätten . . . Man verlangt doch nur von Ihnen, dass Sie versuchen, sich zu erinnern . . . Wie viele Mieter haben Sie?«

»Zweiundzwanzig, ich muss nämlich sagen, die Wohnungen im zweiten und im dritten Stock sind recht klein, ein bis zwei Zimmer, das sind eine Menge Menschen . . .«

»Steht einer dieser Mieter in irgendeiner Beziehung zu den Kroftas?«

»Wie stellen Sie sich denn das vor? Die Kroftas sind reiche Leute, die ihr Auto haben und ihren Chauffeur . . .«

»Übrigens, wissen Sie, wo sie ihr Auto unterstellen?«

»Beim Boulevard Henri IV . . . Der Chauffeur kommt fast nie hierher, denn er nimmt seine Mahlzeiten nicht im Haus ein . . .«

»War er gestern Nachmittag hier?«

»Weiß ich nicht mehr . . . Doch, ich glaube schon . . .«

»Mit dem Auto?«

»Nein! Das Auto ist nicht dagestanden, heute Morgen auch nicht... Allerdings sind die Herrschaften sozusagen auch nicht ausgegangen...«

»Hören Sie, war der Chauffeur gestern so gegen fünf Uhr im Haus?«

»Nein! Er ist um halb fünf wieder weggegangen. Jetzt erinnere ich mich daran, weil mein Kleiner da gerade von der Schule heimgekommen ist...«

»Das stimmt!«, bestätigte der Junge und hob den Kopf.

»Jetzt noch eine Frage: Sind seit gestern um fünf große Gepäckstücke aus dem Haus getragen worden?... Stand zum Beispiel ein Möbelwagen hier herum?«

»Bestimmt nicht!«

»Und es hat auch niemand Möbel, große Kisten oder sperrige Pakete fortgetragen?«

»Was soll ich Ihnen denn nur dazu sagen?«, jammerte sie. »Ich weiß ja nicht einmal richtig, was ein sperriges Paket ist.«

»Ein Paket, das zum Beispiel die Leiche eines Menschen enthalten könnte...«

»Jesus Maria! An so was denken Sie? Stellen Sie sich jetzt noch vor, dass man in meinem Haus wen umgebracht hat?«

»Rufen Sie sich Stunde um Stunde genau ins Gedächtnis...«

»Nein! Ich habe nichts dergleichen gesehen...«

»Ist kein Lastwagen, kein Fuhrwerk und nicht einmal eine Handkarre in den Hof hineingefahren?«

»Wenn ich es Ihnen doch sage!«

»Gibt es auch kein leeres Zimmer im Haus? Sind wirklich alle Räume belegt?«

»Alle, ohne Ausnahme! Es war nur ein Zimmer im dritten Stock frei, und das ist seit zwei Monaten vermietet.«

In diesem Moment hob der Junge wieder den Kopf, und mit dem Federhalter im Mund sagte er:

»Und das Klavier, Mama?«

»Was soll denn das damit zu tun haben? Das hat man nicht hinausgetragen, sondern hereingebracht . . . Das hat ihnen im Treppenhaus sogar ziemlich zu schaffen gemacht! . . .«

»Es ist ein Klavier geliefert worden?«

»Gestern um halb sieben . . .«

»Welche Firma?«

»Das weiß ich nicht . . . Es stand kein Name auf dem Lastwagen . . . Er ist auch nicht in den Hof hineingefahren . . . Es war eine große Kiste, und drei Männer haben sich eine gute Stunde lang damit geplagt . . .«

»Haben sie die Kister wieder mitgenommen?«

»Nein . . . Monsieur Lucien ist mit den Leuten heruntergekommen und hat ihnen im Bistro an der Ecke etwas zu trinken spendiert.«

»Wer ist dieser Monsieur Lucien?«

»Der Mieter des Zimmers, von dem ich Ihnen erzählt habe . . . Seit zwei Monaten wohnt er da oben . . . Er ist sehr ruhig, sehr anständig . . . Anscheinend ist er ein Komponist . . .«

»Kennt er die Kroftas?«

»Ich wette, dass er sie noch nicht einmal gesehen hat . . .«

»War er gestern um fünf Uhr zu Hause?«

»Er ist so gegen halb fünf heimgekommen . . . Ungefähr um die Zeit, als der Chauffeur weggegangen ist . . .«

»Hat er Ihnen da angekündigt, dass er ein Klavier kriegen würde?«

»Nein . . . Er hat mich nur gefragt, ob Post für ihn da ist . . .«

»Bekommt er viel Post?«

»Sehr wenig.«

»Ich danke Ihnen, Madame Lécuyer . . . Bewahren Sie die Ruhe . . . Sie brauchen Sie keine Sorgen zu machen . . .«

Maigret ging hinaus, erteilte zwei Inspektoren, die auf der Place des Vosges auf und ab gingen, ein paar Anweisungen, dann kehrte er erneut in das Wohnhaus zurück, aber er eilte an der Loge vorüber, damit ihm die Concierge keine Fragen stellen und ihm nicht wieder erzählen konnte, wie aufgeregt sie war.

Weder im ersten noch im zweiten Stock hielt Maigret inne. Im dritten Stock bückte er sich und entdeckte die Schrammen, die das Klavier verursacht hatte, als die Männer es über den Boden schoben. Er glaubte zu erkennen, dass die Schrammen vor der vierten Tür aufhörten, und klopfte, vernahm gedämpfte Schritte, die sich wie die Schritte einer alten Frau in Filzpantoffeln anhörten, dann fragte eine vorsichtige Stimme:

»Wer ist da?«

»Ich möchte zu Monsieur Lucien!«

»Das ist nebenan . . .«

Aber im selben Moment stammelte eine andere Stimme ein paar Worte, die Tür öffnete sich, und eine dicke, alte Frau versuchte, im Halbdunkel Maigrets Gesicht zu erkennen.

»Monsieur Lucien ist im Augenblick nicht da . . . Könnte ich ihm vielleicht etwas ausrichten? . . .«

Unwillkürlich beugte Maigret sich vor, um die zweite Person im Raum zu Gesicht zu bekommen.

Im Dämmerlicht konnte man kaum etwas sehen. Das Zimmer war mit alten Möbeln, Stoffen und grässlichen Nippsachen überladen, und es herrschte der Geruch, der den Wohnungen alter Menschen eigen ist.

Dicht neben der Nähmaschine saß eine Frau, kerzengerade wie jemand, der zu Besuch ist, und der Kommissar wunderte sich mehr, als er sich je zuvor in seinem Leben gewundert hatte, denn er erkannte seine eigene Frau.

## 4

»Ich habe erfahren, dass Mademoiselle Augustine kleine Näharbeiten übernimmt«, erklärte Madame Maigret hastig. »Deshalb habe ich sie aufgesucht. Wir haben ein bisschen geplaudert. Ihr Zimmer liegt genau neben dem Zimmer von diesem Dienstmädchen, das gestohlen hat . . .«

Maigret zuckte die Schultern und fragte sich, worauf seine Frau wohl hinaus wollte.

»Wie sonderbar, ausgerechnet gestern hat man dem anderen Nachbarn ein Klavier geliefert, in einer riesigen Kiste, die noch da sein muss . . .«

Diesmal zog Maigret ein saures Gesicht; er war wütend, dass seine Frau, Gott weiß wie, zu denselben Ergebnissen gekommen war wie er.

»Da Monsieur Lucien ja nicht hier ist, muss ich wieder hinuntergehen«, verkündete er.

Und er verlor keine Minute Zeit. Die beiden Inspektoren, die er auf der Place des Vosges vorm Haus gelassen hatte, bezogen auf der Treppe Posten, nicht weit von der Tür der Kroftas entfernt. Ein Schlosser wurde gerufen, ebenso der Polizeikommissar des Viertels.

Alles ging so schnell, dass bereits kurz danach die Tür zu Monsieur Luciens Zimmer aufgebrochen war. Im Raum fand man nur ein ganz gewöhnliches Klavier vor, ein Bett, einen Stuhl, einen Schrank und, gegen die Wand gelehnt, die Kiste, in der das Instrument transportiert worden war.

»Macht mal diese Kiste auf . . .«, befahl Maigret, der ein gewagtes Spiel trieb und eine Heidenangst hatte.

Er wollte sie nicht selbst anfassen, aus Furcht davor, dass sie leer sein könnte. Er tat so, als stopfe er in aller Ruhe seine Pfeife, wie er auch sein Zittern zu verbergen suchte, als jemand rief:

»Kommissar! . . . Eine Frau! . . .«

»Ich weiß!«

»Sie lebt!«

Und er wiederholte:

»Ich weiß!«

Kein Zweifel! Wenn sich tatsächlich eine Frau in der Kiste befand, dann war es die berühmte Rita, und er war ja auch beinahe sicher gewesen, dass sie noch lebte, eng gefesselt und geknebelt!

»Versuchen Sie, sie wieder zu Bewusstsein zu bringen . . . Rufen Sie einen Arzt . . .«

Er ging an seiner Frau vorbei, die mit Mademoiselle Augustine im Flur stand und ihm ein Lächeln zuwarf, das in den Annalen ihrer Ehe einzigartig war, ein Lächeln, das einen vermuten lassen könnte, Madame Maigret sei drauf und dran, ihre Rolle der gehorsamen Ehefrau gegen die einer Detektivin einzutauschen.

Als der Kommissar im ersten Stock ankam, öffnete jemand die Wohnungstür der Kroftas. Es war Krofta persönlich, erregt, aber dennoch Herr seiner selbst.

»Ist Monsieur Maigret da?«, fragte er die beiden Inspektoren, die Wache hielten.

»Hier bin ich, Monsieur Krofta.«

»Sie werden am Telefon verlangt . . . Vom Innenministerium . . .« Das stimmte nicht ganz. Es war der Chef der Kriminalpolizei, der seinen Untergebenen sprechen wollte.

»Sind Sie es, Maigret? . . . Hab ich mir's doch gedacht, dass ich Sie da erreichen würde . . . Während Sie Gott weiß was in dem Haus gemacht haben, hat der Kerl, bei dem ich Sie anrufe, seine Botschaft alarmiert . . . Die hat das Außenministerium alarmiert . . . Das Außenministerium hat . . .«

»Ich verstehe!«, knurrte Maigret.

»Ich hab's Ihnen ja gleich gesagt! Eine Spionagegeschichte! Die Weisung lautet: Nichts an die große Glocke hängen, kein Wort an die Presse . . . Krofta gehört seit langem dem Nachrichtendienst seines Landes an und wird in Frankreich inoffiziell gedeckt; bei ihm laufen die Berichte der Geheimagenten zusammen . . .«

Dieser Krofta stand nun in einer Ecke des Raums, bleich, aber lächelnd.

»Kann ich Ihnen etwas anbieten, Herr Kommissar?«

»Nein, danke!«

»Wie es aussieht, haben Sie meine Hausangestellte wiedergefunden?«

Und der Kommissar antwortete mit abgehackter Stimme:

»Ja, Monsieur Krofta, ich habe sie gerade noch rechtzeitig gefunden! Guten Tag!«


»Also ich«, sagte Madame Maigret, während sie ihre Schokoladencreme löffelte, »als ich gehört habe, dass dieses Mädchen nicht richtig häkeln konnte, da . . .«

»Bei Gott, ja!«, pflichtete Maigret ihr bei.

»Hat sie ihm denn mit diesem System tatsächlich jeden Tag stundenlang interessante Nachrichten anvertrauen können? Alles in allem hat doch, wenn ich es recht verstehe, diese Rita, die sich bei den Kroftas als Dienstmädchen eingeschlichen hat, ihre Zeit in Wirklichkeit damit zugebracht, ihrer Herrschaft nachzuspionieren?«

Maigret erklärte nie gern eine berufliche Angelegenheit, aber in dem Fall wäre es zu grausam gewesen, wenn er Madame Maigret im Dunkeln hätte tappen lassen.

»Sie hat Spionen nachspioniert!«, brummte er.

Und missmutig zuckte er die Schultern.

»Deshalb hat man mir genau in dem Moment, in dem ich die Bande endlich zu fassen bekommen hätte, befohlen: Hände weg! Mund zu und Diskretion!«

»Das ist freilich nicht sehr angenehm«, sagte sie seufzend, als wolle sie damit Maigrets ganze schlechte Laune der letzten Zeit entschuldigen.

»Eine saubere Geschichte, immerhin mit einer Menge genialer Einfälle. Du musst die Sache richtig sehen. Da stehen auf der einen Seite die Kroftas und die ganzen Informationen, die durch ihre Hände gehen und die sie an ihre Regierung weiterleiten ...

Und auf der anderen Seite stehen eine Hausgehilfin und ein Mann, Rita und der alte Herr auf der Bank, dein merkwürdiger Liebhaber. Für wen die beiden wohl gearbeitet haben? Na ja, mich geht das jetzt nichts mehr an. Das ist nun die Angelegenheit der Abwehr. Wahrscheinlich waren sie die Agenten einer anderen Macht, vielleicht auch einer gegnerischen Partei, denn die Innen- und Außenpolitik macher Länder ist seltsam verworren.

Auf jeden Fall steht fest, dass sie die Informationen, die jeden Tag bei Krofta zusammenliefen und die sich Rita ohne allzu viel Mühe beschaffen konnte, gebraucht haben. Aber wie sollte sie sie nach draußen weitergeben? Spione sind misstrauisch. Der kleinste verdächtige Schritt, und sie wäre verloren gewesen.

Deshalb haben sie sich die Idee mit dem alten Beau und der Bank einfallen lassen! Und auch die Idee mit der Häkelnadel, die von Händen benutzt wurde, die geschickter waren, als man ihnen ansah, und mit ihrem ruckartigen Auf und Ab in Wirklichkeit lange Nachrichten im Morsealphabet wiedergaben.

Ihr Komplize, der Rita gegenübersaß, speicherte alles in seinem Gedächtnis. Ein Beispiel mehr für die unglaubliche Ausdauer mancher Geheimagenten, denn das, was er erfahren hatte, musste er Wort für Wort stundenlang im Kopf behalten, bis er es in seiner Unterkunft in der Nähe der Mühlen in Corbeil nachts auf der Maschine niederschreiben konnte.

Ich frage mich, wie die Kroftas diese ausgeklügelten Tricks durchschauen konnten. Wahrscheinlich mit Hilfe des Chauffeurs, der um vier Uhr gekommen ist und ihnen seine Entdeckung erzählt hat.«

Madame Maigret lauschte und wagte nicht, sich auch nur im Geringsten zu äußern, so sehr fürchtete sie, ihr Mann würde dann nicht mehr weiterreden.

»Jetzt weißt du genauso viel wie ich. Für die Kroftas ging es darum, zunächst den Mann auszuschalten und danach Rita in die Mangel zu nehmen, um herauszukriegen, für wen sie arbeitet und welche Dienste sie schon geleistet haben konnte.

Vor einiger Zeit hat Krofta einen Helfershelfer in sein eigenes Haus eingeschleust, Monsieur Lucien, der ein ausgezeichneter Schütze ist. Er ruft ihn an. Monsier Lucien kommt, verliert keine Minute Zeit, und vom Zimmer des jungen Mädchens aus erschießt er mit einem Luftgewehr den Widersacher, den man ihm gezeigt hat.

Niemand hat etwas gesehen oder gehört, außer Rita, die allerdings die Kinder zurückbringen und so tun muss, als habe sie nichts gemerkt, weil sie Gefahr läuft, selbst umgebracht zu werden.

Sie weiß, was sie erwartet. Man bemüht sich, ihr ihr Geheimnis zu entlocken. Sie hält dicht. Da droht man ihr mit dem Tod und lässt dieses Klavier zu Monsieur Lucien bringen; in der Kiste könnte man später ihren Leichnam aus dem Haus schaffen. Wer sollte schließlich auf die Idee verfallen, sie im Zimmer des Musikers zu suchen?

Und schon fädelt Krofta seine Verteidigung ein, meldet, dass sein Dienstmädchen verschwunden sei, erfindet den Schmuckdiebstahl und erhebt Anklage . . .«

Schweigen. Die Nacht brach herein. Der Himmel verfärbte sich, und die Brunnen stimmten ihren silberhellen Klang auf den Silberschimmer des Mondes ab.

»Aber du hast daran gedacht!«, sagte Madame Maigret voller Bewunderung.

Er betrachtete sie mit süßsaurer Miene, und sie fuhr fort:

»Es tut weh, wenn man im entscheidenden Moment daran gehindert wird, etwas zu Ende zu führen . . .«

Da erwiderte er mit gespielter Empörung:

»Weißt du, was noch mehr weh tut? Dass ich dich bei dieser Demoiselle Augustine getroffen habe! Denn im Grunde warst du vor mir zur Stelle . . . Allerdings ging es ja auch um deinen Liebhaber!«

# Spiel auf dem Floß

Ross McDonald

Ich saß in meinem funkelnagelneuen Büro, den Geruch von Farbe in der Nase, und wartete darauf, dass irgendetwas geschah. Seit einem Tag war ich zurück auf dem Sunset Boulevard. Dies war der Beginn des zweiten Tages. Unter dem Fenster, das in der Morgensonne blitzte, raste und brüllte der Verkehr wie Schlachtenlärm. Das machte mich nervös und drängte mir den Wunsch nach Bewegung auf. Ich wusste nicht, wohin ich gehen sollte, und nicht, mit wem.

Bis Millicent Dreen hereinkam.

Ich hatte sie schon früher auf dem Sunset Strip mit verschiedenen Begleitern gesehen und wusste, wer sie war: Publicity-Direktor bei den Tele-Pictures. Mrs Dreen war über vierzig und sah auch danach aus. Aber sie hatte eine Elektrizität in sich aus einer verborgenen Quelle, die durch die Zeit nie abgenutzt werden konnte. Ihre Bewegungen sagten: Seht her, wie aufrecht und beherrscht meine Haltung ist. Meine Haare sind rot gefärbt, aber hübsch, sagte ihre Frisur, nicht um zu überzeugen, sondern um Zweifel auszuschalten. Ihre Augen waren grün und unbeständig wie die See. Sie sagten, was zum Teufel soll's.

Sie ließ sich an meinem Schreibtisch nieder und erzählte mir, ihre Tochter sei am Vortag verschwunden, also am 7. September.

»Ich war den ganzen Tag in Hollywood. Wir haben hier ein Appartement, und ich hatte noch etwas zu erledigen. Una arbeitet nicht. Ich ließ sie allein im Strandhaus.«

»Wo ist das?«

»Wenige Meilen oberhalb von Santa Barbara.«

»Ziemlich weit bis da raus.«

»Aber es lohnt sich. Wenn ich mich schon mal ein Wochenende frei machen kann, dann möchte ich auch wirklich abschalten.«

»Vielleicht denkt Ihre Tochter ja ähnlich wie Sie . . . Wann ist sie denn weggegangen?«

»Irgendwann gestern. Als ich abends zum Strandhaus kam, war sie weg.«

»Haben Sie die Polizei gerufen?«

»Wie könnte ich! Sie ist zweiundzwanzig, und sie weiß, was sie tut. Ich hoffe es jedenfalls. Schürzenzipfel stehen mir nicht.«

Sie lächelte wie eine Katze und bewegte ihre Finger mit den scharlachroten Krallen auf ihrem schmalen Schoß. »Es war sehr spät, und ich – ich war müde. Ich ging ins Bett. Aber als ich heute früh aufwachte, kam mir die Idee, dass sie vielleicht ertrunken sein könnte. Sie war keine gute Schwimmerin, trotzdem schwamm sie gern allein. Ich war dagegen. Wenn ich morgens aufwache, denke ich oft an die schrecklichsten Sachen.«

»*Schwamm* gern allein, Mrs Dreen?«

»›Schwamm‹ rutschte mir so raus, nicht wahr? Ich sagte ja, ich denke an die schrecklichsten Sachen, wenn ich morgens aufwache.«

»Falls sie ertrunken ist, sollten Sie mit der Polizei reden. Die kann den Meeresboden absuchen lassen und so. Von mir können Sie nur Anteilnahme erwarten.«

Als ob sie den Grad meiner Anteilnahme abschätzen wollte, wanderten ihre Augen von meinen Schultern zu den Hüften und wieder hoch zu meinem Gesicht.

»Offen gesagt, bei der Polizei kenne ich mich nicht ganz aus. Aber über Sie weiß ich Bescheid, Mr Archer, und man sagt, Sie gehörten niemandem. Sie sind noch nie gekauft worden, stimmt das?«

»Jedenfalls nicht mit Haut und Haaren. Sie können jedoch eine Option auf ein Stück von mir haben. Hundert Dollar würden für den Anfang reichen.«

Sie nickte lebhaft. Aus ihrer glänzenden schwarzen Handtasche gab sie mir fünf Zwanziger. »Vor allem muss jederlei Publicity vermieden werden. Als meine Tochter vor einem Jahr heiratete, hat sie sich völlig zurückgezogen . . .«

»Einundzwanzig ist ein gutes Alter, um sich zurückzuziehen.«

»Vom Film – vielleicht haben Sie Recht. Aber wenn ihre Ehe schief laufen sollte, will sie vielleicht wieder zurück. Weder sie noch ich können einen Skandal brauchen. Weiß der Himmel, warum Una davongelaufen ist . . .«

»Una? Una Sand? Ist das Ihre Tochter?«

»Ich dachte, das wüssten Sie.« Es schien sie etwas zu kränken, dass ich nicht völlig über alle Einzelheiten ihres Lebens orientiert war. Mir brauchte sie nicht zu erzählen, dass sie ein Gefühl für Publicity hatte.

Obwohl Una Sand mir weniger bedeutete als Hekaba, erinnerte ich mich doch an den Namen und an eine strahlende Blondine, die ein oder zwei Jahre im Scheinwerferlicht gestanden hatte. Sie war als Schauspielerin aber weniger gut gewesen wie als Pin-up-Girl.

»War ihre Ehe nicht glücklich? Ich meine, ist sie es nicht?«

»Sehen Sie, wie leicht man in die Vergangenheitsform rutschen kann?« Mrs Dreen lächelte wieder katzenhaft, und ihre Finger flatterten frohlockend vor ihrem unbewegten Körper. »Ich nehme an, ihre Ehe ist ziemlich glücklich. Ihr Fähnrich ist ein durchaus ansehnlicher junger Mann – hübsch auf eine männliche Art und leidenschaftlich, wie sie mir sagte, und naiv genug.«

»Naiv genug wofür?«

»Um Una zu heiraten. Jack Rossiter war ein ganz schöner Fang in dieser Stadt der Frauen. Er war Zweiter in Forest Hills in dem Jahr, in dem er zuletzt Tennis spielte. Jetzt ist er natürlich Pilot. Una hat es ganz gut getroffen, selbst wenn es nicht von Dauer ist. Tatsächlich«, fuhr sie fort, »tatsächlich bin ich in erster Linie Jacks wegen zu Ihnen gekommen. Er soll diese Woche zurückkommen, und natürlich...«, wie viele unnatürliche Menschen gebrauchte sie dieses Adverb zu oft, »...ist er sicher, dass sie auf ihn wartet. Es wäre sehr peinlich für mich, wenn er nach Hause kommt, und ich habe keine Ahnung, wo sie geblieben ist. Sie hätte wirklich eine Nachricht hinterlassen sollen, wenn sie mit jemand weggefahren ist.«

»Ich fürchte, ich kann Ihnen nicht folgen«, sagte ich. »Vor einer Minute war Una noch das Opfer der wilden grausamen See; jetzt ist sie mit irgendwelchen Freunden durchgebrannt.«

»Ich erörtere nur die Möglichkeiten, das ist alles. Als ich in Unas Alter war, habe ich Dreen geheiratet, und es hat eine ganze Weile gedauert, bis ich zur Ruhe gekommen bin. Manchmal denke ich, ich hab's immer noch nicht geschafft.«

Unsere Blicke – meiner, wie ich hoffte, genauso teilnahmslos wie ihrer – trafen sich, entzündeten keinen Funken und trennten sich wieder. Das Spinnenweibchen, das sein Männchen frisst, war für mich nicht attraktiv.

»Ich lerne *Sie* allmählich recht gut kennen«, sagte ich mit dem notwendigen Lächeln, »aber nicht das verschwundene Mädchen. Mit wem war sie in letzter Zeit besonders oft zusammen?«

»Ich glaube nicht, dass wir darauf eingehen müssen. Sie vertraut mir sowieso nichts an.«

»Wie Sie meinen. Sollen wir uns den Ort des Verbrechens ansehen?«

»Es gibt kein *Verbrechen*.«

»Dann den Unfallort oder den Abfahrtsort. Vielleicht finde ich in dem Strandhaus etwas, was mir weiterhilft.«

Sie sah auf die mit kalt glitzernden Diamanten besetzte waffeldünne Uhr an ihrem braunen Handgelenk.

»Muss ich den ganzen Weg zurückfahren?«

»Falls Sie die Zeit haben, es könnte helfen. Wir nehmen meinen Wagen.«

Sie erhob sich entschieden, aber anmutig, als ob sie die Bewegung vor ihrem Spiegel geübt hätte. Ein erfahrenes Luder, dachte ich, als ich ihren hohen, schmalen Schultern und den Hüften unter dem hautengen Kleid die Treppen hinunter auf die Straße folgte. Die Scharen von Männern, die sich an ihrer verborgenen Elektrizität gewärmt oder verbrannt hatten, taten wir ein wenig Leid. Ich fragte mich, ob ihre Tochter Una wohl Ähnlichkeit mit ihr hatte.

Als ich Una schließlich sah, war der Strom abgeschaltet worden; dass es ihn gegeben hatte, erfuhr ich aus den zurückgebliebenen Spuren. Es waren welche zurückgeblieben.

Wir fuhren über den Sunset Boulevard zum Meer und weiter nordwärts auf der Umgehungsstraße 101. Den ganzen Weg nach Santa Barbara las sie ein Drehbuch in einem Schnellhefter mit der Aufschrift: »Dieser Text ist nicht endgültig und nur zur allgemeinen Information übergeben worden.« Mir fiel ein, dass diese Warnung auch auf Mrs Dreens eigene Geschichte zutreffen könnte.

Als wir die Stadtgrenze von Santa Barbara verließen, warf sie das Manuskript über ihre Schulter auf den Rücksitz. »Das schreit geradezu nach Erfolg. Das wird ein Knüller.«

Einige Meilen nördlich der Stadt zweigte links neben einer Tankstelle ein Sommerweg ab. Er wand sich für eine Meile oder mehr durch unwegsames Gelände bis zu ihrem Privatstrand. Das Strandhaus war ein gutes Stück vom Meer entfernt direkt an die braunen Uferfelsen gebaut worden, die wie narbige Schultern darüber kauerten. Um es zu erreichen, mussten wir zunächst eine Viertelmeile am Strand entlang-laufen und dann um den südlichen Uferfelsen herum, der fast bis ans Meer heranreichte.

Das blendende Blauweiß von Sonne, Sand und Brandung war wie ein Elektroschmelzofen. Aber ich fühlte eine Brise vom Wasser her, als wir aus dem Wagen stiegen. Einige Wolken zogen behäbig über unsere Köpfe hinweg landeinwärts. Ein kleines Flugzeug sprang darin herum wie ein Terrier in einem Hühnerhof.

»Sie leben zurückgezogen hier«, sagte ich zu Mrs Dreen.

Sie streckte sich und berührte ihr gelacktes Haar mit den Fingern. »Die Rolle des Goldfisches wird einem über. Wenn ich nachmittags da draußen liege, dann – vergesse ich, dass ich einen Namen habe.« Sie zeigte auf die Mitte der Bucht hinaus, wo jenseits der Brecher ein weißes Floß sanft auf den Wellen schaukelte. »Ich werfe einfach meine Kleider ab und komme wieder aufs Protoplasma zurück. *Alle* Kleider.«

Ich sah zum Flugzeug hoch, dessen Pilot sich am Himmel tummelte. Es fiel, trudelte wie ein welkes Blatt, es stieß herunter wie ein Habicht und stieg hoch wie ein Hauch.

Sie sagte lachend: »Wenn sie zu niedrig kommen, bedecke ich selbstverständlich mein Gesicht.«

Wir waren vom Haus weg zum Wasser gegangen. Nichts hätte unschuldiger aussehen können wie die ruhige Bucht, umgeben von dem Rund des weißen Strandes; ein gütiges Auge unter einer unbewegten Braue. Dann veränderten sich die Farben, als eine Wolke vor der Sonne herzog. Ein grausames Grün und ein gewalttätiges Purpur verliefen im Blauen. Ich fühlte den alten, primitiven Schrecken und Zauber. Mrs Dreen teilte das Gefühl und fasste es in Worte.

»Es hat seltsame Launen. Manchmal hasse ich es genauso sehr, wie ich es liebe.« Einen Augenblick lang sah sie alt und unsicher aus. »Ich hoffe, sie ist nicht da drin.«

Die Gezeiten hatten gewechselt, und die Flut kam herein,

ganz von Hawaii und noch weiter her. Die Wellen kamen auf uns zu, am Strand tastend und nagend, wie ein riesiger, weicher Mund.

»Gibt es gefährliche Strömungen hier oder so etwas?«

»Nein. Aber es ist tief. Unter dem Floß müssen es fast sieben Meter sein. Ich konnte nie bis zum Grund tauchen.«

»Ich möchte mir gern Unas Zimmer ansehen«, bat ich. »Vielleicht sagt es uns, wohin sie gegangen ist und sogar mit wem. Sie wissen doch sicherlich, welche Kleider fehlen?«

Sie lachte entschuldigend, als sie die Tür öffnete. »Natürlich habe ich meine Tochter früher mal angezogen. Aber das ist vorbei. Außerdem müssen mehr als die Hälfte ihrer Sachen im Appartement in Hollywood sein. Ich werde jedoch versuchen, Ihnen zu helfen.«

Es tat gut, aus der flimmernden Helle des Strandes in die schattige Stille hinter den Jalousien zu treten. »Für ein Sommerhaus eine ziemlich komfortable Angelegenheit«, bemerkte ich. »Irgendwelches Personal?«

»Wenn ich schon gelegentlich vor meinen Produzenten auf die Knie muss, dann will ich es nicht auch noch vor meinen Angestellten tun.«

Wir gingen in Unas Zimmer, das sowohl in der Atmosphäre als auch in der Ausstattung leicht und luftig war. Aber es zeigte, dass hier das Hauspersonal fehlte. Strümpfe, Schuhe, Unterwäsche, Kleider, Badeanzüge, lippenstiftverschmierte Papiertücher waren auf Stühlen und auf dem Fußboden verstreut. Das Bett war ungemacht. Die gerahmte Fotografie auf dem Nachttisch war von zwei leeren Gläsern verdeckt, die nach Highballs rochen, und flankiert von übervollen Aschenbechern.

Ich stellte die Gläser weg und sah auf den jungen Mann mit dem Fliegerabzeichen auf der Brust. Naiv, hübsch, leidenschaftlich waren Worte, die auf die kräftige, stumpfe Nase, die vollen Lippen, das eckige Kinn und auf die großen, stol-

zen Augen passten. Für Mrs Dreen wäre er eine einzige gesunde Mahlzeit gewesen, und ich fragte mich wieder, ob auch
ihre Tochter ein Fleischfresser war. Schließlich war das Foto
von Jack Rossiter der einzige Hinweis auf einen Mann in diesem Zimmer. Die beiden Gläser konnten genauso gut von
mehreren Abenden stammen oder von mehreren Wochen,
wenn man nach dem Zustand des Zimmers urteilte. Damit ist
nicht gesagt, dass es nicht ein attraktives Zimmer war. Es war
wie ein hübsches, unordentliches Mädchen. Hübsch, aber unordentlich.

Wir untersuchten das Zimmer, die Wandschränke, das Badezimmer und fanden nichts Wichtiges, weder positiv noch
negativ. Nachdem wir durch die elegante, aber zerknitterte
Garderobe gewatet waren, in der Una ganz schön gewütet
hatte, wandte ich mich an Mrs Dreen.

»Ich glaube, ich muss zurück nach Hollywood. Es würde
mir helfen, wenn Sie mitkämen. Und es würde mir noch mehr
helfen, wenn Sie mir erzählten, wen Ihre Tochter kannte.
Oder vielmehr, wen sie gern hatte – ich nehme an, sie kannte
eine Menge Leute. Erinnern Sie sich, Sie haben selbst angedeutet, dass eventuell ein Mann dahinter stecken könnte.«

»Ich nehme an, Sie haben nichts gefunden?«

»Über eines bin ich mir ziemlich sicher. Sie hatte nicht die
Absicht, für längere Zeit zu gehen. Ihre Toilettensachen und
Pillen sind noch immer in ihrem Badezimmer. Sie hat eine
wahre Pillensammlung.«

»Ja. Una war immer ein Hypochonder. Sie hat auch Jacks
Foto zurückgelassen. Sie hatte nur das eine, weil sie es am
liebsten mochte.«

»Das ist nicht entscheidend«, sagte ich. »Sie können wohl
nicht sagen, ob ein Badeanzug fehlt?«

»Leider nein; sie hatte so viele. Darin sah sie immer am besten aus.«

»Immer noch *sah*?«

»Ja, schon, als Arbeitshypothese. Es sei denn, Sie brächten mir Beweise für das Gegenteil.«

»Sie haben Ihre Tochter nicht sehr gern gehabt – oder?«

»Nein, ich mochte ihren Vater nicht. Und sie war hübscher als ich.«

»Aber nicht so intelligent?«

»Sie meinen, nicht solch ein Luder? Sie war schon eins. Aber ich mache mir noch immer Sorgen um Jack. Er liebte sie. Selbst wenn ich es nicht tat.«

Als ob der Name das Stichwort sei, begann plötzlich das Telefon zu klingeln. »Millicent Dreen«, sagte sie. »Ja, Sie können es mir vorlesen.« Kleine Pause. »›Schlachte das gemästete Kalb, stelle den Champagner auf Eis, schlag die Betttücher zurück und hole das schwarze Seidennachthemd heraus. Komme morgen nach Hause.‹ Ist das so richtig?«

Dann sagte sie: »Warten Sie eine Minute. Ich möchte eine Antwort senden. An Fähnrich Jack Rossiter. USS GUAM, CVE 173, Marine-Flughafen, Alameda. Der Text: ›Lieber Jack. Triff mich im Hollywood-Appartement. Im Strandhaus ist niemand. Millicent.‹ Wiederholen Sie bitte . . . So stimmt's. Ich danke Ihnen.«

Sie ließ sich in den nächsten Sessel fallen.

»Jack kommt also morgen nach Hause?«, fragte ich. »Bis jetzt hatte ich nur keine Beweise. Jetzt habe ich keine Beweise und nur noch bis morgen Zeit.«

Sie lehnte sich vor und sah mich an. »Ich überlege mir die ganze Zeit, wie weit ich Ihnen trauen kann.«

»Nicht sehr weit. Aber ich bin kein Erpresser, auch kein Gedankenleser. Es ist schwierig, Tennis mit dem unsichtbaren Mann zu spielen.«

»Der Unsichtbare hat nichts damit zu tun. Ich habe ihn angerufen, als Una nicht nach Hause kam. Kurz bevor ich zu Ihnen ins Büro kam.«

»Nun gut«, sagte ich. »Sie sind diejenige, die Una finden

will. Sie werden schon kommen und mir alles sagen. Inzwischen – wen haben Sie noch angerufen?«

»Hilda Karp, Unas beste Freundin – ihre einzige Freundin.«

»Wo kann ich sie erreichen?«

»Sie hat Gray Karp, den Agenten, geheiratet. Sie wohnen in Beverley Hills.«

Ihr Haus stand auf einem flachen Hügel, zu dem der Rasen sanft anstieg. Es war groß und modisch grotesk: spanischer Missionsstil mit einem Schuss Verfolgungswahn. Der Raum, in dem ich auf Mrs Karp wartete, war groß wie eine kleine Scheune, ausgestattet mit vielen blauen Möbeln. Um die Bar zog sich eine Haltestange aus Messing.

Hilda Karp war eine Blondine mit einem athletischen Körper und mit Verstand. »Mr Archer, nicht wahr?« Sie hielt meine Karte in der Hand, die mit der Aufschrift »Privatdetektiv«.

»Una Sand ist gestern verschwunden. Ihre Mutter sagte, Sie seien ihre beste Freundin.«

»Millicent – Mrs Dreen – hat mich heute früh angerufen, aber wie ich ihr schon sagte, habe ich Una mehrere Tage nicht gesehen.«

»Warum könnte sie davongelaufen sein?«

Hilda Karp setzte sich auf die Armlehne des Sessels und sah nachdenklich vor sich hin. »Ich verstehe nicht, warum sich ihre Mutter Sorgen macht. Una kann auf sich selbst aufpassen, und sie ist früher schon mal ausgerückt. Warum diesmal, weiß ich nicht. Ich kenne sie gut genug, um zu wissen, dass sie unberechenbar ist.«

»Warum ist sie früher schon mal davongelaufen?«

»Warum rücken Mädchen von zu Hause aus, Mr Archer?«

»Sie hat sich einen seltsamen Zeitpunkt ausgesucht. Ihr Mann kommt morgen.«

»Ja, Millicent erwähnte es. Er hat ein Telegramm von Pearl Harbor geschickt. Er ist ein netter Bursche.«

»Meinte Una das auch?«

Sie sah mich nur kühl an.

»Sehen Sie«, sagte ich, »ich versuche eine Aufgabe für Mrs Dreen zu erledigen. Mein Job ist, Skelette zur Ruhe zu bringen, aber nicht, ihnen die Choreografie vom *Danse Macabre* beizubringen.«

»Gut gesagt«, bemerkte sie, »tatsächlich ist aber kein Skelett da. Una hat im letzten Jahr mit zwei oder drei Männern herumgespielt, aber ganz harmlos natürlich.«

»Gleichzeitig oder nacheinander?«

»Immer nur mit einem. Einer genügt ihr zurzeit. Der letzte heißt Terry Neville.«

»Ich dachte, der ist verheiratet.«

»Ist er auch, aber nur noch pro forma. Um Gottes willen, erwähnen Sie bloß meinen Namen nicht. Mein Mann macht in dieser Stadt Geschäfte.«

»Er scheint wohlhabend zu sein«, sagte ich und sah mehr sie an als das Haus. »Ich danke Ihnen sehr, Mrs Karp. Ihr Name wird niemals über meine Lippen kommen.«

»Grässlich, nicht wahr? Mein Name, meine ich. Aber ich konnte nicht anders als mich in den Kerl zu verlieben. Ich hoffe, Sie finden Una. Jack wäre sonst schrecklich enttäuscht.«

Ich hatte mich schon zur Tür gewandt, drehte mich aber wieder um.

»Könnte es nicht so gewesen sein: Sie erfuhr, er kommt zurück; sie fühlt sich seiner nicht wert, nicht in der Lage, ihm ins Gesicht zu sehen; sie beschließt also, die Kurve zu kratzen.«

»Millicent sagte, Una habe keinen Brief hinterlassen. Wenn Frauen sich schon zu einem dramatischen Schritt entschließen, dann pflegen sie meistens etwas Schriftliches zurückzulassen – oder zumindest eine Ausgabe von Tolstojs *Auferstehung* mit Randglossen.«

»Da mögen Sie Recht haben . . . Wie gefällt Ihnen die Version: Sie mochte Jack überhaupt nicht; sie ging weg – nur um ihn das wissen zu lassen; ein wenig Sadismus vielleicht?«

»Aber sie hatte ihn doch gern. Nur, er war über ein Jahr fort. Immer wenn dieses Thema in einer zusammengewürfelten Gesellschaft aufkam, bestand sie darauf, dass er ein wunderbarer Liebhaber sei.«

»Einfach so, wie? Sagte Mrs Dreen, Sie wären Unas beste Freundin?«

Ihre Augen waren noch heller geworden, um ihren schmalen, hübschen Mund zuckte es belustigt. »Sicherlich. Sie sollten nur gehört haben, wie sie über mich redete.«

»Vielleicht kommt das noch. Danke. Auf Wiedersehen.«

Ein Telefonanruf bei einem Drehbuchautor, den ich kannte; mein Anzug, für den ich in einem Anflug von Euphorie einhundertfünfzig Dollar ausgegeben hatte; mein vorgetäuschtes sicheres Auftreten brachten mich an den Wachmännern bei den Studios vorbei bis zu Terry Nevilles Garderobe. Er hatte einen Bungalow ganz allein für sich. Das bedeutete, er war genauso wichtig, wie die Publicity behauptete. Ich wusste noch nicht, was ich eigentlich genau von ihm wollte, so klopfte ich erst einmal an und trat ein.

Nur Blinde hatten Terry Neville noch nie gesehen. Er war einsachtzig groß, hatte eine gute Figur und duftete wie ein ganzer Blumengarten. Er saß rauchend und lesend in einem brokatbezogenen Sessel und sah nicht einmal auf, als ich ins Zimmer trat. Er schlug sogar noch eine weitere Seite seines Buches um.

»Wer sind Sie?«, fragte er schließlich. »Ich kenne Sie nicht.«

»Una Sand . . .«

»Die kenne ich auch nicht.« Grammatikalische Fehler waren aus seiner Sprache wie Unkraut ausgejätet worden, aber nichts war an ihre Stelle getreten. Seine Stimme war unpersönlich und ohne Leben.

»Die Tochter von Millicent Dreen«, sagte ich, um ihn versöhnlich zu stimmen. »Una Rossiter.«

»Natürlich kenne ich Millicent Dreen. Aber auch damit haben Sie noch nichts gesagt. Guten Tag.«

»Una ist gestern verschwunden. Ich dachte, Sie würden mir helfen, herauszufinden, warum sie ging.«

»Sie haben damit immer noch nichts gesagt.« Er erhob sich und ging einen Schritt auf mich zu; er war groß und breit. »Ich sagte *guten Tag*.«

Aber er war nicht groß und breit genug. Ich war immer davon überzeugt, dass ich mit jedem Mann fertig werden könnte, der einen scharlachroten, seidenen Morgenmantel trägt. Er muss das meinem Gesicht angesehen haben, denn er änderte den Ton: »Falls Sie nicht von hier verschwinden, mein Lieber, werde ich einen Wachmann rufen.«

»In der Zwischenzeit sollten Sie sich Ihre Schmachtlocke aus dem Gesicht kämmen. Ich könnte sogar in der Lage sein, Ihnen eine kleine Unannehmlichkeit zu bereiten.« Ich sagte das in der Annahme, dass jedermann mit so einem Gesicht und solchen sexuellen Chancen meistens mit einem Bein in Scherereien steckt.

Es klappte. »Was wollen Sie damit andeuten?«, fragte er. Plötzlich war er bleich geworden, wodurch seine sorgsam gezupften Augenbrauen starr hervortraten. »Sie könnten in Teufels Küche kommen, wenn Sie so daherreden.«

»Was ist mit Una geschehen?«

»Ich weiß es nicht. Verschwinden Sie.«

»Sie lügen.«

Wie einer von diesen sauberen und anständigen jungen Männern aus seinen Filmen ballte er die Faust und schlug nach mir. Ich ließ den Schlag über meine Schulter ins Leere gehen, legte ihm, während er noch nach seinem Gleichgewicht suchte, meine Hand auf den Solarplexus und schob ihn in den Sessel zurück. Dann schloss ich die Tür hinter mir und ging schnell zum Vorderausgang. Genauso gut hätte ich mein Tennisspiel mit dem Unsichtbaren fortsetzen können.

»Kein Glück gehabt, nicht wahr«, sagte Mrs Dreen, als sie mir die Tür ihres Appartements öffnete.

»Ich habe nichts herausgekriegt, womit ich weitermachen könnte. Wenn Sie Ihre Tochter wirklich wiederhaben wollen, sollten Sie zur Vermissten-Meldestelle gehen. Die haben die Organisation und die Verbindungen.«

»Ich nehme an, Jack wird hingehen. Er ist schon da.«

»Ich dachte, er käme morgen.«

»Das Telegramm war gestern abgeschickt worden. Irgendwie wurde es verzögert. Sein Schiff traf gestern Nachmittag ein.«

»Wo ist er jetzt?«

»Ich nehme an, er ist jetzt schon im Strandhaus. Er war mit einem Marineflugzeug von Alameda her runtergeflogen und hat mich von Santa Barbara aus angerufen.«

»Was haben Sie ihm erzählt?«

»Was konnte ich ihm erzählen? Nur, dass Una weg ist. Er ist verzweifelt. Er glaubt, sie könnte ertrunken sein.« Es war später Nachmittag, und trotz des Whiskys, den Mrs Dreen verbrauchte – gleichmäßig wie ein Spirituskocher seinen Brennstoff –, waren ihre Lebensgeister heruntergebrannt. Ihre Hände und Augen waren kraftlos und ihre Stimme müde.

»Nun«, sagte ich, »dann kann ich ja wieder nach Santa Barbara zurückfahren. Ich habe mit Hilda Karp gesprochen, aber sie konnte mir nicht helfen. Kommen Sie mit?«

»Nein, nicht noch einmal. Ich muss morgen im Studio sein. Jedenfalls möchte ich Jack nicht gerade jetzt begegnen. Ich bleibe hier.«

Die Sonne stand tief über dem Meer, vergoldete das Wasser und färbte den Himmel blutrot, als ich Santa Barbara durchfahren hatte und wieder auf der Küstenstraße war. Ich glaubte zwar nicht, dass es zu irgendetwas gut sei, aber schließlich musste ich ja was für meinen Lebensunterhalt tun, und so hielt ich an der Tankstelle bei der Abzweigung zu Mrs Dreens Strandhaus.

»Volltanken«, sagte ich zu der Frau. Ich brauchte sowieso Benzin. »Ein paar Freunde von mir wohnen hier in der Gegend«, sagte ich, als sie ihre Hand nach dem Geld ausstreckte. »Können Sie mir wohl sagen, wo das Haus von Mrs Dreen liegt?«

Sie sah mich durch ihre Brillengläser missbilligend an. »Sie sollten's doch wissen. Sie waren doch dort mit ihr, nicht wahr?«

Ich verbarg meine Verwirrung, indem ich ihr fünf Dollar gab, und sagte: »Behalten Sie den Rest.«

»Nein, danke.«

»Missverstehen Sie mich nicht. Ich möchte nur, dass Sie mir sagen, wer gestern dort war. Sie sehen doch jeden. Erzählen Sie mir ein bisschen.«

»Wer sind Sie?«

Ich zeigte ihr meine Karte.

»Ach so.« Unbewusst bewegten sich ihre Lippen, als sie die Höhe des Trinkgeldes errechnete. »Da war ein Kerl in einem grünen Cabrio. Ich glaube, es war ein Chrysler. Er fuhr etwa um zwölf runter und kam so schätzungsweise um vier zurück, als ob der Teufel hinter ihm her sei.«

»Das wollte ich nur hören. Sie sind wunderbar. Können Sie ihn wohl beschreiben?«

»Dunkler Typ und ziemlich gut aussehend. Tja, wie soll ich sagen? So 'n bisschen wie der Kerl, der in dem Film von letzter Woche die Hauptrolle gespielt hat, den Piloten, wissen Sie . . . nur sah er nicht ganz so gut aus.«

»Sie meinen Terry Neville?«

»Stimmt, dem sah er ähnlich. Er war oft im Haus; ich hab ihn schon mehrfach beobachtet.«

»Ich weiß nicht, wer das sein könnte«, sagte ich, »aber jedenfalls schönen Dank. War er allein im Wagen, oder hatte er jemand bei sich?«

»Ich habe niemand weiter gesehen.«

Ich jagte die Straße zum Strandhaus runter. Die Sonne, groß und zornig rot, stand jetzt am Horizont, und man konnte beinahe sehen, wie sie langsam im Wasser versank. Sie verbreitete ein rotes Glühen über den Strand wie ein mildes und schleichendes Feuer. Ich dachte, irgendwann einmal würden die Klippen zerfallen, die See austrocknen und die ganze Erde verdorren. Nichts würde übrig bleiben, nur knochenweiße Asche in Kratern wie auf dem Mond.

Als ich den Uferfelsen umfuhr und mich dem Strand auf Sichtweite genähert hatte, sah ich einen Mann aus dem Meer kommen. In dem schleichenden Feuerschein, der von der Sonne ausging, schien auch er zu brennen. Die Tauchermaske auf seinem Gesicht ließ ihn fremd und unmenschlich erscheinen. Er kam aus dem Wasser, als ob er seine Füße noch nie auf Land gesetzt hatte.

Ich ging auf ihn zu. »Mr Rossiter?«

»Ja.« Er schob die Tauchermaske von seinem Gesicht und damit die Illusion des Fremdartigen. Er war einfach ein hübscher junger Mann, gut gebaut, gebräunt und sorgenvoll aussehend.

»Mein Name ist Archer.«

Nachdem er seine Hand an der nassen Badehose abgewischt hatte, streckte er sie mir, immer noch nass, entgegen. »Ach ja, Mr Archer. Meine Schwiegermutter erwähnte Sie am Telefon.«

»Macht Ihnen das Schwimmen Spaß?«

»Ich suche nach der Leiche meiner Frau.« Es klang, als ob er es auch meinte. Ich sah ihn mir näher an. Er war groß und stark, aber noch sehr jung – zweiundzwanzig, höchstens dreiundzwanzig. Von der Schule gleich zur Luftwaffe, dachte ich. Wahrscheinlich hat er Una Sand auf einer Party getroffen, war auf ihren Zauber geflogen, hatte sie in der Woche geheiratet, bevor er verschifft wurde, und an sie seither in seinen Wachträumen gedacht. Ich erinnerte mich an das kecke Telegramm, das er geschickt hatte, als ob das Leben so wäre wie die Menschen in den flotten Magazinanzeigen.

»Warum glauben Sie, dass sie ertrunken ist?«

»Sie würde nicht so davongegangen sein. Sie wusste, ich würde in dieser Woche nach Hause kommen. Ich hatte ihr ein Telegramm geschickt.«

»Vielleicht hat sie es nicht erhalten.«

Nach einer Pause sagte er: »Entschuldigen Sie mich.« Er ging wieder auf die Wellen zu, die sich fast zu seinen Füßen brachen. Die Sonne war verschwunden, und das Meer wirkte grau und kalt, ein menschenfeindliches Element.

»Warten Sie eine Minute. Falls sie da drin ist, was ich bezweifle, sollten Sie die Polizei rufen. Dies ist nicht die richtige Art, nach ihr zu suchen.«

»Wenn ich sie vor Einbruch der Dunkelheit nicht finde, rufe ich sie«, sagte er. »Aber falls sie da drin ist, möchte ich sie selbst finden.« Ich hätte nie erraten, welchen Grund er dafür hatte, aber als ich es herausfand, ergab es einen Sinn. So viel Sinn wie alles in dieser Angelegenheit.

Er machte ein paar Schritte hinaus in die Brandung, die jetzt mit aufkommender Flut schwerer geworden war, warf sich vorwärts und schwamm langsam zum Floß mit dem hinter der Tauchermaske versteckten Gesicht unter Wasser. Seine Arme und Beine schlugen den Rhythmus des Krauls, als ob seine Muskeln Vergnügen daran hätten, aber sein Gesicht war nach unten gerichtet und suchte den dunkler werdenden Meeresboden ab. Er schwamm in immer größeren

Kreisen um das Floß herum und hob seinen Kopf etwa zweimal in der Minute, um Luft zu holen.

Er war schon mehrmals im Kreis geschwommen, und ich fühlte langsam, dass er nicht wirklich nach etwas suchte, sondern seinen Kummer ausdrückte, indem er einen sinnlosen rituellen Wassertanz aufführte, als er plötzlich Luft holte und tauchte. Für eine scheinbar lange Zeit – tatsächlich waren es vermutlich etwa zwanzig Sekunden – war die Oberfläche des Meeres leer, bis auf das weiße Floß. Dann kam der Kopf mit der Tauchermaske aus dem Wasser, und Rossiter schwamm auf den Strand zu. Er schwamm in einer anstrengenden Seitenlage mit beiden Armen unter Wasser. Es herrschte jetzt Zwielicht, und ich konnte ihn nicht gut erkennen, aber ich sah, dass er sehr langsam schwamm. Als er näher kam, sah ich einen Schwall gelber Haare.

Er stand auf, riss seine Maske ab und warf sie hinaus ins Meer. Er sah mich wütend an und hielt mit einem Arm die Leiche seiner Frau an sich gepresst. Der weiße Körper, der noch halb im Wasser trieb, war nackt – ein seltsamer hell glänzender Fang vom Meeresboden.

»Gehen Sie«, sagte er mit erstickter Stimme.

Ich ging, um eine Decke aus dem Wagen zu holen, und brachte sie zu ihm, wo er sie auf den Strand hingelegt hatte. Er kauerte über ihr, als ob er ihren Körper vor meinen Blicken schützen müsste. Er bedeckte sie und strich das nasse Haar aus dem Gesicht. Ihr Gesicht war nicht mehr hübsch. Er bedeckte auch das.

Ich sagte: »Sie müssen jetzt die Polizei rufen.«

Nach einer Weile antwortete er: »Ich glaube, Sie haben Recht. Wollen Sie mir helfen, sie ins Haus zu tragen?«

Ich half ihm. Dann rief ich die Polizei in Santa Barbara an und erzählte, dass eine Frau ertrunken war und wo sie zu finden sei. Ich verließ Jack Rossiter, der zitternd in seiner nassen Badehose neben ihrer ihn eine Decke gehüllten Leiche hockte, und fuhr zum zweiten Mal zurück nach Hollywood.

Millicent Dreen war in ihrem Appartement in der Park Wilshire. Am Nachmittag hatte auf dem Büfett noch eine fast volle Karaffe mit Scotch gestanden. Jetzt, um zehn Uhr, stand sie auf dem Kaffeetisch neben ihrem Platz und war fast leer. Ihr Gesicht und ihr Körper waren zusammengefallen. Ich überlegte, ob sie im Laufe eines jeden Morgens um so viele Jahre alterte und sich an jedem Morgen durch ihre Willenskraft wieder erholte.

Sie sagte: »Ich dachte, Sie würden nach Santa Barbara rausfahren. Ich wollte gerade ins Bett gehen.«

»Ich war dort. Hat Jack Sie nicht angerufen?«

»Nein.« Sie sah mich an, und ihre grünen Augen waren plötzlich sehr lebhaft, fast schillernd. »Sie haben sie gefunden?«, fragte sie.

»Jack hat sie im Meer gefunden. Sie ist ertrunken.«

»Das hatte ich befürchtet.« Aber da war so etwas wie Erleichterung in ihrer Stimme, so als ob Schlimmeres hätte geschehen sein können; als ob sie zumindest keine Waffen verloren und keine Feinde gewonnen hätte in dem täglichen Kampf, ihre Position zu halten in der Stadt mit der größten Konkurrenz in der Welt.

»Sie haben mich angeheuert, sie zu finden«, sagte ich. »Sie wurde gefunden. Obwohl ich nichts dazu beigetragen habe – und das wär's dann wohl. Es sei denn, Sie wünschen, dass ich herausfinde, wer sie ertränkte.«

»Was meinen Sie damit?«

»Was ich gesagt habe. Vielleicht war es kein Unfall. Oder vielleicht hat jemand daneben gestanden und beobachtet, wie sie ertrank.«

Ich hatte ihr schon mehrfach Anlass gegeben, sich über mich zu ärgern, aber zum ersten Mal an diesem Tag war sie richtig wütend. »Ich habe Ihnen hundert Dollar fürs Nichtstun gegeben. Ist Ihnen das noch nicht genug? Versuchen Sie jetzt auch noch, ein Sondergeschäft dabei herauszuschlagen?«

»Eines habe ich getan. Ich habe herausgefunden, dass Una gestern nicht allein war.«

»Wer war bei ihr?« Sie stand auf und ging mit schnellen Schritten auf dem Teppich hin und her. Während sie ging, wurde ihr Körper wieder jugendlich und kraftvoll. Sie erholte sich vor meinen Augen.

»Der unsichtbare Mann«, sagte ich, »mein Tennispartner.«

Sie wollte den Namen noch immer nicht preisgeben. Sie schien wie eine Priesterin eines Kults, der es verboten war, ein gewisses Wort auszusprechen. Aber sie sagte schnell und barsch: »Wenn meine Tochter ermordet wurde, will ich wissen, wer es getan hat. Es ist mir gleich, wer es war. Aber wenn Sie mich nur hinhalten und mir nur Unannehmlichkeiten machen wollen und sonst nichts dabei herauskommt, werde ich dafür sorgen, dass Sie aus Kalifornien hinausgeworfen werden. Es wäre mir ein Leichtes.«

Ihre Augen blitzen, ihr Atem ging schnell, und ihre spitze Brust hob und senkte sich mit dem Anzeichen eines echten Gefühls. In diesem Augenblick mochte ich sie sehr gern. Ich ging also fort, und anstatt ihr Unannehmlichkeiten zu bereiten, machte ich mir selbst welche.

Ich fand eine Telefonzelle in einem Drugstore und fand bestätigt, was ich schon wusste, dass Terry Neville eine Geheimnummer hatte. Ich rief ein bekanntes Mädchen an, das einen Film-Kolumnisten regelmäßig mit Klatsch versorgte, und erfuhr, dass Neville in Beverly Hills wohnte, aber die meisten Abende in der Stadt verbrachte. Zu dieser Zeit war er gewöhnlich bei *Ronald* oder *Chasen*, ein wenig später bei *Giro*. Ich ging zu *Ronald*, weil es am nächsten war, und fand Terry Neville.

Er saß in einer Nische in dem langen, niedrigen, verräucherten Raum bei geräuchertem Lachs und Starkbier. Ihm gegenüber saß ein terrierähnlicher Mann mit scharfen Gesichtszügen, der Milch trank und wie sein Manager aussah. Einige Schauspieler in Hollywood verbringen viel Zeit mit ihren Managern, weil sie gemeinsame Interessen haben.

Ich wich dem Oberkellner aus und ging zu Nevilles Tisch. Er sah mich, stand auf und sagte: »Ich habe Sie schon heute Nachmittag gewarnt. Falls Sie nicht von hier verschwinden, rufe ich die Polizei.«

Ich sagte ruhig: »Ich bin so etwas wie die Polizei. Una ist tot.« Er antwortete nicht, und ich fuhr fort: »Hier ist nicht der geeignete Ort, um zu reden. Wenn Sie für eine Minute nach draußen kommen, möchte ich Ihnen einige Tatsachen mitteilen.«

»Sie sagen, Sie sind ein Polizist«, fuhr mich der Mann mit dem scharfen Gesicht an, und dann ganz ruhig: »Wo ist Ihr Ausweis? Beachte ihn nicht, Terry.«

Terry schwieg, und ich sagte: »Ich bin Privatdetektiv. Ich untersuche den Tod von Una Rossiter. Wollen wir nach draußen gehen, meine Herren?«

»Wir wollen rausgehen zum Wagen«, sagte Terry Neville tonlos. »Komm, Ed«, fügte er zu dem terrierähnlichen Mann gewandt hinzu.

Der Wagen war kein grünes Chrysler-Cabriolet, sondern eine schwarze Pickard-Limousine mit einem uniformierten Fahrer. Als wir auf den Parkplatz kamen, stieg er aus dem Wagen und öffnete die Tür. Er war groß, ein Schlägertyp.

Ich sagte: »Ich glaube nicht, dass ich einsteige. Stehend höre ich besser. Bei Konzerten und Beichten stehe ich immer.«

»Sie werden auch nichts zu hören bekommen«, sagte Ed.

Der Parkplatz war verlassen und weit abseits der Straße, und ich vergaß, den Fahrer im Auge zu behalten. Er gab mir wie einem Kaninchen einen Schlag ins Genick. Eine Welle von Schmerzen stieg mir in den Kopf. Ein zweiter Kaninchenschlag traf mich. Meine Augen verdrehten sich, und mein Körper knickte zusammen. Zwei Männer, die sich in einem Irrgarten von Lichtern bewegten, ergriffen mich an den Oberarmen und hoben mich in den Wagen. Bewusstlosigkeit war für mich eine große schwarze Limousine mit einem schnell schnurrenden Motor und verhängten Fenstern.

Obwohl der Nacken noch Tage später empfindlich ist, ist die Wirkung eines Kaninchenschlages auf das Zentrum des Bewusstseins plötzlich und kurz. Nach zwei oder drei Minuten kam ich wieder zu mir, während ich Eds Stimme sagen hörte: »Wir tun Menschen nicht gerne weh, und wir werden Ihnen nicht wehtun. Aber Sie müssen verstehen lernen, wie auch immer Ihr Name ist . . .«

»Sacher-Masoch«, sagte ich.

»Kluger Junge«, sagte Ed. »Aber ein kluger Junge kann klüger sein, als es ihm gut tut. Sie müssen verstehen lernen, dass Sie nicht herumgehen und Leute belästigen können, vor allem so wichtige Leute wie Mr Neville.«

Terry Neville saß in der äußersten Ecke des Rücksitzes und machte ein besorgtes Gesicht. Ed saß zwischen uns. Der Wagen fuhr, und ich konnte sich bewegende Lichter jenseits der Schultern des Fahrers sehen, der über das Lenkrad gebeugt saß. Das Heckfenster des Wagens war verhängt.

»Mr Neville sollte sich aus meinen Fällen heraushalten«, sagte ich. »Es wäre besser, wenn Sie mich aussteigen ließen, oder ich lasse Sie wegen Entführung festnehmen.«

Ed lachte, aber nicht fröhlich. »Sie scheinen nicht zu verstehen, was mit Ihnen geschieht. Sie sind auf dem Weg zur Polizeiwache, wo Mr Neville und ich Sie wegen versuchter Erpressung anzeigen werden.«

»Mr Neville ist ein sehr mutiger kleiner Mann«, sagte ich, »er ist nämlich gesehen worden, als er Una Sands Haus verließ, kurz nachdem sie ermordet wurde. Er wurde gesehen, wie er es in großer Eile und in einem grünen Cabriolet verließ.«

»Mein Gott, Ed«, sagte Terry Neville, »du bringst mich in einen fürchterlichen Schlamassel. Du weißt nicht, in was für einen fürchterlichen Schlamassel du mich bringst.« Seine Stimme war keifend, an der Grenze der Hysterie.

»Ach du lieber Himmel, du hast doch vor diesem Taugenichts keine Angst, oder?« Ed sagte es wie ein japsender Terrier.

»Du steigst jetzt aus, Ed. Dies ist eine schreckliche Sache, und du weißt nicht, wie man damit fertig wird. Ich muss mit diesem Mann reden. Steig aus!«

Er lehnte sich nach vorn zur Sprechanlage, aber Ed legte eine Hand auf seine Schulter. »Dann spiele es auf deine Art, Terry. Ich glaube immer noch, dass mein Spiel das richtige ist, aber du hast es verdorben.«

»Wohin fahren wir?«, fragte ich. Ich hatte den Verdacht, dass es nach Beverly Hills ging, wo die Polizei weiß, wer für ihre Gehälter aufkommt.

Neville sagte über die Sprechanlage: »Fahren Sie in eine Seitenstraße und parken Sie. Dann machen Sie einen Spaziergang um den Block.«

»Das ist besser«, sagte ich, als wir hielten. Terry Neville sah verängstigt aus. Ed sah trotzig und besorgt vor sich hin. Ich war eigentlich ganz zufrieden mit dem Verlauf der Dinge.

»Raus damit«, sagte ich zu Terry Neville. »Haben Sie das Mädchen umgebracht? Oder ist sie zufällig ertrunken – und Sie sind weggelaufen, um nicht in die Sache verwickelt zu werden? Oder haben Sie eine bessere Ausrede auf Lager?«

»Ich werde Ihnen die Wahrheit sagen«, flüsterte er. »Ich habe sie nicht ermordet. Ich wusste nicht einmal, dass sie tot ist. Aber ich war gestern Nachmittag dort. Wir sonnten uns auf dem Floß, als eine Maschine sehr tief über uns hinwegflog. Ich ging fort, weil ich nicht mir ihr dort gesehen werden wollte . . .«

»Sie meinen, Sie haben sich nicht nur gesonnt?«

»Ja, das stimmt. Diese Maschine flog zuerst ganz hoch, dann kreiste sie zurück und kam sehr tief herunter. Ich dachte, vielleicht erkennt mich der Pilot und versucht Aufnahmen zu machen oder so was.«

»Was für ein Flugzeug war es?«

»Ich weiß nicht. Eine Militärmaschine, glaube ich. Ein Jäger. Es war ein blau gestrichener Einsitzer. Ich kenne mich mit Militärmaschinen nicht aus.«

»Was tat Una Sand, als Sie fortgingen?«

»Ich weiß nicht. Ich schwamm zum Strand, zog mich an und fuhr weg. Sie blieb, glaube ich, auf dem Floß zurück. Aber sie war gesund und munter, als ich sie verließ. Es wäre schrecklich für mich, wenn ich in diese Sache hineingezogen würde, Mr . . .«

»Archer.«

»Mr Archer. Es tut mir schrecklich Leid, wenn wir Ihnen wehgetan haben. Wenn ich es wieder gutmachen kann . . .« Er zog seine Brieftasche heraus.

Sein ständiges, schwächliches Greinen langweilte mich. Selbst sein Geldscheinbündel langweilte mich. Die Situation langweilte mich.

Ich sagte: »Ich habe kein Interesse daran, Ihre brillante Karriere zu verderben, Mr Neville. Irgendwann möchte ich Ihnen Ihre brillante Fresse jedoch zerschlagen, aber das kann noch warten. Bis ich Grund habe zu glauben, dass Sie mir nicht die Wahrheit gesagt haben, werde ich alles, was Sie mir erzählt haben, für mich behalten. In der Zwischenzeit möchte ich jedoch hören, was der Coroner zu sagen hat.«

Sie brachten mich zu *Ronald* zurück, wo mein Wagen stand und verließen mich mit vielen Beteuerungen ihrer Verbundenheit. Ich sagte ihnen »Gute Nacht«, wobei ich mir meinen

Nacken mit übertriebener Geste rieb. Gewisse andere Gesten fielen mir noch ein.

Als ich in Santa Barbara ankam, war der Coroner schon mit Una beschäftigt. Er sagte, ihre Leiche weise keine Spuren von Gewalt auf; in Lunge und Magen sei nur wenig Wasser, aber das habe nichts zu bedeuten, das käme bei zehn Prozent aller Fälle von Tod durch Ertrinken vor.

Das hatte ich noch nicht gewusst. Ich bat ihn also, mir die Sache in simplen Worten genauer zu erklären, was er bereitwillig tat. Mein Interesse schien ihn sogar zu freuen.

»Ein plötzliches Inhalieren von Wasser kann einen sofortigen Kehlkopfkrampf auslösen, was dann schnell zur Erstickung führt. Ein solcher Krampf setzt gewöhnlich ein, wenn das Gesicht des Opfers nach oben gerichtet ist, wodurch Wasser in die Nasenlöcher einströmt; er kann möglichweise durch einen emotionellen oder Nervenschock gefördert werden. So kann es sich abgespielt haben – oder auch nicht.«

»Zum Teufel«, sagte ich, »vielleicht ist sie nicht einmal tot.«

Er sah mich sauer an. »Vor sechsunddreißig Stunden war sie es noch nicht.«

Ich dachte darüber nach, als ich in meinen Wagen stieg. Una konnte nicht viel später als vier Uhr nachmittags am 7. September ertrunken sein.

Es war drei Uhr morgens, als ich mich im Hotel Barbara anmeldete. Ich stand um sieben auf, frühstückte in einem Restaurant und ging zum Strandhaus, um mit Jack Rossiter zu reden. Es war erst ungefähr acht Uhr, als ich dort eintraf, aber Rossiter saß am Strand in einem Liegestuhl und beobachtete das Meer.

»Sie schon wieder?«, sagte er, als er mich sah.

»Ich sollte meinen, für eine Weile hätten Sie genug vom Meer. Wie lange waren Sie draußen?«

»Ein Jahr.« Er schien nicht reden zu wollen.

»Ich belästige die Leute wirklich nicht gern«, sagte ich, »aber es ist mein Geschäft, mich unbeliebt zu machen.«

»Offenbar. Was ist Ihr Geschäft eigentlich?«

»Zur Zeit arbeite ich für Ihre Schwiegermutter. Ich versuche immer noch herauszufinden, was mit ihrer Tochter geschehen ist.«

»Versuchen Sie etwa, mich in die Zange zu nehmen?« Er stützte seine Hände auf die Stuhllehnen, als wolle er aufstehen. Einen Augenblick lang waren seine Knöchel weiß. Dann entspannte er sich. »Sie haben gesehen, was geschehen ist?«

»Ja. Aber dürfte ich einmal fragen, zu welcher Uhrzeit Ihr Schiff am 7. September in San Francisco eingelaufen ist?«

»Bitte. Um vier. Vier Uhr nachmittags.«

»Ich nehme an, das könnte nachgeprüft werden?«

Er antwortete nicht. Neben seinem Stuhl lag eine Zeitung im Sand. Es war die letzte Abendausgabe einer Zeitung aus San Francisco vom 7. September.

»Schlagen Sie Seite vier auf«, sagte er.

Ich schlug sie auf und fand einen Artikel, in dem die Ankunft der USS GUAM bei der Golden Gate Brigde um vier Uhr nachmittags beschrieben wurde. Eine Abordnung von Marinehelferinnen hatte das Schiff begrüßt, und eine Kapelle hatte »*California Here I Come*« gespielt.

»Wenn Sie mit Mrs Dreen sprechen wollen, sie ist im Haus«, sagte Jack Rossiter. »Aber mir scheint, Ihr Job ist beendet.«

»Danke«, sagte ich.

»Und falls ich Sie nicht wieder sehen sollte, leben Sie wohl.«

»Gehen Sie fort?«

»In wenigen Minuten wird mich ein Freund abholen kommen. Ich fliege mit ihm nach Alameda, um zu sehen, wie es mit Urlaub steht. Ich hatte nur achtundvierzig Stunden, und ich muss morgen bei der amtlichen Untersuchung durch den

Coroner dabei sein. Und bei der Beerdigung.« Seine Stimme war hart. Seine ganze Persönlichkeit hatte sich über Nacht verhärtet. Am Abend vorher war sein Wesen noch weit offen. Jetzt war es verschlossen und unverletzlich.

»Auf Wiedersehen«, sagte ich und trottete durch den weichen Sand zum Haus. Auf dem Wege dahin dachte ich an etwas und ging schneller.

Als ich anklopfte, kam Mrs Dreen zur Tür mit einer Tasse Kaffee. Sie war unsicher. Sie trug einen schweren wollenen Morgenmantel mit einer silbernen Schnur um die Hüften und eine seidene Haube auf dem Kopf. Ihre Augen waren trübe.

»Hallo«, sagte sie. »Ich bin gestern Abend doch noch zurückgekommen. Ich hätte heute sowieso nicht arbeiten können. Und ich meinte, dass Jack nicht ganz allein sein sollte.«

»Ihm scheint es ganz gut zu gehen.«

Ich ging hinein. »Sie sagten gestern Abend, Sie möchten wissen, wer Una umgebracht hat – ganz gleich, wer es war.«

»Nun?«

»Gilt das immer noch?«

»Ja. Warum? Haben Sie etwas gefunden?«

»Noch nicht. Aber mir kam eine Idee, das ist alles.«

»Der Coroner glaubt, es sei ein Unfall gewesen. Ich habe heute früh am Telefon mit ihm gesprochen.« Sie nippte an ihrem schwarzen Kaffee. Ihre Hand zitterte wie ein Blatt im Wind.

»Vielleicht hat er Recht«, sagte ich, »vielleicht hat er Unrecht.«

Draußen war das Geräusch eines Wagens. Ich ging zum Fenster und sah hinaus. Ein Kombiwagen hielt am Strand, und ein Marineoffizier stieg aus und ging auf Jack Rossiter zu. Rossiter erhob sich, und sie schüttelten sich die Hände.

»Würden Sie Jack rufen, Mrs Dreen, und ihm sagen, er möchte für eine Minute ins Haus kommen?«

»Wenn Sie es wünschen.« Sie ging zur Tür und rief ihn. Rossiter kam zur Tür und sagte ein wenig ungeduldig:

»Was gibt's?«

»Kommen Sie rein«, sagte ich. »Und erzählen Sie mir, um welche Zeit Sie Ihr Schiff vorgestern verlassen haben.«

»Lassen Sie mich nachdenken... Wir machten um vier fest...«

»Nein, Sie nicht. Das Schiff ja, aber nicht Sie. Habe ich Recht?«

»Ich weiß nicht, was Sie meinen.«

»Sie wissen, was ich meine. Sie flogen Ihre Maschine von Bord, einige Stunden bevor das Schiff im Hafen eintraf. Ich nehme an, Sie gaben das Telegramm vor dem Start einem Kumpel, damit der es für Sie abschickte. Sie flogen dann hier runter, erwischten Ihre Frau, wie sie sich mit einem anderen Mann amüsierte, landeten darauf am Strand und ertränkten sie.«

»Sie sind verrückt.« Einen Augenblick später sagte er weniger heftig: »Ich gebe zu, ich bin vom Schiff abgeflogen. Sie können das sowieo leicht nachprüfen. Ich kurvte ein paar Stunden herum, um einige Flugstunden zu sammeln.«

»Wohin sind Sie geflogen?«

»Die Küste entlang. Bis hierher bin ich nicht gekommen. Ich landete in Alameda um fünf Uhr dreißig, und ich kann es beweisen.«

»Wer ist Ihr Freund?« Ich zeigte durch die offene Tür auf den anderen Offizier, der am Strand stand und aufs Meer sah.

»Leutnant Harris. Ich werde mit ihm nach Alameda fliegen. Ich warne Sie, äußern Sie in seiner Gegenwart keine lächerlichen Verdächtigungen, oder Sie werden dafür büßen.«

»Ich möchte ihn etwas fragen«, sagte ich. »Was für eine Maschine haben Sie geflogen?«

»Eine FM-3.«

Ich ging aus dem Haus und den Abhang hinunter zu Leutnant Harris. Er drehte sich zu mir um, und ich sah das Fliegerabzeichen auf seiner Bluse.

»Guten Morgen, Leutnant«, sagte ich. »Sie sind schon ganz hübsch viel geflogen, vermute ich?«

»Zweiunddreißig Monate. Warum?«

»Ich möchte, dass Sie eine Wette entscheiden. Könnte eine Maschine auf diesem Strand landen und wieder starten?«

»Ich glaube, eine Piper Cub könnte es vielleicht. Ich würde es jedenfalls versuchen. Ist damit die Wette entschieden?«

»Es war ein Jäger, an den ich dachte. Eine FM-3.«

»Eine FM-3 nicht«, sagte er. »Unmöglich. Vielleicht könnte man sie noch zur Not auf dem Strand aufsetzen, aber starten wäre ausgeschlossen. Nicht genügend Platz und zu rauer Boden. Fragen Sie Jack, er wird Ihnen das gleiche sagen.«

Ich ging zum Haus zurück und sagte zu Jack: »Ich hatte Unrecht. Es tut mir Leid. Wie Sie schon sagten, ich glaube, ich komme mit diesem Fall nicht zurecht.«

»Auf Wiedersehen, Millicent«, sagte Jack und küsste sie auf die Wange. »Falls ich heute Abend nicht mehr zurückkomme, bin ich morgen sehr früh wieder da. Halt die Ohren steif.«

»Du auch, Jack.«

Er ging, ohne mich noch einmal anzusehen. Der Fall endete also, wie er begonnen hatte, mit mir und Mrs Dreen allein in einem Zimmer – wir fragten uns, was mit ihrer Tochter geschehen war.

»Sie hätten das nicht zu ihm sagen sollen«, sagte sie. »Er hat schon genug zu ertragen.«

Mein Verstand arbeitete sehr schnell. Ich fragte mich, ob irgendetwas dabei herauskommen würde. »Ich nehme an, Leutnant Harris weiß, wovon er spricht. Er sagt, ein Jäger käme von diesem Strand nicht mehr hoch. Einen anderen Ort gibt es in dieser Gegend nicht, wo er unbemerkt gelandet sein könnte. Er ist also nicht gelandet.

Aber ich nehme ihm nicht ab, dass er nicht hier herumge-
kurvt ist. Ein junger Ehemann, der die Küste entlangfliegt,
würde sich die Gelegenheit nicht entgehen lassen, seine Frau
schnell mal im Tiefflug und mit wackelnden Tragflächen zu
begrüßen. Terry Neville hat die Maschine runterkommen sehen.«

»Terry Neville?«

»Ich habe gestern mit ihm gesprochen. Er war bei Una, bevor sie starb. Beide waren zusammen auf dem Floß, als Jacks
Maschine runterkam. Jack sah die beiden und sah, was sie taten. Sie sahen ihn ebenfalls, und Terry Neville nahm Reiß-
aus.«

»Sie reimen sich das zusammen«, meinte Mrs Dreen, aber
ihre grünen Augen waren gespannt auf mein Gesicht geheftet.

»Natürlich reime ich mir das zusammen; ich war ja nicht
dabei. Nachdem Terry Neville getürmt war, war niemand
hier als Una und Jack, der in seinem Flugzeug über ihr
kreiste. Ich versuche herauszufinden, wie Una umgekommen
ist. Meiner Meinung nach starb sie vor Angst. Ich glaube, Jack
kam im Sturzflug runter und drückte sie ins Wasser. Das
wird er so oft wiederholt haben, bis sie nicht mehr konnte.
Dann flog er zurück nach Alameda und trug seine Flugzeit
ein.«

»Hirngespinste«, sagte sie. »Und dazu noch sehr hässliche.
Ich glaube kein Wort davon.«

»Das sollten Sie aber. Sie haben doch das Telegramm?«

»Ich weiß nicht, wovon Sie reden.«

»Jack schickte Una ein Telegramm, in dem er ihr seine Ankunft mitteilte. Una erwähnte es Hilda Karp gegenüber.
Hilda Karp sagte es mir. Komisch, dass Sie nichts davon sagten.«

»Ich wusste nichts davon«, sagte Millicent Dreen. Ihre Augen waren leer.

Ich fuhr fort, ohne ihr Leugnen zu beachten: »Ich nehme an, das Telegramm teilte nicht nur mit, sein Schiff werde am 7. September eintreffen, sondern dass er an diesem Nachmittag das Strandhaus überfliegen werde. Glücklicherweise brauche ich mich nicht aufs Raten zu verlassen. Das Telegramm wird bei der Western Union abgeheftet sein, und die Polizei wird die Möglichkeit haben, es einzusehen. Ich fahre jetzt in die Stadt.«

»Warten Sie«, sagte sie. »Gehen Sie deswegen nicht zur Polizei. Sie werden Jack nur Unannehmlichkeiten bereiten. Ich habe das Telegramm vernichtet, um ihn zu schützen, aber ich sage Ihnen, was drin stand. Sie hatten Recht mit Ihrer Annahme. Er telegrafierte, er werde am 7. September herüberfliegen.«

»Wann haben Sie es vernichtet?«

»Gestern, bevor ich zu Ihnen kam. Ich befürchtete, es würde Jack mit hineinziehen.«

»Warum sind Sie überhaupt zu mir gekommen, wenn Sie Jack schützen wollten? Mir scheint, Sie wissen, was geschehen ist.«

»Ich war nicht sicher. Ich wusste nicht, was geschehen war, und bis ich es herausfand, wusste ich nicht, was ich tun sollte.«

»Sie sind immer noch nicht sicher«, sagte ich. »Aber ich werde es allmählich. So steht fest, dass Una das Telegramm nie erhalten hat, zumindest nicht den genauen Wortlaut. Sonst hätte sie nicht getan, was sie an diesem Nachmittag tat, als ihr Mann herüberfliegen wollte, um sie zu grüßen. Vielleicht haben Sie das Datum geändert? So, dass Una ihren Mann einen Tag später erwartete? Dann haben Sie es arrangiert, dass Sie am 7. September in Hollywood sein würden, damit Una einen letzten Nachmittag mit Terry Neville verbringen konnte.«

»Vielleicht.« Ihr Gesicht war hellwach, beherrscht, aber

voll gefährlicher Energie, wie eine Kobra, die dem Klang der Flöte lauscht.

»Vielleicht wollten Sie Jack für sich selbst«, sagte ich. »Vielleicht hatten Sie auch einen anderen Grund. Ich weiß es nicht. Ich glaube, selbst ein Psychoanalytiker würde es schwer haben, Ihre Beweggründe zu erforschen, Mrs Dreen, und ich bin keiner. Ich weiß nur, Sie haben einen Mord inszeniert. Ihr Plan lief sogar besser, als Sie erwartet hatten.«

»Es war ein Unfall«, sagte sie mit rauer Stimme. »Wenn Sie zur Polizei gehen, machen Sie sich nur lächerlich. Und Jack kriegt Schwierigkeiten.«

»Sie haben Jack wohl sehr gern, was?«

»Warum sollte ich auch nicht?«, sagte sie. »Er gehörte mir, bevor er Una sah. Sie hat ihn mir weggenommen.«

»Und Sie glauben, jetzt hätten Sie ihn wieder.« Ich erhob mich, um zu gehen. »Ihretwegen hoffe ich, dass er nicht darauf kommt, was ich gerade herausgefunden habe.«

»Halten Sie das für möglich?« Plötzlicher Schrecken hatte ihr Gesicht verzerrt.

Ich antwortete ihr nicht.

# Quellenverzeichnis

*Agatha Christie:* »Eine Tür fällt ins Schloss« (Problem at Sea), aus: Agatha Christie HERCULE POIROTS GRÖSSTE TRÜMPFE, Copyright © 1936 by Agatha Christie. Scherz Verlag, Bern, München, Wien. Aus dem Englischen übersetzt von Edith Walter.

*Liza Cody:* »Früher« (In Those Days), aus: Liza Cody/Michael Z. Lewin DIE MAUS IN DER ECKE, Copyright © by Liza Cody, Copyright © 1995 der deutschen Übersetzung Wilhelm Goldmann Verlag, München, in der Verlagsgruppe Bertelsmann GmbH. Aus dem Englischen übersetzt von W. M. Riegel. (Veröffentlicht mit der Genehmigung der Agentur Andrew Nurnberg, London.)

*Edmund Crispin:* »Ungebetene Gäste«, aus: MEISTERMORDE, Copyright © by Edmund Crispin. Bechtermünz Verlag, Augsburg. (Veröffentlicht mit der Genehmigung der Agentur Mohrbooks, Zürich.)

*Colin Dexter:* »Jede Frau hat ihr Geheimnis« (A Case of Miss Identity), aus: Colin Dexter IHR FALL, INSPEKTOR MORSE, Copyright © 1995 by Rowohlt Taschenbuch Verlag GmbH, Reinbek. Aus dem Englischen übersetzt von Ute Tanner.

*Lord Dunsany:* »Zwei Flaschen Würze« (The Two Bottles of Relish), aus: Lord Dunsany SMETTERS ERZÄHLT MORD-